宋人擇調之翹楚

浣溪沙詞調研究

林鍾勇◎著

宋人擇調之翹楚

浣溪沙詞調研究

目　錄

黃 序

詞，原本是曲子的歌詞，屬於音樂的附庸，傳唱於市井大眾之口。後經文人之參與創作，使詞的文學性愈加濃厚，也流行於翰林藝苑之中。詞不論偏重音樂性或文學性，它無法脫離詞調而存在則是一致的。

詞爲了歌唱，必須與詞調的音樂旋律切合，故要講究五音六律、清濁輕重；詞後來成爲文人吟詠情性之載體，不再以歌唱爲主要目的，但仍然要配合詞調的句法字數、平仄押韻。傳唱的詞調需有音樂譜，等音樂譜亡佚了，後人爲了能夠繼續塡詞，則從前人的作品歸納出文字譜，所以在詞樂喪失的時代裡，塡詞並未中斷，其原因在此。

詞調的研究，從有了塡詞就已開始了。唐宋時代的詞調研究者，著重在音樂譜的創作與修訂，如溫庭筠、周邦彥、姜夔等人，不僅是著名的詞家，在審音定調方面也有重要的貢獻。元明清的詞調研究者，則著重在文字譜的推究考訂，如張綖《詩餘圖譜》、萬樹《詞律》、康熙《欽定詞譜》等，都是其中佼佼者。民國以來，詞調的研究承繼前賢，考訂日趨嚴密，如龍沐勛《唐宋詞格律》、張夢機《詞律探原》等，也皆有可觀。

近年來由於電腦的使用日益普及，文學作品資料庫的建立，檢索系統的方便查詢，對學術研究的影響可說非常巨大。就詞調研究而言，《全唐五代詞》、《全宋詞》、《全金元詞》等都已建構在電腦檢索系統之中，因此唐宋金元等朝代的同調作品，只要按鍵瞬間即可獲得。透過如此完整的歷代詞作，無論考訂詞調文字譜、分析詞調的聲情、歸納詞調的主題發展、統計詞調的熱愛詞家等，都極有助益。

林君鍾勇天資聰敏，雅好文學，進入本校國文研究所以後，即以詞學為研究方向。他有鑒於詞調研究為詞學研究的根基，因此不畏艱難，特別選定宋人最常用的詞調〈浣溪沙〉為研究對象。雖然資料的蒐集借助電腦相當便利，但面對一千一百餘闋〈浣溪沙〉如此眾多的作品，要尋源探流、條分縷析，則不但需要具有智慧，更需要具有毅力。本人忝為林君的指導教授，在與他討論問題及審閱論文的過程中，經常發現他對問題非常敏銳，對處理問題的毅力更令人感佩。

整篇論文分別從主題演變、格律形式、用韻探究、名家名作等四大部份架構而成，每一部份的內容都相當紮實，在簡明扼要的敘述文字中，其中蘊含作者無盡的心力，我們單從論文所附的二十餘種圖表，即可窺出林君滴水不漏的嚴謹治學態度，並充滿化繁為簡的過人智慧。他將所有〈浣溪沙〉的作品一一統計分析，其方法是科學的，所得到的數據也極為客觀，因此論文所獲致的結論不得不令人信服。

從事學術研究沒有捷徑，必須以務實的態度日積月累才能見到成果，林君在研究學術的道路上，雖然只是剛起步，但我們從他平日孜孜矻矻的為學精神，印證這篇論文所下的苦功及所得到的成績，相信假以時日，他必定會有更傑出的表現，這是可以期待的。

民國九十一年八月　黃文吉序於國立彰化師範大學國文研究所

自序

詞調是詞的基本單位，故詞調研究堪爲詞學研究的根基。它是通往詞學領域的必經之地，以其爲中心，向內可探討詞調本身的主題內容與韻律形式；向外則涉及詞史、詞源、詞派、詞論等相關議題。

在詞調的研究園裡，最常見的是整體詞調探究的花朵。相較之下，單一詞調的蓓蕾明顯稀少，且無論在寬度或深度上，都有待我們去培植栽育。在眾多詞調中，〈浣溪沙〉爲「宋人擇調之翹楚」，其研究價值自然高於其他調子，更須優先考索。該文之寫作，即在揭開〈浣溪沙〉的聲情面紗；進而爲詞調研究，耕耘出一片新天地。

本文試圖突破一般性的寫法，將金元以前的一千一百四十八闋〈浣溪沙〉，做全面的匯集、統計，以完整而準確的研究方式，得出具體而科學的結果。文中以六大附表（原碩論規模，今濃縮成本文「附錄一」、「附錄二」）、十四種圖表呈現，共歸納出〈浣溪沙〉主題內容八類二十種、體制類型四式十四種、聲情類別五種，並選評分析名家十八人，及名作結構十三型。其間，還比對了三十種詞譜格律書、二十七種古今詞選，令〈浣溪沙〉的本來面目，逐次呈現。

全文共分六章：首章「緒論」，說明研究動機、詞調研究現況，藉此突顯詞調研究的價值；並交待出〈浣溪沙〉之異名、源流，及研究範圍、版本和方法，以利後文分析。二章「浣溪沙之主題演變」，敘述詞調本事、樂舞形式、歌妓繁盛、唱贈風氣、時代變化，及宗教傳播等六項因素對主題演化的影響。同時分析出本調由唐五代的隱逸、閨怨，發展到宋代的怨別歡樂與詠物，再迄金元修行煉丹之流衍過程。三章「浣溪沙之格律形式」，首在解決正變的爭論；次在建構校正「基本式」、「攤破式」、「加襯式」、「衍慢式」四式十四體；然後再從正體格律的考訂中，指出二十種歷代詞譜格律書之缺失。四章「浣溪沙之用韻探究」，則從用韻分佈、越部情形的觀察著手，以此釐清影響用韻之因素。並進一步剖析它所表現出來的聲情特點，以及其和韻概況，以見〈浣溪沙〉的用韻全貌。五章「浣溪沙之名家名作」，由詞作的總數、各選集收錄的比例兩方面，去擇取出名家、名作。其中，名家分析包括蘇軾、韓淲、賀鑄、毛滂、辛棄疾五位詞人；名作分析則以篇章結構分析出十三種類型。末章「結論」，則將〈浣溪沙〉放回詞史的洪流中，去重新定位出它的地位與價值，以歸結全文。

總覺得這篇論文不是我一個人寫成的，因為它包含了父母朋友對我的支持與鼓勵，老師們對我的期許和盼望。尤其感激　黃師文吉的循循教誨，若無恩師之多方啓迪、斧正厥失，本文恐難見備。而在研究期間，倖獲「中華發展基金會」獎助赴大陸研究，得北京大學　袁行霈教授惠予諸多建言；復於論文初成之際，蒙　徐師照華、林師逢源擔任口試委員，其指瑕陳疵之情，謹此同致無盡謝意。

民國九十一年七月　臺灣山城林文鍾勇誌於沁迹坊

第一章 緒論

詞在中國詩歌史上，是一種極爲特殊的體裁，由於它的音樂性，便於流行在秦樓楚館，使它穿上「要眇宜修」的朦朧衣裳。又因爲它有別於詩的寫志傳統，歷來多被視爲不登大雅之堂。然而，歷史的足跡走向一千年後的今天，隨著詞作的豐繁，詞學研究的成果也達到一定水準。從黃文吉編輯的《詞學研究書目》來看，自一九一二到一九九二年間，研究詞學的專書約有二千五百種；論文總數則高達一萬餘篇，其成果甚爲可觀。❶近年來，詞學研究的風氣持續加溫，由《詞學通訊》一、二輯的出刊，到劉揚忠、王兆鵬、劉尊明主編《詞學研究年鑑：一九九五—一九九六》，與《宋代文學研究年鑑：一九九七—一九九九》，詞學研究不僅篇目增多，在研究方法與深度上，亦多有進展。❷

面對前賢成績，如何另闢谿徑，以創新研究？如何於追求新徑之中，回歸詞學的基本議題，以突顯研究的價值？是本文首要思考的兩個面向。而詞調研究的選定，便是在尋求這兩條向量線的交會點時，所得出的答案。

自創新度而言，詞調格律的整體研究，無論是體制、用韻，或是平仄譜式，前人探究甚多。但是，單就一個詞調做分析者，比較起來就稍嫌薄弱；至於〈浣溪沙〉的專門研究，更是付之闕如。故本文不僅是〈浣溪沙〉全面考索之首作，亦是單一詞調大規模定量分析之初品。

再就基礎面來說，詞是配樂以歌的文體，而詞調是詞體構成的最基本單位。在「詞全以調爲主」❸的重心下，詞調的研究除了可以瞭解詞體的轉化過程；進一步也有助於對詞體起源、詞樂關係等議題之釐清。❹尤其在樂聲不傳的今日，若能根據同一詞調，歸納出它的聲律，相信對詞調聲情的還原，定有裨益。❺況且，律譜之學向爲詞學發展中最弱的一環，而欲探求古人詞學精微之處，卻非由此入手不可。❻

詞調研究的價值既明，那麼應該如何在眾多詞調中，找出最有力的研究點呢？據南京師範大學編之「全宋詞計算機檢索系統」統計，宋代現存詞作有二萬一千零五十五闋，所用詞調共八百八十一種，平均每調填詞二十四闋，而〈浣溪沙〉卻高達七百七十五闋。❼王兆鵬於《唐宋詞史論》中，總計了宋代使用頻率最高的四十八個詞調。其中前五名分別是〈浣溪沙〉七百七十五闋、〈水調歌頭〉七百四十三闋、〈鷓鴣天〉六百五十七闋、〈菩薩蠻〉五百九十八闋，及〈滿江紅〉五百四十九闋。❽筆者亦曾統計唐五代的前五名詞調，它們分別是〈望江南〉七百四十一闋、〈十二時〉二百七十八闋、〈楊柳枝〉一百三十五闋、〈浣溪沙〉九十七闋，及〈菩薩蠻〉八十六闋。雖然〈浣溪沙〉在唐五代只位居第四，但從往後的發展看來，它的使用頻率仍比其他詞調高出許多。這意味著〈浣溪沙〉本身，必然有其獨特的風格韻味，吸引著詞人反覆地運用此調來抒發情感。而究竟是怎樣的聲情氣息，令〈浣溪沙〉鮮明的大旗，佔領了詞壇最多的疆域？是什麼條件原因，使它受到歷代文士、歌者的喜愛，而成爲一支百唱不厭的流行曲？這些都需要我們一一去考索分析。

第一節 詞調研究的現況

前賢對詞調的探索，主要立足在整體面上，去連結討論相關的問題。它包括了詞調與音樂、詞調與用韻、詞調與聲情、詞調與體制，以及詞調的由來等五個方向。

首先，關於詞調與音樂的論述，一般多在說明詞調與宮調的相互聯結。例如：曹濟平、張成〈略述兩宋詞的宮調與詞牌〉，即是對《全宋詞》中標注宮調的詞作進行統計。❾其次，從詞調與用韻之間來說。例如：張世彬〈略論唐宋詞之韻法〉、周崇謙〈詞的用韻類型〉，均在說明詞調的用韻類別，並由此看出詩詞間用韻法之異同。❿其三，在詞調聲情上。詞本聲樂而發，而詞調則是詞人情感外化的結果，故調子的「聲」與「情」多半相符。申說此一觀點者，有龍榆生〈塡詞與選調〉、夏承燾〈詞調與聲情〉、吳熊和〈選聲擇調與詞調聲情〉，以及陳滿銘〈詞調與聲情—探求詞調聲情的幾條途徑〉等文章。⓫

關於詞調體制，前人探究亦多。其中包含小令、中調、長調之說；令、引、近、慢之別；減字、偷聲、添字、攤破之辨，以及詞中襯字等議題。例如：吳熊和〈唐宋詞調的演變〉，說明唐宋詞調由齊言到長短、由令詞爲多至長調爲主的更替演化，進而探討詞調發展到最後停滯不前的原因。⓬又如：洛地〈詞調三類：令、破、慢—釋「均（韻）斷」〉以出句與對句的組合爲「韻斷」，試圖破除傳統以字數分小令、中調、長調之誤。⓭再如：劉明瀾〈論詞調的變化〉與施蟄存《詞學名詞釋義》，均試著解釋減字、偷聲和添字、攤破的區別；⓮林玫儀〈令引近慢考〉、葉詠琍《慢詞考略》考察各類體式，以及羅忼烈〈塡詞襯字釋例〉、林玫儀〈論詞之襯字〉對詞中襯字的看法，均能有所發明。⓯

在詞調的由來方面。梅應運的《詞調與大曲》一書，試圖從隋唐大曲中尋得詞調來源；張夢機於《詞調探原》中，則將各類詞調按二十八宮調歸納排列，並分別探討各調之始末。不僅有助於了解各詞牌的源起，而在還原詞調聲情的眞相面貌上，亦有裨益。⓰

以上五個研究點，爲詞調研究的整體層面，它們較少觸及單一詞調的分析，屬於本研究的外圍資料。因此，對各個詞調本身的相關探討，則保存在歷代的詞譜書中。

嚴格來說，詞譜有音樂譜與格律譜兩種。據宋周密《齊東野語》所記，南宋時已有《樂府混成集》，「古今歌詞之譜，靡不俱備也。」⓱此書或即音譜，然以早佚，不得而知。由於宋詞音譜不存，故一般所言詞譜者，均指格律譜。

現存最早的詞譜爲明張綖《詩餘圖譜》，其分列詞調，舉出代表作，並以黑、白圈標平仄之體例，影響後世詞譜甚鉅。其後則有清程明善《嘯餘譜》十卷、清賴以邠《塡詞圖譜》六卷。大抵「皆取唐宋舊詞，以調名相同者互校，以求其句法、字數；取句法、字數相同者互校，以求其平仄。其句法、字數有異同者，則據而注爲又一體；其平仄有異同者，則據而注爲可平可仄。」⓲在所有詞譜當中，影響最大且最爲通行者，則屬清萬樹《詞律》，及王奕清等《御定詞譜》二書。

萬樹《詞律》二十卷，成於康熙二十六年（一六八七），收六百六十調，一千一百八十多體。⓳是書取法唐宋，兼及金元，詳訂舊譜錯誤，考察調名，並論平仄，兼分上、去，極有見解。體例上，先列調名，次舉詞例，並於詞旁以小字注明「可平」、「可仄」、「句」、「豆」、「韻」、「叶」、「換平」、「換仄」等情形。一調多體時，則依字數多寡排序，稱爲「又一體」。不過，當本調有與它調相關者，則先列本調，再列變調，使用時較爲方便。其後，徐本立撰《詞律拾遺》八卷，「補一百六十五調，爲體一百七十九；暨補體三百十六，都凡四百九十五體。」⓴杜文瀾作《校勘記》二卷，分注於《詞律》本調之下；並撰《詞律補遺》，增補五十調。

《御定詞譜》四十卷，康熙五十四年（一七一五）王奕清等奉敕編撰而成，共收八百二十六調，二千三百零六體。㉑體例同於《詩餘圖譜》：先列調名，於調名下注其來源、異名，及各體異同等。次舉詞例，並在字旁以黑、白圈標示平仄，再以文字注明韻腳和換韻情形。

此後，又有清葉申薌《天籟軒詞譜》、清謝元淮《碎金詞譜》，及清舒夢蘭《白香詞譜》諸譜。前二書從音律入手，與一般格律譜不同；舒譜僅收一百調，以實用性而言則可，從整體面來說，則稍覺不足矣。

近人較著名的詞譜，有嚴賓杜《詞範》、沈英名《孟玉詞譜》、蕭繼宗《實用詞譜》、潘慎《詞律辭典》，及龍沐勛《唐宋詞格律》五種。㉒其中，《詞範》與《詞律辭典》屬兼容並蓄者；《孟玉詞譜》、《實用詞譜》與《唐宋詞格律》則專收常用詞調。在體例上，各譜皆列述詞調之來歷、異名、字句、用韻、詞例、調譜。唯《詞範》、《詞律辭典》另立「校訂」，《孟玉詞譜》則另載相關紀事與作者簡介。

各書最大的不同處，在於調譜記號的差異：《詞範》主要採《御定詞譜》之法，以黑白圈代表平仄，半黑白圈代表平可仄或仄可平，句韻處則以文字注明；《詞律辭典》以「一」、「｜」代表平仄，以「〇」、「△」代表平韻、仄韻，另有平仄兩組換韻符號；《孟玉詞譜》與《實用詞譜》皆別四聲，但前者以「〇」、「△」等符號表示，後者則用阿拉伯數字標明；《唐宋詞格律》則是用「一」、「｜」、「+」標注「平」、「仄」和「可平可仄」，句韻處亦採文字注明的方式。

與上述詞調格律的整體研究相較，單一詞調的分析不僅起步較遲，在數量方面，也只十八篇十七調，它們分別是：

一、連文萍：〈試論詞調〈河傳〉的特色〉，《東吳中文研究集刊》一期，一九九四年五月，頁三五一四六。

二、曾秀華：〈訴衷情〉詞調分析〉，《東吳中文研究集刊》一期，一九九四年五月，頁一七五一一九二。

三、郭娟玉：〈〈南歌子〉詞調試析〉，《東吳中文研究集刊》二期，一九九五年五月，頁一〇九一一二八。

四、黃慧禎：〈試論詞調〈浪淘沙〉之特色〉，《東吳中文研究集刊》二期，一九九五年五月，頁一二九一一四四。

五、鄭祖襄：〈洛陽春〉詞調初考〉，《中央音樂學院學報》一九九六年二期，頁二四－二八。
六、謝俐瑩：〈在詩律與詞律之間－〈漁歌子〉詞調分析〉，《東吳中文研究集刊》二期，一九九五年五月，頁九一－一〇八。
七、林宜陵：〈〈更漏子〉詞調研究〉，《東吳中文研究集刊》三期，一九九六年五月，頁一三九－一五九。
八、陶子珍：〈〈虞美人〉詞調試析〉，《中國國學》二十四期，一九九六年十月，頁一八三－一九七。
九、陳清茂：〈〈生查子〉詞調綜考〉，《海軍軍官學校學報》七期，一九九七年十二月，頁二三三－二四一。
十、謝桃坊：〈〈滿江紅〉詞調溯源〉，《中國古代、近代文學研究》一九九七年九期，頁三七－四一。
十一、劉慶雲：〈短調深情－〈臨江仙〉詞調及創作漫議〉，《中國古代、近代文學研究》一九九七年九期，頁四一－四七。
十二、岳珍：〈〈念奴嬌〉詞調考原〉，《中國古代、近代文學研究》一九九七年九期，頁四七－五一。
十三、龍建國：〈〈沁園春〉的形式特點與發展歷程〉，《中國古代、近代文學研究》一九九七年九期，頁五一－五八。

十四、王兆鵬：〈淺論〈水調歌頭〉〉，《中國古代、近代文學研究》一九九七年九期，頁五六—五八。

十五、杜靜鶴：〈〈生查子〉詞調試析〉，《東吳中文研究集刊》五期，一九九八年七月，頁四三—六四。

十六、李雅雲：〈〈西江月〉詞牌研究〉，《東吳中文研究集刊》五期，一九九八年七月，頁一三九—一六二。

十七、郭娟玉：〈淺析〈調笑〉詞之藝術特色〉，《國文天地》十四卷三期，一九九八年八月，頁五二—五六。

十八、沈冬：〈〈楊柳枝〉詞調析論〉，《臺大中文學報》十一期，一九九九年五月，頁二一七—二六五。

此十八篇論文，可依所登期刊書分成三大區塊。一是《東吳中文研究集刊》；二是被收入《中國古代、近代文學研究》（複印報刊資料）；三是其他。

自九四至九八年間，《東吳中文研究集刊》刊登了八篇詞調分析論文。它們所探討的重點，主要在「篇章結構」、「特殊句法」、「平仄格律」、「基本用韻」，及「同調異名」五部份。㉓其中，「篇章結構」著眼在體制句式；「特殊句法」則是指攤破、添字等變化，而「同調異名」則是對詞調的正名工作。在材料的選擇上，除杜靜鶴〈〈生查子〉詞調試析〉一文，因詞作總數較少，乃及於《全宋詞》外；其餘各篇或受限於篇幅，只以《詞律》、《御定詞譜》爲本，故所得未爲全面。不過，就詞調的形式研究而言，此五種思考視角，卻是具體而微的。

《中國古代、近代文學研究》所載的五篇文章，是取自《中國歷代詞分調評注》第一輯。㉔基本上，諸文均論述詞調的淵源與體制種類，並涉及了聲情、用韻等特色。其中，〈〈念奴嬌〉詞調考原〉和〈〈沁園春〉的形式特點與發展歷程〉二文，還從宮調、句式及用韻等方面去剖析詞調的各個面向；而〈短調深情—〈臨江仙〉詞調及創作漫議〉另說明了〈臨江仙〉敘寫的主要內容，各具特色。只不過，此五篇文章因是書前序文，受篇幅所限，故較簡明扼要。

除了《東吳中文研究集刊》、《中國古代、近代文學研究》所刊外，另有五篇探索詞調之作。其中，〈〈生查子〉詞調綜考〉的分析重心放在調名來源的考察上。〈〈楊柳枝〉詞調析論〉則重在說明〈楊柳枝〉詞調淵源，以及它所表現出的唐代歌舞實況。〈〈虞美人〉詞調試析〉全篇分作五個部份，與《東吳中文研究集刊》實同。〈淺析〈調笑〉詞之藝術特色〉則著重分析〈調笑〉的疊句形式，及其形成的節奏特點。而〈〈洛陽春〉詞調初考〉則探討了〈洛陽春〉的調名來源、體式結構與宮調關係；然而，其重點卻放在詞樂的譜式上，與他篇格律分析的方式，明顯不同。

採同一詞調以成書者，除了上述《中國歷代詞分調評注》外，還有《分調絕妙好詞》叢書。該叢書以兩調爲一本，共十本二十調，其中支菊生、竺金藏《卜算子・浣溪沙》，共選錄了六十闋自五代迄清之〈浣溪沙〉名作，頗具參考價值。㉕

綜合上述，前人對詞調的探討，多著眼於詞學的整體層面。相較之下，單一詞調的研究，雖先有詞譜格律之作；後有十八篇期刊論文與詞調選集。但無論就寬度或深度而言，它都還有很大的開拓空間。

【附註】

❶參考黃文吉：《詞學研究書目》（臺北：文津出版社，一九九三年四月）。

❷參考湖北大學詞學研究中心：《詞學通訊》（武昌：湖北大學詞學研究中心，一九九六年六月、一九九七年九月），（一）、（二）輯。劉揚忠、王兆鵬、劉尊明主編：《詞學研究年鑑：一九九五—一九九六》（武漢：武漢出版社，二〇〇〇年三月）。劉揚忠、王兆鵬、劉尊明主編：《宋代文學研究年鑑：一九九七—一九九九》（武漢：武漢出版社，二〇〇一年十月）。

❸〔明〕俞彥《爰園詞話》云：「詞全以調為主，調全以字之音為主。音有平仄，多必不可移者，間有可移者。仄有上去入，多可移者，間有必不可移者。儻必不可移者，任意出入，則歌時有棘喉澀舌之病。」見唐圭璋：《詞話叢編》（臺北：新文豐出版社，一九八八年二月），冊一，頁四〇〇。

❹沈冬說：「歷來討論詞的起源，主要有兩個方向，一是南朝樂府，一是唐人絕句，幾乎沒有指向北朝樂府的，但〈楊柳枝〉卻分明來自北朝〈折楊柳〉；由此，適足以說明詞體起源的研究，

必須由各調入手，一一分析研究，才能得出較全面合理的結果。」他並指出，在胡樂對詞體的影響上，「也不宜以單一概念加以統攝，同樣也須由各調分別研究，才能獲致較客觀的結論。」見〈〈楊柳枝〉詞調析論〉，《臺大中文學報》十一期（一九九九年五月），頁二六三。

❺郭揚曰：「由於詞牌的『曲調』、『節奏』早失，所以從古人留存的大量詞中，特別是從那些寫有大量文詞作品的同一詞牌中，去歸納出某一詞牌的聲律，雖然是倒算帳的辦法，但總還是有根有據的事。特別是南宋以前的作品，它們接近原譜的音樂性應該無疑。」見《千年詞》（南寧：廣西人民出版社，一九八七年六月），頁二二三。

❻林玫儀在〈韻律分析在宋詞研究上之意義〉中曾說：「至於詞韻之書，既是據前人詞作歸納而得，而古人填詞，協諸語言即可成韻，故南北方音，在所難免，而自唐宋至清，上下將近千年，語言之變化極大，若不考慮時空之因素，而欲分析古人詞作，離合韻部，以成為韻叶之準繩，可謂難矣。是故律譜之學，在詞學發展的各環節中，向為最弱之一環，時至今日，更幾成為絕響。然而欲探求古人詞學精微之處，卻非由此入手不可。」見《中國文哲研究集刊》六期（一九九五年三月），頁五七—五八。

❼七七五闋統計，見王兆鵬：《唐宋詞史論》（北京：人民文學出版社，二〇〇一年一月），頁一〇七。而曹濟平、張成：〈略述兩宋詞的宮調與詞牌〉，《中國首屆唐宋詞國際學術討論會論文集》（南京：江蘇教育出版社，一九九四年八月），頁五五一中，則計為七八一闋。然據筆者最新的統計，現存宋代〈浣溪沙〉共有八五七闋。

❽見王兆鵬：《唐宋詞史論》，頁一〇七。

❾見曹濟平、張成：〈略述兩宋詞的宮調與詞牌〉，頁五三二—五六一。

❿張世彬：〈略論唐宋詞之韻法〉，《中國學人》一九七七年六期，頁一六三—一七〇。周崇謙：〈詞的用韻類型〉，《中國韻文學刊》一九九五年一期，頁六〇—六九。

⓫龍榆生：〈填詞與選調〉，原載《詞學季刊》三卷四期，收入《龍榆生詞學論文集》（上海：上海古籍出版社，一九九七年七月），頁一七六—一八八。夏承燾：〈詞調與聲情〉，《唐宋詞欣賞》（臺北：文津出版社，一九八三年十月），頁五五—五九。吳熊和：〈選聲擇調與詞調聲情〉，《杭州大學學報》一九八三年二期，頁四七—五三轉六三。陳滿銘：〈詞調與聲情—探求詞調聲情的幾條途徑〉，原載《學粹》七卷五、六期，收入《詩詞新論》（臺北：萬卷樓圖書公司，一九九九年八月），頁一〇三—一二〇。

⓬吳熊和：〈唐宋詞調的演變〉，《杭州大學學報》一九八〇年三期，頁三七—四四。

⓭洛地：〈詞調三類：令、破、慢—釋「均（韻）斷」〉，原載〈文藝研究〉二〇〇〇年五期，複印於《中國古代、近代文學研究》二〇〇一年二期，頁一〇一—一一〇。

⓮劉明瀾：〈論詞調的變化〉，《音樂藝術》一九九四年二期，頁一一—二二。施蟄存《詞學名詞釋義》（北京：中華書局，一九八八年六月）。

⓯林玫儀：〈令引近慢考〉，《詞學考詮》（臺北：聯經出版事業公司，一九八七年十二月），頁一二九—一六八。葉詠琍《慢詞考略》，《慶祝林景伊先生六秩誕辰論文集》（臺北：政治大學中

國文學研究所，一九六九年十二月），頁二〇一一—二二五九。羅忼烈：〈填詞襯字釋例〉，《詞曲論稿》（香港：中華書局，一九七七年八月），頁一四二—一四六。林玫儀：〈論詞之襯字〉，《詞學考詮》，頁一六九—一九九。

⑯ 梅應運：《詞調與大曲》（香港：新亞研究所，一九六一年十月）。張夢機：《詞律探原》（臺北：文史哲出版社，一九八一年十一月）。

⑰ 〔宋〕周密《齊東野語》（北京：中華書局，一九九七年十二月），頁一八七。

⑱ 見〔清〕王奕清等奉敕輯：《御定詞譜》（臺北：臺灣商務印書館，一九八六年三月影印《文淵閣四庫全書》本），冊一四九五，頁二—三。

⑲ 萬樹曰：「計為卷二十；為調六百六十；為體千一百八十。」見《索引本詞律》（臺北：廣文書局，一九八九年十月），〈詞律序〉頁八。

⑳ 杜文瀾〈詞律拾遺．凡例〉。見《索引本詞律》，頁四一七。

㉑ 見〔清〕王奕清等奉敕輯：《御定詞譜．提要》，冊一四九五，頁三：「凡八百二十六調，二千三百六體，凡唐至元之遺篇，靡弗採錄」。

㉒ 嚴賓杜：《詞範》（臺北：中華叢書編審委員會，一九五九年十月）。沈英名：《孟玉詞譜》（臺北：正中書局，一九七二年六月）。蕭繼宗：《實用詞譜》（臺北：國立編譯館，一九九〇年四月）。潘慎：《詞律辭典》（太原：山西人民出版社，一九九一年九月）。龍沐勛：《唐宋詞格律》（臺北：里仁書局，一九九五年八月）。

㉓八篇之中，除連文萍〈試論詞調〈河傳〉的特色〉一文，只分「用韻」、「平仄格律」，及「篇章結構」三節外，其餘皆就此五部份探究。

㉔《中國歷代詞分調評注》第一輯，由成都的四川文藝出版社出版（一九九八年五月）。該叢書選出常用調八種：〈西江月〉、〈蝶戀花〉、〈臨江仙〉、〈滿江紅〉、〈水調歌頭〉、〈沁園春〉、〈念奴嬌〉、〈賀新郎〉，分別輯錄同一詞調各個朝代的作品。

㉕參考支菊生、竺金藏：《卜算子．浣溪沙》（北京：東方出版社，二〇〇一年一月）。

第二節　源流與研究方法

〈浣溪沙〉，唐教坊曲名，見諸《教坊記》。敦煌寫卷「伯三五〇一」、「斯五六四三」中另有舞譜五種傳世，故此調的創始應不晚於盛唐。「浣溪沙」三字費解，《教坊記》以與〈浪淘沙〉、〈撒金沙〉二名相次，示末字應作「沙」。惟以唐代所有名物論，調名似應作「紗」；而之所以用「沙」字者，或爲古字作此，或疑樂工手記之訛也。❶

此調於敦煌曲中，作「七七七三」雙調體，名爲〈渙沙溪〉。《花間集》則視「七七七」雙調體爲〈浣溪沙〉；「七七七三」雙調體爲〈浣沙溪〉，此蓋因槧本誤刻所致，非原有區別也。❷宋以後多以雙調「七七七」體爲〈浣溪沙〉正格，乃稱「七七七三」雙調體爲〈攤破浣溪沙〉

矣。

〈浣溪沙〉的異名甚多。其中「七七七」雙調體以張泌詞有「露濃香泛小庭花」句，又名〈小庭花〉。❸賀鑄則名之爲〈減字浣溪沙〉。❹以韓淲詞有「芍藥酴醾滿院春」句，名〈滿院春〉；有「東風拂檻露猶寒」句，名〈東風寒〉；有「一曲西風醉木犀」句，名〈醉木犀〉；有「霜後黃花菊自開」句，名〈霜菊黃〉；有「廣寒曾折最高枝」句，名〈廣寒枝〉；有「春風初試薄羅衫」句，名〈試香羅〉；有「清和風裏綠陰初」句，名〈清和風〉；有「一番春事怨啼鵑」句，名〈怨啼鵑〉。此外，還有名之爲〈踏花天〉、〈慶雙椿〉、〈翫丹砂〉者。❺

「七七七三」雙調體，毛文錫名之爲〈攤破浣溪沙〉。後世以南唐中主有此作，又名〈南唐浣溪沙〉；顧敻則稱作〈添字浣溪沙〉；❻和凝詞名〈山花子〉；毛滂詞名〈攤聲浣溪沙〉；無名氏「羅帳半垂門半開」則名爲〈感恩多令〉。

由這些異名來看，它們往往是後代詞人不斷改換詞題的結果，尤其是摘取詞中名句妙語的任意更換，使得〈浣溪沙〉異名增多。這種另立新名的潮流，對詞調研究來說，實徒增紛擾，「要之無當典實」也。❼

現今〈浣溪沙〉研究主要有兩種：一是敦煌歌舞譜的分析，如饒宗頤的〈浣溪沙琵琶譜發微〉、〈敦煌琵琶譜〈浣溪沙〉殘譜研究〉，以及水原渭江的〈Misson Paul Pelliot の Touen-Houang（敦煌）より發見の舞譜「浣溪沙」の解讀〉、〈敦煌より發見の舞譜「浣溪沙」の解讀〉、〈Pelliot

の敦煌より發見の舞譜「浣溪沙」（資料二）の解讀〉；❽二是名作的鑑賞，其中又以李璟、李煜、晏殊、蘇軾等名家詞最多。❾至於直接觸及〈浣溪沙〉詞調本身的研究則無。面對如此情形，本文試圖以更精準、更多元的視角去突破前人藩籬，引導拓墾新的領域；並揭開〈浣溪沙〉之淵源流傳、聲情特色，及演變軌跡。茲擬研究法則如下：

第一，在研究範圍的選取上。本文名「宋人擇調之翹楚」，除了在突顯〈浣溪沙〉的研究價値爲所有詞調之首外；對詞作的採擷而言，亦以宋代爲基軸，上溯其源於唐五代、下明其變以迄金元。再者，因「元以來南北曲行，歌詞之法遂絕」，❿以金元作爲詞調研究的斷代，亦符合詞樂變化消亡的過程。

第二，在版本的選擇上。本文所引唐五代詞，以曾昭岷等新編《全唐五代詞》爲底本，並參考了任二北《敦煌曲校錄》中的曲子詞說法；宋詞與金元詞則以唐圭璋編的《全宋詞》、《全金元詞》爲標準。⓫此外，還參考了黃文吉〈《天機餘錦》見存宋金元詞輯佚〉一文，增補曾揆〈浣溪沙〉十闋、作者存疑〈浣溪沙〉二闋；以及朱德才主編《增訂注釋全宋詞》一書，增補方岳〈浣溪沙〉失收詞四闋。總計迄金元爲止的〈浣溪沙〉詞作，共有一千一百四十八闋之多。

第三，就研究方法而論，本文主要採用定量與定性兩種分析法。定量分析是近幾年來宋詞研究領域裡的新嘗試，它是一種將資料予以全面匯集、統計，以進行更完整、更系統、更準確、更科學的研究方式。⓬本文既屬〈浣溪沙〉的全面研究，欲顧及所得面的廣度與深度，乃通過主題、格律、用韻、選評等方面進行整理。並列表詳細統計，以歸納出〈浣溪沙〉的內容分佈、體式類型、用韻情況、名家名作等論題。而所謂的定性分析，則是在統計數據的基礎上，進而探究〈浣溪沙〉的特色爲何？影響演變的因素爲何？從中見出〈浣溪沙〉成爲「翹楚」的原因。

準此，本文正文共分四章。首篇「浣溪沙之主題演變」，包括沿革的過程，及影響演化的因素，以窺〈浣溪沙〉之內容特色；次篇「浣溪沙之格律形式」，旨在分析此調之體制類型，並觸及正變之辨與律句之別等議題；三篇「浣溪沙之用韻探究」，則先對〈浣溪沙〉的用韻分佈、越部情形做一觀察，進而剖析其聲情、和韻的特點；末篇「浣溪沙之名家名作」，則從詞作的總數、各選集收錄的比例兩方面，去擇取出名家、名作，並分別探討他（它）們的內蘊風貌。

總的來說，前三篇屬面的研究，末篇則屬線與點的研究。經由如此多視角的討論，相信定能呈現出〈浣溪沙〉一調的風格特色。筆者並期盼此一大規模的詞調整理工作，不僅可突顯詞調研究的價值，也能得到更多人的研究共鳴。

【附註】

❶《詞律》並未明言「沙」字之誤，只從含義層面論及：「詞名沙字，與〈浪淘沙〉不同，義應作紗，或又作〈浣沙溪〉，則尤當為紗，今姑仍諸刻。」見《索引本詞律》，頁五六。〔清〕吳衡照《蓮子居詞話》卷二，則從字源評斷：「《周官》內司服素沙。鄭注：今之白縛也。按沙，

古紗字，今詞名〈浣溪沙〉，作沙是也。」見唐圭璋：《詞話叢編》，冊三，頁二四二四。任半塘則說：「郭本訛『沙』為『紗』，從餘本。合此下三名以觀，應是『沙』字正。但既有〈紗窗恨〉在後，亦難說定。陸心源《唐文拾遺》四二，載崔致遠《謝匹緞狀》，所列匹緞名目有『紫天淨紗』『紫平紗』等。說明北曲名〈天淨沙〉應作『天淨紗』，則唐曲〈浣溪沙〉亦應作『紗』矣。」見《教坊記箋訂》（臺北：宏業書局，一九七三年一月），頁七八。此外，任氏又於《唐聲詩》評道：「本調唐名所以曰『浣溪沙』者，疑憑樂工手記之訛。」見任二北：《唐聲詩》（上海：上海古籍出版社，一九八二年十月），下編，頁五五六。

❷（清）張德瀛《詞徵》曰：「它如〈浣溪沙〉之為〈浣沙溪〉，〈滿江紅〉之為〈上江虹〉，則因槧本誤刻而異。」見唐圭璋：《詞話叢編》，冊五，頁四〇九四。

❸（清）沈雄《古今詞話．詞評》卷上引《花間集》曰：「子澄時有幽艷語，『露濃香泛小庭花』是也。時遂有以〈浣溪沙〉為〈小庭花〉者。」見唐圭璋：《詞話叢編》，冊一，頁九七三。（清）毛先舒《填詞名解》卷一亦云：「〈浣溪沙〉，黃鍾之曲也，一作〈浣沙溪〉，一名〈小庭花〉。」見（清）查繼超輯；陳果青、方開江校：《詞學全書》（貴陽，貴州人民出版社，一九九〇年六月），頁一二。

❹賀鑄〈減字浣溪沙〉共有七個題名：以「物情惟有醉中真」句，名〈醉中真〉；以「金斗城南載酒頻」句，名〈頻載酒〉；以「碧梧紅蕖掩蕭齋」句，名〈掩蕭齋〉；以「祓禊歸□楊柳陌」句，名〈楊柳陌〉；以「當時曾約換追風」句，名〈換追風〉；以「可憐風調最多宜」句，名

〈最多宜〉；以「一標爭勝錦纏頭」句，名〈錦纏頭〉。

❺《歷代詩餘》云：「〈浣溪沙〉，『沙』或作『紗』，或作〈浣沙溪〉，一名〈小庭花〉，一名〈滿院春〉，一名〈廣寒枝〉，一名〈霜菊黃〉，一名〈踏花天〉。」王以寧「問政山頭景氣嘉」一詞，以「汪周佐夫婦五月六日同生」而填作，故名之為〈慶雙椿〉。馬鈺、丘處機等全真道士則名之為〈翫丹砂〉。

❻《詞律拾遺》補顧敻一體，云：「葉本名〈添字浣溪沙〉，另列一調。」見《索引本詞律》，頁四三五。

❼毛先舒《填詞名解》卷三〈念奴嬌〉調云：「蓋詞流喜創新名，茲類甚眾，要之無當典實。」見《詞學全書》，頁四八。

❽見饒宗頤：〈敦煌琵琶譜浣溪沙殘譜研究〉，《敦煌琵琶譜論文集》（臺北：新文豐出版公司，一九九一年八月），頁二八九—二九五。饒宗頤：〈浣溪沙琵琶譜發微〉，《敦煌琵琶譜》（臺北：新文豐出版公司，一九九〇年十二月），頁一三五—一三八。水原渭江：〈Misson Paul Pelliot の Touen-Houang（敦煌）より發見の舞譜「浣溪沙」の解讀〉，《中國關係論說資料》一九八一年二十三號二分冊（下）（左），頁五六—六二。水原渭江：〈敦煌より發見の舞譜「浣溪沙」の解讀〉，《中國關係論說資料》一九八三年二十五號二分冊（上），頁三四四—三五三。水原渭江：〈Pelliotの敦煌より發見の舞譜「浣溪沙」（資料二）の解讀〉，《中國關係論說資料》一九八五年二十七號二分冊（上）（左），頁四七—五二。

⑨如竹內照夫撰、張良澤譯：〈論細雨夢回雞塞遠之句意〉，《大陸雜誌》四十卷五期（一九七〇年三月），頁三三—三四。周振甫：〈談談李璟的山花子〉，原載《詞刊》一九八〇年四期，複印於《中國古代、近代文學研究》一九八〇年四期，頁九—一一。程千帆、張宏生：〈說南唐中主浣溪沙二首〉，《古典文學知識》一九八七年四期，頁二五—三〇。吳小如：〈介紹南唐李璟的兩首山花子〉，《詩詞札叢》（北京：北京出版社，一九八八年九月），頁一九二—一九八。鍾陵：〈曲闌小閣閑情多—晏殊浣溪沙淺析〉，《文史知識》一九八七年六期，頁二八—三〇。陳滿銘：〈晏殊的浣溪沙〉，《國文天地》十五卷十期（二〇〇〇年三月），頁六〇—六七。傅經順：〈蘇軾寫在徐州的一組浣溪沙〉，《文史知識》一九八二年二期，頁三〇—三三轉頁三七。吳小如：〈說蘇軾浣溪沙五首〉，《詩詞札叢》（北京：北京出版社，一九八八年九月），頁二三五—二四四。

⑩見〔清〕王奕清等奉敕輯：《御定詞譜》，冊一四九五，頁二。

⑪參考曾昭岷等編：《全唐五代詞》（北京：中華書局，一九九九年十二月）。唐圭璋：《全宋詞》（北京：中華書局，一九六五年六月）。唐圭璋：《全金元詞》（北京：中華書局，一九七九年十月）。

⑫關於宋詞定量分析的研究，有王兆鵬、劉尊明的三篇論文：〈歷史的選擇—宋代詞人歷史地位的定量分析〉，原載《文學遺產》一九九五年四期，收入王兆鵬：《唐宋詞史論》（北京：人民文學出版社，二〇〇一年一月），頁八一—一〇三、〈簡談宋詞繁榮的「量化」標誌〉，原載《古

典文學知識》一九九六年五期，收入《唐宋詞史論》，頁一〇四—一一二，及〈本世紀唐宋詞研究的定量分析〉，原載《湖北大學》一九九九年五期，收入劉尊明：《唐五代詞史論稿》（北京：文藝藝術出版社，二〇〇〇年十月），頁三四五—三六七。

第二章　浣溪沙之主題演變

作品是作者內在情感的外在呈現。擁有「詩」與「樂」雙重特性的詞體，亦是詞人的深蘊情緒外流而成。詞作若無這層「詞心」在裡頭，不僅難以催動人心，充其量也只是湊合而成的文字塊。徐釚《詞苑叢談》云：「凡詞無非言情。即輕艷悲壯，各成其是，總不離吾之性情所在耳。」即是此理。❶

由於人的感情紛呈多樣，詞作中便自然地表現出一片多采多姿的主題園地。數以千計的〈浣溪沙〉，其所隱含的題材內容，也不是簡單的一二項所能包含。在創調之初，調名或許與所詠之主題有關，只適合於書寫某一主題，可是經過不同作家創作、不同時代演變下，其本質內容趨向多元化。尤其當詞與音樂分離後，詞喪失了樂情的調合，隨意抒發悲喜的結果，與原調的情感便會產生差距。

情感的不同既是影響不同主題的萌生，則人類情緒的複雜性，驅使詞作內容呈現多重交會。例如，〈浣溪沙〉的隱逸主題，常懷閒適之情，然而表現閒適者，卻不一定是隱逸主題；春愁常是閨怨的外在起興，但閨怨卻非春愁的必然表徵。又如感懷或因遊歷而發、或因時變而嘆；寫景之作或因遊歷、或多寓抒懷，若決然兩分，實易顧此而失彼。

此外，詩詞語言的模糊性，也是造成閱讀者在判斷主旨時的重要影響因素。一則因詞的長短句結構形式，打破了語法的連貫性，形成一種模糊的審美體驗；❷再則以詩之語言，本身具有傳達不完全、了解也不完全這兩種特性，使作品與讀者間發生了距離。因此，讀者在對詞進行分析時，必須將這部份的空白予以補齊。只不過，還原的基礎應落實在原文之上，斷不能離開字句及意象的連貫去解讀詞。❸

秉持著這份體認，筆者在歸類〈浣溪沙〉之主題內容時，首重原文的分析。在「附錄一」中，筆者囊括了金元以前的〈浣溪沙〉，從實際作品出發，可將其主題略分為「隱逸閒適」、「怨別歡樂」、「詠物遊景」、「感時抒懷」、「邊塞黍離」、「神仙修行」、「歌頌祝壽」及「其他」八類。之所以如此畫分，一是各類之中或有交集，有時難以判然兩分，如隱逸與閒適。此即之前所言情感的複雜性，與詞意的模糊性等因素，所造成的現象。二則有些主題的性質相近甚至相同，故而合併，如閨怨與春愁、離別與相思。不過，若就細部而論，閒適亦可不隱、春愁可為男子、相思不一定是離別。因此，筆者將此八類再細分成隱逸、閒適、閨怨、愁思、相思、情愛、詠人、歡樂、離別（以上七項屬「怨別歡樂」）、詠物、寫景、遊歷（以上三項屬「詠物遊景」）、傷懷、羈旅（以上兩項屬「感時抒懷」）、邊塞、黍離、修行、歌頌、壽詞，及其他等二十種。

在歸類的過程中，筆者運用了一連串的分辨方式，試圖解決上述的模糊性。例如，隱逸與閒適，主要以消去法畫分，凡有隱逸情懷的閒適，畫入隱逸之中，反之，則歸屬閒適之下。春愁以視角畫分，凡為女性視角，又含閨中怨愁者，畫入閨怨之中，否則則隸愁思之下。詠人之作，若主在述寫女子怨情者，則將其歸為閨怨；反之，若單純描繪形態歌舞者，則居於詠人主題之列。祝賀之詞，若屬祈壽之作，一律視爲壽詞；若非，則歸屬歌頌之中。而當兩個主題間呈現因果關係，彼此間難以斷然兩分，如遊歷之中寫景、享樂之際閒適時，則依其比重傾向畫分。此外，若同一詞人的前後詞作有聯貫性質者，筆者亦相互斟酌歸位。經由如此分類，對〈浣溪沙〉內容的起源與變化分合的情況，相信有一定的釐清功效。

從詞調下手，探究其主題發展，一方面能將詞調本來的聲情還原，進一步與它的形式作比對。甚至也可與相同聲情的其他詞調作比較，以得出更全面的結果；另一方面，也能從主題的演變中，看出影響詞調發展的因素。並在這些因素的氛圍裡，窺見詞調與時代的相互關係。本章的目的即在透過分類，一探〈浣溪沙〉的主題類型，深入了解主題的演變情形，並試著尋求影響衍化的因素，以明〈浣溪沙〉聲情的本來面目。

第一節　影響主題遞嬗的因素

(一) 緣其本事以創作

詞調名稱的決定，有「緣題制名」者。所謂「緣題制名」亦即「詞在初起時，還沒有題，調名就是題意。」❹調名背後的起因或原由，甚至是它所包蘊的情感取向，對後人在創作同調之作，實起著一定的作用。尤其在詞調初創時，與音樂結合的過程中，內容與名稱必相仿。直到後來，詞作在流傳演變的過程中，才與本事漸次分離。因此，影響詞調主題發展的第一因素，應與緣題而發有關。

蔣韶認爲〈浣溪沙〉的本事始自張泌與浣衣姑娘的愛情故事。❺然而，考證其事蹟原委，可以發現，張泌所賦「浣花溪上見卿卿」一詞，實爲〈江城子〉，與〈浣溪沙〉本調毫無關係。❻因此，爲釐清〈浣溪沙〉之本事，筆者大膽地從兩個方面尋求解決。一是從字面上解釋：浣者，洗濯也；沙者，紗也。任半塘在箋訂《教坊記》時，仿鄭樵《通志》「遺聲」，編「曲名事類」，即把〈浣溪沙〉歸入「自然」中的「水」類之下。❼可見〈浣溪沙〉的得名，難脫溪中浣紗之故事意涵。其次，從最初的作品考察：越早期的詞作，其主題應更趨向於本事。假設敦煌曲錄載的是較早之〈浣溪沙〉，則其中所佔比例最多者，或近〈浣溪沙〉之本事，即隱逸閒適主題。準此兩端，隱逸主題與溪中浣紗是否有交集呢？有的，那就是西施與范蠡的傳說。

楊慎在《詞品》中，提及「詞名多取詩句」的現象時說：「〈浣溪沙〉則取少陵詩意。」❽然遍尋杜詩，並無「浣溪沙」字樣，僅有「浣花溪」一詞，見諸〈鄭公五首〉之三及〈將赴成都草堂途中有作〉；而浣花溪則在成都，實與西施浣紗溪毫無關係也。❾

話雖如此，唐詩中卻頻頻出現歌詠西施浣紗之事。如宋之問〈浣紗篇贈陸上人〉；王維〈白石灘〉：「西施明月下」、〈雜詩〉：「時時出浣紗」、〈洛陽女兒行〉：「誰憐越女顏如玉，貧賤江頭自浣紗」，及〈西施詠〉：「當時浣紗伴」。又如李白〈和盧侍御通塘曲〉：「別有浣紗吳女郎」、〈西施〉：「浣紗弄碧水」、〈姑熟十詠〉：「何處浣紗人」。此外，亦有單詠西施者，如劉禹錫：「若共吳王鬥百草，不如應是欠西施」、王維〈西施詠〉：「豔色天下重，西施寧久微」，以及李白：「五月西施采，人看隘若耶」、〈西施詩〉：「西施越溪女，出自苧蘿山，秀色掩今古，荷花羞玉顏」等。

西施，春秋越美女，一作先施，又稱西子，別名夷光，爲越國苧蘿（今浙江省諸暨縣南）人。其事蹟最早見載於《吳越春秋．勾踐陰謀外傳》：

十二年，越王謂大夫種曰：「孤聞吳王淫而好色，惑亂沈湎，不領政事，因此而謀，可乎？」種曰：「可破。夫吳王淫而好色，宰嚭佞以曳心，往獻美女，其必受之。惟王選擇美女二人而進之。」越王曰：「善。」乃使相國中，得苧蘿山鬻薪女曰西施、鄭旦，飾以羅縠，教以容步，習於土城，臨於都巷，三年學服，而獻於吳，乃使相國范蠡進。⑩

從上文可知，最早的西施既不是浣紗女；和范蠡間也無任何曖昧關係。西施與范蠡間的愛戀，初見於陸廣微《吳地記》引《越絕書》：「西施亡吳國後，復歸范蠡，同泛五湖而去。」⑪然而，現存《越絕書》中並無此語。魏子雲認爲，西施與范蠡間的兒女之情，實屬「悖乎史」的錯誤一筆：

春秋時代的封建之制，貴族平民是有界域的，再說，范蠡又是一位大夫，他看上了一位平民的女子，何須談情說愛？除非這女子業已字人，或女家不肯委之官家。還有一個問題，范蠡既已身為大夫，在春秋那樣的時代，還能獨身未娶嗎？⑫

陸廣微之引雖有可議，但卻反映出西施傳說，發展至唐代已與范蠡渾不可分。再配合前面引述王維〈洛陽女兒行〉中的「浣紗」特徵。可見西施的浣沙形象，以及與范蠡隱逸歸去的情節，在唐代已經初步定型。而〈浣溪沙〉的初創，或許就是歌詠西施之作。其描寫內容，自然脫離不了西施與范蠡「同泛五湖而去」的歸隱；也難逃西施與范蠡間的愛情。因此，敦煌詞與唐五代文人詞中，以隱逸、愛情爲大宗，就很容易理解了。

(二)樂舞形式的作用

敦煌寫卷「伯三五〇一」、「斯五六四三」中，分別載有〈浣溪沙〉舞譜五種。它是一種酒令舞譜，擁有「慢四、急三、慢二、急三」的拍段。⑬主要用於酒宴歌筵，「其中的舞蹈語匯，如『令』、『挼』、『据』、『搖』、『送』等等，同酒令名目有密切關聯。」⑭此外，現存的敦煌資料中，另有「伯三七一九」的〈浣溪沙〉琵琶譜。⑮可見〈浣溪沙〉在很早的時候，即與「歌」、「舞」密不可分。

〈浣溪沙〉與歌舞相互結合的情形，還可從其名列「著辭」之中，見諸端倪。所謂「著辭」，是指一種「配合音樂和舞蹈的，是依附於酒令伎藝而存在的，是一種依調填詞。」⑯它的演出場所是歌筵酒肆；它的表演目的是勸酒行樂；它的氣氛性質是「富遊戲性」；它的音樂風格是「喧騰急促」的。⑰

酒筵歌席與著辭（詞調）間，不僅是直線的因果關係，更有往復回環、相輔相成的關連。也就是說，不單只是宴飲風氣帶動了歌舞的創作，引導了著辭的生成；相對的，著辭的產生也推動了宴飲的盛行，豐富了賓筵的氣氛。

酒筵歌席對著辭的影響，主要有形式、內容兩個方面。就前者而言，由於它的功用是勸酒酬唱，乃興之所至，隨口哼唱之作，最適合用來抒發一瞬間的情感，自然篇幅不能過長⑱；而對後者來說，酒筵歌席的情景，不僅成為詞作中常見的場合，也直接促進了歡樂、離別、感懷、歌頌、壽詞等主題的產生。

綜合上述，身兼舞譜、琵琶譜及著辭三種身份的〈浣溪沙〉，其主要任務脫離不了以「清絕之詞，用助嬌嬈之態」（歐陽炯〈花間集敘〉）的功能。酒席賓筵中，〈浣溪沙〉舞蹈是歡愉氣氛的楔子；〈浣溪沙〉音樂是聚散情感的催化，於是〈浣溪沙〉歌詞，自然便有悲歡之別。而悲傷之情，或因離別、或是傷時；歡愉之心，或沉於享樂、或付諸祝賀。這也是形成〈浣溪沙〉泰半主題，落在「怨別歡樂」的內在因素。

（三）青樓歌妓的繁盛

如果說舞曲、琵琶曲、著辭，是影響〈浣溪沙〉多酒筵歌舞描寫、離別享樂主題產生的內在因素。那麼，社會經濟的繁榮則是造成這個現象的外在原因。

唐自開國以來，競爲奢侈。安史亂後，北方經濟大衰，經濟重心向南遷徙，一些新興的商業都市，如揚州、益州、杭州、蘇州、荊州、汴州，靠著優越的水陸交通，以及豐沛的自然條件，逐漸嶄露頭角。洪邁在《容齋隨筆》卷九〈唐揚州之盛〉下即說：「唐世鹽鐵轉運使在揚州盡斡利權，判官多至數十人，商賈如織。」⑲可見當時的盛況。迄至五代，縱屬割據局面，但當政者發展農業桑蠶、致力商業貿易，使得江南各區，依舊呈現一片富庶景象。

經濟的空前發達，帶動了城市的消費水準。他們開始追求一種冶遊狎邪的生活，青樓歌妓蔚爲興盛。加以蘇杭古多佳麗，使南方城市在貿易繁盛、商賈集中之餘，青樓歌妓亦達鼎盛。⑳

這種狎妓之風，到了宋代，非但沒有降低的趨勢，反而有愈演愈烈的跡象。㉑首先，宋太祖趙匡胤，鑒於安史之亂藩鎮割據，以「多置歌兒舞女，日夕飲酒相歡」之語，勸慰石守信釋去兵權的手段，爲宋代開啓了及時行樂的風氣。㉒其次，宋代政治安定、經濟發達，歌妓繁盛之景，匹於前朝。㉓而社會大眾對女音的愛好、文士向歌妓尋求心靈情感的慰藉，也是造成宋代歌妓繁盛的原因。㉔

歌妓對詞的影響，歐陽炯於〈花間集敘〉已提及：

則有綺筵公子，繡幌佳人；遞葉葉之花箋，文抽麗錦；舉纖纖之玉指，拍按香檀。不無清絕之辭，用助嬌嬈之態。自南朝之宮體，扇北里之倡風，何止言之不文，所謂秀而不實。有唐已降，率土之濱，家家之香徑春風，寧尋越艷；處處之紅樓夜月，自鎖嫦娥。㉕

花前月下，少不了歌舞助興；興之所致，抒發出即席的美詞。兩相交會，詞作中的常見人物，自然是那婀娜多姿的歌妓；常寫的情感，自然是愁怨喜樂的女子情懷。所以，歌妓實爲詞作情感的催化劑，也是詞作中重要的主角。

筆者在分析〈浣溪沙〉主題時，發現在敦煌曲子中，並無吟詠歌妓之作。至於以閨音手法述寫閨情者，也僅區區兩闋。然而，這種情況到了唐五代文人筆下卻完全扭轉。文士們的〈浣溪沙〉主題，以閨怨詞佔最大宗；其次分別是相思、歌詠美人、享樂、情愛與離別。之所以會有這樣的落差，除了民間詞人與文人雅士生活背景的差異外。最主要的因素，應與前面所言，經濟發展帶動歌妓的繁盛有關。

歌妓的必備條件，不外乎要外貌出眾、聰靈機智，擁有美妙的歌喉與表演才藝。她是詞樂傳衍的重要中介，文雅之士在創作中，很自然地便把她們動人的形貌訴諸詞藻。而亦歌亦舞的

〈浣溪沙〉，便在文士與歌妓的交流過程中，展示出一幅幅的仕女圖像。

他們或描繪女子外表與才藝，形成詠人主題；或訴說和歌妓間的綿綿情意，引發出相思與情愛；或爲女子代言，道出閨怨愁思、離別相思之苦；或居於兩者，表達尋歡逐樂、開懷醉飲之情。

歌妓盛行對〈浣溪沙〉怨別歡樂主題的影響，一直延燒到宋代依然不退。宋代〈浣溪沙〉主題的前幾名，分別是歡樂、詠物、詠人、閨怨、寫景。除詠物、寫景屬新崛起的主題外，其餘仍逃脫不了歌妓的勢力範圍。因此，對〈浣溪沙〉而言，歌妓不僅爲是傳播音樂的工具；更重要的，她提供了寫作題材，並深深左右了它的主旨內容。

（四）唱和酬贈的風氣

文人製詞，本爲酒筵娛賓之作，故其對象多爲歌妓。及至後來，以詩文爲詞之風漸行，詞人間相互應和酬答，成爲詞作的實用功能。於是詞的歌詠範圍開始擴大，或贈予親友，或相和詠物，不一而足。黃文吉在〈唱和與詞體的興衰〉一文曾說明，這種唱和風氣也是詞體起源的重要因素：

> 唐五代的文人，聽到某支曲子非常優美，當興起「和」的念頭，有些人哼哼就算了，

有些人覺得曲子雖然優美，但沒有歌詞，或者雖有歌詞，但覺得不滿，因此按照曲拍填上文字，這就是「曲子詞」，也就是「詞」。26

唱和對〈浣溪沙〉主題的影響，主要表現在兩方面。一是唱和內容上，席間相互酬贈唱答的風氣，直接產生歌頌祝壽之詞。二是唱和形式上，和題與和韻、次韻的運用，往往限定了主題的取向。

就前者而言，〈浣溪沙〉的歌功頌德詞，約近三十闋。它們都是爲了讚揚祝賀而作，屬於詞的實用功能。其間，或讚賞人品的高潔（如蘇軾「雪頷霜髯不自驚」一詞稱贊長老法惠）；或稱頌戰士的事功（如洪皓「南北渝盟久未和」乃爲王侍郎而作）；或佩服文采（如洪适「邦伯今推第一流」）。姑不論所贊是否真切，詞人們透過種種酬贈，以達成情感交流的目的則是一致的。至於〈浣溪沙〉的壽詞作品則更多了，約有五十闋。在祝壽慶生中，壽詞已成爲不可或缺的社交工具。而來往酬唱的過程中，既爲〈浣溪沙〉的傳播做出貢獻；卻也限制了主題內容，形成歌頌與賀壽的篇什。

再從唱和形式來看，〈浣溪沙〉主要有和題、和韻（次韻）與聯句等方式。和題顧名思義是循著他人的詞旨以相詠，其主題必受前人約束。〈浣溪沙〉的和題之作有舒亶「金縷歌殘紅燭稀」（和葆先春晚飲會）、舒亶「黑白紛紛小戰爭」（和仲聞對棋）、謝薖「柳絮隨風散漫飛」（陳虛中席上和李商老雪詞）、周紫芝「水上鳴榔不繫船」（和陳相之題烟波圖）、向子諲「樂在煙波釣是閒」（漁父詞）、㉗沈與求「雲幕垂垂不掩關」（和鄭慶襲雪中作）、李彌遜「簫鼓哀吟樂楚臣」（和蔣丞端午競渡）、王之道「一樣檀心半捲舒」（和陳德公酴釄）、王之道「曉日暉暉玉露光」（和張文伯木犀）及王之道「過雨花容雜笑啼」（和張文伯海棠）共十闋。

和韻、次韻在內容上則沒有限制，僅止於韻腳相同即可。不過，從實際分析中，筆者卻發現許多篇章，實屬既和韻又和題者。例如蘇軾「雨後微雪」五闋，均寫雪中暢飲的情景；㉘又如葛勝仲「侑觴」兩闋與葉夢得的和詞，皆屬歌功頌德之作；㉙再如王庭珪「次韻向薌林」一闋，與向子諲的原著、曾慥的和作，主題都是歌詠梅花等等。㉚當然，主題相同畢竟不是和韻的必要條件。因此，另一些和韻作品，其主題並不一致。㉛至於聯句體，吳文英「秦黛橫愁送暮雲」，其詞序作「陳少逸席上用聯句韻有贈」。可見當時有〈浣溪沙〉聯句，但原詞與何人所聯，已不可考矣。

綜合上述，從〈浣溪沙〉和題、和韻（次韻）、聯句作品，及〈浣溪沙〉的歌頌祝壽內容中可知，唱和不僅帶動了〈浣溪沙〉的傳播，更深深左右著它的主題。

（五）時代環境的劇變

時代環境爲文學創作提供了素材，並深化成作品的精神。因此，朝代之興多承平氣象歌詠；世局之末多傷戰亂哀國遺恨。這種差別，使得南、北宋詞呈現出不同的風貌。王昶所云：「南宋

詞多黍離麥秀之悲，北宋詞多北風雨雪之感」即是此意。㉜

從頁三八所製的「圖二、〈浣溪沙〉主題分類比例圖」中可知，〈浣溪沙〉的主題集中在怨別歡樂、隱逸閒適、詠物遊景、感時抒懷四者。由此可見，在詞人的心目中，〈浣溪沙〉的聲情是偏向於平和婉約的。不過，在實際歸納時，卻有少數寫國破愁恨、邊塞軍旅之事者。這類作品的共通點，在於它們的背景均屬時代末期，都是環境劇變下而生的悲歌。故王昶「南宋詞多黍離麥秀之悲」的說法，基本上也符合〈浣溪沙〉主題發展的進程。

在這類主題中，一方面我們可以看到，詞人們在歷經國家劇變，用詞來傳遞愛國之思、邊塞之苦的用心。而另一方面，從這類主題的貧乏，也可見出，一般詞人仍將〈浣溪沙〉視爲艷麗婉約之調，其哀怨愁思之情與國恨黍離之悲、邊塞壯闊之景，畢竟很不相同。但是，若我們就〈浣溪沙〉的整體性來看，時代環境的劇變實爲影響其主題遞嬗，形成黍離、邊塞出現的重要因素。

（六）宗教傳播的工具

〈浣溪沙〉發展到了金元，出現了一批爲數可觀的修行煉丹主題，分別由王喆、馬鈺、丘處機、王吉昌所寫。這些修行煉丹詞的份量，超越了同一時期的其他作品，一躍成爲金元時期〈浣溪沙〉的第一主題。

〈浣溪沙〉修行煉丹詞的產生，主要與全真教傳道有關。全真教是金元時期的新興教派，由於自祖師王喆開始，歷代全真教徒皆以文士入道，加上教中對道徒教育的重視，所以全真道士的詩詞曲作十分豐富。

全真教尤長以詞傳道，一則因這種形式易爲普通老百姓所接受，二則受到當時文風影響，很自然地便用詞體來傳達教義。㉝此外，全真教注重修煉內丹，及性命雙修。事實上，那都是強調以內省的方式，對玄妙境界的體驗；而這種內省方式，與詞的含蓄特質相互吻合。陶然《金元詞通論》有云：

> 詞作為一種「要眇宜修」的藝術形式，擅長的本就是表達內省式的、私人化的情感體驗，其含蓄婉轉、含而不露、一沾即走、一點即透的詞體特徵，也同樣十分適合於全真道教內省境界的表現。㉞

全真教以詞體宣揚教義，可謂不遺餘力。作爲宋人擇調之首的〈浣溪沙〉，在這種氛圍底下，也成爲王喆、馬鈺、丘處機、王吉昌等全真道士抒發修行的最佳工具。

王喆等人對〈浣溪沙〉主題的改變，主要表現在內丹修行之篇。詞中或隱含內丹之要；或點明修行法門；或勸人出世修煉。即使在與修煉不同主題的遊歷篇什，如馬鈺「若非雲遊到渼陂」、丘處機「仙院深沉古柏青」二詞。也能從書寫過程中，營造出一種與修煉相同性質的飄邈仙境。

此外，馬鈺、丘處機、王吉昌等人，還將〈浣溪沙〉的調名改爲〈翫丹砂〉。將〈浣溪沙〉另立新名的作法，早自賀鑄即已開始。不過，將調名改爲〈翫丹砂〉，一則可與主題相互呼應；另亦可見全真道人將〈浣溪沙〉視爲宗教傳播工具的寫作態度。

如上所論，〈浣溪沙〉的主題演變，分別受「緣其本事以創作」、「樂舞形式的作用」、「青樓歌妓的繁盛」、「唱和酬贈的風氣」、「時代環境的劇變」，及「宗教傳播的工具」等因素影響，因而形成內容紛呈的局面。應說明的是，各個原因並不是相互排斥的。換句話說，某些主題的生成，可能會有兩個以上的因素。當然，也有一些原因僅適用於某些主題的情形。

影響〈浣溪沙〉主題演變之因既明，以下開始分期討論〈浣溪沙〉的主題演變與特色。爲對下列論題有一概括性了解，茲將〈浣溪沙〉「主題分類斷代」，及「主題分類比例」情況，製圖如下：

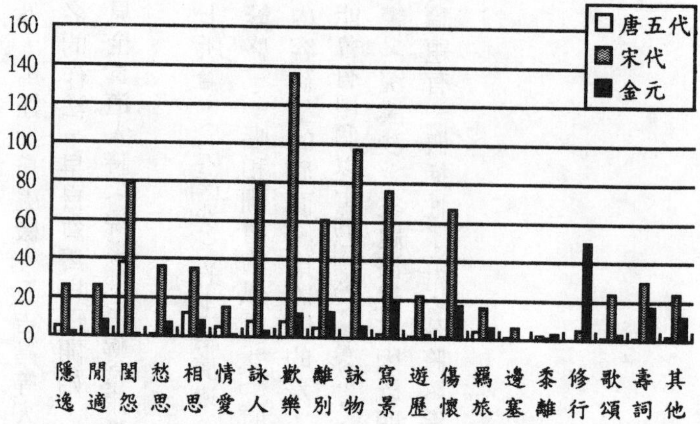

圖一 〈浣溪沙〉主題分類斷代圖

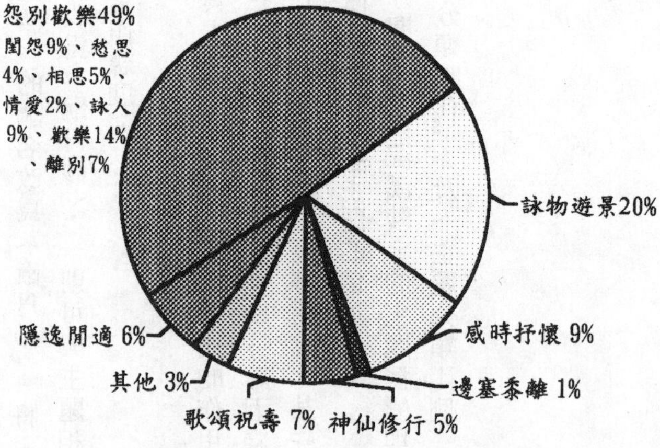

圖二 〈浣溪沙〉主題分類比例圖

【附註】

❶徐釚：《詞苑叢談》(臺北：木鐸出版社，一九八二年二月)，卷四，頁八〇。

❷何鳳奇說：「唐宋詞的長短句結構形式和用語強調突出表現性質，決定了詞語的語法結構特點，同時導致了它對陳述性語法的破壞，也造成了一種模糊的審美體驗。」見〈唐宋詞欣賞與模糊方法〉，《齊齊哈爾師範學院學報》一九八七年四期，頁六二。關於詩歌的模糊性，另參劉懷榮：〈中國古典詩詞的模糊性〉，《河南師範大學學報》一九八七年三期，頁三四－四〇，及劉宇：〈論中國古典詩詞的模糊性特徵〉，《華中師範大學學報》一九八八年二期，頁八一－八七。前者將詩詞的模糊性分為內外兩種。內模糊是詩歌意象本身所表現的模糊，它又可分作語言模糊和意象模糊兩類。外模糊是一種深層模糊，大致可分成象徵性模糊、結構模糊、意境模糊、寄託性模糊和空白性模糊五類。後者則將中國古典詩詞的模糊美分成三大類：語言形式的模糊、表現手法和技巧的模糊、思維方式的模糊。第一類包括節奏分段、語法結構所造成的模糊；第二類是作者用比喻、象徵、用典、雙關、諱飾和反語、起興、虛實的寫作技巧，創作出朦朧美，產生了模糊性。第三類是作家對現實世界把握的模糊，乃境界、意象的難以捉摸所造成。

❸李若鶯云：「詩語言具有兩個特性：傳達是不完全的；了解也是不完全的。」不過這並不是說

詞意全無界限,「讀者對詞的充實或補充,必須在原文的基礎下實行某種節制,不是任意進行:我們不能離開字句及意象的連貫去解讀詞,必須以詞的語言及審美意象作為出發點……把那些由原文暗示的和由修辭技巧設定的義涵回歸客體。」見《唐宋詞鑑賞通論》(高雄:高雄復文書局,一九九六年九月),頁五五〇—五五一。

❹見余毅恆:《詞筌》(臺北:正中書局,一九六六年十一月),頁一〇九。

❺《詞牌故事》載張泌與浣衣姑娘的戀愛故事:張泌在未出仕時,與浣衣姑娘青梅竹馬,相互愛戀。然而命運的捉弄,迫使浣衣在父母親的安排下,嫁給城裡一戶有錢人家。多情的張泌,始終對她無法忘懷。一場相思病後,忍不住寫了封信,表達難忘之情。浣衣姑娘雖亦悲慟,但理智的她,回信勸告張泌要振作起來。張泌病癒後,乃發憤讀書,功成名就之際,依然對浣衣姑娘銘心不忘,於是寫出「獨立寒階望月華」一詞,即名之為〈浣溪沙〉。見蔣韶:《詞牌故事》(西安:陝西師範大學出版社,二〇〇二年一月),頁二九二—二九三。〔宋〕沈雄《古今詞話.詞評》卷上引《才調集》云:「(泌)少與鄰女浣衣善,經年不見,夜必夢之。女別字,泌寄以詩云:『多情只有春庭月,猶為情人照落花。』浣衣流淚而已。」見唐圭璋:《詞話叢編》(臺北:新文豐出版社,一九八八年二月),冊一,頁九七二—九七三。按:蔣韶所述張泌與浣衣姑娘的戀愛故事,蓋取自此。

❻〔清〕葉申薌《本事詞》卷上:「張泌仕南唐,為內史舍人,初與鄰女浣衣相善,為賦〈江城子〉云:『浣花溪上見卿卿。眼波明。黛眉輕。高綰綠雲,金簇小蜻蜓。好是問他來得麼,和

笑道，莫多情。』後經年不復相見，張夜夢之，因寄絕句云：『別夢依稀到謝家。小廊回合曲闌斜。多情只有春庭月，猶為離人照落花。』」見唐圭璋：《詞話叢編》，冊三，頁二二九九。

❼見〔唐〕崔令欽撰、任半塘箋訂：《教坊記箋訂》（臺北：宏業書局，一九七三年一月），頁二五七。

❽見唐圭璋：《詞話叢編》，冊一，頁四二八。關於調名取自詩句說之誤，〔清〕馮金伯於《詞苑萃編》卷二十，即辯曰：「宋人詞調，不下千餘，新度者即本詞取何命名，餘俱按譜填綴。若一一推鑿，何能盡符原指。安知昔人最始命名者，其原詞不已失傳乎。」見《詞話叢編》，冊三，頁二一七四。

❾《升菴辭品校證》卷一云：「今按：杜詩並無『浣溪沙』字樣。僅有『浣花溪』一詞，見〈鄭公五首〉之三及〈浣紗篇贈陸上人〉。但浣花溪為成都地名，與西施浣紗溪無關。」見劉真倫：《升菴辭品校證》（臺北：華正書局，一九九六年六月），頁三七。

❿見〔漢〕趙曄：《吳越春秋》（臺北：臺灣商務印書館，一九八六年三月影印《文淵閣四庫全書》本），冊八五一，頁五七。其下引《輿地志》云：「諸暨縣苧蘿山，西施、鄭旦所居。」引《十道志》云：「勾踐索美女以獻吳王，得之諸暨苧蘿山，賣薪女也。」惟《越絕書》卷十二〈內經九術〉說：「越乃飾美女西施、鄭旦，使大夫種獻之於吳王，曰：『昔者越王句踐，竊有天之遺西施、鄭旦，越附洿下，貧窮不敢當，使臣下種，再拜獻之，吳王大悅。』」見《越絕書》（北京：中華書局，一九八五年《叢書集成初編》本），頁五七。

⓫見〔唐〕陸廣微：《吳地記》，（臺北：新文豐出版社，一九八四年六月《叢書集成新編》本），卷九十四，頁八。

⓬見魏子雲：〈西施其人之由來及其形象演變〉，《歷史月刊》一九九八年一二二期，頁九八。

⓭敦煌寫卷「伯三五〇一」云：「〈浣溪沙〉：拍常。令三拍，舞挼据單。舞引舞，据引据。前急三中心舞，後急三中心据。打慢段送。」王昆吾校曰：「此譜為〈浣溪沙〉譜，用本調常規拍段：慢四、急三、慢二、急三。」見《唐代酒令藝術》（上海：東方出版社，一九九五年一月），頁二五二。

⓮見王昆吾：《隋唐五代燕樂雜言歌辭研究》（北京：中華書局，一九九六年十一月），頁八八。

⓯〈浣溪沙〉琵琶譜研究，見饒宗頤：〈敦煌琵琶譜浣溪沙殘譜研究〉，《敦煌琵琶譜論文集》（臺北：新文豐出版公司，一九九一年八月），頁二八九—二九五。

⓰見王昆吾：《隋唐五代燕樂雜言歌辭研究》，頁二〇〇。

⓱王昆吾說：「著辭曲調有它自己的特點，只有符合這些特點的教坊曲才能成為著辭曲。這些特點是：一、合舞，二、富遊戲性，三、有比較喧騰急促的音樂風格。」見《隋唐五代燕樂雜言歌辭研究》，頁二二三。

⓲鄭騫在解釋「小令」一詞時，曾說：「打令是唐人宴會時的一種游戲，大致類似所謂酒令或近代開會後的餘興。打令輪了的人，或被指派的人，或者貢獻其他節目，或者唱一首『曲子』，這當然不必也不能唱長的，只唱一首短的也就行了。所以短詞就叫做令，意為可供行令之用。」

見〈再論詞調〉，《景午叢編》（臺北：臺灣中華書局，一九七二年一月），冊上，頁九六—九七。龍榆生亦云：「小令命名之由來不可考，以意測之，殆等於酒令之令。故恆於酒邊花下，即席成篇，隨付管絃，藉以娛賓遣興。」見〈令詞之聲韻組織〉，原載於《制言》一九三七年三十七期，後收入龍榆生：《龍榆生詞學論文集》（上海：上海古籍出版社，一九九七年七月），頁一六五。

⑲見〔宋〕洪邁：《容齋隨筆》（臺北：臺灣商務印書館，一九八六年三月影印《文淵閣四庫全書》本），冊四六三，頁三四三。

⑳唐代歌妓興盛的原因，廖美雲歸納為五點：一、經濟繁榮城市商業發達；二、君王官吏宴集冶遊頻繁；三、進士浮薄與功名補償心態；四、胡風禮教與仕婚愛情之衝擊；五、道教房中術促進蓄妓女色之風。見《唐伎研究》（臺北：臺灣學生書局，一九九五年九月），頁三五—一二八。

㉑宋代歌妓制度，大抵沿襲唐制。從妓籍來看，也有官妓、家妓和私妓之別。北宋官妓乃屬教坊管理，迄南宋紹興間，因國家財力困難，而廢教坊，已沒有一個相對固定的管理機構。宮中若舉辦樂舞活動，則從各地官府召集樂工、歌妓。關於唐宋歌妓，見李劍亮：《唐宋詞與唐宋歌妓制度》（杭州：浙江大學出版社，一九九九年五月），頁二三—四六。唐代歌妓制度，另參廖美雲：《唐伎研究》，頁一二九—二一二。

㉒《宋史．石守信傳》太祖杯酒釋兵權曰：「人生駒過隙爾，不如多積金、市田宅以遺子孫，歌

兒舞女以終天年。」見〔元〕脫脫等：《宋史》（臺北：鼎文書局，一九七八年九月），頁八八一〇。《宋史紀事本末》亦云：「卿等何不釋去兵權，出守大藩，擇便好田宅市之，為子孫立永遠不可動之業；多置歌兒舞女，日夕飲酒相歡，以終天年。」見陳邦瞻：《宋史紀事本末．收兵權》（臺北：三民書局，一九七四年四月），卷二，頁七。

㉓宋代歌妓繁盛之景，由〔宋〕孟元老：《東京夢華錄》（臺北：臺灣商務印書館，一九七一年一月），及〔宋〕周密：《武林舊事》（臺北：臺灣商務印書館，一九八六年三月影印《文淵閣四庫全書》本）兩書所載可見一斑。《東京夢華錄》卷二〈酒樓〉：「凡京師酒店，門首皆縛綵樓歡門，唯任店入其門，一直主廊約百餘步，南北天井兩廊皆小閤子，向晚燈燭熒煌，上下相照，濃粧妓女數百，聚於主廊泵面上，以待酒客呼喚，望之宛若神仙。」見《東京夢華錄》，頁四六。《武林舊事》卷六〈酒樓〉：「以上皆市樓之表表者，每樓各分小閣十餘，酒器悉用銀，以競華侈。每處各有私名妓數十輩，皆時粧袪服，巧笑爭妍。夏月茉莉盈頭，香滿綺陌。凭檻招邀，謂之『賣客』。」見《武林舊事》，冊五九〇，頁二四五。

㉔關於宋代歌妓繁盛的原因與意義，參考黃文吉：〈宋代歌妓繁盛對詞體之影響〉，《第一屆宋代文學學術研討會論文集》（高雄：麗文文化事業公司，一九九五年五月），頁二一一—二一六。及謝桃坊：《宋詞辨》（上海：上海古籍出版社，一九九九年九月），頁三二八—三三〇。

㉕見金啟華等：《唐宋詞集序跋匯編》（臺北：臺灣商務印書館，一九八二年二月），頁三三九。

㉖見黃文吉：〈唱和與詞體的興衰〉，《國立彰化師範大學國文系集刊》一期（一九九六年六月），

頁四一。

㉗原序為：「漁父詞，張志和之兄松齡所作也，有招玄真子歸隱之意。居士為姑蘇郡守，浩然有隱志，因廣其聲為〈浣溪沙〉，示姑蘇諸友。」

㉘詞序作：「十二月二日，雨後微雪，太守徐君猷攜酒見過，坐上作浣溪沙三首。明日酒醒，雪大作，又作二首。」分別為「覆塊青青麥未蘇」、「醉夢醺醺曉未蘇」、「雪裡餐氈例姓蘇」、「半夜銀山上積蘇」，及「萬頃風濤不記蘇」五闋。

㉙詞序云：「少蘊內翰同年寵速，且出後堂，并製歌詞侑觴，即席和韻二首。」分別是「今夜風光戀渚蘋」、「溪岸沈深屬泛蘋」。葉夢得另有和詞「千古風流詠白蘋」一闋。

㉚三詞分別為：王庭珪「九里香風動地來」、向子諲「醉裏驚從月窟來」、曾慥「別樣清芬撲鼻來」。〈浣溪沙〉和韻兼和題的作品還有很多，比如蘇軾「珠檜絲杉冷欲霜」、「霜鬢真堪插拒霜」寫重陽節樂飲；周紫芝「近臘風光一半休」、「欲醉江梅興未休」、「無限春情不肯休」寫盼梅開花之情；向子諲「豔趙傾燕花裏仙」、「曾是襄王夢裏仙」中均是歌詠美人之作；鄧肅「高會橫山酒八仙」、「二八佳人宴九仙」、「半醉依人落珥簪」、「海畔山如碧玉簪」四闋，則不脫及時行樂、歡喜暢飲之思……等等，難以盡舉。

㉛例如：趙彥老「和洪舍人」兩闋，一寫閨怨、一頌才德；張孝祥「霜日明霄水蘸空」、「宮柳垂垂碧照空」兩闋，一寫戰事之悲、一抒得意之喜；楊澤民「風遞餘花點素繒」詠荼蘼、陳允平「約臂金圜隱絳繒」則書閨怨等等。

32 見（清）謝章鋌：《賭棋山莊詞話》，《詞話叢編》，冊四，頁三三二一。

33 伍偉民、蔣見元說：「一來這種形式易為普通老百姓所接受，二來他們是那個時代的人，也會受當代文學風氣的影響，而且道教教義用詩歌來表達本來就有傳統。」見《道教文學三十談》（上海：上海社會科學院出版社，一九九三年五月），頁八八。

34 見陶然：《金元詞通論》（上海：上海古籍出版社，二〇〇一年七月），頁二〇九。

第二節　唐五代：隱逸與閨怨兩端

由頁三八所製「圖一、〈浣溪沙〉主題分類斷代圖」中可知，〈浣溪沙〉在唐五代，除了詠物、修行尚未涉入外，其餘主題皆已陸續出現。不過，當筆者將其細分成敦煌民間詞、唐五代文人詞兩造時，卻發現一個有趣的現象。那就是敦煌詞中最多的主題是隱逸閒適；文人詞則以閨怨愁思之題佔絕大多數。之所以造成此種落差，主要是兩者間的創作背景、寫作態度有著根本上的不同。

敦煌曲子詞基本上屬民間歌謠，它反映了各階層民眾的現實生活，並具有民間文學的「匿名性」與「流傳性」。1王重民在〈敦煌曲子詞集．敘錄〉中曾論及其主題特點：

今茲所獲，有邊客遊子之呻吟，忠臣義士之壯語，隱君子之怡情悅志，少年學子之熱望與失望；以及佛子之讚頌，醫生之歌訣，莫不入調。其言閨情與花柳者，尚不及半。❷

民間詞人以詞做為抒發性情的外殼，它所反映出來的社會性較為強烈。因此，敦煌〈浣溪沙〉詞的內容，或因社會動盪而萌生隱逸之思、閒適之情；或以世局混亂而哭喊邊塞之苦、國亡之恨。再者，社會各級人員所關注的層面不同，故亦有閨怨、思憶、寫景等主題。但比較起來，這些在文人詞中嶄露頭角的內容，於敦煌曲中卻顯得較為沉寂。

相反的，唐五代文人們在創作〈浣溪沙〉時，卻相中其樂舞相宜的形式作用；加上它篇幅短小、易塡易唱，很快地在青樓酒肆中流傳開來。於是，在「緣情而綺靡」的寫作態度下，〈浣溪沙〉大量地向閨怨艷情的領域進軍，從多角度開拓女子豐富多樣的情感、發掘男女間的相思情愛及聚散悲歡；並從欣賞者的角度，描繪出女子的聲貌才藝等。不僅顯示出詞人敏銳的觀察力；而且也將〈浣溪沙〉由民間之聲轉為符合文人口味的酒筵之音，直接促成了它的流傳廣度。

除了創作背景與寫作態度的差異外，上節分析影響〈浣溪沙〉主題遞嬗的因素時，筆者曾試著從「本事」方向思考成因，亦即詞調初立時「緣題而發」的傾向。這種賦題現象，明代楊愼即已注意。《詞品》卷一〈醉公子〉條下云：

❸唐詞多緣題所賦，〈臨江仙〉則言水仙，〈女冠子〉則述道情，〈河瀆神〉則詠祠廟，〈巫山一段雲〉則狀巫峽。如此詞題曰〈醉公子〉，即詠公子醉也；爾後漸變，與題遠矣。

〈浣溪沙〉調名來源，或與范蠡、西施「同泛五湖而去」的故事有關。假設敦煌中的〈浣溪沙〉爲早出，那麼它以隱逸閒適主題爲多，也就不足爲怪了。只不過，「爾後漸變」，調名終與內容判然兩途，「與題遠矣」！終被唐五代文人詞作的豔麗之風所掩。

(一)敦煌民間詞—隱逸閒適與鄉愁國恨

從「附錄一」中歸納得知，敦煌詞中的主題分佈情況爲：隱逸五闋、詠人二闋、閨怨二闋、相思一闋、寫景一闋、羈旅四闋、黍離二闋，及邊塞、歌頌、壽詞各一闋。另有「却掛綠欄用筆章」一詞，寫棄戎從文之題，與邊塞重武之風相反，故斟置其他之列。先看以下兩闋：

倦却詩書上釣舡。身披莎笠執魚竿。棹向碧波深處去，復幾重灘。　不是從前為釣者，

蓋緣時世厭良賢。所以將身巖藪下，不朝天。

浪打輕舡雨打篷。遙看篷下有魚翁。莎笠不收舡不繫，任西東。　即問魚翁何所有，

一壺清酒一竿風。山月與鷗長作伴，在五湖中。❹

這兩闋詞的背景都是在江津之上、舟楫之中。不過，它們的寫作視角卻各不相同。首闋詞敘述一位漁父的野釣生活。上片以「倦却」二字爲始，表面上，它標示著詞人對知識的厭倦、一種反智的心態；但就深層意涵而言，它還代表著對功名（詩書）的厭倦，一種對俗世的背離。從而塑造出不慕榮利、淡泊自甘的漁隱形象。二句以下，作者運用由近至遠的手法，將視角層層推遠：他身著蓑笠、手持釣具（近），輕輕一划，往遠處盪去（遠），不知道又經過幾處水灘（更遠）。雖然只用了短短的十八字，但是在由近至遠的層次中，卻激發出一種悠然空靈的境界。不過，這種悠閒的境界卻沒有維持多久，它很快地就被下片完全顛覆。原來，詞人以前並非漁父，只因世勢所逼，不得不隱身於此。「厭良賢」的沉痛控訴，意味著詞人志不得伸的無奈與悲傷；「不朝天」的氣憤難當，表現了詞人剛直不屈的性格與精神。這也與首句遙相呼應，間接說明了他之所以「倦却詩書」，是因爲即使讀了書也無處伸展呀！

第二闋詞亦是描寫漁父閒適自得之作。與上篇不同的是，此闋以旁觀者的視角著筆，藉著詞人與漁翁間的互動，呈現出一派清幽自在的情境。始句「浪打輕舡雨打篷」，點明了詞人的所在地點，並由此引出執舟之人—漁翁。只見他蓑笠不收、船也不繫，任其肆意漂流。上片這些描述，隱含著兩個訊息，一是詞人似乎與漁父早已熟識，否則不會漫無目的地任舟隨流。二是舡、篷或莎笠與浪、雨間的關係，正如同人生與挑戰。漁翁在面對浪、雨時，其「不收」、「不繫」、「任西東」的方式，包含著一種逆來順受、無爲無不爲的處事態度；並體現出與世無爭的人生觀。下片寫詞人與漁翁間的互動：詞人問漁父，你過著這種生活，擁有些什麼呢？漁父答道，唯有一壺清酒、一竿清風，與山月間的鷗鳥，和我在五湖間爲伴罷了。「酒」、「風」、「山」、「月」、「鷗」，透露著漁父自適於山水之間，體會自然景物的怡然自得。而「五湖」除了這層意思外，還有范蠡「同泛五湖而去」的典故，可看做是〈浣溪沙〉以隱逸爲本事的另一證據。

綜觀以上兩闋，其差別主要在隱逸動機的不同。「倦却詩書上釣舡」中的漁父是被動爲業的，全詞歷經了自悠閒到呻吟、由平淡到激動的過程；「浪打輕舡雨打篷」中的漁翁則是主動爲業的，從回答的口吻中，可感受到他的自得與自豪，絲毫沒有一絲不平之慨。同樣是「釣舡」、「莎笠」，「浪打輕舡雨打篷」中的漁翁，是比較接近張志和的〈漁父〉，也是唐宋之後普遍的漁父形象，但這也意味著「倦却詩書上釣舡」的不凡性。錢鴻瑛等著《唐宋詞：本體意識的高揚與深化》即評道：

> 自中唐張志和的〈漁歌子〉以後，唐宋詞中形成了寫煙波雲水、以漁翁代高隱的傳統，因此，此篇（浪打輕舡雨打篷）產生年代當距張志和不遠，不妨也視為濫觴之作。❺

敦煌〈浣溪沙〉中，另有「八十頹年志不迷」一詞，全詞佚文處甚多，然從起句看來，實爲姜子牙釣於渭水的故事。姜太公爲歷史上著名的漁隱者，其「以漁釣奸周西伯」（《史記》卷三十二〈齊太公世家〉）之行，被後世傳爲美談。前文曾言，〈浣溪沙〉本事或與范蠡隱逸有關，以兩人相較，范蠡功成身退之隱；姜爲求仕待沽之隱。故此詞雖以太公隱事起首，然觀其用心卻在「守池頻負命」之志，與「倦却詩書上釣舡」的無可奈何之心、「浪打輕舡雨打篷」的悠然自足之樂，各不相同。

敦煌〈浣溪沙〉中除了漁父之隱外，尚有山林之隱：「雲掩茅庭書滿床」、「山後開園種藥葵」兩闋。寫歸隱之後，終日與松竹、猿鶴爲伍的山林樂趣。與漁父之隱最大的差別在，山林隱士多喜藏書、多吟風弄月之致，故有「雲掩茅庭書滿床」、「無事却歸書閣內」，及「坐聽猿啼吟舊賦，行看鶯語念新詩」之句。此與漁父順應湖舟間的情懷，明顯有別。

動亂的時代，造成許多人離鄉背井，他們或爲功名、爲逃難而旅居他鄉；或爲護君、爲報國而出征邊陲，表現在詞作中，便是羈旅思鄉、邊塞國恨等內容。這些主題與隱逸相同，均是唐五代文人詞中所無，亦可視爲〈浣溪沙〉敦煌詞與文人詞作的分界。先舉以下三詞爲例：

一隊風來一隊塵。万里迢迢不見人。陸上無水受却□，使風行。　斑山不迭跕烏遠，
早晚到我本鄉園。思憶耶娘長服藥，應昏晨。

一隊風去吹黑雲。舡車撩亂滿江津。浩洲洪波長水面，浪如銀。　即問長江來往客，
東西南北幾時分。一週交人腸欲斷，謂行人。

海鷰喧呼別渌波。雙飛迢遞歷山河。堅志一心思舊主，壘新窠。　出入豈曾忘故室，往來未有不經過。辭主南歸聲尚切，感恩多。

「一隊風來一隊塵」刻畫出一位羈旅在外的遊子心聲。其漂泊因素，詞中沒有提及，然而從他艱苦趕路的情形推論，似乎不是主動外出。或許他是遭受戰亂而離開家鄉，也或許他是被迫從軍而遠征。起句以「風」、「塵」兩個意象，營造出一片黃沙滾滾的背景。它代表著歸途的艱辛，也隱含著詞人蒼茫無助的心情。他走了好長一段路，卻不見有任何人經過，內心的孤寂也隨之逐步加深。多希望能克服路途的困頓哪！就讓風帶領著我回到那個地方吧！回到那個不到斑山日落的遠方，我溫暖的家鄉。思及我那年邁多病的父母，多想能待在你們的身邊親奉藥石，照顧你們的起居呀！

上、下片是一種由悲到喜的過程，詞人透過下片回鄉的想像，支撐著他繼續堅持下去。它也是一種由實到虛的結構，回鄉的畫面雖令人雀躍，但它畢竟是想像；現實情況的他，還在忍受那沿途風霜，不知何年何日才能到家。

「一隊風去吹黑雲」或寫遊子歸鄉時，面對浩瀚如銀的巨浪，突然間迷失不知所措之事。上片主在寫景，詞人從天空、渡口、江面三個角度著墨，開展出「暗」、「亂」、「廣」三種特質。其中，「暗」指陰暗的天雲，有蒼涼凝重的感受；「亂」指紛亂的船車，有煩悶急躁的感受；「廣」

指壯闊的長江，有渺小無助的感受。過片以問句構成，詞人詢問來客，如何分辨方位，既與上片末句的波濤凶湧相呼應，亦體現出遊人的飄泊無依。末句「謂行人」的再度呼告，更現遊子的無助感。

敦煌詞中另有「玉露初垂草木彫」、「萬里迢停不見家」兩闋，亦是羈旅之作。與前詞（一隊風來一隊塵）相同者，它們皆以一種蕭瑟的氛圍，籠罩著思歸難成的心緒。其中，「萬里迢停不見家」亦以「沙」爲背景，同樣述及路途迢迢、憶鄉難回的悲恨。但比較起來，「一隊風來一隊塵」的用語，明顯得比這兩闋詞通俗許多。且其虛實對比的手法，令全詞交織在悲喜互濟的複雜情緒裡，和前兩詞那種一悲到底的寫法，似乎更能引發讀者的共鳴。

與思鄉之痛相別，「海鷰喧呼別渌波」鋪寫思君之切。全詞以海鷰的角度著眼，表面上是歌詠海鷰的詠物之作。不過，從詞中提及的「山河」、「舊主」、「故室」、「辭主」等語彙看來，作者的意涵並不在描摹海鷰的習性或生活。而是透過牠的呼喊，抒發詞人對辭別故主的哀吟；經由牠的雙眸，表達詞人對山河變色的痛惜。因此，說它是黍離麥秀之嘆應較合乎事實。

作者之所以選擇海鷰爲化身，一方面是因爲海鷰有秋天南飛的習性，與如今「辭主南歸」的境遇相同；另一方面，海鷰隔年尚有舊巢可歸，與無故室可回的作者相比，該是多麼的幸福啊！❻因此，悲傷不已的詞人，只能在化身爲海鷰的想像中，期望能重新堆壘出新的巢穴，重使舊室振興。

敦煌詞中，同樣寫知遇於君者，還有「結草城樓不忘恩」一詞。只是此詞並非追溯亡國後的悲痛，而是描寫隨君流亡的情景：詞人深感君王的知遇之恩，護送著國君脫逃。在流離的過程中，不小心在言語上冒犯了君顏，他請國君且莫發怒，因爲此刻除了我還在您身邊外，哪有其他人呢？他一邊以百鳥終會歸林、枯草終會逢春之喻開導君王，說明一切都還有轉圜的餘地；一邊畢恭畢敬地保衛君王，即使犧牲自己的性命，爲國君吸取蛇毒療傷，也無怨無悔。忠君之情，溢於言表，是闋十分特殊的亡國之作。

無論羈旅之感，或是亡國之慨，它們所體現的都是哀傷之調、悲苦之詞。而邊塞詞雖亦戰亂之筆，但它卻代表著青年衛國的勇敢，爭戰場面與傲然開闊的雄心壯志交融，構成了它獨特的情韻，如：

忽見山頭水道煙。鴛鴦擐甲被金鞍。馬上彎弓搭箭射，塞門看。 為報乞寒王子大，胭脂山下戰場寬。丈夫兒出來須努力，覓取策三邊。

詞作從山頭瀰漫的詭異煙霧開始，揭起一派金戈鐵馬的肅殺場面。只見將軍身披戰甲，跨身於金鞍馬背之上，彎弓攻守塞門，多麼地威武勇敢。下片從震耳欲聾的戰爭現場，轉入將軍的心聲：這一切，都是爲了報答主子對我的知遇之恩哪！更何況大丈夫志在四方，理當努力保衛國土，平定邊陲戰亂。

敦煌〈浣溪沙〉中同君王有關者，還有「却掛綠襴用筆章」、「好是身霑聖主恩」二詞。前篇主題十分特殊，它與邊塞肅殺尚武之風相反，寫的是棄戎從文：詞人脫下行軍的盔甲，放下手中的槍劍，改捻紙筆，改習文章。詞人說，他將爲宮殿報告消息，這同樣也要爲君主服務呀！後篇亦寫盡忠報君之言，唯全詞充斥著恭賀朝拜，近似諂媚，實爲歌功頌德之作，與上列所見竭忠之詞，明顯有高下之別。

（二）唐五代文人詞－閨怨與美人的詠歌

唐五代文人詞共有七十七闋〈浣溪沙〉，其中怨別歡樂主題就佔了七十三闋，它們分別爲：閨怨三十六闋、愁思一闋、相思十一闋、情愛五闋、詠人六闋、歡樂八闋、離別六闋。另六闋則分佈於寫景、遊歷、傷懷，及其他等主題之下。

「溫和謙讓」一直是中國士人眼中的美德。然而這種德行，對古代女性來說，卻導致她們以一種忍耐妥協、自卑自賤的態度來面對人生。[7]這種人生觀表現在文學中，便不乏閨中怨婦之音。

〈浣溪沙〉的閨怨主題，雖然在唐五代文人手中掀起首波高潮，但它並非僅是文人的專利。敦煌詞中已有閨怨形影：

一隻黃鷹薄天飛，空中羅網嗟長懸。喚取家中好恩眷，貪人言。　高意郎君勞敬縛，忽然得奪旋高天。悔不當初人心負，奉你兩個沒因緣。

這闋詞不僅是閨婦怨作，從詞中女主角怨極悲嘆聲中，深深感受到她早已由「怨」過渡到「恨」。這種恨意，主要是藉著兩個角色交叉聯結起來的，一是詞人自己的悲呼，二是「黃鷹」的長嗟。她（牠）們之間，又是相互平行而重疊的。所謂平行是指黃鷹的哀淒，和詞人的哀怨相同。吾人均知黃鷹為肉食性鳥類，給人一種凜然不可侵犯的印象。然而，這種傲視群禽的優越，在哀怨無助的詞人眼中，卻意味著孤獨無朋的困境。因此，孤寂的作者在黃鷹的身上，尋得了同病相憐的感受；於是黃鷹的鳴叫，在她的耳裡聽來，自然是嗟嘆。所以，黃鷹和詞人之哀怨是平行而相同的。

至於重疊，指的是下闋「高意郎君勞敬縛，忽然得奪旋高天」句。我們看到，懷恨難平的作者，在一瞬間化身為黃鷹，將那負心的郎君捉住，飛往天際。這也見出，詞人不化身為其他鳥禽，偏偏選擇黃鷹的憤恨情緒及報復心態。

和敦煌詞相比，文人詞的閨怨之作，不僅在語言、意象上大相逕庭；而在情感的表達上，他們也顯得較含蓄內斂：

攏鬢新收玉步搖。背燈初解繡裙腰。枕寒衾冷異香焦。　深院下關春寂寂。落花和雨夜迢迢。恨情殘醉却無聊。

——韓　偓

粉上依稀有淚痕。郡庭花落欲黃昏。遠情深恨與誰論。　記得去年寒食日，延秋門外卓金輪。日斜人散暗銷魂。

——薛昭蘊

二詞皆以女子的口吻，道出深閨怨婦的無聊與哀愁。然而，這種哀愁所呈現出來的情感強度，卻不似敦煌詞那般深刻入骨。之所以會形成如此落差，一來兩者間主角情況並不相同；二來則因作者創作的背景實有出入。

敦煌詞的作者是名棄婦。在郎君另結新歡（家中好恩眷），聽信讒言（貪人言）見棄後，而寫下該詞。故其情真以實，其聲恨而痛。反觀文人詞的閨怨，則產生於酒筵歌舞之間，乃應歌妓輕唱而作。無論作者如何地描摹想像，卻畢竟是代人抒發，自然不如棄婦之恨。此外，敦煌詞中另有「去年春日長相對」一詞，寫的也是女子見棄。從篇內「竭」、「碎」、「悔」之語，其憤恨之情亦表露無遺。

文人詞與民間詞除了怨恨強度的不同外，在恨意的表達方面，兩者也存在著相異性。比較來說，敦煌詞的恨有如大江般，浩浩湯湯。即使寫到結尾處，依然掀起「悔不當初」的巨浪；而文人詞的恨則似溪流般，涓涓潺潺。它們多以細微之筆，一點一滴地緩緩勾勒出主角的怨恨。而此細微之筆，則表現在主角形貌動作的描寫、環境事物的暗示及季節時序的點明三方面。

以上列兩詞爲例。韓偓詞首句即述主角形貌動作，從「攏鬢」、「玉步」中，一位步態嬌娜，擁有一襲美髮的女子，浮現在讀者的面前。接著我們看到了「燈」、「枕」、「衾」等閨中事物的出現。「燈」暗示著當時的時間為夜晚。「枕」、「衾」的「寒」、「冷」，一則意味著女子獨自生活的孤苦無助；另又隱含著她心情的低落。下片除了以環境事物，暗示出她內心的深沉（深院）、年華漸逝的感傷（落花）、無止境的痛苦煎熬（夜迢迢）外，還點明了「春」、「夜」等引發愁緒的季節與時序。同樣的，薛昭蘊詞中也有形貌動作的描寫（淚痕）、環境事物的暗示（郡庭花落）及季節時序的點明（黃昏、去年寒食、日斜）。

大凡人之情感本來面目，只可親領身受而不可直接描寫，如須傳達給他人知道，則得用具體而間接的意象來比擬。因此，這些描寫、暗示與點明，就是一種意象。文人詞透過這些意象，將閨怨女子的心緒情感隱藏起來。而在層層包蘊中，自然散發出一種語言細緻的感覺；並使得整闋詞的氣氛呈現緩慢發展。所以，就算詞作中出現了「恨情」、「深恨」等強烈字眼，也被這種細緻緩慢的步調給消弭，而失去了像敦煌詞「一隻黃鷹薄天飛」中的沉重恨意。

筆者在分析〈浣溪沙〉閨怨主題時，將其分為兩型。一是直接可從詞中看出哀吟語者，已見於前述；另一種則在作品中未見哀怨語，而是刻畫出一位沒精打采的女性：

> 微雨小庭春寂寞，燕飛鶯語隔簾櫳。杏花凝恨倚東風。
>
> 翡翠屏開繡幄紅。謝娥無力曉妝慵。錦帷鴛被宿香濃。
>
> ——張泌

半醉凝情臥繡茵。睡容無力卸羅裙。玉籠鸚鵡厭聽聞。　慵整落釵金翡翠，象梳欹鬢月生雲。錦屏綃幌麝煙薰。
—毛熙震

這兩闋的共通處，就在一個「慵」字。展現在讀者眼前的，都是一位清晨初醒的女子模樣。和之前分析的閨怨詞一樣，這兩闋詞也是由許多意象組合成形。如「翡翠」既是屏的特質，同時也代表著女子的美麗姿質；「月生雲」既是形容梳子梳過頭髮，也如同女子心中的陰霾；而紅色所給人的感受是熱情奔放的，因此它不僅是繡幄的色彩，亦是女子心中的顏色。此外，詞人又由燕子的雙宿雙飛，反襯出自己的形單影隻；由春光的美好，思及無人共賞的痛苦。話雖如此，這些似乎都不足以完全支持它們成為閨怨。尤其當遍尋毛熙震全詞，絲毫尋不到任何的怨恨之語時，更令人質疑怨從何而來？

陳廷焯《白雨齋詞話》曾說：「作詞之法，首貴沉鬱，沉則不浮，鬱則不薄」。❽筆者將這些描摹女子慵懶的作品，置於閨怨詞中的原因，就是考慮到詞作內在的「沉鬱」之意，以閨中女子的視角去思索其心緒。此一心緒，簡單的說就是「女為悅己者容」的深蘊情感。換言之，閨婦之所以「妝慵」、「慵整」，乃是因為思戀的人不在身旁的緣故：既沒有人來欣賞我，那我又何必認真妝扮呢？這樣看來，它根本的意涵還是在「怨」，只不過沒有點明罷了。

以上兩種閨怨，雖然有顯明與隱晦之別，然總不離怨悱的情緒。假使我們將此一情緒抽離，單單就女子外貌形態描寫者，則成「詠人」之作。而這類詠人主題在《雲謠集》裡就已出現：

髻綰湘雲淡淡粧。早春花向臉邊芳。玉腕慢從羅袖出，捧盃觴。　纖手令行匀翠柳，素咽謌發遶雕樑。但是五陵爭忍得，不疏狂。

從「五陵」一語，可知本詞所詠的應是歌妓。《雲謠集》中另一闋〈浣溪沙〉（孏景紅顏越衆希）中，亦有「偏引五陵思懇切」一句，與本詞所寫的內容大致相同。既是歌詠美人，其書寫角度不外乎對女子的梳妝打扮、外貌姿態及歌舞才藝三方面著墨。不過，本詞最大的特點，在於上句與下句間一承而下；而且上、下片一脈相連，層層相疊。它像是一個個連續的畫面：由綰髮畫粧過渡到以花芳臉；再從美人的臉向下拍攝到那緩移出袖的玉腕；再由玉腕看到了「捧盃觴」的纖手；最後從纖手又回到了美人的臉頰。在一點一滴的深化過程下，難怪那五陵少年會對詞中女子感到如痴如狂。

或許是因爲詞中所詠皆爲歌妓，致使《雲謠集》中的這闋〈浣溪沙〉美人，顯得格外地嫻雅溫婉。與此種柔美風格相較，唐五代文人詞裡所出現的女子，卻呈現出另一番活潑韻味。如毛熙震「雲薄羅裙綬帶長」中，寫的是位語嗔嗔、笑盈盈，令人牽縈滿懷的嬌客，又如和凝「鶯錦蟬縠馥麝臍」中，走出來的是個「星靨笑隈霞臉畔」的璧人。不過，文人的詠人之作，並不限於此一類型。譬如孫光憲的「蘭沐初休曲檻前」中，出場的是在初浴之後，秀髮尙未梳理，「模樣不禁憐」的柔弱女子；而李珣「晚出閑庭看海棠」，則是一位在夕陽餘暉的照耀下，因賞花而陷入沉思的秀女。

但話說回來，無論它們所歌詠的是那一類型的美女。詠人主題所呈現出來的氣氛，和之前介紹的閨怨主題可說完全不同。首先，就表現手法而言，閨怨詞多以意象層層架構，各種外在的動作、事物，其實是爲了映襯主角內心的哀苦而設。相反的，歌詠美人之作的意象層較少，雖然它也離不開形貌、事物的鋪敘，但是它的著眼點在藉此表現出女子的外形，較少用在表達內心情緒上。其次，就主旨重心而論，閨怨詞在表達閨中少婦的無奈與悲哀，其重點是內在的情韻；而歌詠美人意在詠其外貌動作之美，其重點則不離外在的形態。這也是爲何筆者要將敘寫慵懶女子的作品，列入閨怨之中的最主要原因。

儘管閨怨與詠人的書寫重點各不相同，但是二者於詞作中展現的女子，卻似乎是在同一個模子底下生產出來的；她們都具備著古典美女溫柔婉約的特質。而溫柔婉約最直接的呈現方式，就是以無力緩慢的步調來進行描寫。這種緩慢步調或是通過外在景物的輕移變化來襯托，如「攏鬢新收玉步搖」中的「春寂寂」、「夜迢迢」；或是透過女子的動作來完成，如「翡翠屏開繡幄紅」與「半醉凝情臥繡茵」中的「無力」、「慵」，及「髻綰湘雲淡淡粧」中的「玉腕慢從羅袖出」。而這個模子背後所隱含的，事實上是一種內心欲求的投影，她是文人心目中的美人偶像，所代表的是「人類共性化的類型情調」。❾

【附註】

❶王重民〈敦煌曲子詞集敘錄〉曾說：「曲子既成為文士擒藻之一體，久而久之，遂稱自己所造作為詞，目俗製為曲子，於是詞高而曲子卑矣。」見《敦煌遺書論文集》（臺北：明文書局，一九八五年六月），頁五五。任二北於《敦煌曲初探．雜考與臆說》（上海：文藝聯合出版社，一九五四年十一月）亦云：「彼等一生歌唱、彈奏、舞蹈、表演者，皆所以完成統治者壓迫之奢侈享樂而已。」「實無家家戶戶，皆借重樂工歌伎，當前演奏之經濟能力。從知樂工歌伎與豪門貴族之關係較多，與平民之關係則較少也。」二文所言，皆不承認敦煌曲子詞是民間歌謠。高國藩從曲子詞中的思想情感，反映了各階層人民的現實生活，並具有民間文學的「匿名性」、「流傳性」，首先否定了王氏的說法。再從貞觀之治後，民間遊樂場的發展，說明眾人出資，仍有經濟負擔演奏費用，以證敦煌曲子詞是民間歌謠。見《敦煌民間文學》（臺北：聯經出版社，一九九四年），頁一五七—一七一。

❷見王重民：《敦煌遺書論文集》，頁五七。

❸見唐圭璋：《詞話叢編》，冊一，頁四三二。

❹本文所引唐五代詞，皆據曾昭岷等編：《全唐五代詞》（北京：中華書局，一九九九年十二月）。

❺見錢鴻瑛等：《唐宋詞：本體意識的高揚與深化》（桂林：廣西師範大學出版社，二〇〇〇年

十一月)，頁一七一。

❻黍離主題這種對比的情況，王立已曾提及：「黍離之作多借重於視覺分析器接收信息，將眼中所見的『今衰』與心中追懷的『昔盛』平行對舉，兩兩相照。在視覺物象與內化表象的異點上給人以警醒深邃之感。」見《中國古代文學十大主題—原型與流變》(臺北：文史哲出版社，一九九四年七月)，頁二七三—二七四。

❼喬以鋼說：「溫順平和、謹慎謙恭在男人那裡有時可以衍化為以屈求伸、以柔克剛、寧靜致遠的人格特點和行為方式，而在女性方面則幾乎沒有這樣的內在意味，而是基本導向忍耐妥協、自卑自賤的人生姿態。」見《中國女性的文學世界》(武漢：湖北教育出版社，一九九三年十月)，頁六—七。

❽見唐圭璋：《詞話叢編》，冊四，頁三七七六。

❾孫立說：「晚唐人表現男女戀情，實則也有某些理想化色彩。詞中人物往往並非實指，而是一風姿綽約、纏綿多情的美人偶像；詞所表現的情調也不是某一具體人物的意志，而為泛指的人類共性化的類型情調。」見《詞的審美特性》(臺北：文津出版社，一九九五年二月)，頁四二。同樣的觀點，亦見於王立：〈詞「媚」的審美分析與歷史評價〉，《海南師院學報》六卷二期(一九九三年)，頁七一。此外，朱崇儀在〈閨怨詩與豔詩的「主體」〉中，亦曾對男子代言的心理作出解釋：「當詩人在詩的論述中逾越了社會為他所界定的身分，轉而僭用女性身分之時，即已創造了新的說話主體，(但不等於現實中的女性主體)；因此這個女性主體充

異質性。雖然傳統皆將此一現象解釋為模擬（mimicking），但不能據此即宣稱女性的形象因而擺脫了客體的身分。」所以朱氏認為：「雖然男性詩人刻意在詩中建構了一癡情女子的偽象，但此形象不具主體性，僅可稱為一偽主體。建構此虛幻的女性主體的必要條件仍為加深男女之間的時空距離，兩造永不可能同時出現。準此，此女性偽象實為男詩人內心欲求的投影，充滿異質性，並且含納了傳統（男主女客，男尊女卑）的觀點，故仍不被賦與主體性。」見《文史學報》一九九九年二十九期，頁七三—七五。而沈松勤亦云：「既是代歌者言情，又是作者直抒己情，使音樂上的歌唱主體與文本中的創作主體融為一爐。從功能結構觀之，『代言體』雖然是一種時尚的社交語言和語體，具有明顯的社交功能」見《唐宋詞社會文化學研究》（杭州：浙江大學出版社，二〇〇〇年一月），頁二〇二。

第三節　兩宋詞：多元化主題發展

〈浣溪沙〉到了宋代，由於詞人增多以致寫作日繁；加以享樂之風促使酒筵歌席的盛行。不僅作品逐漸增多，主題也有了新的變化。除了對唐五代隱逸、閨怨等主題的繼承外，各種內容紛呈發展。

由「圖一」中清楚可見，宋代〈浣溪沙〉主題的前幾名，分別是歡樂、詠物、詠人、閨怨、寫景、傷懷及離別。值得注意的是，在唐五代居於前列的隱逸、閨怨之作，至此卻分別落居第十一、第四；取而代之的是享樂、詠物主題。而此二主題既爲宋代〈浣溪沙〉的新寵，必然有其興盛背景，這都有待釐清。再者，與閨怨同性質的相思、情愛，及詠人等主題，至此也獲得了更多的夥伴。這意味著，以〈浣溪沙〉來歌詠女子、愛情，似乎已經成爲它最重要的任務。

以下就分別從承繼與創新兩方面，來探討宋代〈浣溪沙〉的多元化發展。其中，創新部份包括享樂、詠物等多項主題，亦酌以分點論述之。

(一)唐五代的承繼與開拓

〈浣溪沙〉隱逸主題，自唐五代文人手中消聲匿跡後，到宋代卻邁入一個新的時期，並發生了創作與內涵上的變化。所謂創作上的新變，指的是檃括張志和〈漁父〉詞。《能改齋詞話》引徐俯云：

> 東坡云：「玄真語極清麗，恨其曲度不傳。」加數語以〈浣溪沙〉歌之云：「西塞山前白鷺飛。散花洲外片帆微。桃花流水鱖魚肥。　自庇一身青箬笠，相隨到處綠蓑衣。斜風細雨不須歸。」山谷見之，擊節稱賞。且云：「惜乎散花與桃花字重疊。又漁舟少有使帆者。」乃取張顧二詞合而為〈浣溪沙〉云：「新婦磯邊眉黛愁。女兒浦口眼波秋。

驚魚錯認月沈鉤。青箬笠前無限事，綠簑衣底一時休。斜風細雨轉船頭。」東坡云：「魯直此詞清新婉麗，其最得意處，以山光水色替卻玉肌花貌，真得漁父家風也。然才出新婦磯，便入女兒浦，此漁父無乃太瀾浪乎。」❶

從文中可知，張志和的〈漁父〉詞入宋後已不可歌。〈浣溪沙〉或因曲調接近，或以句式彷若，而成爲〈漁父〉詞的新軀殼。❷不過，從另一個角度來看，此亦〈浣溪沙〉隱逸主題之復興矣！

以文學來表現隱逸思潮，雖起源甚早，但在唐以前，漁父只是詩人描山繪水的點綴，並無獨立的形體。入唐後，漁父的形象漸次固定，而張志和〈漁父〉詞的出現，更賦予了漁父閑適自得的氣蘊，成爲文士隱逸的寄託。

漁父脫離了它的本來實質面，一躍成爲隱逸的象徵，其原因不外乎四：一是漁父傍水而居，見慣江岸風濤，就如同隱者看盡人世得失；二是垂竿以釣，重在心定意靜，此一「定」、「靜」之法，實與莊子「心齋」、「坐忘」彷彿；三是執竿而釣，心無旁騖，既可集萬千思緒於一端，亦能納眾多佳境於胸臆，進而達到「無爲無不爲」的至境；❸四是漁父於山林泉壑之中，碧空浮雲之下，對竿獨坐，實在悠閒自得。

此四項因素，事實上也是張志和〈漁父〉的最大內涵。不過，〈漁父〉對宋代詞家來說，除了有這四項內涵外，它還有更深層的意蘊。黃文吉在〈「漁父」在唐宋詞中的意義〉，曾分析宋代詞人愛唱〈漁父〉的原因：

北宋前期由於天下承平，舞榭歌臺林立，士大夫耽於享樂，自然少有人想當「漁父」了。……北宋後期政爭激烈，宦途險惡，文人又開始想到唱〈漁父〉詞了。……靖康之難、宋室南遷，都深深刺痛人們的心。在慷慨高歌之後、恢復無望之時，他們低迴不已的就是漁父詞。❹

由此可見，〈漁父〉詞對宋人而言，實寓意著政治理念不得伸展。蘇軾、黃庭堅一生遭遇多次貶謫，以〈浣溪沙〉來「平地起風波」，❺正是他們對人生風濤見慣的表徵。除了蘇、黃外，徐俯、朱敦儒亦有同性質的作品。其中，徐俯、朱敦儒之「西塞山前白鷺飛」與蘇詞相近，只櫽括張志和一體；而徐俯「新婦磯邊秋月明」則仿黃詞「取張顧二詞合而爲〈浣溪沙〉」。各闋詞的櫽括位置雖不相同，但描繪出遠離塵俗之煙波釣叟形象，卻是一致的。❻

〈漁父〉樂譜的亡佚，雖爲〈浣溪沙〉提供了一個新的創作園地；然從另一角度觀察，過剩而刻板的櫽括，不僅失去了原有的意境，也使得漁父形象步入僵化。尤其是「斜風細雨」等名句被反覆套用後，更令此類詞作喪失了最初的新鮮感與生命力，變成一種刻板的模式。❼此外，以漁父來作爲隱者的形象寄託，雖然反映了詞人的心靈歸宿，但卻缺乏對現實的透視，並

不能真正表現出漁人的個性與生活風貌也。❽

宋代〈浣溪沙〉的隱逸主題，除了檃括〈漁父〉的創作新變外，在內涵上，它也發生了與前朝不同的變化。而此一內涵新變，簡單的說就是著重對名利的遺忘。

敦煌詞的隱逸，唯有「倦却詩書上釣舡」，屬於「掩賢良」的激憤，其餘諸詞多寫隱後的閒適之貌。而宋代的隱逸詞雖然亦寫隱逸閒適，但它們更注重對世俗名利的遺棄。如無名氏三闋：「浮名浮利總輪閒」、「青嶂終無榮辱到，白頭終沒利名牽」、「人間榮辱盡從他」等，均是這類思想的表現。

再者，隱士遨遊於山水之間，他們以自然爲自由，視官場社會是牢籠；故宋〈浣溪沙〉中的隱士，多寫致仕後的醒悟。如趙令時「少日懷山老住山」、毛滂「一官休務得身閒」、「旁人莫做長官看」、葉夢得「歸來贏得鬢毛斑」、朱敦儒「折桂歸來懶覓官」、陳三聘「不躍銀鞍與繡韉」等。他們的隱逸閒適既與上述的檃括詞，及敦煌詞「一壺清酒一竿風」的本然閒適不同；亦與「倦却詩書上釣舡」的怨懟隱逸相異，表現出另一種歷練後的豁達清心。

〈浣溪沙〉的閒適情感在唐五代，一直都是附屬於隱逸主題之下。及至宋代，閒適之情不再是隱士的專利，它開拓出多樣的悠閒歷程，呈現紛紜的格局。例如：辛棄疾「北隴田高踏水頻」、張孝祥「方舡載酒下江東」，及蘇軾「四面垂楊十里荷」三詞，分別代表著三種不同性格的閒適：

北隴田高踏水頻。西溪禾早已嘗新。隔牆沽酒醉纖鱗。　忽有微涼何處雨，更無留影霎時雲。賣瓜聲過竹邊村。

方舡載酒下江東。簫鼓喧天浪拍空。萬山紫翠映雲重。　擬看岳陽樓上月，不禁石首岸頭風。作箋我欲問龍公。

四面垂楊十里荷。問云何處最花多。畫樓南畔夕陽和。　天氣乍涼人寂寞，光陰須得酒消磨。且來花裡聽笙歌。❾

辛詞序作「常山道中」，常山在今浙江常山縣。嘉泰三年（一二〇三）稼軒以朝請大夫、集英殿修撰知紹興府，兼浙江東路安撫使，是年六月到任。❿本詞所詠即是赴任時，道中之所見所聞，屬於寄情田園的閒適。「踏水」指一種用腳踩踏的汲水器具。起句主要寫農田灌溉的情形：北邊的田地因地勢較高，農夫只得頻頻踩水；而西邊的農地，因有溪水的滋潤，稻禾卻已萌生出新芽來。途經此地的詞人，看到農民的辛苦終於有了代價，便高興地沽酒醉飲，體現出與農人一致的情感與歡愉。過片兩句寫天雲欲雨。表面上是單純繪景之筆；然實有天恤民苦，與天地同樂的言外之意。末句「賣瓜聲」，不但透露出瓜果收成的喜悅，亦籠罩全詞，展見出村野悠適之樂。

張詞序作「去荊州」，乃乾道五年（一一六九），孝祥祠侍親獲准後，乘舟離荊以歸的情景。全詞展現出一種自適的情懷，並於悠閒之餘，別有一番狂放自肆的感受。而這種狂傲的氣勢，主要是由磅礡的景物描寫，以及豐富的想像力所營構出來的。前者如上片二、三句，分別從聽覺與視覺呈現浪聲的驚人，與山勢的高聳。後者像首句「方舡載酒下江東」，一則道出詞人乘舟而下的情形，再則以「載酒」代替「載人」，既見詞人狂放飲酒，亦使全詞充滿新鮮感。此外，又如下半闋的「擬看」和「欲問」，也是藉著預設的想像，表達出一種狂放。尤其是歇拍「作牋我欲問龍公」一句，更是由「狂放」過渡到「狂傲」，進入「狂妄」之地，流露出不凡的氣度。

蘇詞寫夏日賞荷聽歌的閒適。首句以「四面」、「十里」為架構，開展出楊、荷密佈的廣闊畫面。次兩句則用一問一答的方式，直述了荷花叢生處，並點出湖畔畫樓、夕陽欲落等景物。於是引導出下片的樓中人，因夏日寂寞，且飲酒聽歌的情懷。全詞在夏日景緻的繪製中，隱含日長懶疏的寂寥感；然而，身處此間的詞人，卻能於「酒消磨」、「聽笙歌」中尋得慰藉，表現出一種寂中見適之情。

除了夏日外，〈浣溪沙〉其他各季的閒適之作，亦相當豐富。如劉辰翁「春日春風掠鬢鬚」的春日自適、汪莘「青女催人兩鬢霜」的重陽閒飲、蘇軾「半夜銀山上積蘇」的冬吟自適等等，各有不同面貌。

承繼唐五代文人詞，閨閣的憂鬱感傷，已成為〈浣溪沙〉最醒目的情緒徽章。其中，最鮮明的是女性作家李清照：

病起蕭蕭兩鬢華。臥看殘月上窗紗。豆蔻連梢煎熟水，莫分茶。　枕上詩書閒處好，門前風景雨來佳。終日向人多醞藉，木犀花。

清照晚年因國喪夫死，加以四處漂泊，故詞中多作危苦之音。此詞應是晚年寓越時所作，寫的是病中的生活與心態。上片緊扣「病」字抒寫：由於長年臥病，久未梳理，早已忘了自己的模樣。如今病情稍癒，才發現雙鬢在不知不覺中轉白不少。窗外的「殘」月，引發出內心的殘缺悲愁；望著它爬上紗櫳，意識到夜已深沉。姑且將那煎煮後的連枝豆蔻代替茶水，來略解愁緒吧。⓫下片以「閒」字化解病中幽怨。詞人在修養期間，唯以閱讀詩書、觀賞庭中景物來排遣時光。於是原本令人心煩的雨天，對病中的她來說，反而成為轉換心情的「佳」景；原本無意識的木犀，在她的眼中，卻幻化作「終日向人」的摯友。末句將木犀花情感化，一則看出詞人的多情，令花朵帶上個人的色彩；再則亦見作者病中的孤寂，使她不得不整日對花也。

全詞於悲殘景致之餘，蘊含著一種清新自得。而這種輕快的心理，事實上已超脫出一般閨情的極度怨愁。它所呈現出來的獨特風韻，與實際的內在心情，是過去男子閨音之作所不及的。

宋代承續唐五代，於描繪慵懶閨怨女子外，另有歌詠美人者。只是宋詞描寫的層面，已經不限於外貌的出眾。他們花更多的筆墨在才華層面上，於是宋代〈浣溪沙〉中的美人，比起唐五代來說，似乎更爲多才多藝，如晏幾道：

唱得紅梅字字香。柳枝桃葉盡深藏。遏雲聲裏送雕觴。　纔聽便拚衣袖溼，欲歌先倚黛眉長。曲終敲損燕釵梁。

本詞描繪出一位善歌的歌妓。藉著她口中的別曲，烘托出離別的悲傷情調。其中，「紅梅」、「柳枝」、「桃葉」三詞，分別指〈落梅花〉（或〈梅花引〉、〈小梅花〉）、〈楊柳枝〉、〈桃葉歌〉等調名。詞人巧妙地將此三個詞調嵌入，一在以調喻「人」，二在以調寓「別」。所謂以調喻人，簡單的說，就是把「紅梅」比作善歌的美人；「柳枝」、「桃葉」比爲一般歌女。故「盡深藏」便有其他歌者相形見絀之意。以調寓「別」，則是暗藏別離情思。蓋此三種曲調皆長於歌詠別離，以之寓別，亦與末句「送雕觴」相呼應。下片分別從歌者與聽者的角度描寫歌聲的陶醉。「衣袖溼」代表聽者被歌聲催化後，難掩心中傷悲而落淚；「黛眉長」則見歌者情感投入的演唱神韻。末句回歸至聽者，寫音樂之感人，令眾人在激動處，不覺地損壞了打拍子用的釵梁。

其他還有善舞的美人，如史浩「一握鉤兒能幾何」、史浩「珠履三千巧鬬妍」、許棐「挼柳揉花旋染衣」；善於勸酒的美人，如晏殊「玉椀冰寒滴露華」、無名氏「酒拍胭脂顆顆新」。此外，亦有寫美人和月摘花（如賀鑄「樓角初銷一縷霞」）、抒幽會深情者（如李清照「繡面芙蓉一笑開」），十分多樣。

（二）愁思滿懷而尋歡逐樂

宋代〈浣溪沙〉的主題雖然眾多，但若向深入提煉，便可發現一個最常見而根本的元素──愁怨。此種愁怨，主要分佈在閨怨、愁思、相思、情愛、詠人、離別、傷懷、羈旅、黍離等主題，體現著各式各樣不同的怨愁情懷。

宋詞多愁，有其重要的歷史原由：蓋兩宋之際戰亂頻仍、內外交困，無疑在人們心中投下陰影，於是形成社會總體的愁怨情緒。不過，就詞調本身而言，〈浣溪沙〉本酒筵演唱之音，故其曲子輕巧易歌，盛行於玉人之口，其本色自然偏向感傷。在所有愁怨之中，最常見的是因春、秋兩季所引發的愁思：

寒食風霜最可人。梨花榆火一時新。心頭眼底總宜春。　薄暮歸吟芳草路，落紅深處鷓鴣聲。東風疏雨喚愁生。　──趙長卿

小雨初回昨夜涼。繞籬新菊已催黃。碧空無際捲蒼茫。　千里斷鴻供遠目，十年芳草

挂愁腸。緩歌聊與送瑤觴。

——葉夢得

趙長卿詞描寫的是傷春情緒，這可由「寒食」、「宜春」、「東風」等語詞見出。上片從春「新」的角度著筆，以「觀」物爲中心，展示出「風霜」、「梨花」、「榆火」等物象。詞人並將這些「眼」中所觀，與「心」中所感相互結合，表明春日帶予詞人的影響歷程。下片格調轉爲哀淒，步入一種「愁」怨情境。詞人改用「聽」物爲中心，傳來「歸吟」、「鷓鴣聲」和「疏雨」等聲響。這些聲音和「薄暮」、「落紅」等深暗色彩，共同營造出悲鳴黯然。全詞呈現出喜愁、明暗、視聽等多重對比，將春日愁緒表現至極。

葉夢得詞的悲秋信息，可從「涼」、「菊黃」等語詞見出。由末句「送瑤觴」看來，此詞屬別離後受秋季所感，而打從心中昇起的悲怨。上半闋屬寫景之筆，藉著小雨、夜涼、菊黃與碧空，營設出秋日蒼涼的環境。不僅烘托出下片的抒情，而且也暗寓著詞人內心的悲涼（昨夜涼）與蒼茫無助（碧空無際捲蒼茫）。下半闋寫人物活動，鴻有「信息」的含意，遠望鴻鳥飛遠，正喻伊人遠去、音信全失之無奈。以空間「千里」對時間「十年」，則見愁怨之長難以排解也。末句「緩歌聊與送瑤觴」令此一哀淒得以發洩，惟過於顯露，少含蓄之致矣。

春愁與悲秋的情感雖然不同，但在表現手法與悲痛臨界上，它們卻有一定的同質性。首先，「愁」、「悲」本是最難把握、無法觸摸的，然而詞人卻能透過具象的物品，將抽象的情感予以立體化，例如：「東風疏雨喚愁生」、「十年芳草挂愁腸」，使讀者亦然深受其情。其次，詞人雖多言「愁」、多感「悲」，但這種「愁」、「悲」卻非一味地以淚洗面、怨極悲甚。它常常是惆悵之中伴隨著希望，失望中流露出依戀的。⓬如上引趙長卿詞前遍的「可人」、「新」、「宜春」等句，予人煥然一新之感。而這種「言愁不言死」的特點，實與中國傳統的「中和之美」有關。

⓭〈浣溪沙〉的四季意象，以春、秋所佔比列最多。春、秋兩季之所以令人悲愁，其原因不外乎「對比」與「同化」兩種作用力。「對比」是由相異的兩個特質相互映襯比較而來，套用在愁思上，意指「春愁」。換句話說，春愁是詞人由春日的美好本質，與人類的青春相對比後，意識到春日尚可歸來，年華卻已不再之哀怨；加以主人公或處於愛情失意，或深覺壯志難酬，故而悲怨難當矣。⓮「同化」則是以性質相近或相同的兩個特質，相互感同而成，主要產物是「悲秋」。它是由大自然的蕭瑟景象，引發出詞人對人生的不如意感受，是一種以外在悲淒感染內在悲傷所形成的雙重悲感。

宋人以〈浣溪沙〉表達的愁怨，除受季節變化而引發外，另有因分別而喚生的離歌。不過，以〈浣溪沙〉書寫離別者，則始自唐五代。例如薛昭蘊詞：

> 江館清秋攬客舡。故人相送夜開筵。麝煙蘭焰簇花鈿。正是斷魂迷楚雨，不堪離恨咽湘絃。月高霜白水連天。

本詞述寫留客餞別時之情景。起首兩句，作者點出江館開筵、留客船，及「故人相送」等主旨。末句「麝煙藍焰」形容燈火輝煌；「花鈿」則指歌女，此以部份以代全體也。而「簇」字的使用，不僅形容歌女之多，亦見場面浩大，並烘托出享樂歡愉的氣氛。

下片頓時落入一種哀怨情調。過片兩句，連續運用了「斷」、「迷」、「不堪」、「恨」、「咽」等語詞，聲韻悲切。亦可知其云「楚雨」者，不但落於大地，亦落在詞人的心中，足令斷魂也。末句以寒涼的物象「月」、「霜」、「水」作結，一則開拓出悠遠的視野與開闊的意境；再則襯照出詞人內心的孤寂和蒼茫無助。

離別情懷的抒發，不外乎別時之悲、別後之感，與重逢之喜三端。此三項別離情境，唐五代詞人即已具備。如薛昭蘊「紅蓼渡頭秋正雨」寫別岸待君之苦；張泌「鈿轂香車過柳堤」、「馬上凝情憶舊遊」寫別後憶友之事；歐陽炯「相見休言有淚珠」寫別後重逢之樂。不過，宋〈浣溪沙〉的別離書寫，卻不限於這三種類型：

細聽春山杜宇啼。一聲聲是送行詩。朝來白鳥背人飛。　對鄭子真巖石臥，趁陶元亮菊花期。而今堪誦北山移。

——辛棄疾

寶鞚催呼欲近前。映階紅蠟破春烟。鳥沈香煖送群仙。　不是無心留醉客，慇懃特地促歸鞍。有人和月憑欄干。

——《天機餘錦》作者存疑

辛詞序作「泉湖道中赴閩憲，別諸君。」以上述三種類型觀之，此屬別時感懷之作。然而，從「杜宇啼」、「鄭子真」、「陶元亮」與「北山移」等詞句看來，它們卻一致指向歸隱情懷。即使是較爲尋常的寫景句「朝來白鳥背人飛」，也暗寓著不如歸去的含意。這種因別離而萌生隱逸之心的過程，事實上是對整體人生的「延伸」與「反思」。所謂「延伸」，意指由離別想到人生的聚少離多；「反思」則是進一步思及人生的盡頭—死亡，亦何嘗不是另一種離別呢？因此，與其汲汲營營地過完此生，倒不如安享隱逸清幽的生活。

別離主題所敘寫的分離時間，一般都是漫長而久遠的。《天機餘錦》作者存疑詞卻由短暫的酒席人散，道出筵後之別，造成另一番感受。從「送群仙」、「留醉客」來看，此詞的寫作背景應屬青樓。因此，全詞呈現出來的，不再是久別的悲傷情緒，而是尋歡逐樂後的滿足歸去。它所運用的物象，不再是「落花風雨」（晏殊「一向年光有限身」）、「秋風南浦」（蘇軾「一別姑蘇已四年」），或「斷雨殘雲」（蔡伸「窄窄霜綃穩稱身」）等悲情元素；而是「紅蠟」、「春烟」、「香煖」的享樂因子。末句「有人和月憑闌干」的寫法，不僅與前述「醉客」相呼應，亦是極度歡愉後的不醒人事表徵。

宋〈浣溪沙〉的第三種愁緒爲羈旅。

宋詞多羈旅，大抵受社會、時代的標準—「學而仕則優」影響所致。這種入世思想，令士人選擇踏上離鄉背井、漂泊異域之途，以求實現自己的人生目標。因此，羈旅客愁便成了宋〈浣溪沙〉的重要內容。如張元幹：

榕葉桄榔驛枕谿。海風吹斷瘴雲低。薄寒初覺到征衣。　歲晚可堪歸夢遠，愁深偏恨得書稀。荒庭日腳又垂西。

與唐五代「一隊風來一隊塵」、「一隊風去吹黑雲」、「玉露初垂草木彫」、「萬里迢停不見家」等羈旅詞相比。宋人的羈旅，雖有飄泊異鄉之淒涼；然其悲傷表現，卻是深蘊埋藏的。張元幹此詞有七成以上在寫景，唯「愁深」一句，直述「得書稀」之「恨」。然而此「恨」，卻被其他寫景的篇幅給沖淡。使它成為「日腳又垂西」的其中一道光輝，而非全部。

求官的過程，既得容忍此等羈旅愁緒；而在真正謀得一官半職後，煩惱卻沒有因此而遠離。他們發覺官場的束縛與煩擾，比起羈旅的愁緒更難掌控。尤其當政治理想一再落空，伴隨著年紀的老大，詞人漸漸看清了世事之無常與名利的虛無；並感受到時光的逝而不返，於是衍生出一種最根本的愁思—感時無常：

窗外桃花爛熳開。年時曾伴玉人來。一枝斜插鳳皇釵。　今日重來人事改，花前無語獨徘徊。淒涼懷抱可憐哉。　—蔡伸

常記京華昔浪遊。青羅買笑萬金酬。醉中曾此當貂裘。　自恨山翁今老矣，惜花心性

謾風流。清樽獨酌更何愁。——盧　炳

樹底全無一點紅。今年春事又成空。不須追恨雨和風。　欲去未來多惡況，獨眠無寐少歡悰。一聲啼鴂五更鐘。——郭應祥

蔡詞呈現出人事全非、世事無常的感受。上下片爲昔今對比：上片是昔，是快樂的，這可從首句「桃花爛熳開」得知。桃花，既有「人面桃花」之典故；亦與次句「玉人」相輝映。首寫桃花，次寫玉人，末寫桃花插髮，屬花人合一，使不知何者是花，何者是人也。下片是今，是悲苦的，這可從「無語」、「獨徘徊」、「淒涼」、「可憐」得知。以「哉」字感嘆語氣結尾，表現出世事無常之嘆。

與蔡詞相比，盧炳詞同屬昔今對比之法，然其所重在於時間的變化，與蔡詞於時間轉換中，夾有人事之非感受不同。上片寫昔日在京中的浪遊回憶，「萬金酬」、「當貂裘」的背後，是種年少輕狂的展現。下片寫今日的心情，由「恨」、「老」中來，反映出詞人對昔少（昔浪遊）今老（今老矣）、昔眾（青羅買笑萬金酬）今獨（清樽獨酌更何愁）的失落感。然而，詞人卻能立即從恨老中跳脫，於「惜花」一句顯現出「人老心不老」的涵意。末句順此心意發抒「獨酌更何愁」，充分顯現出詞人內心的曠達。

郭應祥詞與上兩詞的最大不同處，在於它是立足今日，思及未來而萌生的悲嘆。上片從春

恨寫起，句首見出其失望，而次句說今年「又」，隱含有去年也是如此，屬雙重失落。末句「雨和風」呼應著前兩句中的「全無一點紅」、「春事又成空」；「不須追恨」是說事情皆已發生，不必怨天尤人。意味著為人處事，不應一味地追悔往事、停滯不前，更重要的是應放眼未來。因此過片即轉思未來，只是詞人卻由現在的恨，轉為對未來「多惡況」的悲愁。想著想著，令他睡不著覺。結句「一聲啼鴂五更鐘」，見出詞人久而不寐，不知何時方才停止此恨而入眠。

宋〈浣溪沙〉的第一主題是歡愉享樂。這種享樂主義的興起，不外乎政治、社會兩項因素所致。前者意指君主的提倡：蓋宋太祖杯酒釋兵權，勸石守信「多置歌兒舞女，日夕飲酒相歡，以終天年」之事，實為及時行樂風氣的先聲。後者則指氛圍的形成：北宋開基至仁宗休養生息，中原未受兵禍，社會大致安定；而經濟的繁榮，更助長了享樂環境的建構。不過，追根究底，影響享樂主義滋長的最核心原因，應是對人生愁怨的反動。

從上文分析可知，宋〈浣溪沙〉體現的愁怨，主要有季節、離別、羈旅，及感時無常四種。面對如此眾多的煩惱，回想人生的短暫，何不把握有限時光，盡情地追歡逐樂呢？宋代詞人思及至此，於是思考出一套圓融的兩面生活。楊海明曾論及宋人這種「善待今生」的方法：

即在「幕前」的人生舞臺上扮演一位正統士大夫文人的角色，而在「幕後」的私生活環境中則充當另一種追歡逐樂者的角色。這樣一來，他們在「善待今生」和「享受現世」

方面就獲得比前代文人更加自由和放縱的權利，因而其個人生活的「質量」也越發有了提高。⑮

〈浣溪沙〉的歡愉享樂主題，初現於唐五代韋莊、張泌、孫光憲及李煜等人的作品。當中除了韋莊「綠樹藏鶯鶯正啼」屬馬上醉飲、李煜「紅日已高三丈透」爲宮廷歡樂外，其餘均屬青樓宴樂之作。這可由一些詞句中見出，例如：張泌「眾中依約見神仙」（小市東門欲雪天）、張泌「依稀聞道太狂生」（晚逐香車入鳳城）、孫光憲「何處去來狂太甚」（風遞殘香出繡簾）、孫光憲「靜街偷步訪仙居」（烏帽斜欹倒佩魚）、孫光憲「醉後愛稱嬌姐姐，夜來留得好哥哥」（試問於誰分最多）、孫光憲「且陪煙月醉紅樓」（十五年來錦岸游）。

反觀宋代歡樂之題，雖有青樓一項，但就引發歡愉的角度觀察，卻不局限於此。以蘇軾「細雨斜風作曉寒」、李之儀「龜圻溝塍草壓堤」兩詞爲例，前者爲出遊感興而樂；後者乃農村得雨而樂：

> 細雨斜風作曉寒。淡煙疏柳媚晴灘。入淮清洛漸漫漫。　雪沫乳花浮午琖，蓼茸蒿筍試春盤。人間有味是清歡。

> 龜圻溝塍草壓堤。三農終日望雲霓。一番甘雨報佳時。　聞道醉鄉新占斷，更開詩社

互排巇。此時空恨隔雲泥。

蘇詞序作「元豐七年十二月二十四日，從泗州劉倩叔遊南山。」時軾在黃州已過四年謫居生活，因命往遷汝州，其心境較為輕鬆。上片從早晨（曉寒）寫至白晝（晴灘）；由「細雨」演為「晴灘」，充分展露出物象的變化與生機。「洛」即洛澗，源於合肥，北流入淮水，非泗州所能見。詞人由眼前的淮水，聯想到上游清澈的洛澗，一入淮水就變得混濁，似乎寓有青山歸隱為清；出世為官是濁之深意。[16]下片寫「試春盤」的情形，與上片春景相應，分別呈現自然與人文的對比。「雪沫」與「蓼茸」兩句，則是在一飲一食間發端，對仗極為工整。末句點出「清歡」享樂的主旨，對上片美景、下片美食而言，實有總結的功效。

李之儀詞序為「和人喜雨」。上片以層層剝繭的寫作方式，在視覺面上，表現出乾旱、望雨、得雨的天氣變化；在心理面上，則是一種自焦急至盼望，再由盼望轉為歡喜的歷程。而在此落差之中，所造成的內心欣樂是難以形容的。於是有的人便高興地暢飲一入醉鄉；有的更開立詩社以遣歡愉。只怕自己的文士身分，不能完全與那些農民同樂罷了。

此外，還有昇平之樂，如史浩「翠館銀罌下紫清」；狂放之樂，如張孝祥「玉節珠幢出翰林」；節令之樂，如蘇軾「珠檜絲杉冷欲霜」、「霜鬢真堪插拒霜」；飲食之樂，如方岳「半殼含潮帶醫香」等。且不論何種情懷，它們所呈現出來的歡暢氣氛，與及時行樂的主旨，皆是指向同一個歸屬點。

(三) 詠物寫景的崛起盛行

《詞潔》云：「詞之初起，事不出閨帷、時序。其後有贈送、有寫懷、有詠物，其途遂寬。即宋人亦各競所長，不主一轍。」[17]此可作為〈浣溪沙〉主題演化的註腳。〈浣溪沙〉的眾多主題，最早始於宋者即為「詠物」，其興起背景，或與宋代理學思潮的發達有關。它所歌詠的「物」，分別有：

一、花

梅(26)、酴醾(7)、花(6)、海棠(4)、蘭(4)、芍藥(3)、桂(3)、茉莉(2)、荷花(2)、水仙(2)、木犀(1)、蓮花(1)、山礬(1)、薝蔔(1)、臘花(1)、牡丹(1)、山茶(1)、杏花(1)

二、植物

橘(2)、櫻桃(2)、橄欖(1)、柳(1)、根(1)、雙筍(1)

三、其他

香(3)、扇(2)、雪(1)、鵲(1)、髮(1)、棋奕(1)、薔薇水(1)、篤耨香(1)、酒(1)、茶(1)、白紵衫子(1)、閨中物(1)、席上食物(1)

從上述統計可知，宋〈浣溪沙〉歌詠最多者爲花類。此一現象，或與宋人賞花的風氣有關。[18]而在花的品味上，與唐代不同的是，宋人特別喜愛歌詠梅花。

蓋唐以國勢強盛，故在花卉欣賞上，特喜豐腴、絢麗的牡丹；反觀宋代長期積弱不振，造就時人傾心於豐富文化內涵，培養道德情操。尤其在理學背景下，文人常「以花比德」，[19]而梅花的先春而發，就像是隱者的特立獨行及與世無爭；開於百花之前，就如同君子的先見之明；不怕嚴霜酷雪的特質，則同於文士高潔犯難的精神。此外，梅花以從容不迫的態度，綻放出每一分美麗，正象徵著宋代士大夫，即使在積弱不振的時代，依然延續一份高節，依舊保有一份情操的人格心態。因此，我們可說梅花實是宋代不折不扣的「國花」也。

關於梅花的描寫，可舉韓淲「生與真妃姓氏同」，及洪适「玉頰微醺怯晚寒」爲例：

生與真妃姓氏同。家隨西子苧蘿東。誰道玉肌寒起粟，酒能紅。　火齊燒空來上苑，冰漿凝露在西宮。不似荔枝生處遠，恨薰風。

玉頰微醺怯晚寒。可憐凝笑整雙翰。枝頭一點為誰酸。　只恐輕飛煙樹裏，好教斜插鬢雲邊。淡妝仍向醉中看。

此兩詞同爲詠物，唯韓滮所詠，較近於客觀外在的描繪；而洪适所詠，其靈動性似乎比韓詞爲高。若深究其因，則可發現洪詞不單只是詠梅而已，它還體現了一位美麗端莊的女子。我們在欣賞此詞時，總感覺到若隱若現、時梅時人。換言之，詞人在詠物時已將個人獨特的視野與情思感受，融入梅花之中，使它著有吾人的個性色彩。此種「情感化」的詠物，[20]能化入對象物中，去體驗、想像，於是原本無情思的「物」，瞬間化作有生命、有感情的「人」矣。因此，在洪詞中我們所聞到的，便不限於梅花的清香，「她」是擁有傲人姿態的美人，令人陶醉。

〈浣溪沙〉的寫景詞，在唐五代時即已出現兩闋。它們分別是敦煌詞「五兩竿頭風欲平」，及毛熙震「春暮黃鶯下砌前」：

五兩竿頭風欲平。張帆舉棹覺舡行。柔艣不施停却棹，是舡行。　滿眼風波多陝灼，看山恰似走來迎。子細看山山不動，是舡行。

春暮黃鶯下砌前。水精簾影露珠懸。綺霞低映晚晴天。　弱柳萬條垂翠帶，殘紅滿地碎香鈿。蕙風飄蕩散輕煙。

敦煌曲子詞寫的是漁父行舟所見之景。所謂「五兩」，指的是古代一種測風儀，它是用雞毛五兩結在高竿頂上，用以預測風向的器具；㉑「風欲平」則是針對「五兩」而言，五兩既平，代表風勢強大，因而引發「覺舡行」之感。㉒所以，上片主要敘述江上風急浪大，船帆張滿，船身輕移的情景。下片承此順風情狀，漁父得以專心欣賞山水風景。「多陝灼」描述他被沿途美景所吸引而陶醉；「看山恰似走來迎」則比有情感意識的陶醉更上一層，它是一種失去意識的沉迷。末句「是舡行」雖在上片即已出現，但對詞人而言，它們卻代表著完全不同的情境。簡單的說，上片「是舡行」指的是「停却棹」後，船身所給人的一種輕盈感覺，屬外在引發；而下片「是舡行」則是「子細看山山不動」後，內在引發出頓然開朗醒悟的情懷也。㉓

毛熙震詞刻畫的則是暮春景緻。上片由昏黃與透明所構成，「水精簾」、「露珠」的透明，隱含著女子閨室的精雅；與末句「晚晴」黃昏，形成一種朦朧之美。下片從「春」旨而來，以「弱」、「殘」、「散」等特質，描繪出「柳」、「花」（紅）、「煙」三種景物。並由「萬條」的柳、「滿地」的落花，及籠罩的「輕煙」，對照出女主角內心的千頭萬緒、愁思滿懷，難以收拾，何時方能得「蕙風」散去那份陰霾呢？

唐宋間寫景主題的最大不同處，在於唐五代多寫舟中之景，或閨怨園景；而宋代則多了村野風光與四季景致，如：

簌簌衣巾落棗花。村南村北響繅車。半依古柳賣黃瓜。　酒困路長惟欲睡，日高人渴

漫思茶。敲門試問野人家。㉔

——蘇軾

霧透龜紗月映欄。麥秋天氣怯衣單。楝花風軟曉來寒。 懶起爇煤重換火，暖香濃處斂眉山。眼波橫浸綠雲鬟。

——趙長卿

蘇詞描寫的是田野的情景。上片從聽覺著筆，分別寫出棗花花落聲、繅絲紡織聲，及瓜農叫賣聲。不僅讓人感受到鄉野間的熱鬧景況，並傳遞出各類農作收成良好，一片災後新氣象的主旨。棗花狀似屑細，謝落並無明顯的聲響，然而東坡卻予以放大加強，給人耳目一新之感。絲收多在盛夏，故繅絲之響，一則代表桑蠶的收成；另則亦暗示出季節，與下句「古柳」、下片「欲睡」相呼應。過片以第一人稱的視角，歷述自己因路長疲困而思茶解渴。表面上看來，這似乎只是單純的敘事之筆；但從深層面上觀察，它實隱含著詞人對漫長宦途的疲憊感（酒困路長、渴漫思茶），以及對君王高高在上（日高），不知民間疾苦的無奈感。因此，末句的「野人家」除了是求茶「試問」的對象外；也是一種求隱的心靈寄託。它蘊含著作者對野人自在生活的嚮往，表現出爲官疏懶的歸隱思緒。

四季景致的描寫，亦是宋〈浣溪沙〉所常見。在此之前的季節景色，多集中在春、秋兩季；宋代突破了春、秋的藩籬，加入了夏、冬兩景的描寫。上引趙長卿「霧透龜紗月映欄」，序作「初夏」，即是描繪夏日景致的代表作。此詞與一般視覺寫景的不同處，在於它從觸覺感官著筆，刻畫了夏夜的清涼感受。其中，前段以「霧」、「月」、「風」營造一個爽朗的環境，從而陪襯出「怯衣單」、「曉來寒」的夏日清新。後段則用「山」、「雲」狀寫「眉」、「鬢」，使全詞於寫景之餘，還帶上了美人清疏淡雅的特質。

（四）歌頌祝壽與邊塞之作

祝壽祈求壽考富貴，是兩宋慶壽風俗中最爲突出的心理活動。它同時也是社交中不可或缺的「禮數」，尤其在壽筵歡愉之際，實然少不了歌詞的助興。㉕試舉下列兩闋：

喜睹華筵戲大賢。謌歡共過百千年。長命盃中傾淥醑，滿金舡。　把酒願同山岳固，昔日彭祖等齊年。深謝慈憐兼奬飾，獻羌言。——敦煌詞

北苑春風小鳳團。炎州沈水勝龍涎。殷勤送與繡衣仙。　玉食鄉來思苦口，芳名久合上凌煙。天教富貴出長年。——張孝祥

〈浣溪沙〉常見的壽詞內容，不外乎是祝賀長壽、暗喻成仙，以及壽筵歡樂三方面。上闋詞即具備了這些特質，它同時也是〈浣溪沙〉最早的祝壽之作。全詞於「華筵」、「謌歡」的愉悅中，架設出寬廣的空間場面（華筵、滿金舡），以及綿長的時間向度（百千年、長命盃、等齊

年)，呈現出賀祝的歡樂氣氛，並隱約表達了歌頌謝恩之意。

壽詞內容的展現，均是建構在對生命的珍惜與享受基礎上。㉖張孝祥「茶香送賀」即體現出一番悠適的意蘊。本詞序作：「以貢茶、沈水為楊伯壽。」故起句以茶（鳳團）、香木（沈水、龍涎）起興，與一般祝壽喻仙之作不同。繡衣，五色之衣也，既言衣服之華美，兼頌友人之德性。過片承此稱美而來，以「玉」、「煙」之純潔，歌詠壽星的「芳名」遠播。最後再以「富貴」、「長年」等祝賀語作結。總體而言，此詞並無上闋那種盛大熱鬧的場面，取而代之的是一種日常之閒逸安適。

此外，從時間斷代來看，〈浣溪沙〉之壽詞雖然初見於敦煌詞，但卻在北宋陷入沉寂。據筆者統計，宋三十闋祝壽主題中，除毛滂「日照遮檐繡鳳凰」一詞屬北宋外，其餘皆是南宋之作。這種南多北少的現象形成，與南宋的宗教信仰、社會風氣有著莫大的關係。黃文吉於《宋南渡詞人》中曾提到：

> 南北宋之交，這種風氣興盛到極點，南渡詞人的詞作中，幾乎是無人不寫壽詞的。壽詞之所以會如此蓬勃發展，這與當時崇奉道教有極大的關係。因道教不外講求長生昇仙之事，壽詞的內容亦是如此，在上位迷信道教，以求壽考，當然在其生日時更喜歡聽有關赤松彭祖、松椿龜鶴之類的吉祥話，下位者也以此逢迎，因此祝賀皇上、太后、宰執、長官生日的詞作就這樣不斷產生。㉗

至於一般的歌頌主題，或在稱美德性，如蘇軾「雪頷霜髯不自驚」讚長老法惠、王以寧「招福宮中第幾真」詠「小郎風骨」；或在歌頌功蹟，如葛仲勝「今夜風光戀渚蘋」侑少蘊內翰、洪皓「南北渝盟久未和」讚王侍郎；或在歌詠才華，如洪适「邦伯今推第一流」詠人文才、無名氏「誰識飛竿巧藝全」寫雜技才藝等。所頌雖非一端，然其應酬性質卻是一致的。

邊塞主題在宋詞中僅占一小部份。宋代之所以沒有出現類似唐代邊塞詩那種繁榮興盛的局面，一則因其積弱不振，只知求和，喪失了唐帝國那種尙武精神所致；再則以詞體起步較晚，而「詞爲艷科」的藩籬限制了邊塞之作的問世，故難以繼之。

宋代最早以〈浣溪沙〉描繪邊事者，有晏幾道「銅虎分符領外臺」一詞。不過，從結句「使星回首是三台」來看，該詞的重點應在酬贊武功，故嚴格說來，它並非邊塞之作。因此，真正描寫邊塞者只有王質、張孝祥二人的詞作五闋。茲舉張詞爲例：

霜日明霄水蘸空。鳴鞘聲裏繡旗紅。澹煙衰草有無中。　萬里中原烽火北，一尊濁酒戍樓東。酒闌揮淚向悲風。

張孝祥身爲主戰派人物，又曾到過抗金前線，親自參與或直接指揮過抗金戰鬥，他的邊塞詞更具有強烈的思想性和現實性，充分表現出矢志報國的耿耿忠心，以及壯志難酬的滿腔悲憤。本詞上半闋大體描寫荆州邊塞秋日景象。起句水與天連成一色，呈現出一股明麗壯闊的氣勢，但又略帶些蕭瑟蒼茫；由此襯托導引出下片對國土淪亡後的無盡懷思。「東」乃南宋都城所在方位，暗示所處偏安。歇拍以「悲風」作結，它包括兩層含意，一是由秋風的不寒而慄，感念中原失土未復，人民深陷水火之中；二是思及朝廷苟安，不圖恢復，實風寒心更寒也。既表露出詞人對朝廷苟安的不滿與悲憤，又體現出作者於政治失意、報國無門下的愛國形象，擁有豐富深厚的民族與文化意識。

【附　註】

❶見〔宋〕吳曾：《能改齋詞話》卷一。所謂「張顧」指的是張志和與顧況，張志和〈漁父〉詞云：「西塞山前白鷺飛。桃花流水鱖魚肥。青箬笠，綠蓑衣。斜風細雨不須歸。」顧況〈漁父〉詞：「新婦磯邊月明，女兒浦口潮平，沙頭鷺宿魚驚。」見唐圭璋：《詞話叢編》，冊一，頁一二九。又〔宋〕胡仔《苕溪漁隱詞話》卷二引《東白堂小集》云：「山谷道人向為余言，張志和〈漁父〉詞雅有遠韻。志和善丹青，必有形於圖畫者，而世莫之傳也。嘗以其詞增損為〈浣溪沙〉，誦之有矜色。予以告大年，云：『我不可不成此一段奇事。』久之，乃以煙波圖見歸，

其思致深處，不減昔人。詞云：『西塞山邊白鷺飛，散花洲外片帆微。桃花流水鱖魚肥。自庇一身青箬笠，相隨到處綠蓑衣。斜風細雨不須歸。』見《詞話叢編》，冊一，頁一八一。案：此詞為蘇軾詞作，蓋誤也。

❷〈漁父〉詞與〈浣溪沙〉除了句式、用韻接近，甚至相同外。從宮調方面來說，〈漁父〉一名〈漁歌子〉，入「無射宮」（俗呼「黃鍾宮」）之中，與〈浣溪沙〉宮調亦同。見夏敬觀：《詞調溯源》（臺北：臺灣商務印書館，一九六七年十月），頁一〇二。

❸吳晉說：「漁父臨水而居，見慣風波，此為一；釣者坐而靜觀，其行頗合莊子的『心齋』『坐忘』之法，此為二；執竿而釣，心無旁騖，既可集萬千思緒於一端，又可納眾多佳妙之境於胸臆，可去煩滌燥，故可由靜而正，由正而明，由明而靈，由靈而達『無為無不為』的至境，此為三。」見〈中國文人的漁父情結〉，《古今藝文》二十六期（二〇〇〇年五月），頁五—六。

❹見《第一屆詞學國際研討會論文集》（臺北：中央研究院中國文哲研究所籌備處，一九九四年十一月），頁一五〇—一五二。宋代隱逸文化之盛，除了因文人本身不得意轉而思隱外，政治社會的提倡亦是一大主因。蓋隱士以其文化修養、品德操守形成一定的影響，而社會尊重隱士，確實是出於對隱士崇高人格的景仰。但朝廷優待隱士，則有著嚴肅深沉的政治目的—安撫未出仕的士，令其對朝廷感恩戴德，安心做朝廷的順民。見劉文剛：《宋代的隱士與文學》（成都：四川大學出版社，一九九二年十月），頁一九—二〇。此外，「古人往往把『天下無隱士，無遺善』看作是時世清明的表徵。受此影響，帝王便把舉用節操超逸、隱居不仕的士

子，當成是件廣招天下賢才以及政治清明的大事來對待。」見趙映林：〈中國古代的隱士與隱逸文化〉，《歷史月刊》一九九六年九十六期，頁三二。

❺〔宋〕吳曾《能改齋詞話》卷一：「山谷晚年亦悔前作之未工，因表弟李如篪言〈漁父〉詞，以〈鷓鴣天〉歌之甚協律，恨語少聲多耳。以憲宗畫像求玄真子文章，及玄真之兄松齡勸歸之意，足前後數句云：『西塞山前白鷺飛……』東坡笑曰：『魯直乃欲平地起風波耶。』」見唐圭璋：《詞話叢編》，冊一，頁一二九。

❻描繪漁父形象的〈浣溪沙〉，另有無名氏四闋詞。〔宋〕吳曾《能改齋詞話》卷二云：「東坡、山谷、徐師川，既以張志和〈漁父〉詞填為〈浣溪沙〉、〈鷓鴣天〉，其後好事者相繼而作，嘗有五闋云：『雲鎖柴門半掩關……』『一副綸竿一隻船……』『釣罷高歌酒一杯……』『雨氣兼香泛芰荷……』乃〈浣溪沙〉也。『雨霽雲收望遠山……』乃〈定風波〉也。」見唐圭璋：《詞話叢編》，冊一，頁一五二。案：此無名氏諸作，所刻劃的雖同屬漁翁形象，然實非槩括張志和詞。不過，它們受到〈漁父〉詞影響的情形，應是一致的。

❼吳蓸說：「但遺憾的是，這類作品的過剩，使漁父意象開始有了明顯的定型化傾向，不止意境設計追隨唐人步調，連『斜風細雨』之類的名句也被反覆套用，《全宋詞》中幾乎所有的漁父，都是披青蓑著綠笠手持釣竿酒壺的形象。一種文學意象一旦被定型，就會逐漸失去其原有的新鮮感和生命力，變成一種刻板的模式。」見〈中國文人的漁父情結〉，頁八。

❽黃文吉說：「雖然唐宋兩代詞人寫下這麼多的漁父詞，但『漁父』所代表的只是隱者的形象，

或蒙上佛家色彩成為釋徒說法的方式，反映詞人尋找的心靈歸宿，可惜欠缺現實的透視，未能表現真正漁人的個性與生活風貌，這是我們探討『漁父』在詞中的意義時，所感受到的一點遺憾。」見〈「漁父」在唐宋詞中的意義〉，頁一五六。

⑨本文所引宋詞，皆據唐圭璋：《全宋詞》（北京：中華書局，一九六五年六月）。

⑩鄧廣銘云：「稼軒於嘉泰三年（一二〇三）以朝請大夫、集英殿修撰知紹興府，兼浙江東路安撫使。《嘉泰會稽續志》謂其於六月十一日到任。右詞中所述道中景物，如『踏水』、『嘗新』、『賣瓜』等，與其赴浙東帥任之時令恰相合，因推定其作年如上。」見《稼軒詞編年箋注》（臺北：華正書局，一九八三年八月），頁五一九。

⑪王思宇說：「莫分茶即不飲茶，茶性涼，與豆蔻性正相反，故忌之。以豆蔻熟水為飲，即含有以藥代茶之意。」見《唐宋詞鑒賞辭典》（上海：上海辭書出版社，一九八八年四月），唐．五代．北宋卷，頁一二一八。

⑫孫立說：「詞中較多言『愁』，然又不是一味地刻畫『以淚洗面』、怨極悲甚，而常是惆悵之中夾帶著希望，失望中流露出依戀。」見《詞的審美特性》，頁三六。

⑬羅斯寧說：「但宋詞人只言愁不言死……宋詞這個特點來自中國傳統美學的『中和之美』。」見〈論宋詞的感傷美〉，《學術研究》一九九一年三期，頁一〇七。

⑭王立說：「由大自然的生命律動聯想到人生自我，進而把自然中生機勃勃的大好春光與人生最美好的青春愛情、事業理想作比照。陽春美景悅目宜人，而觀照者自身卻恰恰缺乏賞美條件，

或愛情失意，或事業受挫、壯志難酬。美好的自我本質竟被無情的現實所否定或得不到應有的肯定，於是外在的觀照就強烈地撼動了人的內心，使其哀痛、催其怨恚、促其深省，將對自然景物強烈的愛轉化為對社會人生殘酷無情的深沉的恨。」見《中國古代文學十大主題－原型與流變》，頁一七五。

⑮ 見楊海明：〈從「死生事大」到「善待今生」－試論唐宋詞人的生命意識和人生享受〉，《中國韻文學刊》一九九七年二期，頁五。

⑯ 周篤文說：「『入淮』句寄興遙深，一結甚遠。句中的『清洛』，即『洛澗』，發源於合肥，北流至懷遠合於淮水，地距泗州（宋治在臨淮）不近，非目力能及。那麼詞中為什麼又要提要清洛泥？這是一種虛摹的筆法。作者從眼前的淮水聯想到上游的清碧的洛澗，當它匯入濁淮以後，就變得渾渾沌沌一片浩然了。這是單純的景物描寫嗎？是否含有『在山泉水清，出山泉水濁』的歸隱林泉的寓意在內呢？」見《唐宋詞鑒賞辭典》，唐·五代·北宋卷，頁七四三。

⑰ 見〔清〕先著、程洪：《詞潔》，《詞話叢編》，冊二，頁一三四七－一三四八。

⑱ 〔宋〕吳自牧《夢粱錄》卷一，提及宋人賞花的情景：「仲春十五日為花朝節，浙間風俗，以為春序正中，百花爭放之時，最堪遊賞。」見《夢粱錄》（北京：中華書局，一九八五年叢書集成初編本），頁一七。

⑲ 張君如〈冬賞梅花春海棠－談南宋四大家的詠花詩〉說：「唐朝國勢強盛，反映在時代氣質上就是喜歡豐腴、絢麗的牡丹。宋代積弱不振，重文輕武，時人傾全力於豐富文化內涵，培養

德操，『以花比德』的思想體系臻於成熟，便是最好的體現。」，見《育達學報》一九九八年十二期，頁一〇。

⑳王兆鵬在〈宋代詠物詞的三種類型〉中，將宋代詠物詞分成北宋前期的「非我化型」、北宋中後期的「情感化型」，及南渡時期的「個性化型」。非我化「是指審美主體只是以相對客觀的態度描繪、再現對象物的外在形式特徵或物的某種內在品性，而未曾將主體的情感、人格精神融化入對象物中。詞中的客體與主體（物與我）是處於間離狀態，其中只見物象、物態，而沒有『我』的情感、精神生命在。」情感化則是「以心觀物（即所謂『心會』），而不是停留於『目觀』。詞人不是『站在旁邊』對對象物進行觀照，而是化入對象裡面設身處地地體驗、想像，把無生命、無情思的對象物當作有生命、有感情的人去領悟、體察和表現。」個性化則指「詞人在詠物時，將自我獨特的人生體驗、情思感受、人格精神融注入對象物中，使對象物具有主體自我的個性色彩，物即我，我即物，物我難分」見《唐宋詞史論》（北京：人民文學出版社，二〇〇〇年一月），頁一六八—一八三。情感化類型的詠物，亦即項小玲所說的移情作用：「移情，作為一種審美活動，是指人在審美過程中，把特定心境下的主觀感情移注到本來不具有人的感情的審美對象上，使本無生命和情趣的外物彷彿具有人的思維活動，使本來只有物理的東西也顯得有人情，並在聚精會神觀照一個對象時，由物我兩忘達到物我同一，由此而產生美感。」又：「當我們集中注意於某一外在事物時，常會從這些形象中體會出其中的意味，產生了許多和這些事有關的聯想和情感記憶，或是從形象中看出了與自己的處

境、思想傾向有類似之處，因而發生了吟味和詠嘆，產生了許多想像。這種集中注意、聯想回憶和情感起伏，可使我們產生忘我的現象。」見〈談移情手法在古典詩詞中的運用〉，《遼寧大學學報》一九九〇年一期，頁三〇—三一。

㉑高誘《淮南子》注云：「俔，候風者也，世所謂五兩。」見〔漢〕劉安撰、高誘注：《淮南子》（臺北：臺灣中華書局，一九九三年六月據武進莊氏本校刊），卷十一，頁一二。

㉒關於「風欲平」的解釋，高國潘認為它「像是船夫們在水上經過與風浪的搏鬥，抬頭看見船桅竿頂端候風的用具，標志著大風已經平息下去了，這是一句舒心的話語，伴隨著這句話語的是風暴過後臉上的勝利微笑。」見《敦煌曲子詞欣賞》（南京：南京大學出版社，二〇〇一年八月），頁一二〇。俞平伯《唐宋詞選釋》則說：「但張帆即無需舉棹，這裡恐是倒句。追敘風未平、未轉順風時的狀況。逆風划船，走得很慢，所以說『覺船行』。」見《俞平伯全集》（石家莊：花山文藝出版社，一九九七年十一月），冊四，頁一六四。以上兩者皆視「平」者為「風」也。朱吉餘則以為：「所謂『風欲平』，並不是對風本身而言，它實是借『五兩』被風吹得高颺欲平之狀，言風力之大。正因風力大足，船帆張滿，所以才有了『覺船輕』、『柔櫓不施停却棹』之謂。」見潘慎主編：《唐五代詞鑒賞辭典》（北京：北京燕山出版社，一九九一年五月），頁七〇一—七〇二。相較之下，末者所述不僅較貼近文意，亦足見漁父看慣風濤的從容自若之情也。

㉓高國潘云：「所上片結尾『是船行』，是描寫客體外部的情況，指船不用人力而在河上行駛，下

片結尾『是船行』則是描寫主體內部的情況，指船夫仔細觀察後產生的心理變化，這種和聲就更給人以新鮮感。」見《敦煌曲子詞欣賞》，頁一二三。

㉔「半依」兩字，《全宋詞》作「牛衣」。《艇齋詩話》云：「東坡在徐州作長短句云：『半依古柳賣黃瓜』。今印本作『牛依古柳賣黃瓜』，非是。予嘗見坡墨蹟作『半依』，乃初牛字誤也。」見〔宋〕曾季貍：《艇齋詩話》（臺北：藝文印書館，一九六七年《百部叢書集成》據清咸豐胡珽校刊、光緒董金鑑重刊《琳琅秘寶叢書》），頁四二—四三。

㉕關於宋代壽詞興盛的原因，沈松勤曾剖析道：「一方面在祝壽慶生中，自壽抑或慶賀他人壽辰，創作和進獻壽詞，成了他們諸多社交生活中不可或缺的『禮數』之一。具有重要的社交功能：一方面在勸壽酒、唱壽詞、佐清歡時，激發了自我生命的欲望和律動，表現了個體的生命意識和價值。」見《唐宋詞社會文化學研究》，頁二七五。

㉖黃文吉〈壽詞與宋人的生命理想〉中，將壽詞表現的生命理想，分為「珍惜生命—健康長壽的期望」、「享受生命—美滿家庭的歌頌」、「發揚生命—功名德業的追求」、「燃燒生命—社會責任的承擔」、「優游生命—樂天適性的體悟」五端。見《宋代文學研究叢刊》一九九六年二期，頁四一一—四二五。

㉗見黃文吉：《宋南渡詞人》（臺北：臺灣學生書局，一九八五年五月），頁八二。關於南宋壽詞興盛的原因，王偉勇也說：「南渡以還，由於佛道長期發展，上位者迷信修煉壽考，復樂聞赤松彭祖、松椿龜鶴之語，下位者亦欲以此逢迎獻媚；而民間藉詞酬酢之風又盛，因之祝壽慶

生之作，乃大量出現。」見《南宋詞研究》（臺北：文史哲出版社，一九八七年九月），頁二○九。

第四節　金元詞：全真教修煉新題

在對前代主題的承接上，金元〈浣溪沙〉可說是在承繼之中求創新。這主要體現在詠物、感懷、祝壽三方面。

首先在詠物上，〈浣溪沙〉在金元時期，脫離了以花爲主的歌頌，改詠筆、香、圖等無生命的物品，如王喆「毛穎從來意最深」詠筆、王惲「珍品無多百和濃」詠香、「朋爾華簪醉未沾」詠筆、朱晞顏「湘管娟娟弱鳳翎」詠紙筆、邵亨貞「折得幽花見似人」詠「折花仕女圖」。

其次在感懷上，金元〈浣溪沙〉多嘆老之作，如洪希文「入室天然惱病禪」乃因病嘆老、袁易「一月寒陰不放春」屬春愁嘆老、元好問「夢裏還驚歲月遒」與「一片煙簑一葉舟」則在嘆老之餘，另外抒發出世事多變之感。

其三在祝壽上，金元的壽詞特別重視悠閒，例如：段克己「白髮相看老弟兄」寫閒適情懷、魏初「心地寬平見壽徵」寫悠閒無事、魏初「燈火看兒夜煮茶」寫悠閒似仙、蕭𣂏「紅藥香中敞壽筵」則寫悠閒高壽等。

綜合來說，金元〈浣溪沙〉試圖在舊中求新的努力是值得嘉許的。然而，真正屬於新創的主題，堪稱爲金元〈浣溪沙〉之代表者，則不得不推修行之作。

〈浣溪沙〉的修煉主題，最早出現在宋代。史浩「索得玄珠也是獃」、周密「竹色苔香小院深」、劉壎「已斷因緣莫更尋」三詞，或勸人修行、或寫煉丹情況，爲〈浣溪沙〉開創了另一門徑。不過，真正將修煉新題發揚光大，形成一個龐大的主題群者，卻是金元的全真教。

全真教的興起原因主要有四：一、北宋亡於女真，人們感到失望、煩惱與苦悶，宗教信仰在此時變得十分重要。二、全真教一改過去道教其他流派的粗鄙淺陋，變得高雅近民。三、全真教採三教融合的姿態，不僅合乎文人情趣，亦符合了一般社會倫理的觀念。四、王重陽創教之時，正値有「小堯舜」之譽的金世宗當政。世宗一方面對民間宗採取承認扶植的態度；另一方面又以一種嚴格的政策管制，而全真教的創立與金廷的道教政策正相呼應。❶

全真教的創始人—王重陽，是位出色的宗教宣傳家。他本身是個能文雅士，積極引導文人入教；並藉著詩詞等文學手段，來表達思想情趣、隨機施教。因此，王重陽創立全真道的過程，是自我修行的過程，也是詩詞藝術創造的過程。❷

〈浣溪沙〉中主要的全真詞人有王重陽、馬鈺、丘處機、王吉昌四位。他們的詞中或勸人修行，或申說修煉法，既表現出另番修煉主題，亦可從中應證全真教派的修行思想。先看以下兩闋：

耕熟晶陽一段田。九還七返五光全。清清淨淨顯新鮮。 物外閑人雲外客，虛中真性洞中仙，晴空來往步金蓮。

——王 喆

無作無為道庶幾。不須把釣坐漁磯。常清常淨好根基。 玉液通傳心絕慮，金光溉濟性忘機。處玄通妙合三機。❸

——馬 鈺

全真者，簡單的說就是「全其本真」。❹所謂的「真」是一種「至純不雜，浩劫常存，一元之始祖，萬殊之大宗」。❺故修煉的目的，即在保全人所具備的這種「真」。此即王重陽詞中的「真性」，馬鈺詞中的「心」、「性」也。此外，馬鈺〈浣溪沙〉詞在多處提到「性月」、「性燭」、「性命」等字眼，它所指的亦是此一修煉的最高準則。

那麼應該如何修煉方能「全真」呢？王重陽在此提出「九還七返」、「清清淨淨」兩個方法；馬鈺則認爲必須做到「無作無爲」、「常清常淨」。

從「清清淨淨」、「常清常淨」、「無作無爲」中，可知全真修行的第一要務，在達到「清靜」、「無爲」的境界。蓋以北宋道士裝鬼弄神、倒行逆施，一般民眾都對道教心存惡感。所以，王重陽不再談齋醮祈禳、符咒丹鉛，取而代之的是清淨自然與淡泊無爲的修行法門。❻他們認爲人的「心」(性）本是真純，只不過受到後天情慾的蒙垢而失真，故修行的目的即在煉盡紛陳的塵心，以回復原來的清澄也。❼

其次，所謂的「九還七返」，指的是一種內丹修煉法。可再舉兩詞爲例：

好箇中條胡講師。通儒明道達禪機。自然悟解這些兒。　石女醉歸金虎窟，鐵牛耕入火龍池。胎仙採得紫靈芝。

——馬鈺

勸飲刀圭鍊極陽。薰蒸藥味透天香。旋噴甘露返魂漿。　爛飲醺醺長日醉，婆娑飛舞應笙簧。陶陶真樂上天方。

——王吉昌

馬鈺詞寫內丹修煉處在下片。「石女」、「鐵牛」意指「精」、「氣」；「金虎」、「火龍」意指「神」。道教認爲胎兒在母腹中時，元精、元氣、元神等完好無損，不用口鼻，只通過臍帶與母體一起呼吸。然而，一至出世，開始用口鼻呼吸的結果，便喪失原真。因此，必須通過內丹修煉回復到胎兒的狀態，方是妙境。❽故該片意謂：將自己體內的精、氣、神慢慢地融合在一起，最後結成嬰孩般的靈丹（紫靈芝），便能回歸原真，甚至飛登成仙矣。

與上詞相較，王吉昌寫的雖是內丹修行，但他更著力於表現修煉時的心境。這種心境，又是圍繞著「飲刀圭」而來。所謂「刀圭」，意指煉功時借戊己土所化之火引金中水，上升至泥丸宮溫養時所感受到的甘美滋潤。❾全詞刻畫出飲刀圭時醺醺然、婆娑起舞的模樣；並說刀圭實爲一種「返魂漿」，常常煉飲必能脫胎換骨，返回天界以成仙。

全真教〈浣溪沙〉詞中提及的修行法則，除了清靜無爲、內丹修煉兩種途徑外，他們還教信眾不爭、絕名利、去是非：

意惡心頑煙火生。口張舌舉是非生。傷人害己過潛生。　辯者自然為不善，善人不辯善芽生。無爭上士得長生。

—馬鈺

一志投玄絕利名。二無塵事氣神清。三光攢聚永安寧。　四序不分真造化，五般霞彩結成形。六銖衣掛鶴來迎。

—馬鈺

閑是閑非不可聽。那堪日日自談論。暗傷功行損氤氳。　舌是禍根牢鎖閉，尋常省啟禍之門。自然性命得長存。

—馬鈺

人生的一切紛爭皆由口舌引起（口張舌舉是非生），蓋「舌是禍根牢鎖閉」也。因此，他勸戒我們不僅莫聽是非（閑是閑非不可聽），亦不可散播是非（口張舌舉是非生）。「絕是非」的背後，事實上是「無爭」的基本表現。能做到「無爭」的人，定能看清世俗名利的虛幻，而「絕名利」、「無塵事」，以致力於修行。如此，成仙（鶴來迎）之日必不遠矣。

全真教〈浣溪沙〉除了上述幾項特點外，我們還可從一些詞作中，得到三教合一的訊息：

大道無名似有名。達磨面壁九年清。釋迦坐雪六年精。　奪得真空真妙用，一通門裏出圓明。大羅天上聚圓成。

—王喆

今日常行側隱心。幽微玄妙要人侵。雙垂雲袖舞瓊林。　水裏搜尋木上火，火中營養水

中金。雲朋霞友作知音。 —馬鈺

劍樹刀山雪刃橫。千磨百拷死還生。哀聲流血苦難登。　針刺著身猶害痛，鋼銼剉性莫非疼。如何淫放不修行。 —丘處機

王喆高標三教歸一，以三教繼承者自居，以統合三教爲旗號樹宗立教。⑩這就是爲何王喆會將「大道」、「達磨」與「釋迦」並列。也是何以馬鈺會講儒家的「側隱心」；丘處機會描寫「劍樹刀山雪刃橫」的地獄情景的主要原因。

除了內容外，全真教修行詞在形式上還呈現出七個特點：

一是更改調名爲〈翫丹砂〉。將〈浣溪沙〉另起新名的作法由來已久。比起多數取自名句的更易調名；馬鈺、丘處機、王吉昌三人將〈浣溪沙〉改稱〈翫丹砂〉，既有宗教傳播的考量，亦與修煉的內容相符。因此，我們不妨視之爲另一種題名展現。

二是口語化的運用。由於全真詞人的創作精神不在藝術心靈的表現，而在內容上的說教談理以度化世人。因此，爲了使流傳層面廣泛、容易深入人心。他們的〈浣溪沙〉便寫得極爲淺白，有如說話一般，並無雕字鏤句之病。

三是詞牌入詞。這以馬鈺「玉女瑤仙佩玉瓢」爲代表：

玉女瑤仙佩玉瓢。芰荷香裏弄風飆。西江月內採芝苗。　九轉功成長壽樂，三田寶結恣

逍遙。迎仙客去上青霄。

該詞上下片共嵌入了「玉女瑤仙佩」、「芰荷香」、「西江月」、「長壽樂」、「恣逍遙」，及「迎仙客」六個詞調名稱，結構十分特殊。

四是將人名入詞。在詞中提及自己及別人的名字，這是王重陽的一貫作風。[11]而在〈浣溪沙〉中，馬鈺詞經常使用此一手法，例如：「何須馬鈺再吟詩」（若非雲遊到渼陂）、「馬鈺常憑佛作爲」、「霞友中條胡子金」、「山侗唯恨少知音」（一片無爲霜雪心）、「山侗叮囑悟黃粱」（自愧無緣去大梁）、「三髻山侗化臥單」、「一聲珍重別山侗」（樸住虛無撮住空）、「破戒山侗說一場」。

五是喜用重複字。如王重陽「金虎咆哮金馬傳」一詞，共用了十二個「金」字；又如馬鈺「大悟浮生不戀家」則用了六個「大」字。

六是喜用疊字。疊字是衍聲複詞的一種構造方式，它的特色在於使節奏感顯得快速。[12]馬鈺詞中最著名的有描寫「清淨」之境一詞：

淨淨清清淨淨清。澄澄湛湛湛澄澄。冥冥杳杳杳冥冥。　永永堅堅堅永永，明明朗朗朗明明。靈靈顯顯顯靈靈。

該詞全以疊字構成，既有音律的美感，亦與「清靜」的境界相符。

七是同聲韻與重韻的運用。重韻者，如王喆「空裏追聲枉了賢」用了兩個「然」字、馬鈺「莫把修行作等閑」與「養就三丹未得閑」連用三個「閑」字、馬鈺「意惡心頑煙火生」全用「生」字。全詞均用同聲韻者，如：馬鈺「自愧無緣去大梁」韻腳分別是「梁」、「良」、「量」、「涼」、「粱」；馬鈺「霞友中條胡子金」分別是「金」、「襟」、「今」、「矜」、「禁」；馬鈺「無作無爲道庶幾」分別是「幾」、「磯」、「基」、「機」、「機」；馬鈺「休羨羅幃與絳綃」分別是「綃」、「銷」、「消」、「宵」、「霄」；馬鈺「一飽馨香野菜羹」分別是「羹」、「賡」、「庚」、「更」、「耕」。部份用同聲韻者，則有馬鈺「性燭光輝見玉壺」（「爐」、「如」）、丘處機「仙院深沉古柏青」（「青」、「輕」、「清」）、王吉昌「三八爲刀息緩留」（「遊」、「游」）三闋。無論是重韻或是同聲韻，都是唐宋〈浣溪沙〉中所少見。

元世祖至元中期以後，隨著全真教的日益衰微，以及詞體完全退出民間流行娛樂的中心位置，這一類道教詞也開始減少，這反映了全真詞人選擇詞體來說教，實與詞的通俗性有關。因此，其藝術性的低落本是意料中事，我們切不可單就文學性來衡量這些詞作。因爲畢竟道士作詞，是以詞傳道，並非以詞立文。不過，從詞史與詞體演變的角度來看，它們的作品仍是極富研究價值的。

【附註】

❶任繼愈說：「徽宗所崇奉的符籙道教並未能解救他擺脫內憂外患，金兵南下，自稱『教主道君皇帝』的徽宗做了金人的階下囚。……金人統治下沉重的民族壓迫、階級壓迫，製造了孳生宗教的土壤。備受心靈創傷的北方漢族人民，需要漢民族傳統的道教予以精神慰藉。統治漸趨穩固的金朝統治者，在採用漢法、扶植三教的過程中，也需要振興道教，尤其需要以道家忍辱守雌的說教來麻痺漢族人民，緩和社會矛盾。……王喆出家創教之時，正值有『小堯舜』之譽的金世宗當政，世宗頗重文治，著手振興三教，對民間新道教採取承認扶植而又嚴格管理的政策。王喆創宗立教，完全與金廷的道教政策相呼應。」任氏又說：「時當暮年的金世宗，由於『色欲不節，不勝疲憊』，開始『博訪高道，求保養之術。』以養性擅名的全真道士，於是得以接近皇帝。」見《中國道教史》（臺北：桂冠圖書公司，一九九一年十月），冊下，頁五六六－五七〇。另外，葛兆光亦云：「從中唐到北宋，理學與禪宗已深入中國士大夫之心，從外在禮法、戒律、規則束縛轉為內在復性明心順理已是大勢所趨，所以，會合三家，以儒、佛入道，既是識時務的方針。」見《道教與中國文化》（臺北：臺灣東華書局，一九八九年十二月），頁二五九。

❷見詹石窗：《南宋．金元道教文學研究》（上海：新華書局，二〇〇一年一月），頁一八。

❸本文所引金元詞，皆據唐圭璋：《全金元詞》（北京：中華書局，一九七九年十月）。

❹《中和集》云：「所謂全真者，全其本真也。全精、全氣、全神，方謂之本真。……全精可以保身，欲全其精，先要身安定，安定則無欲，故精全也；全氣可以養心，欲全其氣，先要心清淨，清淨則無念，故氣全也；全無可以返虛，欲全其神，先要意誠，意誠則心身合而返虛也。」《晉真人語錄》亦曰：「人之修行，先取識取性命宗祖，然後真以保命修行。」任繼愈進一步解釋：「全真家把成仙證真的根據建立於人心所具的『真性』上，『真性』一稱本來真性、本來一靈、元神、元性、真心等，源於佛教，指心的本性或本體。」見《中國道教史》，頁五八四。

❺范德裕〈重陽全真集序〉云：「謂真者，至純不雜，浩劫常存，一元之始祖，萬殊之大宗也。」

❻葛兆光說：「也許，是北宋的道士作鬼弄神、倒行逆施、大修宮觀，把天下搞得烏煙瘴氣的緣故，從北宋末年起，士大夫與老百姓都對道士頗有惡感。故王重陽就不再談齋醮祈禳、符咒丹鉛，而是大談清淨自然，淡泊無為。」見《道教與中國文化》，頁二五五。

❼《重陽全真集》卷十云：「諸公若要真修行，飢來吃飯，睡來合眼，也莫打坐，也莫學道，只要塵冗事摒除，只中心中清淨兩個字。」又《真仙直指語錄．丹陽真人語錄》曰：「且夫靈源妙覺，本來清淨，因為萬塵污其定水，塵多則水濁，心多則性暗，所以澄心損事，其水自清，其性自明。」

❽見陳耀庭、劉仲宇：《道．仙．人—中國道教縱橫》（上海：上海社會科學院出版社，一九九二年十二月），頁一七八。

❾《唐宋詞百科大辭典》說：「刀圭，古音讀『條耕』，古代醫藥家把丸散劑稱為刀圭，報藥時調成羹狀，刀圭又諧為『調羹』，引申為計量單位。『飲刀圭』內丹門大藥，煉功時，借戊己土所化之火，引金中水上升，溫養至泥丸宮，甘美滋潤，稱為『飲刀圭』。」見王洪主編：《唐宋詞百科大辭典》（北京：學苑出版社，一九九七年八月），頁一〇二一。

❿關於全真教提倡三教合一的原因，任繼愈曾述及：「封建統治者出於強化中央集權制的需要，也希望三教融合，趨於一軌，更好地為鞏固封建社會秩序服務。」又：「當王喆創教之時，經北宋末的破壞，道教更面臨空前的劣勢，不堪與儒釋比肩。高唱三教平等、三教一家，有利於提高全真道的地位，並避免儒佛二家對道教的攻擊。」見《中國道教史》，頁五七七、五七九。

⓫黃兆漢〈全真七子詞述評〉說：「詞中提及自己及別人的名字是王重陽的慣技，今丹陽亦喜用此手法，這大概是受到重陽的影響吧。」見《道教與文學》（臺北：臺灣學生書局，一九九四年二月），頁六一。

⓬曾永義說：「疊字是衍聲複詞的一種構造方式，如蕭蕭、瑟瑟、淒淒、冷冷等，因為它是單音節的延續，所以它的音聲長度比起兩個異字所構成的複詞要來的短暫，它的節奏感就顯得快速。」見〈影響詩詞曲節奏的要素〉，《中外文學》四卷八期（一九七六年一月），頁二一。

第三章　浣溪沙之格律形式

詞緣樂而生。它是一種以節拍爲基礎，以悅耳爲目的之歌曲。因此，每闋詞都是一段優美的樂章，它引領著聽曲者的靈魂，進入其中，以獲致身心的滿足。

前人推論，詞體初出本有調無詞，聽者聞曲之優美，乃興「和」的念頭，於是有人依拍塡詞。其他的人見了深受感動，亦隨著「和」，於是出現許多同調不同詞的作品。❶所以，詞是與音樂交融的文學，而詞調就是規定一闋詞的音樂腔調，它代表著詞作的音律節奏。詞人就是順著這個腔調節奏，來塡寫種種不同的作品。

詞既是依據樂曲旋律來塡作，那照理來說，同一詞調的作品，其字句格式應該是相同的了。但事實上，現存的詞作不乏「同調異體」的情況。之所以如此，王鵬運於《詞林正韻跋》論及：

> 夫詞為古樂府歌謠變體，晚唐、北宋間，特文人游戲之筆，被之伶倫，實由聲而得韻。南渡後，與詩并列，詞之體始尊，詞之真亦漸失。當其末造，詞已有不能歌者，何論今日。❷

詞在北宋以前，一般仍以樂譜音律爲準，這些熟習的調子，在經過反覆地譜寫演唱後，漸漸成爲定式。南渡以後，除姜夔、張炎等幾位精通音樂的詞家外，大部份的作品只將名家詞視爲矩矱，詞與音樂的關係於是漸次疏離。

詞體這種由合樂往不合樂的走向，即是形成今日詞作同調多體的主因。蓋詞人按樂曲的旋律塡詞，其曲調協律，尺度較寬，一切只以諧音爲依歸。❸爲求更適切地表達情感，詞家往往對詞的字數平仄、斷句方式與押韻位置，在不違背音律的標準下，做出調整。於是某些詞作，雖名爲同一曲調，但字句間卻往往略有出入。這種體制的變動，在當時只是音樂節奏的不同。然而，自南宋以來，樂譜亡佚，唱法失傳，後代的人沒有了音樂的憑藉，僅能就字面推敲，形式上便有明顯的區別，於是形成許多同調異體的「又一體」現象。

詞調在反覆演唱的過程中，雖然失去了它的音樂背景。但是那已不可聞的無形之音，卻靠著有形的格律，延續它的生命力。我們甚至可以說，這種以「字音」爲主的創作，使得歌詞的文學性格更爲突出，這也是塡詞朝向專業化的結果。❹不過，話說回來，音樂的流逝，多少也爲詞調研究築起一道無形的圍牆。今人若是發思古之幽情，想要以詞體來抒發情緒；或是想要明瞭詞人作品的情感，甚至欲細部分析作品的用詞用韻，詞調的掌握就很必要了。

歸納詞調格式而成的書，是爲「詞譜」。《御定詞譜．序》言：

> 夫詞寄於調，字之多寡有定數；句之長短有定式；韻之平仄有定聲。杪忽無差，始能諧合。否則音節乖舛，體製混淆，此圖譜之所以不可略也。❺

所稱「圖譜」，即是依據前人作品，歸納出平仄、用韻、對仗等結構，所建立的平仄格式，這也是一般所言之「詞譜」。但江順詒則以「樂譜」爲「詞譜」，以爲「按律而制名曰譜」。[6]嚴格來說，二者都不算錯，只是樂譜早佚，後世詞譜之作也只能就平仄格律分析。現今所見詞譜，以清萬樹的《詞律》、王奕清等奉敕編輯之《御定詞譜》較爲完備。

前人詞譜，或就唐人作品以訂詞律；或取幾家名作以爲正格。「所見聞未博，考證未精，又或參以臆斷無稽之說，往往不合于古法。」[7]故而，若能就各詞調中的所有詞作，予以比對，所獲致的格律，相信一定更符合詞調的原貌。〈詞通〉云：「合眾詞以見律，則字句也，韻叶也，平仄也，腔節也，比之而皆同，斯律見矣」就是這個道理。[8]

〈浣溪沙〉的音樂曲調已杳不可聞，但從其體制短小，句式格律與律詩相近來看，可知屬於令曲。它的字聲和諧，有音樂性，讀起來鏗鏘有韻。可見其格律體式，必是音樂家長期摸索，經由反覆修改嘗試後，才完成的結晶。而「又一體」在句式、平仄或用韻的變動，主要也是爲了因應歌唱的需要而作出的調整。

因此，本章的格律探究，主要以平仄譜式爲主。首在解決孰爲正體，孰是變體的問題；次從體制句式著手，以求了解〈浣溪沙〉格律的種類。最後則將唐五代至金元中所有的〈浣溪沙〉詞，與律絕逐一比對；並逐字徹底統計，考察歸納出〈浣溪沙〉的正體格律，以從中窺測出歷代詞譜裡，〈浣溪沙〉詞律的正確與否。

第一節 正統沿革之爭

在分析〈浣溪沙〉的格律類型之前，首先遇到的是「孰正孰變」的問題。而「正變」之說，則必須從詞譜編輯者校訂詞調格律的過程說起。《御定詞譜・提要》中曾述及詞譜編輯的方法：

今之詞譜，皆取唐宋舊詞以調名相同者互校，以求其句法字數。取句法字數相同者互校，以求其平仄。其句法字數有異同者，則據而注為『又一體』。其平仄有異同者，則據而注為可平可仄。自《嘯餘譜》以下，皆以此法推究得其崖略、定為科律而已。❾

上列所言，詞調格律的判定，先是以「詞名」為標準。然後再校訂同名的「句法字數」。若有異同，則判定何者是「正體」，其他便是「又一體」。一般來說，正體之外的其他體式，都是「變體」、「別體」。❿但這並不意味著「又一體」即是「變體」。因為變體除了又一體之外，還包含減字、偷聲、添字、攤破等方式下產生的體式。它們多在「詞名」的先決篩選標準下，而不在其列。可是仔細考察詞譜編輯者的心理，這些從正體增減而成的體式，嚴格來說，都是「變體」。所以，簡單的說，「正體」、「變體」，都是詞譜編輯者在校訂詞調格律的同時，對詞調流變所作的一種重要的標示。在詞譜編輯者的心目中，正體應該是較早出現的格式，是「創始之人所作本詞」⓫；變體則是在正體基模上，變化生成的體式。另外，許多慢詞也是從某一詞調，增衍節拍而成，以這種條件形成的慢詞，也應該可視爲一種變體。

以某一作品爲正體，其他旁枝體式爲變體，以見詞體的沿革。這種方法本無可非議。然而若我們以此來窺測〈浣溪沙〉的正變體制時，卻出現了一種矛盾的情況。這種矛盾的情形若未解決，對詞調格律的演變，就無法釐清。

〈浣溪沙〉的字數結構，約略可分成「七七七．七七七」與「七七七三．七七七三」兩體。現存大部份詞作，均視前者爲〈浣溪沙〉，後者則名之爲〈攤破浣溪沙〉或〈攤聲浣溪沙〉。從正變模式來看，歷代詞人是將「七七七．七七七」體看做正格，而「七七七三．七七七三」體則屬攤破、攤聲後的變格。然事實上，詞人對兩種體式的稱呼，卻非如此地統一。「七七七．七七七」體除了有〈浣溪沙〉之名外，還有稱〈減字浣溪沙〉者。這就令人不禁納悶，〈浣溪沙〉究竟是指「七七七．七七七」體，然後再由此一體式攤破成〈攤破浣溪沙〉的呢？還是指「七七七三．七七七三」體，再循此減字而成「七七七．七七七」之〈減字浣溪沙〉的呢？

《詞律》與《御定詞譜》，分別以張曙的「枕障熏鑪冷繡帷」及韓偓的「宿醉離愁慢髻鬟」爲正體。這意味著他們心目中的〈浣溪沙〉是「七七七．七七七」體。再者，二書中皆不見有〈減字浣溪沙〉體。蓋〈減字浣溪沙〉一名，僅見於賀鑄的二十二闋作品之中。二書或以其出現較晚，其格式又跟其他「七七七．七七七」體的〈浣溪沙〉相同，故不採信。除此之外，二書唯一相異處，在《詞律》將南唐李璟「菡萏香銷翠葉殘」一詞，列爲〈攤破浣溪沙〉，而《御定詞譜》則歸作〈山花子〉上。暫且不論兩名的分別，從這點來看，《詞律》、《御定詞譜》以「七七七·七七七」爲〈浣溪沙〉正體；「七七七三·七七七三」爲變體的角度，應是不會錯的了。

以「七七七·七七七」體爲〈浣溪沙〉，「七七七三·七七七三」爲〈攤破浣溪沙〉除了是《詞律》、《御定詞譜》的看法外，後來出現的大部份詞譜，都是秉著這種視角去歸納。如舒夢蘭《白香詞譜》云：「所謂〈攤破浣溪沙〉者，特就原調結句，破一句爲兩句，增七字爲十字耳。」⑫龍沐勛《唐宋詞格律》則說：「〈浣溪沙〉四十二字，上片三平韻，下片兩平韻，過片二句多用對偶。別有〈攤破浣溪沙〉，又名〈山花子〉上下各增三字，韻全同。」⑬可知在他們心目中的「原調」，當是「七七七·七七七」之〈浣溪沙〉。其他如嚴賓杜《詞範》、蕭繼宗《實用詞譜》、徐志剛《詩詞韻律》、徐柚子《詞範》及袁世忠《常用詞牌譜例》等，均在〈浣溪沙〉外，別立〈攤破浣溪沙〉一格。⑭

在一片以「七七七·七七七」體爲〈浣溪沙〉正格的聲浪中，林玫儀卻提出了不同的見解。他在〈韻律分析在宋詞研究上之意義〉一文中言：

> 〈浣溪沙〉、〈攤破浣溪沙〉二調，向來皆以為先有〈浣溪沙〉，調式作「七七七·七七七」，其後始攤破成為「七七七三·七七七三」。此說實不可信。蓋因敦煌曲辭中有〈浣溪沙〉十八首，調式均作「七七七三·七七七三」，且凡有調名者俱作〈浣溪沙〉，無一例外，可知〈浣溪沙〉早期之形式即作「七七七三·七七七三」，「七七七·七七七」之

調式反屬後出。⓯

林氏並以賀鑄的詞作名稱為例，說明前人之誤：《全宋詞》收有賀鑄詞三十一闋。其中二十二闋名〈減字浣溪沙〉，調式均作「七七七．七七七」。首句為「雙鶴橫橋阿那邊」、「節物侵尋迫暮遲」等二闋名〈浣溪沙〉，調式則作「七七七三．七七七三」。顯然賀鑄是認為「七七七三．七七七三」者乃〈浣溪沙〉正格；而「七七七．七七七」之體式，反而是從「七七七三．七七七三」減字而成，屬於〈浣溪沙〉的變體。

賀鑄這種〈減字浣溪沙〉說，林玫儀是贊同的。不過，若我們仔細觀察賀氏其他〈浣溪沙〉詞，卻可發現，有四闋稱之為〈攤破浣溪沙〉者，調式作「七七七三．七七七三」。另三闋名為〈浣溪沙〉，體制則作「七七七．七七七」。如此，不就與上述所言相違了嗎？

林氏說，這種矛盾「實為後人囿於傳統說法而予以改動之明證。」⓰四印齋本《東山詞》四闋〈攤破浣溪沙〉中，「湖上秋深藕葉黃」、「雙鳳簫聲隔彩霞」兩闋實稱〈浣溪沙〉；「錦韉朱絃瑟瑟徽」一闋則稱為〈山花子〉。故名為「攤破」者，惟「曲磴斜闌出翠微」一詞；而三闋「七七七．七七七」體之〈浣溪沙〉，在四印齋本中，則全稱作〈減字浣溪沙〉。

林玫儀從賀鑄〈減字浣溪沙〉，考證「七七七三．七七七三」為正體之說，頗具開創性。不過，將詞調用「減字」之法來創新，其字數卻不見得會減少。因為「減字」者，所減乃音譜之字，非專指歌詞之字也。所以，經減字後的詞調，有時字數卻不見有減，甚至有「不減反增」

的情況發生。[17]樂譜的失傳，使我們無法得知未減字之前的〈浣溪沙〉，與減字後的〈浣溪沙〉音調是否有所出入。但假使賀鑄的〈減字浣溪沙〉所指的僅止於樂譜上的減字，其字句則與原來體式相同，只不過唱法可能變得較爲急促，也是說得通的。所以，這種說法實有商榷的空間。[18]

除了林玫儀以賀鑄〈減字浣溪沙〉，證明長短句型結構爲〈浣溪沙〉之正體方法外。敦煌曲子詞的出現，也是認定「七七七三．七七七三」爲正格的一個重要論證。

蓋《詞律》、《詞譜》之所以視齊言〈浣溪沙〉爲正體，主要是因爲一般人認定「七七七三．七七七三」體，始於南唐李璟「攤破」。由此反推出〈浣溪沙〉爲齊言體。但是敦煌曲子詞中的〈浣溪沙〉，卻全作「七七七三．七七七三」，完全推翻了這個邏輯推論。任半塘在《教坊記箋訂》中即說：「此調先有『七七七三』兩遍之長短句體，後減字爲七言六句之聲詩。」[19]就是依據敦煌曲來說的。徐棨在〈詞律箋榷〉中糾正《詞律》之失時，也說「〈攤破浣溪沙〉，亦有但題〈浣溪沙〉者，實五代詞本名。」[20]

無論是從賀鑄〈減字浣溪沙〉，或是從敦煌曲中的齊言〈浣溪沙〉去追蹤。它們的看法，都是把〈浣溪沙〉的正格，矛頭一致指向「七七七三．七七七三」體。

以敦煌曲子詞做爲判斷準則，是較有時代演進憑據的。然而，同樣用這個標準來衡量〈浣溪沙〉的正變，張夢機卻另有一番見解：

實則此調在唐，本有雜言與齊言二體，統稱〈浣溪沙〉，觀於敦煌曲中，凡名〈浣溪沙〉者，皆作雜言（按今傳敦煌曲內，此調除《雲謠》二首外，王集上卷尚有九首，又誤稱〈浪濤沙〉者四首，共十五首—其中兩首有闕文—一律雜言），《尊前》、《花間》二集內，〈浣溪沙〉之各體皆稱，但絕無二名，可知。顧二體究竟各起何時，孰先孰後，殊不可考。㉑

張氏認爲，敦煌曲中〈浣溪沙〉做「七七七三」雙調體，只能說明攤破、南唐字樣，是後人「徒滋紛擾耳」。並無法據此說明兩體之先後。所以他懷疑「此調之長短體，句後原有尾聲，可塡三字，其後但有尾聲而不塡字，乃有兩體，皆名〈浣溪沙〉。」㉒

任半塘在《教坊記箋訂．弁言》也說明了這種「二體並行，共戴一名」的情形：

從多方證明：隋、唐燕樂歌辭，自始即齊言、雜言同時並行，初無軒輊。終唐之世，此種情形亦一貫未改。……且在曲調名與曲辭體裁之間，尚有一種複雜現象：即同一調名，始辭為齊言之五、七絕，後來復另與雜言之體；更有二體同時並行，而共戴一名者。㉓

〈浣溪沙〉正變歧說，大致已述明於上。就學術的嚴謹面而言，筆者較認同張夢機的說法。攤破之名，應是後人自作聰明的區別方式，斷不可據之而論「七七七」兩遍體爲正格。敦煌曲子詞雖爲早出，但礙於古樂久不可聞，也不能因此武斷的說「七七七三．七七七三」爲正體。況且，張夢機的「尾聲」說，也並非沒有道理。只不過，若原調樂章果真有尾聲，填詞者可依個人喜好，選擇填或不填。那我們不禁要問，爲何敦煌曲子詞中的〈浣溪沙〉全是「七七七三」雙調體；而唐五代以後〈浣溪沙〉的大部份作家，反而選擇了以「七七七．七七七」體來填作？筆者以爲，這主要是民間作家與學士作家不同的填詞態度所致。

唐宋詞的填作，大多數是先有曲，再填詞。因此，詞的字句，悉依樂句而定。由於填詞並非以一字配一音，故字數的多寡、句子之長短，可自由依曲而填。而敦煌詞乃是民間各種身分的人，一時弄筆之作。不長於剪裁調整，不拘於格律繩墨，故難掩其雜沓冗長之疵。[24]不過，正因如此，他們所填的詞，更能反映出以樂爲主的性格。

〈浣溪沙〉一調，或許真如張夢機所言，上下遍樂曲之末，原有一段尾聲。敦煌民間詞人擁有敏銳的音樂性格，因此，當他們在依樂作詞時，自然而然便填出「七七七三」兩片之體式。而晚唐五代後的學士文人，填詞之法容或改變不大，但受到近體詩格律薰陶的影響。他們將寫作近體詩的態度，帶入〈浣溪沙〉的創作中，於是形成齊言的「七七七．七七七」體。久而久之，一般詞人便奉齊言體爲〈浣溪沙〉的正格了。

〈浣溪沙〉正變之別既已釐清，下節就先行探看其體制結構，並勾勒出其體式演變的軌跡。

【附註】

❶胡適〈詞的起源〉提及填詞的三個動機為：「(一)樂曲有調而無詞，文人作歌詞填進去，使此調因此更容易流行。(二)樂曲本已有了歌詞，但作於不通文藝的伶人倡女，其詞不佳，不能滿人意，於是文人給他另作新詞，使美調得美詞而流行更久遠。(三)詞曲盛行之後，長短句的體裁漸漸得文人的公認，成為一種新詩體，於是詩人常用這種長短句體作新詞。形式是詞，其實只是一種借用詞調的新體詩。這種詞未必不可歌唱，但作者並不注重歌唱。」原載《清華學報》一卷三期(一九二四年十二月)，今據趙為民、程郁綴選輯：《詞學論薈》(臺北：五南圖書出版公司，一九八九年七月)，頁九。黃文吉在〈唱和與詞體的興衰〉中為胡適的前二個動機，找出填詞的心理基礎，意即人類「唱和」的自然本能。見《國立彰化師範大學國文系集刊》一九九六年一期，頁三九—四四。

❷〔清〕戈載撰、王鵬運記：《詞林正韻．後記》。見《白香詞譜．附錄》(臺北：世界書局，一九九七年十月)，後記頁一。關於這種情形，〔清〕馮金伯在《詞苑萃編》卷十九亦說：「蓋宋人之詞，可以言音律，而今人之詞，祇可以言辭章。宋之詞兼尚耳，而今之詞惟寓目耳。」見唐圭璋：《詞話叢編》(臺北：新文豐出版社，一九八八年二月)，冊三，頁二一六九。

❸施議對說：「在歌詞合樂環境中，歌詞作家或者兼工樂律，或者本身就是優秀的歌手，他們隨意發為歌詞，無不可歌，無不入律，全以天籟得之，似乎不需要什麼法則。但是，當日，同

一個曲調的歌詞協與不協的標準是可歌與不可歌，尺度較寬。」見《詞與音樂關係研究》（北京：中國社會科學出版社，一九八五年七月），頁二〇九。

❹施議對說：「隨著填詞與唱詞的逐步專業化，歌詞作家把精力集中於歌辭制作上，『以字之音為主』，進行歌詞創作，使得歌詞的文學特徵逐漸突出，使得歌詞與它所合之樂逐漸脫離，這便是合樂歌詞發展的總趨勢。」同前註，頁二一二。

❺見〔清〕王奕清等奉敕輯：《御定詞譜》（臺北：臺灣商務印書館，一九八六年三月影印《文淵閣四庫全書》本），冊一四九五，頁一。

❻〔清〕江順詒《詞學集成》卷三云：「古人所謂譜者，先有聲而後有詞。聲則判宮商，一調有一調之律。詞則分清濁，一字有一字之音。按律而制名之曰譜，歌者即案律以歌。」見唐圭璋：《詞話叢編》，冊四，頁三二四八。

❼見〔清〕王奕清等奉敕輯：《御定詞譜・提要》，冊一四九五，頁三。

❽見佚名：〈詞通—論律〉，《詞學季刊》一卷三號（一九三三年十二月），頁九五。

❾見〔清〕王奕清等奉敕輯：《御定詞譜・提要》，冊一四九五，頁二—三。

❿王洪主編：《唐宋詞百科大辭典》（北京：學苑出版社，一九九七年八月），頁一一四五中將正體與變體定義為：「有些詞牌有多種體式，需要以某一作品定為標準體式。這個標準體式即稱做正體」、「一個詞牌如有多種體式，凡正體以外的其它體式都稱變體。」

⓫見〔清〕王奕清等奉敕輯：《御定詞譜・凡例》，冊一四九五，頁四。

⓬見〔清〕舒夢蘭輯、謝朝徵箋：《白香詞譜》（臺北：世界書局，一九九七年十月），頁一〇。

⓭見龍沐勛：《唐宋詞格律》（臺北：里仁書局，一九九五年八月），頁一三。

⓮見嚴賓杜：《詞範》（臺北：中華叢書編審委員會，一九五九年十月），頁七一—七四。蕭繼宗：《實用詞譜》（臺北：國立編譯館，一九九〇年四月），頁三三—三四、頁五〇，分別列有〈浣溪沙〉與〈攤破浣溪沙〉二體。徐志剛：《詩詞韻律》（濟南：濟南出版社，一九九二年十二月），頁一二六—一二九。徐柚子：《詞範》（上海：華東師範大學出版社，一九九三年四月），頁二八一。袁世忠：《常用詞牌譜例》（南昌：百花洲文藝出版社，一九九六年五月），頁五六—五八列〈浣溪沙〉、頁八三列〈攤破浣溪沙〉。

⓯見林玫儀：〈韻律分析在宋詞研究上之意義〉，《中國文哲研究集刊》一九九五年六期，頁一二一。

⓰同前註，頁一二二。

⓱劉明瀾云：「『減字』與『偷聲』意義相近，都是指在原調基礎上偷減音字、變化樂句、更動節奏的手法。所謂『減字』，主要指減少音譜之字，並非專指歌詞之字，因此冠以『減字』的詞調，歌詞之字並不一定減少，也有一字不減，甚至歌詞字數反而增加的。」見〈論詞調的變化〉，《音樂藝術》一九九四年二期，頁一一。吳熊和亦說：「減字首先是指減省聲譜之字，並不專指文辭之字。」他並以金侯善淵《上清太玄集》中〈減字采桑子〉為例，說：「〈減字采桑子〉經過減字，反而增至六十三字，比本調多出十八字，比〈添字采桑子〉也多出十二

字。這是一個偷聲不減字，反而增字的特例。」見《唐宋詞通論》（杭州：浙江古籍出版社，一九九八年八月），頁一一六—一一七。

⑱賀鑄〈減字浣溪沙〉的說法，除了從樂譜減字的角度去剖析外，施蟄存則認為：「也許當時盛行〈攤破浣溪沙〉，大家以為是〈浣溪沙〉正格。賀方回減去其所增三字，因而稱之為〈減字浣溪沙〉卻不知這是〈浣溪沙〉正格本調。」見《詞學名詞釋義》（北京：中華書局，一九八八年六月），頁六六。

⑲見〔唐〕崔令欽撰、任半塘箋訂：《教坊記箋訂》（臺北：宏業書局，一九七三年一月），頁七八。

⑳見徐棨：〈詞律箋榷〉，《詞學季刊》二卷四號（一九三五年四月），頁一〇七。

㉑見張夢機：《詞律探原》（臺北：文史哲出版社，一九八一年十一月），頁二一一—二一二。

㉒同前註，頁二一二。

㉓見〔唐〕崔令欽撰、任半塘箋訂：《教坊記箋訂》，頁一〇。

㉔林聰明云：「敦煌曲子詞內容繁雜，描寫社會各方面的實際生活，當係由各種身分之人寫成……樂工歌伎自有其表演歌唱舞蹈之才藝，大抵未能兼擅詞章，故其一時弄筆，本非所長，難免有雜沓冗長之情形……民間曲辭之不長於剪裁調整，不拘於格律繩墨者，固多隨意用襯。」見《敦煌俗文學研究》（臺北：私立東吳大學中國學術著作獎助委員會，一九八四年七月），頁一七三—一七四。

第二節　體式類型之辨

詞本是樂章之作，楊守齋《作詞五要》中，第三要就是「塡詞按譜。」❶其譜當指音譜，故塡詞首須熟習音譜。而詞樂家們，爲了使情感與音律融合適切，按音譜塡詞時，便形成同一詞牌，體制多樣的現象。但後來音譜失傳了，只得據前人詞體塡作，於是逐漸演變成平仄譜式。因此，格律的掌握實是後人作詞的第一要務。

〈浣溪沙〉，唐教坊曲名。現存唐五代詞作共九十七闋，其中包含敦煌曲二十闋。敦煌曲中的〈浣溪沙〉，因屬民間作品，故恣肆不拘。而詞調於流傳時，又由於樂工演唱、演奏中的發明創造，體式便有所變化。敦煌〈浣溪沙〉體式的不統一，說明著它還未形成固定的格式。不過，就開創性與嘗試性而言，體式的繁多，也體現著它的音樂性。

〈浣溪沙〉除上節所述兩種較常見外，間有多種體式。爲確實明瞭它的推衍變化，茲先以《敦煌曲校錄》、《全唐五代詞》❷、《詞律》、《詞律拾遺》，及《御定詞譜》所錄〈浣溪沙〉爲本。並配合晚近各詞譜格律書所載，參稽眾說，以從中見出歷代詞譜家，對〈浣溪沙〉體式之看法。最後再立足於這層基礎上，遍考唐五代宋金元間的〈浣溪沙〉各體，詳加比對，以歸納出更精確客觀的格式。

《敦煌曲校錄》載有〈浣溪沙〉十六闋，其中包括《雲謠集・浼沙溪》二闋、〈浣溪沙〉十三闋及一闋〈山花子〉；❸《詞律》則載張曙、李煜〈浣溪沙〉二體、南唐元宗〈攤破浣溪沙〉一體及周邦彥〈浣溪沙慢〉一體；❹《詞律拾遺》補錄顧敻〈浣溪沙〉一體，與無名氏〈攤破浣溪沙〉一體；❺《御定詞譜》之〈浣溪沙〉一調，計有韓偓、薛昭蘊、孫光憲、顧敻、李煜五體，另有李璟〈山花子〉、周邦彥〈浣溪沙慢〉二種。❻今將各家所見體例，簡列於下：

1.《敦煌曲校錄》分為四體：

(1)〈浣溪沙〉「孋景紅顏越眾希」，雙調，平聲韻，四十八字體。
(2)〈浣溪沙〉「却掛綠欄用筆章」，雙調，平聲韻，四十九字體。
(3)〈浣溪沙〉「結草城樓不忘恩」，雙調，平聲韻，五十二字體。
(4)〈山花子〉「去年春日長相對」，雙調，仄聲韻，四十八字體。

2.《全唐五代詞》別為七體：

(1)〈浣溪沙〉「孋景紅顏越眾希」，雙調，平聲韻，四十八字體。
(2)〈浣溪沙〉「倦却詩書上釣舡」，雙調，平聲韻，四十九字體。
(3)〈浣溪沙〉「浪打輕舡雨打篷」，雙調，平聲韻，四十九字又一體。
(4)〈浣溪沙〉「却掛綠欄用筆章」，雙調，平聲韻，五十一字體。

(5)〈浣溪沙〉「忽見山頭水道煙」，雙調，平聲韻，五十一字又一體。
(6)〈浣溪沙〉「結草城樓不忘恩」，雙調，平聲韻，五十二字體。
(7)〈山花子〉「去年春日長相對」，雙調，仄聲韻，四十八字體。

3. 《詞律》記四體：

(1)張曙〈浣溪沙〉「枕障熏鑪冷繡幃」，雙調，平聲韻，四十二字體。
(2)李煜〈浣溪沙〉「紅日已高三丈透」，雙調，仄聲韻，四十二字體。
(3)李璟〈攤破浣溪沙〉「菡萏香銷翠葉殘」，雙調，平聲韻，四十八字體。
(4)周邦彥〈浣溪沙慢〉「水竹舊院落」，雙調，仄聲韻，九十三字體。

4. 《詞律拾遺》補輯二體：

(1)顧夐〈浣溪沙〉「紅藕香殘翠渚平」，雙調，平聲韻，四十六字體。
(2)無名氏〈攤破浣溪沙〉「相恨相思一箇人」，雙調，平聲韻，四十六字體。

5. 《御定詞譜》錄七體：

(1)韓偓〈浣溪沙〉「宿醉離愁慢髻鬟」，雙調，平聲韻，四十二字體。

(2)薛昭蘊〈浣溪沙〉「紅蓼渡頭秋正雨」，雙調，平聲韻，四十二字體。
(3)孫光憲〈浣溪沙〉「風撼芳菲滿院香」，雙調，平聲韻，四十四字體。
(4)顧夐〈浣溪沙〉「紅藕香殘翠渚平」，雙調，平聲韻，四十六字體。
(5)李煜〈浣溪沙〉「紅日已高三丈透」，雙調，仄聲韻，四十二字體。
(6)李璟〈山花子〉「菡萏香銷翠葉殘」，雙調，平聲韻，四十八字體。
(7)周邦彥〈浣溪沙慢〉「水竹舊院落」，雙調，仄聲韻，九十三字體。

以上所列，共計二十四體。若去其重複，計有十四體之多，為分析之便，將此十四體，詳列表格於下：

表一〈浣溪沙〉體式一覽表

分目／編次	作者	調名	分片	用韻	字數	句型	備註
一	張曙	浣溪沙	雙調	平韻	42	777·777	《詞律》載；《詞譜》韓偓同
二	薛昭蘊	浣溪沙	雙調	平韻	42	777·777	《詞譜》獨載，首句不用韻
三	李煜	浣溪沙	雙調	仄韻	42	777·777	《詞律》、《詞譜》同載
四	孫光憲	浣溪沙	雙調	平韻	44	777·77333	《詞譜》獨載

五	顧夐	浣溪沙	雙調	平韻	46	733・77333	《拾遺》、《詞譜》同載
六	無名氏	攤破浣溪沙	雙調	平韻	46	7745・7745	《拾遺》獨載
七	敦煌曲	浣溪沙、山花子 攤破浣溪沙	雙調	平韻	48	7773・7773	《詞律》、《詞譜》載李璟詞當同於此
八	敦煌曲	山花子	雙調	仄韻	48	7773・7773	《校錄》、《全唐》同載
九	敦煌曲	浣溪沙	雙調	平韻	49	7774・7773	《全唐》獨載
十	敦煌曲	浣溪沙	雙調	平韻	49	7773・7774	《全唐》獨載
十一	敦煌曲	浣溪沙	雙調	平韻	51	7873・7775_3	《校錄》、《全唐》同載而異
十二	敦煌曲	浣溪沙	雙調	平韻	51	7773・7785	《全唐》獨載
十三	敦煌曲	浣溪沙	雙調	平韻	52	7773・7777	《校錄》、《全唐》同載
十四	周邦彥	浣溪沙慢	雙調	仄韻	93	5545455553-4・3554545553-4	《詞律》、《詞譜》同載

備註：「備註」欄中，《詞律拾遺》簡稱《拾遺》；《敦煌曲校錄》簡稱《校錄》；《全唐五代詞》簡稱《全唐》

此十四體，皆爲雙調。調名多稱〈浣溪沙〉，唯李璟「七七七三．七七七三」體，《詞律》名爲〈攤破浣溪沙〉；《御定詞譜》則稱〈山花子〉。而〈山花子〉一名，始見於敦煌曲子詞，爲仄韻「七七七三」兩片體，與此相異。《詞律拾遺》所名〈攤破浣溪沙〉之句式，又與李璟詞不同。周邦彥將本調衍聲爲「上九句下十句」的慢詞，是爲〈浣溪沙慢〉。

〈浣溪沙〉複雜的體式，不是僅就字面上的幾個數字，就可以完全明瞭的。爲徹底破解〈浣溪沙〉的深層結構，茲分點論述於下：

（一）基本式─齊言體

觀察唐五代至宋金元以來的〈浣溪沙〉，腦海中明顯地會浮現出兩個印象。一種是齊言「七七七．七七七」型體式；另一種則是「七七七三．七七七三」長短體式。前者的變化較爲簡單，然所佔比例卻最高。據筆者統計金元以前之〈浣溪沙〉，共計一千一百四十八闋。其中，齊言體有一千零七十闋，約佔百分之九三．二（見附錄一）。[7]難怪後人會視其爲〈浣溪沙〉正體。頁一二八所製「表一、〈浣溪沙〉體式一覽表」所列之「一」、「二」、「三」三種類型屬此。

1. 四十二字平韻體

《詞律》舉張曙「枕障熏鑪冷繡幃」，《御定詞譜》舉韓偓「宿醉離愁慢髻鬟」屬此。此體前段三句三平韻，後段三句兩平韻：

枕障熏鑪冷繡帷。二年終日苦相思。杏花明月爾應知。

天上人間何處去，舊歡新夢覺來時。黃昏微雨畫簾垂。

宿醉離愁慢髻鬟。六銖衣薄惹輕寒。慵紅悶翠掩青鸞。

羅襪況兼金菡萏，雪肌仍是玉琅玕。骨香腰細更沈檀。

凡字下有橫線者，表示「可平可仄」之處。二書相比，《詞律》首句無可平可仄者；《御定詞譜》首句格律譜則作「＋｜＋—＋｜—」，是其不同之處。❽《御定詞譜》開宗明義即說：「此調以此（韓偓）詞爲正體；若薛詞之少押一韻，孫詞、顧詞之攤破字法，李詞之換仄韻，皆變體也。」

關於本調平仄分佈的準確統計，將在下節討論說明。在此僅將《御定詞譜》所得之格律錄出：

＋｜＋——｜—。＋—＋｜｜——。＋—＋｜｜——。

＋｜＋——｜｜，＋—＋｜｜——。＋—＋｜｜——。

2. 四十二字平韻首句不入韻體

《御定詞譜》舉薛昭蘊「紅蓼渡頭秋正雨」，前後段各三句兩平韻：

紅蓼渡頭秋正雨，印沙鷗跡自成行。整鬟飄袖野風香。

不語含顰深浦裏，幾回愁煞棹船郎。燕歸帆盡水茫茫。

《詞律》不錄此體，僅於張曙詞後云：「此調有起用仄聲，次句方韻者，如薛昭蘊『紅蓼渡頭秋正雨』是也。茲注明不錄。」《御定詞譜》見此詞首句不起韻，乃立一體以存之。遍考金元以前所有〈浣溪沙〉詞，首不用韻者，除此闋外，尚有薛昭蘊「越女淘金春水上」、史浩「遠岫數堆蒼玉髻」、劉辰翁「身是去年人尚健」三闋。❾茲取此四詞以校是體：

+|+——||，+—+||——。+——||——。

+|+——||，+—+||——。+—+||——。

與前體相較，其平仄近似。不過，上片首句第三字常用仄；次句第三字常用平；末句第一字常用仄。下片次句第一字常用仄，第三字常用平；末句第一字常用仄，第三字常用平。由於本調爲前體之變格，個人懷疑上片末句第三字亦可仄，唯限於資料不足，故不斷之。而《御定詞譜》則全依薛昭蘊格律以定本式。

此外，李之儀還有一詞，也是首句不用韻者。不過，此詞開頭「聲名自昔猶時鳥，日月何嘗避覆盆」兩句，格律作「－－｜｜－－｜，｜｜－－｜｜－。」兩句之二、四、六字平仄均異。筆者猜想，李氏或是用近體詩拗救法，方有是句，僅於此說明而不入校。

3. 四十二字仄韻體

《詞律》與《御定詞譜》均載南唐後主李煜「紅日已高三丈透」一體，前後段各三句三仄韻：

紅日已高三丈透。金鑪次第添香獸。紅錦地衣隨步皺。

佳人舞點金釵溜。酒惡時拈花蕊嗅。別殿遙聞簫鼓奏。

迄金元爲止，〈浣溪沙〉作仄韻齊言者，只此一詞，無他闋可校。《詞律》、《御定詞譜》以本詞定律：

—｜｜——｜｜。——｜｜——｜。—｜｜——｜｜。

——｜｜——｜。｜｜———｜｜。｜｜———｜｜。

(二) 基本式－長短體

在討論〈浣溪沙〉的正變中，筆者贊同張夢機之折衷說法，不主觀斷定〈浣溪沙〉始於何種體式。因此，不論是齊言或長短體，筆者均視爲「基本式」。齊言體考訂既畢，本段接著探究基本式之長短體。

基本式長短體字句均作「七七七三．七七七三」。頁一二八所製「表一、〈浣溪沙〉體式一覽表」中之「七」、「八」二種屬此。

1. 四十八字平韻體

《詞律》與《御定詞譜》均載南唐中主李璟「菡萏香銷翠葉殘」一詞。前段四句三平韻，後段四句兩平韻：

菡萏香銷翠葉殘。西風愁起綠波間。還與韶光共憔悴，不堪看。

細雨夢回雞塞遠，小樓吹徹玉笙寒。多少淚珠何限恨，倚闌干。

「正名」是考訂本詞的首要之務。《詞律》命此爲〈攤破浣溪沙〉，又名〈山花子〉；《御定詞譜》則記作〈山花子〉；《歷代詩餘》則名〈南唐浣溪沙〉，並列出上述二稱。⑩此外，亦有作〈添字浣溪沙〉、〈感恩多令〉者，可謂別名眾多。⑪而〈攤破浣溪沙〉之名是否合適？〈攤破浣溪沙〉是否等同於〈山花子〉？〈南唐浣溪沙〉之名是否恰當？是歷來討論最多的。

以「七七七三」兩片體爲〈攤破浣溪沙〉，是歷代奉齊言「七七七」雙調體爲正格之結果，筆者已於上節辯證其失，不再贅言。在第二個問題上，《詞律》承自傳統看法，列有二名，以爲兩者相同。《御定詞譜》則采〈山花子〉一名，只在說明中列舉《樂府雅詞》之〈攤破浣溪沙〉別稱。表面上，兩者的說法是相似的。但唯一令人不解的是，《御定詞譜》在順序的安排上，二體間竟相隔了幾十頁。推測其內在義涵可知，編者並不認爲本體是由前體攤破而來；甚至也可說，他已將〈山花子〉視作另一種詞調。而《教坊記》更在〈浣溪沙〉外，別有〈山花子〉一調。那麼，究竟〈山花子〉是〈攤破浣溪沙〉的別名？還是另屬一調呢？

現存金元以前的〈山花子〉，除了中主這闋外，尚有和凝的「鶯綿蟬縠馥麝臍」與「銀字笙寒調正長」、袁去華的「霧閣雲窗別有天」、許棐的「挼柳揉花旋染衣」、劉辰翁的「東風解手即天涯」與「此處情懷欲問天」六調。從形式上來看，它們都屬〈浣溪沙〉無疑，這又不免令吾人再度深陷五里迷霧之中。這些困頓，一直要等敦煌曲〈山花子〉出現，才有更明確的答案。

任二北在《敦煌曲初探》曾比較〈山花子〉與〈浣溪沙〉的差異：

十三首〈浣溪沙〉乃平韻，普通所常見；而一首〈山花子〉，獨叶仄韻，為過去傳辭中從所未有者。其所屬之宮調，彼此必然不同——一也。〈浣溪沙〉無論齊雜言，前後片句法雖同，而平仄不同。此首〈山花子〉，前後片不但句法同，平仄亦同，所謂「雙疊」之調是——二也。此首〈山花子〉中，凡七字句，全以平起，以仄收；〈浣溪沙〉不然——三也。準此，此二名不僅異體，甚至異調，絕不得謂之同。⓬

任氏主要從句法平仄與用韻兩方面，來區別二者的不同。就句法而言，他認爲〈浣溪沙〉前後片「平仄不同」；〈山花子〉前後片則「平仄亦同」。從用韻而言，一叶平一叶仄，所以「其所屬之宮調，彼此必然不同」，它們必爲異體異調。同樣的，任半塘也以叶韻之別，說：「此曲在唐，獨自爲調，非若五代以後，指〈浣溪沙〉爲〈山花子〉也。」⓭由此觀之，仄韻〈山花子〉與平韻〈浣溪沙〉本來有別；而和凝平韻〈山花子〉的出現，足見〈山花子〉到了五代，已泛作本調別名，不復限於仄韻。

不過，〈山花子〉雖與〈浣溪沙〉相異，卻很難說它們之間毫無瓜葛。原因是平韻〈浣溪沙〉與仄韻〈山花子〉間，只有用韻上的不同，在創調的過程，其中一體影響另一體，或是取法另一體的情形，也並非完全沒有可能。況且從宮調的角度來看，平聲與去聲間實存在著一種「宮逐羽音」的現象。

「宮逐羽音」之名，是唐段安節所提出。他在〈燕樂二十八調用韻論〉中，說明平、上、去、入四聲，與宮調相配分別爲羽、角、宮、商四音，各音之下轄有七調，其組成是爲唐代燕樂二十八調。⑭因此，所謂「宮逐羽音者，宮調宜去聲韻，羽調宜平聲韻，而去聲之宮，亦可叶平聲之羽，音相承，故曰逐也。」⑮

由是觀之，去韻〈山花子〉實有可能「逐」平韻〈浣溪沙〉而生。所以，像潘慎在編《詞律辭典》時，即將敦煌〈山花子〉納入〈浣溪沙〉之下，認爲「此調即〈浣溪沙〉之別體」。⑯不過，筆者則認爲去韻〈山花子〉與平韻〈浣溪沙〉間，雖可能有這層演化關係，但也很難論定誰是誰的「別體」。只是隨著仄韻〈山花子〉的匿跡，和平韻〈山花子〉的出現，說明〈山花子〉在五代以後，已爲〈浣溪沙〉之別名而混然不分矣。

至於〈南唐浣溪沙〉之得名。《塡詞名解》從創製時代解釋，認爲「其體制創自南唐，故一名〈南唐浣溪沙〉。」⑰《詞律》則認定這是「後人因李主此詞細雨小樓二句膾炙千古」而易名。針對前者而言，長短體〈浣溪沙〉早在敦煌詞中即已出現，說它「創自南唐」，以其未見敦煌詞而斷，誠然有誤。至於以李主詞而改名，《詞律》即予評論其失：

> 後人因李主此詞細雨小樓二句膾炙千古，竟名為〈南唐浣溪沙〉。然則唐人沿至宋人改新調而仍舊名者甚多，如〈喜遷鶯〉、〈長相思〉之類，皆添字成調，豈可名〈北宋喜遷鶯〉、〈北宋長相思〉？⑱

從改易調名的觀點來看，萬樹此言並非毫無道理。不過，徐棨從另一個角度判別，認爲南唐之名，或是「談詞者偶冠作者於題上，非製譜者竟入朝代於調名」。而後人不察，乃「沿訛成誤」，故不可與改易調名者同論。⑲且不管這其間演化的過程爲何，〈南唐浣溪沙〉一稱縱使非有意易名，也與後人任意更改調名者相同，屬徒增紛擾之舉。

經由以上疏正，〈攤破浣溪沙〉、〈山花子〉、〈南唐浣溪沙〉三名，各有缺失。尤其是〈攤破浣溪沙〉、〈南唐浣溪沙〉二名對〈浣溪沙〉「七七七三．七七七三」體而言，實有商榷的必要；而〈山花子〉一名，筆者認爲以之稱仄韻體較爲恰當。至於仄韻體〈山花子〉該視作獨立之一調？或是應看作〈浣溪沙〉之別體？則限於音樂亡失，既不能驟然判定〈山花子〉源於〈浣溪沙〉，而視之爲別體，亦難論〈山花子〉與〈浣溪沙〉間毫無交流，而獨立爲調。因此，本文以「聊備一體」的態度，仍將〈山花子〉納入其間討論。

有關本調的平仄分佈，將在下節詳細討論說明。茲將《御定詞譜》所得格律刊出：

＋｜－－｜｜－。＋－＋｜｜－－。＋｜＋－＋＋｜，｜－－。

＋｜＋－－｜｜，＋－＋｜｜－－。＋｜＋－－｜｜，｜－－。

2. 四十八字仄韻體

敦煌寫卷「斯五五四〇」號載〈山花子〉，前後段各四句三仄韻：

去年春日長相對。今年春日千山外。落花流水東西路，難期會。
西江水竭南山碎。憶你終日心無退。當時只合同攜手，悔□□。

饒宗頤在〈長安詞山花子及其他〉中，將末句補成「三疊字」句格，作「悔悔悔」。⑳本調一則與李煜「紅日已高三丈透」同屬六仄韻；一又和〈浣溪沙〉長短體同爲「七七七三」雙調型，故而本文採取了以上二組方式；並配合上、下片互校。大抵來說，〈山花子〉的三、六句第一、三字爲平仄均可；其餘各句較看不出規則。不過，從學術的嚴謹度而言，在無他詞可校的情況下，姑將本詞格律錄下，以見〈山花子〉面貌：

|——|——|。———|——|。|——|——|，——|。
——||——|。||—|——|。——||——|，|□□。

(三) 攤破式

攤是攤開，破是破裂的意思。將某一曲調增字衍聲，破一句為兩句，另成一曲調，是為攤破。它兼有文字和音樂兩個層面：就音樂而言，它是增添音字，增加樂句，變化節奏，以衍出新調；就文字來說，它是增添字數，增加詞句，以化成新的句式。㉑歷來將「七七七三」雙調體，視為〈攤破浣溪沙〉者，其著眼點在於以齊言〈浣溪沙〉為「正」，由此見出前後段結尾由七字衍為十字（攤）、由一句變為兩句（破）的「變」。其商榷之處，筆者已在前節辯明。因此，本文所認定的〈攤破浣溪沙〉，是除了「七七七三」兩片體外的其他攤破體式。包括頁一二八中「表一、〈浣溪沙〉體式一覽表」所列之「四」、「五」、「六」三體。

1. 四十四字平韻體

《御定詞譜》載孫光憲「風撼芳菲滿院香」一體，句式作「七七七．七七三三三」。前段三句三平韻，後段五句兩平韻：

風撼芳菲滿院香。四簾慵卷日初長。鬢雲垂枕響微鍠。
春夢未成愁寂寂，佳期難會信茫茫。萬般心，千點淚，泣蘭堂。

《御定詞譜》校曰：「唐宋元詞僅見此作」。從「附錄一」的考察中，迄金元為止，的確只有此闋體式作此。該體下片三、四句組成三字對偶，與齊言基本式的校對中發現，「心」、「淚」二字，或許是攤破的關鍵。也就是說，下片末句可能原爲「萬般千點泣蘭堂」。而在格律的比對上，除下片三、四、五句外，其他各句也都和齊言基本式的格律相同，茲取前述基本式齊言體定律如下：

＋｜＋―＋｜―。＋―＋｜｜――。＋―＋｜｜――。

＋｜＋――｜｜，＋―＋｜｜――。＋――，＋｜｜，｜――。

2. 四十六字平韻兩片相異體

《詞律拾遺》、《御定詞譜》均錄顧敻「紅藕香殘翠渚平」一體。句式作「七七三三三・七七三三三」，前段五句三平韻，後段五句兩平韻：

紅藕香殘翠渚平。月籠虛閣夜蛩清。天際鴻，枕上夢，兩牽情。

寶帳玉爐殘麝冷，羅衣金縷暗塵生。小窗涼，孤燭背，淚縱橫。

《御定詞譜》於錄詞下云：「《花間集》本，前後兩結作七字一句，今從《花草粹編》，以備一體。」

㉒可見顧氏此詞有兩種版本，一是《花間集》齊言體；一是《花草粹編》攤破體。而《全宋詞》則取《花間集》本，前段末句作「塞鴻驚夢兩牽情」；後段末句則作「小窗孤燭淚縱橫」。《詞律拾遺》則曰：「葉本名〈添字浣溪沙〉，另列一調。」可知它另有〈添字浣溪沙〉之名。

本式下片攤破與前述四十四字體同，惟增加了上遍攤破。《詞律拾遺》說：「此調衍第三七字句爲九字三句。蓋亦攤破添字之權輿也。」從《花間集》本相比看來，後段末句的「涼」、「背」二字，應是攤破添字而成。這也可以回證，筆者於上述四十四字體中，判斷「心」、「淚」二字爲攤破的可能性；至於前段末句，因「鴻」、「夢」必非添字，與後段情況相異，較難判定攤破字爲何。故今取基本式齊言體以校是體，而前段末三句暫依此詞格律；後段末三句，則同四十四體校法，定律爲：

＋｜＋—＋｜—。＋—＋｜｜——。—｜—，｜｜｜，｜——。

＋｜＋——｜｜，＋—＋｜｜——。＋——，＋｜｜，｜——。

3. 四十六字平韻兩片相仿體

《詞律拾遺》載無名氏〈攤破浣溪沙〉，句式作「七七四五·七七四五」，前段四句三平韻，後段四句兩平韻：

相恨相思一箇人。柳眉桃臉自然春。別離情思，寂寞向誰論。
映地殘霞紅照水，斷魂芳草碧連雲。水邊樓上，回首倚黃昏。

《詞律拾遺》補無名氏此體，調名即作〈攤破浣溪沙〉，言其上、下片結句各添二字，攤破成四、五兩句。至於這兩個字，究竟是「情思」還是「寂寞」；是「水邊」還是「回首」，則難能決斷。㉓故茲取齊言基本式，以校此一、二、五、六句，三、七句則暫存此詞之格：

＋｜＋－＋｜－。＋－＋｜｜－－。｜－－｜，｜｜｜－－。
＋｜＋－－｜｜，＋－＋｜｜－－。｜－－｜，－｜｜－－。

（四）加襯式

所謂「襯字」，指在本格之外添出之字，主要是作為轉折、形容、強調語氣、補充詞意之用。詞中究竟有無襯字，一直以來均有爭議。林玫儀在〈論詞之襯字〉中，詳細考訂諸方說法，認為「萬樹謂立『襯字』一說，即混詞格，蓋謂詞之不得有襯，乃其格體所本然；置詞之音樂性質於不顧而斤斤於文字，是僅視詞為書面文學，而忽略其音樂性。」因此，「詞之有襯字，乃不爭之事實。」㉔只不過，詞中襯字，非若曲以小字別之，一目了然；加以今日歌法失傳，其真實情況乃不得見矣！

襯字雖是本格以外添加的字，但這並不是說襯字即是添字。林聰明在《敦煌俗文學研究》中曾說：

> 襯字即在本格之外所增添的字，可使文義流暢，且令歌者時有疏密清新之致。故詞曲使用襯字，原為適應修辭達意之需，而不在配合聲樂之故。蓋襯字因辭而異，其使用多寡，亦各首不同，並且隨襯隨了，不成定格。若為適樂聲之需而添聲添字，則一經添就，即永成定格，用某調並需遵某格。㉕

簡單的說，加襯的原因，是基於修辭考量，因此襯字的多少，各闋並無一定的標準；而添字則在配合聲樂的需要，故「一經添就，即永成定格」也。

本文將下列六體歸爲襯字，不認定爲添字，主要有三項因素。首先，這六詞皆獨出，無他詞可校，與基本式的差別，也僅限於一、二個字，此和添字之「永成定格」不同；其次，添字與聲樂關係密切，亦名之爲攤破，爲免與上述攤破式相混，實有區別的必要；第三，〈浣溪沙〉琵琶譜中，首片兩句殘譜，句末記有若干小字。饒宗頤認爲這些小字「是爲襯音」，可見早期有些〈浣溪沙〉是有襯字的。㉖

襯字是〈浣溪沙〉在晚唐五代時，詞體未臻成熟的表徵。頁一二八中「表一、〈浣溪沙〉體式一覽表」所列之「九」、「十」、「十一」、「十二」、「十三」體屬此。

1. 四十九字平韻上片末句加襯一字體

《全唐五代詞》載「斯二六〇七」號〈浣溪沙〉，句式作「七七七四．七七七三」，前段四句三平韻，後段四句兩平韻：

倦却詩書上釣舡。身披莎笠執魚竿。棹向碧波深處去，[復]幾重灘。
不是從前為釣者，蓋緣時世厭良賢。所以將身巖藪下，不朝天。

本詞襯處在上片末句「復」字。「伯三一二八」號中亦載此詞，然並無「復」字，今錄此體，聊備一格。㉗以基本式校此體，結果完全吻合，故此詞應屬晚出之作。茲將此詞格律分析如下：

｜｜－－｜｜－。－－－｜｜－－。｜｜｜－－｜｜，[｜]｜－－。
｜｜－－－｜｜。｜－－｜｜－－。｜｜｜－－｜｜，｜－－。

2. 四十九字平韻下片末句加襯一字體

《全唐五代詞》載「斯二六〇七」號〈浣溪沙〉，句式作「七七七三．七七七四」，前段四句三平韻，後段四句兩平韻：

浪打輕舡雨打篷。遙看篷下有魚翁。莎笠不收舡不繫，任西東。

即問魚翁何所有，一壺清酒一竿風。山月與鷗長作伴，[在]五湖中。

本體與前體相近，爲末句加襯者，唯加襯處在下片「在」字。《全唐五代詞》校云：「原寫作『在湖中』，旁補『五』字。」㉘本詞亦與基本式格律完全相同，律式爲：

｜｜－－｜｜－。－－｜｜｜－－。－｜｜－－｜｜，｜－－。

｜｜－－－｜｜。｜－－｜｜－－。－｜｜－－｜｜，[｜]－－

3. 五十一字平韻上下加襯三字體

《敦煌曲校錄》載「伯三一二八」號〈浣溪沙〉，句式作「七八七三．七七七三」，前段四句三平韻，後段四句兩平韻：

却掛綠欄用筆章。不藉你馬上弄銀槍。罷却龍泉身解甲，斈文章。

你取硯筒儂捻筆，疊紙將來書兩行。將向殿前報消息，為君王。

《全唐五代詞》亦載此詞，唯其句式作「七八七三．七七七五」，前段四句三平韻，後段四句兩平韻：

却掛綠欄用筆章。不藉你馬上弄銀槍。罷却龍泉身擐甲，斈文章。

捻取硯筒濃捻筆，疊紙將來書兩行。將向殿前報消息，也是為君王。

本詞確定加襯點在二句「你」字；較有爭議處則是末句。《敦煌曲校錄》云：「『為君王』上，原衍『是』字。」可見原卷末句作「是爲君王」。而《校錄》視其爲「衍」；《全唐五代詞》卻據此而添「也」字，方有出入。茲以原卷完整性出發，從《全唐五代詞》所校。

同基本式長短體相比，首句「綠」、二句「藉」、五句「紙」、「來」、「書」、「兩」，及六句之「報」、「消」等字，其格律皆相反，可見早期民間詞作，尚未形成定律。故筆者亦不斷然以基本式定律，只將其律式刊錄如下：

〡〡〡一〡〡一。〡〡[〡]〡〡〡一一。〡〡一一一〡〡，〡一一。

〡〡〡一一〡〡。〡〡一一一〡一。一〡〡一〡一〡，〡〡〡一一。

[4.] 五十一字平韻下片加襯三字體

《敦煌曲校錄》未收此體；而《全唐五代詞》依周紹良《補敦煌曲子詞》之「莊嚴堪藏敦煌寫卷」，載「忽見山頭水道煙」一體。句式作「七七七三．七七八五」，前段四句三平韻，後段四句兩平韻：

忽見山頭水道煙。鴛鴦擐甲被金鞍。馬上彎弓搭箭射，塞門看。

為報乞寒王子大，胭脂山下戰場寬。丈夫[兒]出來須努力，[覓取]策三邊。

本詞末句加襯處在「覓取」二字，與前一體相同；而另一襯處則是「兒」字。該詞除二句「被」、七句「夫」外，均與基本式同，格律作：

—｜——｜｜—。———｜———。｜｜———｜｜，｜——。

｜｜｜——｜｜。———｜｜——。｜｜［—］｜——｜｜，［｜｜］｜——。

5. 五十二字平韻下片加襯四字體

敦煌寫卷「伯三一二八」號載〈浣溪沙〉，句式作「七七七三．七七七七」，前段四句三平韻，後段四句兩平韻：

結草城樓不忘恩。些些言語莫生嗔。比死共君緣外客，悉安存。
百鳥相依投林宿，道逢枯草再迎春。路上共君先下拜，如若傷蛇口含真。

此體得到最多學者的關注，以其襯字多達四字之故。㉙「如若傷蛇」四字是為襯字。此體除本詞外，「莊嚴堪藏敦煌寫卷」中還有「一隻黃鷹薄天飛」、「萬里迢停不見家」二闋詞。其結句分別是「奉你兩個沒因緣」、「曲子催送浪淘沙」，其前四個字亦屬襯字。㉚以此三詞同基本式相校，「萬里迢停不見家」全合其律；而本詞惟五句「林」字不合；「一隻黃鷹薄天飛」則有五處不合。

茲將本詞之律式錄下，以見其格：

｜｜——｜｜—。———｜｜——。｜｜｜——｜｜，｜——。

｜｜————｜。｜——｜｜——。｜｜｜——｜｜，[—｜——]｜——。

（五）衍慢式

《詞律》與《御定詞譜》均載周邦彥〈浣溪沙慢〉一體，前段九句五仄韻，後段十句五仄韻：

水竹舊院落，櫻筍新蔬果。嫩英翠幄，紅杏交榴火。心事暗卜，葉底尋雙朵。深夜歸青鎖。燈盡酒醒時，曉窗明、釵橫鬢嚲。　怎生那。被間阻時多，奈愁腸數疊，幽恨萬端，好夢還驚破。可怪近來，傳語也無箇。莫是嗔人呵。真箇若嗔人，卻因何、逢人問我。

上詞引自《詞律》。《御定詞譜》依《苕溪漁隱詞話》，將「櫻筍新蔬果」句作「鶯引新雛過」；「嫩」字作「嫰」；「鎖」字作「瑣」；「燈」字作「鐙」。不過這些相異字句，並不影響我們對平仄的判斷。唯一較有爭議的是，下片第九句「真箇若嗔人」，《詞譜》作「果若是嗔人」。由此訂出來的平仄首字，便有平仄之異。《詞律辭典》云：「我們認為此句作『櫻筍新蔬果』較妥，因為除平仄合律外，還可與首句對偶。」㉛

此體唯此一例，無它詞可校，故《御定詞譜》云：「〈浣溪沙慢〉調見《片玉集》，亦名〈浣溪沙慢〉。此調《清真集》不載，故方千里、楊澤民、陳允平皆無和詞。」葉詠琍《慢詞考略》歸之爲「增衍節拍者」，實視本體從〈浣溪沙〉「衍爲曼聲，益其節拍，增其均疊」而來。㉜

本詞以五字爲基構，以仄聲爲韻腳，表面上似乎與〈浣溪沙〉毫無關係，然考諸「增衍節拍」之其他諸調，在字句上亦難見直接證據。㉝蓋衍慢體與原調間，本只在音樂上有所關連，故非求表面字句可得也。而以今日樂曲亡佚之際，徒見其形，不聞其聲，乃判若兩調矣！

〈浣溪沙慢〉上片「紅杏」以後，與下片「好夢」迄末，句式完全相同。在無他詞可校的情況下，茲以此相同點爲分水嶺：先將「紅杏」、「好夢」以下，以詞內互校的方式得出平仄；然後，再取「紅杏」、「好夢」以上之詞句相比。竊謂下片前段（「紅杏」之前）或是自上片前段（「好夢」之前）攤破而成，唯無直接證據，且存疑而不校。茲將所得格律錄載於下：

｜｜｜｜｜，㉞—｜——｜。｜—｜｜，＋｜——｜。＋｜｜＋，＋｜＋—｜。＋｜—
—｜。＋｜｜——，｜——、——｜｜。｜—｜。｜｜——，｜——，—｜｜—，
＋｜——｜。＋｜｜＋，＋｜＋—｜。＋｜——｜。＋｜｜——，｜——、——｜｜。

此外，本詞之爭議處還在是「仄韻到底」，或是「平仄通叶」的問題。《詞律》云：

「多」字乃以平叶仄。不然，直至「破」方韻矣。且語意亦在此頓住。下「奈愁腸」三句，是一串而下也。是此詞亦為平仄通叶之體，但無第二首可對。恐人不信，故不敢竟注。㉟

萬樹認為下片二句「多」字乃是韻腳。此外，從他在「卜」字、「也」字旁註明「可平」、「作平」之字樣來看，《詞律》視此為平仄通叶體無疑。同執此一看法者，另有潘慎與徐棨二人。《詞律辭典》說：「『多』字如果不作以平叶仄，前後韻腳相距十九字，高明如美成，用韻不至於如此疏闊。」㊱〈詞律箋榷〉則曰：

> 余謂萬說此句用叶，於體為近。且過片第一句『那』字韻，及後段第八句「呵」字韻，皆可讀平聲。而『呵』字作疑問語，尤以平聲為宜。是「多」字之韻，非孤平也，於理甚愜。㊲

對此，《詞範》則持保留態度，認為：「此詞近於俳體，韻或不拘，倘多字平叶，則結句何字亦暗藏平叶，前起落字倘作平，亦平叶矣。」㊳筆者以無確切實據，姑疑以待證。

如上所述，〈浣溪沙〉的體式共計十四。為清眉目，最後將此十四體，做成下列樹狀圖：

浣溪沙

- 齊言格→基本式
  - 四十二字平韻體
  - 四十二字平韻首句不入韻體
  - 四十二字仄韻體
- 長短格
  - 基本式
    - 四十八字平韻體
    - 四十八字仄韻體
  - 攤破式
    - 四十四字平韻體
    - 四十六字平韻兩片相異體
    - 四十六字平韻兩片相仿體
  - 加襯式
    - 四十九字平韻上片末句加襯一字體
    - 四十九字平韻下片末句加襯一字體
    - 五十一字平韻上下加襯三字體
    - 五十一字平韻下片加襯三字體
    - 五十二字平韻下片加襯四字體
  - 衍慢式→九十一字仄韻體

【附註】

❶楊守齋《作詞五要》曰：「第三要填詞按譜。自古作詞，能依句者已少，依譜用字者，百無一二。詞若歌韻不協，奚取焉。」見唐圭璋：《詞話叢編》，冊一，頁二六八。

❷《全唐五代詞》所錄敦煌詞，與《敦煌曲校錄》有出入，於此提出以茲比較。見曾昭岷等編：

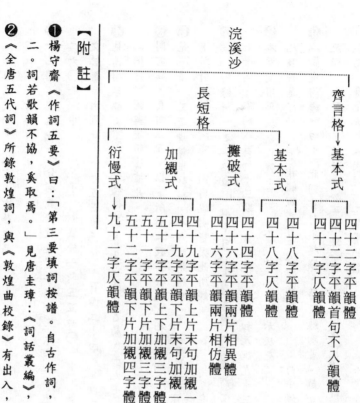

《全唐五代詞》（北京：中華書局，一九九九年十二月），頁八一〇—九四七。以下所引「唐五代詞」皆出自此。

❸十三闋〈浣溪沙〉，分別載於敦煌寫卷「伯三一二八」、「伯三八二一」、「伯四六九二」及「斯二六〇七」中。〈山花子〉則載於「斯五五四〇」中。參考任二北校：《敦煌曲校錄》（上海：文藝聯合出版社，一九五五年五月），頁四二—四八。以下所引《敦煌曲校錄》詞均依此。

❹見萬樹等編：《索引本詞律》（臺北：廣文書局，一九七一年九月），頁五六—五七。以下所引《詞律》詞與說明皆據此。

❺同前註，頁四三五。以下所引《詞律拾遺》詞與說明，皆本於此。

❻見（清）王奕清等奉敕輯：《御定詞譜》，冊一四九五，頁七一—七二、一一二、三九九。以下所引《御定詞譜》詞與說明皆從此所錄。

❼從「附錄一」之「格律」欄中可知。齊言體〈浣溪沙〉錄詞一千零七十闋，分別是唐五代詞七十闋、宋詞八百一十三闋、金詞九十四闋和元詞九十三闋。

❽本文使用平仄譜代號：「－」示平聲；「｜」示仄聲；「＋」示「可平可仄」者。平仄譜與例詞，凡韻腳處作「。」；非韻腳之句子停頓處作「，」；句中停頓處作「、」。

❾《御定詞譜》曰：「此詞首句不起韻。薛昭蘊別首『越女淘金春水上，步搖雲鬢佩鳴璫』正與此同。」另外，據筆者於「附錄一」之「格律」欄統計，還有史浩「遠岫數堆蒼玉髻」，及劉辰翁「身是去年人尚健」二闋屬此體。

⑩《御選歷代詩餘》於〈南唐浣溪沙〉下云：「雙調，四十八字。一名〈山花子〉，又名〈攤破浣溪沙〉，以攤破名者，就〈浣溪沙〉結句破七字為十字也。」見〔清〕沈辰垣、王奕清奉敕編：《御選歷代詩餘》（臺北：臺灣商務印書館，一九八六年三月影印《文淵閣四庫全書》本），冊一四九一，頁三八〇。

⑪《御定詞譜》於〈山花子〉下云：「一名〈南唐浣溪沙〉，《梅苑》名詞〈添字浣溪沙〉，《樂府雅詞》名〈攤破浣溪沙〉，《高麗史．樂志》名〈感恩多令〉。」施蟄存認為：「『攤破』是兼文字和音樂而言，如果從文字方面說，『攤破』就是『添字』。」從此一觀點切入，可知〈攤破浣溪沙〉又名〈添字浣溪沙〉是有跡可循的。見《詞學名詞釋義》，頁六七。

⑫見任二北：《敦煌曲初探》（上海：文藝聯合出版社，一九五五年五月），頁二六。

⑬任半塘在《教坊記箋訂》，頁一二六，〈山花子〉條下說：「此曲在唐，獨自為調，非若五代以後，指〈浣溪沙〉為〈山花子〉也。故本書二名並列，當知不複。二調句法雖同，而一叶平韻，一叶仄韻。自敦煌曲發現後，乃得勘定此二名為二調。」頁七八也說：「五代以後，以〈山花子〉為本調之別名，唐不然，此二調在唐，平、仄韻別。」林玫儀亦云：「〈山花子〉一調，向來以為是〈攤破浣溪沙〉之別名，得敦煌曲子詞印證，乃知原先二調有叶平、叶仄之別，後世始混同為一。」見〈韻律分析在宋詞研究上之意義〉，頁一二二。

⑭〔唐〕段安節在〈燕樂二十八調用韻論〉中說：「平聲羽七調：第一運中呂調、第二運正平調、第三運高平調、第四運仙呂調、第五運黃鍾調、第六運般涉調、第七運高般涉調。……上聲角

七調：去聲宮七調：入聲商七調。上平聲調為徵聲，商角同用，宮逐羽音。」見《樂府雜錄》（北京：中華書局，一九八五年《叢書集成初編》本），頁四一—四二。

⑮關於「宮逐羽音」，另參考明允中：〈論詞之音律〉，《幼獅學報》三卷一期（一九六〇年十月），頁一七—一八。

⑯見潘慎：《詞律辭典》（太原：山西人民出版社，一九九一年九月），頁四六三。潘慎舉和凝平韻〈山花子〉說：「此即〈浣溪沙〉調於兩結句各添三字一句，並移前句之韻於結句。」又以敦煌詞〈山花子〉：「此調即〈浣溪沙〉之別體，不過多三字兩結句，移其韻於結句耳，其所以有添字攤破之名；然在《花間集》，和凝時已名〈山花子〉，故另編一體。」

⑰（清）毛先舒《填詞名解》云：「〈攤破浣溪沙〉，其體制創自南唐，故亦名〈南唐浣溪沙〉。又名〈添字浣溪沙〉，又名〈山花子〉。」見（清）查繼超輯；陳果青、方開江校：《詞學全書》（貴陽，貴州人民出版社，一九九〇年六月），頁七二。

⑱見萬樹等編：《索引本詞律》，頁五六。

⑲徐棨說：「余疑南唐者屬人而言，如常人之稱爵里，談詞者偶冠作者於題上，非製譜者竟入朝代於調名。或後來不察，沿訛成誤，未可與改易調名同論，此〈宋喜遷鶯〉之譏，恐亦未恰到好處。」見〈詞律箋榷〉，頁一〇七。

⑳見饒宗頤：〈長安詞、山花子及其他〉，《敦煌曲續論》（臺北：新文豐出版公司，一九九六年），頁三五九。項楚說：「原卷『悔』字下有兩點，作『悔、、』，乃重文記號，饒宗頤及潘重規

皆讀作『悔悔悔』（潘說見《完整無缺的山花子曲子詞》一文），編者見善而不能從，惜哉。」見《敦煌歌辭總編匡補》（成都：巴蜀書社，二〇〇〇年六月），頁七。

㉑關於攤破的名稱解釋，很多文章皆有提及。如施蟄存：《詞學名詞釋義》，頁六七：「詞調名有加『攤破』二字的，意思是將某一個曲調，攤破一二句，增字衍聲，另外變成一個新的曲調，但仍用原有調名，而加上『攤破』二字，以為區別。」賴橋本也說：「攤是攤開，破是破裂的意思。把一句破為兩句，叫做破；字數也略有增加，叫做攤。」見〈從白石道人自度曲看唐宋詞人度曲的方法〉，《詞曲散論》（臺北：文津出版社，一九九〇年三月），頁四一—四二。王偉勇亦云：「所謂『攤破』，一般係指將某一曲調，增字衍聲，破一句為兩句，另成一曲調，而仍用原調名者。」他並據《御定詞譜》的釋調慣例統計，將「攤破」分成四種：其一，字數不變，破一句為兩句者；其二，增添字數，破一句為兩句者；其三，減去字數，破一句為兩句者；其四，增添字數，變兩句為一句者。見〈以唐、五代小令為例，試述詞律之形成〉，《東吳文史學報》十一號（一九九三年三月），頁八九—九〇。劉明瀾亦云：「攤破是通過增添音字，增加樂句，變化節奏，衍化出新調。盡管添字、添聲、攤破、攤聲稱謂不同，但實際意義相似。」見〈論詞調的變化〉，頁一三。不過，他們之中多舉稱〈浣溪沙〉「七七七三．七七七三」式系「七七七．七七七」式所攤破而來。

㉒見〔清〕王奕清等奉敕輯：《御定詞譜》，冊一四九五，頁七一。

㉓以齊言〈浣溪沙〉格律做比對，上句有可能原作「別離寂寞向誰論」，或「別離情思向誰論」；

下句則可能為「水邊回首倚黃昏」，或「水邊樓上倚黃昏」。而「情思寂寞向誰論」、「樓上回首倚黃昏」因不合「＋｜＋｜｜一｜」之律，故將其可能性排除在外。當然，從用詞技巧來看，它們之間還存在著高下之別，茲僅以格律之可能性立論，故不及此。

㉔見林玫儀：《詞學考詮》（臺北：聯經出版事業公司，一九八七年十二月），頁一六九－一九九。

㉕見林聰明：《敦煌俗文學研究》，頁三二三－三二四。〈詞通－論字〉亦說：「添字減字者，添減調中之本字，而調中之定聲，亦隨之添減者也，實也；襯字者，調中之本字，不足於意，而於調外添字以助之；虛聲者，調中之本字，不足於聲，而即於調中添聲以足之，皆虛也。」見佚名：〈詞通－論字〉，《詞學季刊》一卷一號（一九三三年四月），頁一三一－一三二。

㉖饒宗頤在「菡萏香消翠葉殘」的首片兩句殘譜中，看出「在第二句也字的煞聲，記有若干小字是為襯音」而「崑曲的記譜法，可能即導源於此。」並說：「先有襯音，寫成曲子，便有襯字了。」見〈浣溪沙琵琶譜發微〉，《敦煌琵琶譜》（臺北：新文豐出版公司，一九九〇年十二月），頁一三七。

㉗《全唐五代詞》於「復」字注曰：「伯卷無此字」。見曾昭岷等編：《全唐五代詞》，頁八四三。

㉘同前註。

㉙林聰明：《敦煌俗文學研究》，頁三二六：「伯三一二八號〈浣溪沙〉『結草城樓不忘恩』一首中，其末句為『如若傷蛇口含真』七字，以同調的十五辭校之，其本格末句皆為作『仄平平』的三字，此首末句當僅有『口含真』三字，而加襯『如若傷蛇』四字，成為七字句。」饒宗

頤：〈浣溪沙琵琶譜發微〉，頁一三七也說：「以〈浣溪沙〉而論，有襯至四字的；如『如若傷蛇口含真』一句是也。」林玫儀：〈論詞之襯字〉，頁一七九亦以〈浣溪沙〉「如若傷蛇口含真」為「襯四字」者。

㉚「奉你兩個沒因緣」當僅有「沒因緣」三字。以此詞下片結句亦是三平句，故不足怪。

㉛見潘慎：《詞律辭典》，頁四六四。

㉜葉詠琍在《慢詞考略》中，將慢詞分為「增衍節拍者」、「犯聲變律者」及「自度腔」三種。其中，「增衍節拍者」指的是「衍為曼聲，益其節拍，增其均疊，或變小令，或延中調，若〈卜算子慢〉、〈少年遊慢〉，均由同調之〈卜算子〉、〈少年遊〉令詞增衍而成。」見《慶祝林景伊先生六秩誕辰論文集》（臺北：政治大學中國文學研究所，一九六九年十二月），頁二〇五七。

㉝本調與衍慢間，不僅在字句上難見因果；即使在用韻上，亦有平仄相異者。如〈少年遊〉和〈少年遊慢〉不僅在字句上相差甚多；而用韻上，原調平韻、衍慢仄韻之例，實與〈浣溪沙〉彷若。又如〈雨中花〉與〈雨中花慢〉間，其表面字句亦異；然本調用仄，衍慢用平，則與〈浣溪沙〉、〈少年遊〉的情況剛好相反。

㉞《詞律》認為：「此詞起句五字全仄，與卷十七史梅溪作〈壽樓春〉詞，首句『裁春衫尋芳』五字全平者相對待，皆定律也。」

㉟見萬樹等編：《索引本詞律》，頁五七。

㊱見潘慎：《詞律辭典》，頁四六四。

㊲見〈詞律箋榷〉，頁一〇七一一〇八。徐棨雖贊成「多」字為韻腳，但他卻不認為「卜」、「也」為平聲：「將『卜』字『也』字俱註作平，又安知非平仄通用之字，而必改為作乎？……毋亦嫌武斷乎？」

㊳見嚴賓杜：《詞範》，頁七五。

第三節 律句格式之別

詞之起源，有泛聲、和聲之說。《朱子語類》卷一百四十云：「古樂府只是詩，中間却添許多泛聲。後來人怕失了那泛聲，逐一聲添箇實字，遂成長短句，今曲子便是。」❶《全唐詩》詞注則曰：「唐人樂府，元用律絕等詩雜和聲歌之。其並和聲作實字，長短其句以就曲拍者是曰填詞。」❷所謂泛聲、和聲，乃是一種襯音。朱子、《全唐詩》主要認爲，詞體是由詩體加入襯音而來；其後這些襯音被填實，乃成參差不齊之長短句。

說詩中有泛聲、和聲，確是不錯；但若因此而認定，詞是「泛聲添個實字」，則是忽略了詞體的音樂性與獨立性。❸不過，這也令吾人注意到詩體與詞體間句式格律相同或相近的問題。尤其是詞體初興的唐五代，所作之詞多屬小令，其平仄運用、字句安排上，同近體詩之句式差別不大。這種「律句」，可能是詞體取法詩體而來；也有可能是與近體詩同時發展而成的一種形式。❹從這個角度來看，〈浣溪沙〉之源起，正是落在這種詩詞交互的時期；加上它的基本句式以七言爲主，很難不讓我們想到，近體詩與其格律句法間，是否存在著某種因果關係。因此，將〈浣溪沙〉的用律類型，拿來與近體詩進行比較，從而看出〈浣溪沙〉的格式特徵，實有必要。再者，歷代詞譜格律書中，所訂出的〈浣溪沙〉基本式定格，「大同」間存有「小異」。而究竟何種體制最能代表〈浣溪沙〉真正的面貌，本節也將做進一步的探討。茲將〈浣溪沙〉基本式格律分佈，詳列表格如下：

表二　〈浣溪沙〉基本式格律句式分析表

類別	句位＼格式	｜｜——｜｜—	—｜——｜｜—	｜｜———｜—	—｜———｜—	——｜｜｜——	｜—｜｜｜——	｜——｜｜——
齊言體一〇七〇闋格律分析	一	583	373	56	40	1		1
	二	3	2			232	54	502
	三	183	255		81		544	1
	四							
	五					181	95	513
	六	1				171	78	574
長短體七五闋格律分析	一	42	23	3	2			
	二	1				12	6	29
	三							
	五							
	六	1		1		17	4	26
	七							

───││──	─│───││	─││──││	││───││	│││──││	其他
	1	1	2		16
271					6
					6
	337	310	246	163	14
275					6
237					9
					5
24					3
	17	22	11	14	11
1	20	21	12	14	7
20					6
	21	19	15	12	8

備註：長短體因不含仄韻體二闋、衍慢體一闋，故為七十五闋。❺

〈浣溪沙〉無論齊言或長短體，其基本式的架構均以七言爲主。而詞中律句的七字句平仄，據詹安泰統計有四十三種；❻馬興國則歸爲五十三種。❼但是，從上表分析中可知，〈浣溪沙〉的平仄格律，主要有平韻「──│││──」、「││──││─」、「││───│─」、「───││──」、「─│──││─」、「│──││──」、「│─│││──」、「─│───│─」八種；仄韻「││───││」、「─││──││」、「│││──││」、「─│───││」四種。

試著將這些平仄句式與七絕、七律之譜式相較，可以發現，它們之間可說是完全吻合。大體而言，〈浣溪沙〉與七絕仄起平收、平起平收，以及七律的仄起平收正格有關。爲便於比較，以下先將這幾種譜式列出：

一、七絕仄起格平聲韻正格定式

仄仄平平仄仄平。平平仄仄仄平平。
平平仄仄平平仄，仄仄平平仄仄平。

二、七絕平起格平聲韻正格定式

平平仄仄仄平平。仄仄平平仄仄平。
仄仄平平平仄仄，平平仄仄仄平平。

三、七律仄起格平聲韻正格定式

仄仄平平仄仄平。平平仄仄仄平平。
平平仄仄平平仄，仄仄平平仄仄平。
仄仄平平平仄仄，平平仄仄仄平平。
平平仄仄平平仄，仄仄平平仄仄平。

上列平仄，凡底下有畫線者，表示可平可仄之處。將〈浣溪沙〉的十二種格律，與近體詩譜式相互比較，可見它們也都符合可平可仄之規則，沒有一種是屬於拗句。此外，〈浣溪沙〉的上片第一、二句，其格律分別與七絕仄起平收之一、二句；或是七律仄起平收的一、二句相同。❽而下片第一、二句，則與七絕平起平收的三、四句；或七律仄起平收的五、六句相同。而彼此之間也存在著近體詩那種出句與對句間「對」的規則。充份顯示，〈浣溪沙〉的一、二、四、五句，同時具有近體詩那種一句之中兩平兩仄相間、兩句之內平仄相對的變化特質。而這種特質，最大的功效是造成一種「復式的輕重對比律」之美。❾我們可以說，就是這種和近體詩相同的輕重律聽覺感受，使得文人們以作詩的態度，造成〈浣溪沙〉齊言體之盛行。其結果，當然是令〈浣溪沙〉成爲第一多作品的調子。

不過，從另外一個角度來看，若〈浣溪沙〉僅僅滿足於這種輕重律的美聽，那麼詞人們就去作詩來唱好了，何須創出〈浣溪沙〉一調？這意味著〈浣溪沙〉的格式，一定有不同於近體詩的特點，使它不局限於這種輕重對比美。而這個關鍵就在上、下片的結句。

從頁一六一所製「表二、〈浣溪沙〉基本式格律句式分析表」中可見，〈浣溪沙〉的第三、第六句，與絕句、律詩相比，其情況實與第二、第五句同，均屬「平平仄仄仄平平」式。換句話說，這兩句分別是二、五句的重複。正是這兩句重複，打破了近體詩的「黏」、「對」條件，使〈浣溪沙〉呈現出不一樣的格律局面。尤其在「黏」的規則上，三、六句與二、五句格律無別，離間了句與句之間的平仄對比。這在近體詩上，是一種失律；然而，對〈浣溪沙〉而言，卻恰恰成爲它的特色。劉堯民在《詞與音樂》，曾提及〈浣溪沙〉與律詩在格律上的差別：

律詩只知一輕一重相對比的錯綜之美，而不知輕重平仄相同的句子跟連著的重複之美。……〈浣溪沙〉的末後一句重複上一句一遍，也有同樣的迴環重複的美感。❿

近體詩嚴密的平仄格律，是根據對比的原則而來。⓫它所看到的是「一輕一重相對比的錯綜之美」，其優點在此。但相對的，正因爲它對這個原則的恪守，卻忽略了那種「迴環重複」之美感。而〈浣溪沙〉結句的重複格式，正好將近體詩這個死角補足。事實上，這種重複之美同時也是詞體「雙調」的重要用意。

詞體這種回環往復形式，對於情感的表達起著渲染和強化的效果，進而發揮出詞的「言長」特性。⓬再配合上音樂演奏，其餘音繞樑之聲，不僅是〈浣溪沙〉一調的特點，也是所有雙調詞共同具備的魔力。只是，〈浣溪沙〉除了擁有雙調的回環之美外，尚有上、下片結句格律的重複節奏。加上一、二、四、五句的輕重對比美，建構出近乎詩體，又別於詩體的特殊定式。

以上所分析的〈浣溪沙〉格律，主要是針對基本式的齊言體。至於長短體的格式，與齊言體相比，所同處在於上下片一、二句，亦是七絕、七律中的句型；所異處則是上、下片的第三句，與第二句的關係並非重複，而是相對。然而，長短體同樣地具有那份回環美感。只不過，它將往復點由原來的上下片二、三句，轉爲上下片的一、三句。亦即長短體的第三、七句格律，與第一、五句相同。話雖如此，齊言體與長短體的回環，卻分別給人不同的感受。簡單的說，齊言體的回環，因是結句重複，故而表現出一種綿長感；而雜言體的回環，屬首句往復，它像是另一個起點，使人意猶未盡。我們或許也可從此一現象，推及長短體在末句加入三個字，正是爲了收束這個新起點。

綜合上述，〈浣溪沙〉無論齊言、長短式，其上下片一、二句的關係，是合乎近體詩的對句形式；然而，二、三句或下片第三句與下片第一句間，卻呈現著失對的局面。但這也是〈浣溪沙〉試圖突破詩體形式，使詞調聽起來更悠揚的格律特點。

〈浣溪沙〉與近體詩的關係既明，那麼基本式的格律應該如何？歷代詞譜格律書又是何者爲勝？欲解決這些疑問，筆者將上表所列的一千一百四十五闋〈浣溪沙〉，依句、字詳細統計出它的平仄分佈情況：

表三〈浣溪沙〉基本式各字平仄比率表

類別		第一字		第二字	
		平	仄	平	仄
齊言體一〇七〇闋各字平仄比率	一	419	651	9	1061
	二	513	556	1062	6
	三	439	629	1066	2
	四	413	657	2	1067
	五	460	608	1070	0
	六	409	661	1068	2
長短體七五闋各字平仄比率	一	27	48	0	75
	二	39	36	74	1
	三	29	46	1	74
	五	29	45	4	70
	六	38	36	70	4
	七	28	47	0	75

歷代詞譜書籍，在分析〈浣溪沙〉格律時，對各句何處該平，何處應仄，大概都有一定的共識；只不過，在「可平可仄」的部份，卻是眾說紛紜。筆者廣查二十本詞譜格律書後，⓭發現齊言體的第一句有「｜｜－－｜｜－」、「＋｜＋－＋｜－」、「＋｜－－＋｜－」、「＋｜－－

第七字		第六字		第五字		第四字		第三字	
仄	平	仄	平	仄	平	仄	平	仄	平
5	1065	1068	2	966	104	5	1065	12	1059
0	1070	7	1063	1070	0	1064	5	287	781
0	1070	1	1069	1070	0	1067	2	265	805
1070	0	1070	0	3	1067	3	1065	588	481
0	1070	0	1070	1070	0	1069	1	278	790
0	1070	3	1064	1065	2	1067	1	250	819
0	75	73	2	69	6	2	73	2	73
0	75	2	73	71	1	73	2	20	55
74	1	72	3	5	70	4	71	29	46
72	1	70	4	3	71	3	71	35	39
0	75	2	72	73	1	71	3	22	51
75	0	49	25	2	72	1	73	40	34

｜｜－」、「＋｜＋－－｜｜」五種說法；第二句多作「＋－＋｜｜－－」，然亦有「＋－－｜｜－－」者；三句以後則較少爭議，其可平可仄處都在第一、第三字。而長短體就更複雜了，首句有「＋｜－－｜｜－」、「＋｜－－＋｜－」、「｜｜－－｜｜－」、「＋｜＋－＋｜－」、「＋｜－＋｜｜－」五種；次句有「＋－－｜｜－－」、「＋－＋｜｜－－」、「－－－｜｜－－」三種；三句有「＋｜＋－＋＋｜」、「－｜－－｜－｜」、「＋｜＋－＋－｜」、「＋｜－－＋＋｜」、「＋｜＋－｜－｜」、「＋｜＋－－｜｜」六種；下片二句有「＋－－｜｜－－」、「＋－－｜｜－－」兩種；下片三句則有「＋｜＋－－｜｜」、「＋｜＋－＋＋｜」、「－｜－－｜－｜」三種。

「表三」的各欄數字，分別是每個字的平、仄統計闋數。由於這些數字代表著〈浣溪沙〉一千一百四十五闋的格律分佈，故其間不乏與歷代詞譜不同的地方。筆者將這些數字，依「七：三」的比例作爲門檻，也就是說假使十闋之中，有七闋作平則訂律爲平；有七闋作仄則訂律爲仄。之間比差若不達二分之一，則訂爲可平可仄。如此，可得到下列結果：

＋｜－－｜｜－。＋－－｜｜－－。＋－－｜｜－－。

＋｜＋－－｜｜，＋－－｜｜－－。＋－－｜｜－－。

＋｜－－｜｜－。＋－－｜｜－－。＋｜＋－－｜｜，｜－－。

＋｜＋－－｜｜，＋－－｜｜－－。＋｜＋－－｜｜，｜－－。

以上是筆者依據金元以前，所有的〈浣溪沙〉詞作統計而來，其可靠性是其他詞譜格律書所不能相比的。其中，反黑處代表的是平仄比例在「七：三」之內者。也就是說，若吾人以較寬鬆的角度來看待〈浣溪沙〉格式，則這些地方也屬平仄不拘處。再者，如果將此二格式，與上述二十種格律書對比，則可看出歷代詞譜對〈浣溪沙〉的幾項失察：

一、《詞律》齊言體首句作「｜｜－－｜｜－」，但是首句第一字的平仄比爲「四一九：六五一」，彼此間相當接近。筆者認爲，縱使用仄的比例較多，但也不應視四百多闋的作品爲出格，故《詞律》此句稍嫌武斷。

二、《御定詞譜》、《唐宋詞格律》、《實用詞譜》、《填詞指要》、《常用詞牌譜例》五書之齊言體首句作「＋｜＋－＋｜－」；《詩詞韻律》、《說詩談詞》中則作「＋｜＋－－｜｜」。它們的共通處在於視第三字爲平仄不拘，然而此字用平者，佔了一千零五十八闋；用仄者僅有十二闋。如此懸殊比率，應是詞人偶爲結果。況且，此字若作仄聲，便成拗句。雖然〈浣溪沙〉格律不一定要等同於近體詩；但是詞人爲詩日久，難免會受詩法影響，故此字訂爲平較爲恰當。

三、長短體首句，《詞律探原》、《詩詞挈領》、《詩詞格律教程》中作「＋｜－－＋｜－」；《實用詞譜》、《常用詞牌譜例》、《詩詞讀寫》作「十｜十一十｜一」；《白香詞譜》則是「十｜一十｜｜一」。引發出此句三、四、五字是否爲平仄不拘的問題。從平仄比例來看，三、四兩字分別有七十三闋作平聲；五字也有高達六十九闋的比例作仄聲。因此，筆者將此句訂作「十｜一一｜｜一」，在一定程度上矯正了它們的缺失。

四、各本對長短體上片第三句出入甚大。如《詞律》、《御定詞譜》、《說詩談詞》、《詞律探原》、《常用詞牌譜例》作「十｜十一十十｜」；《唐宋詞格律》、《填詞指要》、《漢語詩律學》、《詩詞曲基礎知識》作「一｜一一｜一｜」；《實用詞譜》作「十｜十一十一｜」；《詩詞韻律》作「十｜一一十十｜」；《白香詞譜》作「十｜十一｜一｜」；《詩詞讀寫》、《說詩談詞》、《詩詞挈領》、《詩詞格律教程》作「十｜十一一｜｜」。除了二、四、七字屬不可動的格律外，其他各字皆有人主張可平可仄。從「表三」中清楚可知，第一字與第三字的平仄比分別爲「二九：四六」、「四六：二九」。彼此之間只相差七闋，故而應屬平仄不拘，《唐宋詞格律》等訂爲平，未免顯得太過苛刻。至於五、六字的平仄比則是「七〇：五」、「三：七二」，相當懸殊。將之訂作「十十」，尚且不能令人滿意；而《唐宋詞格律》、《填詞指要》、《漢語詩律學》、《詩詞曲基礎知識》，及《白香詞譜》訂爲「｜一」、《實用詞譜》訂爲「十一」，明顯有誤。同理可證，下片第三句《詞律探原》作「十｜十一十十｜」已然不美；《漢語詩律學》、《詩詞曲基礎知識》作「一｜一一｜一｜」更是錯誤。

五、《唐宋詞格律》、《填詞指要》中，將長短體〈浣溪沙〉訂律爲「｜｜一一｜｜一。一一｜

|——。—|——|—|。 +|+——||，+——||——。—||——||。」其一、二、三、七句，不僅過於嚴格，而上片末句作「|—|」，也不符合詞人實際的格律情況。

六、綜合來說，在齊言體之訂律上，《詞律》顯得較嚴；《詞譜》、《唐宋詞格律》、《實用詞譜》、《填詞指要》、《常用詞牌譜例》則較鬆。而長短體之訂律，卻是《唐宋詞格律》、《填詞指要》較嚴；《詞律探原》、《常用詞牌譜例》較鬆。

⑭ 總之，〈浣溪沙〉的基本格律，既近於詩律而又別於詩格。自其近似點而言，它有著詩句般的勻整句式，以及諧婉平和的輕重格律；從其相異處來說，它的末句重複結構，則表現出另一番往復回環之美。因此，我們切不可以詩的格式，來判斷〈浣溪沙〉格律之良善。要知聲音之道，變化無端，以今日視之或為拗口，當時或未嘗不順，焉能以律詩之一二條法則來準繩詞體。

【附註】

❶見〔宋〕黎靖德編：《朱子語類》（臺北：臺灣商務印書館，一九八六年三月影印《文淵閣四

庫全書》本），冊七〇二，頁八一三。

❷見〔清〕聖祖御定：《全唐詩》（臺北：文史哲出版社，一九七八年十二月），卷八八九，冊一二，頁一〇〇四〇。

❸泛聲之誤，胡雲翼〈詞的起源〉曾指出：「唐人的近體詩，整齊方板，以之合樂，『泛聲』自然也是有的。不過，他們因此認定長短句的起來是由於『泛聲填以實字』，就不免錯了。因為『泛聲』不僅是詩的音調中所獨有的，詞的音調裏還是保存著『泛聲』在的。」原載《現代學生》二卷七期（一九三三年四月），收入趙為民、程郁綴選輯：《詞學論薈》，頁八三。

❹夏承燾說：「唐、五代的一些小令，不但三仄不拘上去，單字也多可平可仄。它的平仄組合和近體詩的格律也差不多，大都是兩平兩仄相間。可以說，在平仄的運用上，初期的詞和近體詩並沒有多大差別。」因此他認為詞的句法「很多是從五言、七言的近體詩變化而成的。」邱耐久從律句發展的整個方面思考，認為「自漢經魏晉南北朝，以律句為構件的漢詩平仄律逐漸發展，至齊梁時代，則形成了完整的聲律形態，並由此產生了齊梁格律詩。與此同時，古體詩歌仍保持自漢魏以來形成的律句與拗句同居一體的形態。」此齊梁體發展至唐後，「一方面進一步將完全由律句組成的齊梁格律詩發展為近體詩；一方面又創制出包括雜言短歌在內的律句與拗句同居一體的多種唐詩體式。」因而他認為「律句決非為近體詩所專有，它是古典漢詩的共同構件之一。」見夏承燾：〈唐宋詞聲調淺說〉，《語文學習》一九五八年六月號，頁二〇；邱耐久：〈詞律來源新考〉，《廣東社會科學》一九八八年二期，頁一三四。

❺齊言體其他類如下：

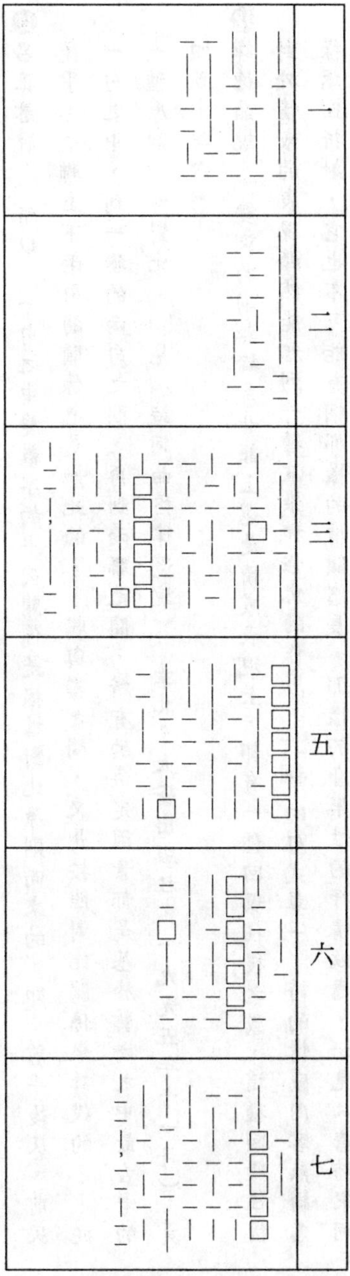

長短體其他類如下：

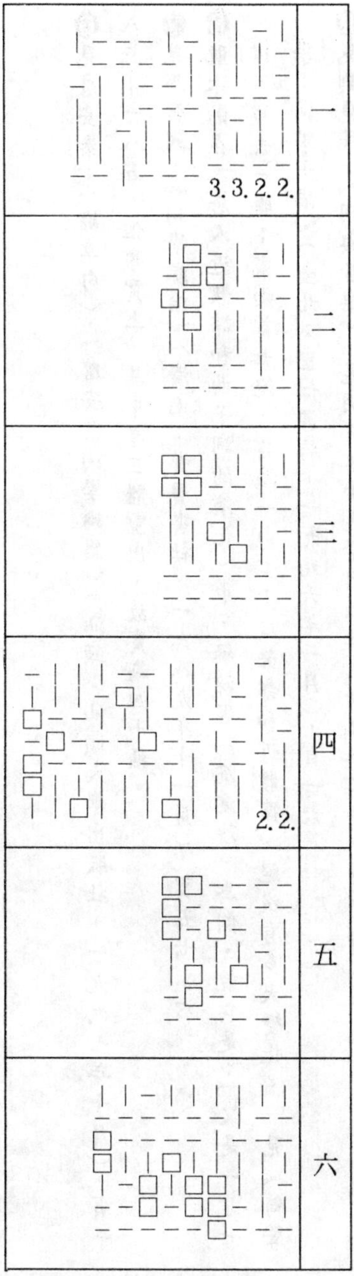

❻見詹安泰：〈論章句〉，《詹安泰詞學論集》（汕頭：汕頭大學出版社，一九九七年十月），頁一八三—一八五。但事實上，其中有三體重出，故實為四十種。

❼見馬興國：《詞學綜論》（濟南：齊魯書社，一九八九年十一月），頁五七—六一。

❽龍沐勛在〈唐人近體詩和曲子詞的演化〉中，舉韓偓〈浣溪沙〉為例，說它是：「又是一首七律，減去一聯；或兩首七絕，各減一句；平仄聲都和近體律、絕沒有多大變化。」見《倚聲學：詞學十講》（臺北：里仁書局，一九九六年一月），頁一六。

❾見劉堯民：《詞與音樂》（昆明：雲南大學出版社，一九八二年八月），頁一一九。

❿同前註。

⓫呂正惠說：「所以，一句之中雙數字的平仄關係是根據對比原則而來的，即：前平後仄，前仄後平。一聯上下兩句的關係也是如此的……聯與聯之間，又是按照對比關係來計設的……從一句之中，到一聯的兩句之間，再到兩聯之間，所有的決定因素都是基於藝術之中最古老的一種原則，即對比。」見《詩詞曲格律淺說》（臺北：大安出版社，一九九五年十一月），頁四五—四六。

⓬譚德晶說：「雙調的詞無論是音韻上還是情感表現上，都有一種回環往復之感，這種回環往復對於情感的表現顯然能起到一種渲染和強化的作用。」「詩的句式單一，詩的情感內容無論怎樣返回折射，它也不可能有詞那樣的情韻悠長，那樣的音樂性的抒情效應。」見《唐詩宋詞的藝術》（上海：學林出版社，二〇〇一年九月），頁二一二、二二三。

⑬二十本詞譜格律書包括：萬樹《詞律》、王奕清等《御定詞譜》、舒夢蘭《白香詞譜》、沈英名《孟玉詞譜》、張夢機《詞律探原》、蕭繼宗《實用詞譜》、姚普、姚丹《說詩談詞—源流．格律．寫作》、徐志剛《詩詞韻律》、龍沐勛《唐宋詞格律》、袁世忠《常用詞牌譜例》、狄兆俊《填詞指要》、夏傳才《詩詞入門—格律．作法．鑒賞》、夏援道《詩詞曲聲律淺說》、潘佛章《詩詞讀寫》、王力《詩詞格律》、涂宗濤《詩詞曲格律綱要》、席金友《詩詞曲基礎知識》、王力《漢語詩律學》、朱承平《詩詞格律教程》，及士會《詩詞挈領》。

⑭〔清〕孫麟趾《詞逕》曰：「余嘗取古人之拗句誦之，始上口似拗，久之覺非拗不可。蓋陰陽清濁之間，自有一定之理。妄易之，則於音律不順矣！」見唐圭璋：《詞話叢編》，冊三，頁二五五五。萬樹《詞律．自序》亦云：「今之所疑拗句者，乃當日所為諧律者也。」

第四章 浣溪沙之用韻探究

一首歌曲的好壞，主要立足在獨特的旋律。但是，成功的樂曲，並不只是在獨特的旋律上，最重要的還必須具備流傳性與普遍性，才容易引發共鳴。而音樂的流傳，除了歌手美妙的詮釋外；樂曲本身亦須易學、好記，才能使人留下深刻的印象。因此，韻位的使用，便是達到這種效果的最佳方法。劉勰在《文心雕龍．聲律》曾說：

是以聲畫妍蚩，寄在吟詠；吟詠滋味，流於字句。氣力窮於和韻。異音相從謂之和，同聲相應謂之韻。韻氣一定，故餘聲易遣；和體抑揚，故遺響難契。❶

「同聲」即是韻母相同。也就是藉著韻腳一聲又一聲的「同聲」作用，達到和諧的層次感，使讀者或聽者產生共鳴。這與戈載在《詞林正韻．發凡》中所說：「詞之諧不諧，恃乎韻之合不合。韻各有其類，亦各有其音，用之不紊，始能融入本調，收足本音耳。」遙相呼應。❷因此，歷來詞話家對詞韻，也予以一定的關注。如《西圃詞說》云：「詩有韻，詞有腔，詞失腔，猶詩落韻。詩不過四五七言而止，詞乃有四聲五音均拍重輕清濁之別。」❸《左庵詞話》亦說：「詞之爲道，最忌落腔，落腔即所謂落韻也。」❹

詞是與音樂結合最緊密的文學，使用韻腳來協調統一，又跟音樂有密不可分的關係。大抵而言，詞人作詞每每須合樂拍。此樂拍，其實就是樂音運動過程的停頓處，它擔負著聲音節奏趨縱馳驟、抑揚緩急的調和作用。❺而這個負責統一調和節拍的停頓處，其實也就是詞的用韻之所。因此，「同聲相應」對詞而言，就是運用相同韻母的前後複沓，將散漫的字句音節，藉著韻的迴響來相互呼應貫串的作用。所以，詞韻不但是整闋詞的指揮官，更是樂曲的靈魂之鑰，不可不注意。

詞韻雖然重要，但唐宋人作詞，卻無專門的詞韻書爲準的。他們大致參照詩韻來作，但又沒有詩韻那麼嚴格。所以，一些人就批評說「詞本無韻」，認爲詞人塡詞，均是隨性押韻，沒有一個固定的標準。❻從客觀的角度來看，此一論述不免超過。然而，從中也可見出，詞的韻法與韻部的分合，實有模糊的過渡地帶。這個灰色區的形成，主要是方言融入所致。也因爲如此，詞的用韻就不僅僅是某一韻書所能完全包容，而是有時間性和地域性的差別。諸多因素的交雜，使得詞韻呈現出不穩定的分佈。故而，探究詞的用韻，必須將之還原於時空的序帶上。以這個觀點出發，則今日不合之音，唐宋時未嘗不合也。

詞的用韻，既不如詩韻的嚴格，又有許多越部之例。因此，詞韻的分析，斷不能僅就某一層面去看，它必須從多方面下手，始能得其全。而一般詞韻的分析，多以詞人爲主軸，再分門探討。這種方式，對某一詞人的韻法的確有不可抹滅的貢獻。但是對於詞韻的衍生，以及詞調與詞韻之間聲情的關係，實有未及。相比之下，同一詞調，其韻法必同，藉著詞調中詞韻的剖析，更能看出時代推移與才人代換下的變化，從這個角度切入，相信一定會有不一樣的成果。周崇謙在〈詞的用韻類型〉中，曾根據詞的層級系統及各類韻腳位置上的關係，劃分詞的用韻類型。❼其中，〈浣溪沙〉屬於平聲一韻到底的「順押」式。所謂「順押」就是使用同一韻部，且其聲調不變。這種平韻到底的方法，或多或少是受了近體詩的影響，但這並不是絕對的。詞韻的使用，較多的成份應與情感音樂的表達有關。不同的情感，造就出不同的用韻；而不一樣的韻部，適合表達不一樣的情思。唯有詞韻聲情融合無間的詞，才是完美的傑作。

因此，本章首在探究〈浣溪沙〉，用韻分佈的情形。次就〈浣溪沙〉中越出韻部的現象，釐清重要的因素及影響。再把〈浣溪沙〉用韻與表現的情感相互比對，勾勒出詞調聲情的概況。最後觸及和韻的實際原由，以見〈浣溪沙〉的用韻全貌。

第一節　用韻分佈的情形

詞韻之作，始自朱敦儒所擬《應制詞韻》十六條，其後張輯作釋、馮取洽增補，然今已不傳。紹興間有《菉斐軒詞林要韻》，但入派三聲，論者多以其爲北曲而設。之後，則有胡文煥《會文堂詞韻》、沈謙《詞韻略》、趙鑰《詞韻》、曹亮武《詞韻》、許昂霄《詞韻考略》、李漁《詞韻》、吳烺程《名世學宋齋詞韻》、鄭春波《綠漪亭詞韻》、葉申薌《天籟軒詞韻》等。然諸書在聲韻分合上，各有所偏，難以得到認同，這種情況，一直要到戈載《詞林正韻》的問世，詞韻才算有了公認通行的範本。

《詞林正韻》在詞韻的編排上，主要依據《集韻》，並參考《廣韻》而成。它將詞韻分作十九部，實際上是把詩韻作了一番新的整理與合併，有它一定的參考價值。

〈浣溪沙〉的用韻，大部份是在上片的一、二、三句，與下片的二、三句上。所押韻腳，除了仄韻體的〈山花子〉、〈浣溪沙慢〉外，均押平聲韻。為求全面了解〈浣溪沙〉用韻的全貌，筆者以《詞林正韻》分部、《廣韻》分目為準，分別查明該字所屬的韻目位置，以見〈浣溪沙〉的用韻分佈情況。再按照所在韻部，歸納出與之相對應的韻攝，以利多方面探究出韻、落韻的原委。倘遇一字多音而分屬不同韻目者，則考其字義，以定其所屬（見附錄一）。茲將統合後獲致的詞韻分佈成果，臚列於下：

1. 第一部

一東 風(51)紅(41)中(37)空(31)東(28)通(10)怱(10)同(8)叢(8)瓏(6)融(6)籠(5)公(5)鴻(4)翁(3)櫳(3)功(3)篷(2)豐(2)童(2)弓(2)曈(2)朧(2)終(2)驄(2)雄(1)窮(1)濛(1)烘(1)熊(1)侗(1)虹(1)

二冬 鬆(2)悰(1)疼(1)

三鍾 濃(22)重(18)宮(8)峰(8)胸(7)容(7)蓉(7)龍(6)慵(6)逢(6)蘢(6)鍾(5)鐘(4)封(4)忪(3)蟲(2)蛩(1)穠(1)從(1)

鋒(1)鎔(1)松(1)筇(1)

2. 第二部

四江　窗(11)江(5)雙(4)舡(2)

十陽　香115長(52)涼(44)妝(39)霜(27)陽(21)量(20)芳(20)鄉(18)腸(16)觴(16)狂(14)鴦(13)裳(11)床(9)章(7)牆(7)忘(7)梁(6)嘗(6)湘(5)房(5)場(5)娘(4)常(4)裝(4)傷(3)粧(3)漿(3)王(2)楊(2)揚(2)方(2)央(2)徉(2)妨(2)莊(2)湯(1)相(1)颺(1)墻(1)樑(1)槍(1)粱(1)張(1)翔(1)商(1)孀(1)詳(1)亡(1)攘(1)秧(1)墻(1)良(1)行(1)

十一唐　光(42)黃(35)忙(21)郎(13)塘(11)茫(11)廊(9)堂(8)棠(4)唐(3)藏(3)浪(3)囊(3)簧(2)當(2)篁(2)蒼(1)剛(1)康(1)榔(1)惶(1)鍠(1)瑺(1)凰(1)航(1)艎(1)

3. 第三部

五支　時(48)垂(27)枝(27)知(21)期(17)池(15)宜(11)兒(11)肌(8)涯(7)卮(5)移(5)漪(3)奇(3)差(3)吹(3)危(2)支(2)鸝(2)曦(2)肢(2)隨(2)施(2)巵(2)醿(2)披(1)璃(1)澌(1)籬(1)儀(1)巇(1)離(1)蛇(1)皮(1)陂(1)爲(1)

六脂　遲(20)眉(16)悲(8)詞(5)脂(4)帷(3)誰(3)癡(3)師(3)持(3)姿(2)墀(2)伊(2)瓷(1)彝(1)飢(1)姨(1)葵(1)蘼(1)夷(1)

七之　詩(14)絲(4)思(3)芝(2)基(2)嬉(2)之(1)疑(1)欺(1)其(1)僛(1)淄(1)熙(1)

八微 飛(46)歸(36)衣(33)微(14)稀(8)機(7)暉(7)依(6)圍(6)肥(6)輝(5)幃(4)非(4)璣(4)違(3)菲(3)妃(3)扉(2)薇(2)
威(2)徽(2)幾(1)磯(1)希(1)霏(1)

十二齊 低(23)啼(22)泥(22)西(19)迷(12)堤(8)齊(8)溪(7)梯(6)攜(6)犀(5)嘶(4)雞(4)閨(3)萋(3)棲(3)兒(3)霓(2)
題(2)圭(2)谿(1)蹄(1)隄(1)悽(1)磎(1)蹊(1)臍(1)

十五灰 回(22)杯(16)梅(13)迴(7)徊(7)催(7)嵬(4)媒(4)灰(3)堆(3)摧(3)培(2)偎(1)醅(1)陪(1)罍(1)魁(1)隈(1)
煤(1)

4. 第四部

九魚 疏(14)書(13)車(10)扶(10)初(7)梳(7)如(7)餘(6)魚(4)除(4)襦(3)居(3)廬(3)裾(2)胥(2)舒(2)虛(2)余(2)輿(2)
廚(1)歟(1)蕖(1)驢(1)

十虞 無(29)蹰(21)珠(17)鬚(14)夫(6)鋪(5)膚(3)符(2)雛(2)拘(2)蕪(1)朱(1)姝(1)于(1)盱(1)紆(1)儒(1)榆(1)鳧(1)
萸(1)臞(1)幮(1)娛(1)

十一模 蘇(13)壺(9)湖(3)呼(3)都(3)圖(3)酥(2)姑(2)徒(2)罏(2)盧(1)爐(1)酤(1)奴(1)烏(1)吳(1)蒲(1)枯(1)
胡(1)浮(1)蒱(1)塗(1)

5. 第五部

十三佳半 釵(9)鞋(7)佳(2)街(2)牌(1)

十四皆 懷(13)排(5)階(3)淮(3)乖(2)齋(2)諧(2)挨(1)骸(1)埋(1)埃(1)堦(1)

十六咍 來(44)開(35)臺(14)栽(8)猜(6)腮(5)才(5)苔(3)台(3)哀(3)萊(3)胎(3)裁(3)哉(2)獃(2)荄(1)材(1)

6. 第六部

十七真 人(84)塵(45)新(44)神(22)真(18)身(14)頻(13)顰(13)輪(8)鄰(7)親(7)津(5)辰(5)蘋(5)臣(4)瞋(3)茵(3)晨(2)陳(2)巾(2)嗔(2)嚬(2)麟(2)鱗(1)潾(1)粼(1)宸(1)貧(1)珍(1)紉(1)因(1)銀(1)鈞(1)

十八諄 春(83)勻(13)脣(5)倫(3)漘(1)巡(1)循(1)峋(1)皴(1)淳(1)

二十文 雲(38)裙(11)分(7)聞(6)君(6)薰(5)曛(3)蚊(2)群(2)熏(2)醺(1)紋(1)軍(1)芬(1)紛(1)氛(1)氳(1)

二十一欣 勤(1)

二十三魂 昏(21)魂(19)村(9)門(9)溫(7)尊(5)論(5)坤(4)存(2)盆(2)蹲(2)孫(1)

二十四痕 痕(8)恩(2)吞(1)

7. 第七部

二十二元 言(7)軒(4)園(4)垣(2)元(2)番(1)萱(1)喧(2)鴛(1)猿(1)源(1)

二十五寒 寒(38)看(22)干(18)難(15)殘(13)乾(9)闌(7)丹(6)鸞(6)安(5)鞍(5)單(4)欄(4)蘭(4)彈(3)檀(3)灘(3)竿(2)

玕(1)肝(1)珊(1)翰(1)

二十六桓 歡(11)寬(8)團(7)盤(5)冠(4)般(3)紈(3)瘢(2)端(2)漫(2)酸(2)官(1)

二十七刪 間(21)顏(13)關(10)還(9)鬟(7)彎(6)環(5)斑(4)攀(4)灣(4)潸(2)班(2)蠻(1)寰(1)

二十八山 山(27)閒(21)閑(10)潺(2)慳(2)眉(1)嫺(1)

一先 天(43)年(43)邊(15)緣(13)憐(11)眠(11)姸(11)絃(9)田(8)蓮(8)偏(7)肩(5)鈿(5)賢(5)先(4)牽(4)千(3)懸(2)牋(2)韉(2)塡(1)弦(1)顛(1)堅(1)軿(1)鵑(1)玄(1)

二仙 前(27)煙(26)仙(25)然(24)船(20)連(14)娟(13)筵(11)圓(11)傳(10)鞭(7)泉(7)全(6)錢(6)鮮(5)川(4)綿(3)嬋(3)涎(3)旋(3)翩(2)漣(2)纏(2)煎(2)韆(2)遷(1)便(1)椽(1)旃(1)虔(1)禪(1)甄(1)緜(1)

8. 第八部

三蕭 嬌(9)消(6)蕭(6)腰(6)聊(6)條(6)嬈(4)搖(3)焦(3)迢(3)憀(1)彫(1)謠(1)瀟(1)

四宵 橋(9)銷(8)飄(6)宵(5)招(5)橈(3)潮(3)蕉(3)朝(3)遙(3)燒(3)饒(2)苗(2)綃(2)瑤(2)霄(2)邀(1)翹(1)妖(1)陶(1)喬(1)驕(1)標(1)飆(1)瓢(1)

五爻 梢(6)巢(3)拋(1)郊(1)

六豪 高(4)號(2)皐(2)騷(2)嗷(1)桃(1)醪(1)濤(1)袍(1)

9. 第九部

七歌 多(27)何(20)歌(17)羅(10)荷(8)他(5)河(4)蛾(4)哥(2)娥(2)哦(1)峨(1)鵝(1)搓(1)蹉(1)跎(1)駝(1)娑(1)蘿(1)
摩(1)柯(1)波(1)

八戈 波(23)過(7)麼(6)和(3)坡(3)戈(2)窠(2)莎(2)磨(2)螺(2)蓑(1)梭(1)頗(1)

10. 第十部

十三佳半 涯(14)佳(1)

九麻 花(42)家(28)華(20)霞(19)斜(16)紗(14)鴉(12)沙(11)茶(8)芽(7)些(6)遮(5)誇(4)賒(4)葩(4)車(3)瓜(2)牙(2)砂(2)
嗟(1)槎(1)丫(1)叉(1)嘉(1)加(1)蛙(1)衙(1)瑕(1)

11. 第十一部

十二庚 明(47)生(34)橫(18)行(18)平(14)驚(13)迎(8)英(7)更(7)卿(7)榮(6)鳴(3)兄(3)笙(3)庚(2)兵(2)盟(1)京(1)
澄(1)賡(1)羹(1)觥(1)嶸(1)

十三耕 鶯(7)箏(2)耕(1)爭(1)櫻(1)

十四清 情(43)聲(36)清(26)輕(22)成(22)晴(20)城(17)傾(15)名(14)程(8)盈(5)旌(3)瓊(3)酲(3)禎(2)瀛(1)營(1)精(1)

十五青 青(14)醒(13)亭(11)婷(8)聽(6)零(6)星(5)屏(4)陵(3)庭(3)經(3)扃(2)形(2)瓶(2)螢(2)齡(2)靈(2)苓(2)鈴(1)翎(1)泠(1)櫺(1)廳(1)停(1)寧(1)冥(1)

十六蒸 冰(9)凭(4)繒(4)憑(3)澠(1)凝(1)徵(1)矜(1)鷹(1)凌(1)

十七登 藤(5)燈(2)棚(1)能(1)層(1)

12. 第十二部

十八尤 愁(45)秋(42)流(31)休(18)州(15)遊(14)羞(13)舟(13)留(12)游(8)悠(8)收(7)裘(7)柔(6)浮(6)酬(5)颼(4)籌(3)求(2)毬(2)優(2)楸(2)修(2)洲(2)儔(2)牛(1)稠(1)不(1)周(1)由(1)遒(1)劉(1)抽(1)篘(1)憂(1)

十九侯 樓(25)頭(20)鉤(9)鷗(8)侯(3)甌(3)謳(2)篝(2)鈎(1)篌(1)

二十幽 幽(7)繆(3)

13. 第十三部

二十一侵 深(33)心(31)金(20)陰(18)音(15)林(11)尋(10)沈(9)襟(7)吟(7)今(6)侵(5)斟(4)琴(4)針(3)禁(3)愔(2)砧(2)參(1)駸(1)擒(1)岑(1)臨(1)

14. 第十四部

二十二覃　覃⑷南⑶潭⑴涵⑴嵐⑴

二十三談　談⑴酣⑴

二十四鹽　簾⑿纖⑻厭⑷尖⑶兼⑵奩⑵簷⑵檐⑴蟾⑴襜⑴嫌⑴籤⑴淹⑴惉⑴忺⑴鹽⑴

二十五沾　添⑹沾⑵拈⑴甜⑴縑⑴恬⑴

二十八銜　銜⑴

二十九凡　帆⑵凡⑴

總合上列所得，可以發現，〈浣溪沙〉用韻遍及平聲各部。如果再從各韻部之中，分離出細部韻目，則只有「十九臻」、「二十六嚴」與「二十七咸」三韻目沒有用到。之所以不及三韻，或許是因爲三者韻字太少、字義較狹僻的緣故。

影響用韻的原因，不外乎有詞調本身的適性、時代背景的氛圍，及情感起伏的需求等多種因素。情感聲情相和的問題，留待之後討論，我們先看〈浣溪沙〉所用韻部情況。從頁一八九中所製「圖四、〈浣溪沙〉韻部分佈比例圖」，清楚可見〈浣溪沙〉韻部分佈（超越韻界者不計），以第二部、第三部及第七部所佔比例最多，各佔百分之十五。其次則是十一、六、一、十二、四、八、九、十三等部。而以第五、第十四部所佔比例最少。換言之，〈浣溪沙〉的用韻以「江」、「唐」、「元」、「寒」、「桓」、「刪」、「山」、「先」、「仙」等陽聲韻，及「支」、「脂」、「之」、「微」、「齊」、「灰」等陰聲韻爲主。

再從時代對詞韻的影響而論。在頁一八九中所製「圖三、〈浣溪沙〉詞韻斷代分佈圖」中，筆者將〈浣溪沙〉詞韻，依「唐五代」、「宋」、「金元」分為三個斷代。從三條曲線的走勢來看，它們的起伏幾乎是一致的。都是以第三部、第七部和第十一部為至高點；而以第五部、第八部、第十四部為最低點。若吾人將它跟「圖四」中〈浣溪沙〉整體用韻比例相較，可以發現它們的分佈取向，幾乎是完全相同。換句話說，〈浣溪沙〉無論在唐五代、宋、金元任何時期，其用韻趨向實與整體的用韻分佈無二。故而，時代對〈浣溪沙〉用韻的影響並不如想像中的多。

以上所論，主要依從《詞林正韻》分部。然而，一些詞作並不能真正用《正韻》來區隔，於是出現一詞多部的現象。下節就試著將這些越部的作品，予以匯整歸納，並剖析造成如此現象的緣由。

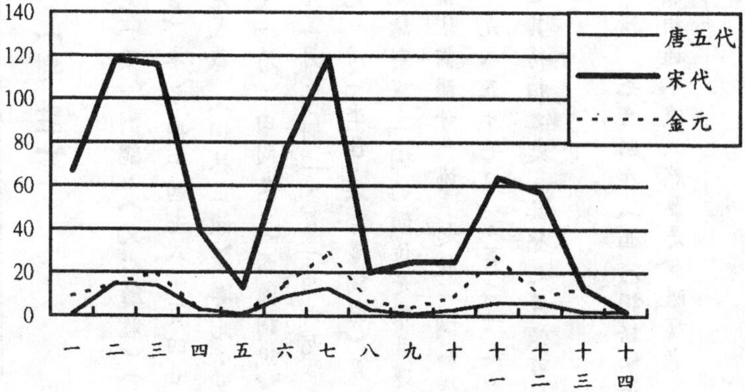

圖三　〈浣溪沙〉詞韻斷代分佈圖

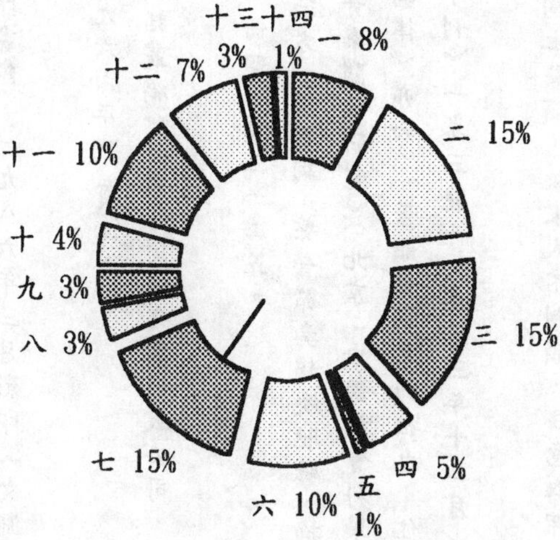

圖四　〈浣溪沙〉韻部分佈比例圖

【附註】

❶見〔梁〕劉勰：《文心雕龍》（臺北：臺灣商務印書館，一九八六年三月影印《文淵閣四庫全書》本），冊一四七八，頁四七。

❷見戈載：《詞林正韻》（臺北：文史哲出版社，一九六六年），頁二六。

❸見〔清〕田同之：《西圃詞說》。見唐圭璋：《詞話叢編》（臺北：新文豐出版公司，一九八八年二月），冊二，頁一四六九。

❹見〔清〕李佳：《左庵詞話》卷上，《詞話叢編》，冊四，頁三一二五。

❺施議對說：「詞的韻位是樂音運動過程中停頓的地方。整首詞，聲音節奏趨縱馳驟、抑揚緩急，就依靠韻叶（協）起統一調和作用。」見《詞與音樂關係研究》（北京：中國社會科學出版社，一九八五年七月），頁二一三。佚名：〈詞通—論律〉亦云：「蓋韻者詞之節拍也；住韻之處，必其待拍之處，其聲之停頓可知。」見《詞學季刊》一卷三號（一九三三年十二月），頁一〇二。

❻〔清〕毛奇齡在《西河詞話》中，曾批評道：「詞本無韻，故宋人不制韻，任意取押，雖與詩韻相通不遠，然要是無限度者。」見唐圭璋：《詞話叢編》，冊一，頁五六八。

❼周崇謙依「韻部異同」、「韻的聲調」、「韻腳位置關係」三項標準，畫分詞的用韻類型。見〈詞的用韻類型〉，《語言文字學》一九九六年一期，頁六〇—六八。

第二節　越出部界的觀察

唐宋人作詞，並無標準的詞書範本。然文人浸淫詩道既久，詩韻嫻熟於心，下筆之際，有意無意間，必然會受詩韻影響，而形成一種與詩韻同中有異的用韻範疇，故現存韻書均為後人歸結而來。詞韻之書，以戈載《詞林正韻》具有較高的權威性與規範性。然而，以之權與實際詞作，卻多有不合處。尤其在宋詞上，《正韻》顯得較嚴，而實際協韻則較為寬鬆。所以如此，應與其編輯方法有關。朱綬在《詞林正韻》序中言及，此書乃「取李唐以來書韻，而一以兩宋詞人所用為斷。」❶意即《正韻》是以古韻書以衡宋人用韻，而非從宋詞的實際用韻歸納，自然會有差距產生。

再者，詞本閭巷謳歌之作，它的功能多是為了勸酒娛樂，行於市井而傳於雪兒之口。正因如此，民間詞樂家創作但求聲樂諧耳，並無一個共同的詞韻規範。後來文人接手作詞，遣字用語或有影響。然而，在用韻上頭卻寬敞許多。一方面是因為，文人視詞為「小道」，填詞時自然不會嚴守禮部官韻。❷另一方面則因詞體流行，多依歌女傳唱，為迎合這些歌者，以方言入韻通押的情況便很普遍。❸此外，詞人塡詞亦受個人方音系統的影響。❹而詞調的聲情、詞人的態度，也會使詞的用韻產生變化。所以，後世總結前人韻法，自然很難兼顧各種情況。❺

杜文瀾在《憩園詞話》中，曾批評宋詞用韻三病爲：通轉太寬、雜用方音，及率意借協。❻若我們能從上述背景來看待詞韻，則杜氏口中的弊病，實爲詞與詩不同的最大特點。

詞韻通轉借協情形既明，則對〈浣溪沙〉越出《詞林正韻》部界，也應該有較爲客觀的認識。

在一千一百四十八闋的〈浣溪沙〉中，遊走於兩個韻部以上的詞，共計一〇三闋。其交會類型主要有：「第一部與第十一部」、「第三部與第五部」、「第三部與第七部」、「第五部與第十部」、「第六部與第七部」、「第六部與第十一部」、「第六部與第十三部」、「第六部與第十一、十三部」、「第七部與第十一部」、「第七部與第十四部」、「第九部與第十部」、「第十一部與第十三部」、「第十二部與第十三部」、「第十三部與第十四部」計十四種。之中，以「第三部與第五部」最多，共三十六闋；其次是「第六與第十一部」，計二十二闋。

關於詞韻的互通混同，前賢已有論及。如王力在《漢語詩律學》中，於十九部外，另立詞韻變例四類。❼士會的《詩詞契領》，則將詞的「混韻」分成六種。❽茲以王力分法爲主，參酌士會說法，並依〈浣溪沙〉實際越部的情況，予以分析於下：

（一）變而不離其宗

王力所謂「變而不離其宗」，指雖在詞韻爲不同部，但於《切韻》系統中爲同類者。準此，王氏列有「第三部與第五部通叶」、「第六部與第七部通叶」兩類，而〈浣溪沙〉中，兩者之例均有。

1. 第三部與第五部通叶

此爲〈浣溪沙〉越部例最多者，計三十七闋，唐宋金元詞均曾出現。常見的通叶爲三部「灰」與五部「哈」混用，共二十三闋。其餘有「灰哈微」、「灰哈佳」、「灰哈皆」、「灰哈皆佳」、「支脂之哈」混用者：

灰哈通叶─灰主哈從

(1)晏　殊「一曲新詞酒一盃」：盃（灰）、臺（哈）、迴（灰）、來（哈）、徊（灰）

(2)毛　滂「水北煙寒雪似梅」：梅（灰）、堆（灰）、臺（哈）、來（哈）、回（灰）

(3)王庭珪「九里香風動地來」：來（哈）、迴（灰）、嵬（灰）、哀（哈）、梅（灰）

(4)曾　慥「別樣清芬撲鼻來」：來（哈）、迴（灰）、嵬（灰）、開（哈）、梅（灰）

(5)張　綱「過隙光陰還自催」：催（灰）、來（哈）、陪（灰）、開（哈）、杯（灰）

(6)向子諲「醉裏驚從月窟來」：來（哈）、迴（灰）、嵬（灰）、開（哈）、梅（灰）

(7)黃人傑「的皪江梅共臘梅」：梅（灰）、開（哈）、來（哈）、培（灰）、徊（灰）

(8)汪莘「白日青天蘸水開」：開（哈）、迴（灰）、來（哈）、魁（灰）、杯（灰）

(9)韓淲「江上新涼入酒杯」：杯（灰）、開（哈）、嵬（灰）、萊（哈）、徊（灰）

(10)黃機「墨綠衫兒窄窄裁」：裁（哈）、堆（灰）、臺（哈）、回（灰）、杯（灰）

(11)無名氏「釣罷高歌酒一杯」：杯（灰）、來（哈）、隈（灰）、開（哈）、催（灰）

(12)無名氏「羅帳半垂門半開」：開（哈）、臺（哈）、催（灰）、盃（灰）、回（灰）

灰哈通叶──哈主灰從

(1)毛文錫「春水輕波浸綠苔」：苔（哈）、開（哈）、偎（灰）、迴（灰）、來（哈）

(2)歐陽脩「紅粉佳人白玉杯」：杯（灰）、催（灰）、來（哈）、臺（哈）、開（哈）

(3)王安石「百畝中庭半是苔」：苔（哈）、迴（灰）、來（哈）、栽（哈）、開（哈）

(4)晏幾道「莫問逢春能幾回」：回（灰）、才（哈）、開（哈）、來（哈）、杯（灰）

(5)向子諲「瑞氣氤氳拂水來」：來（哈）、臺（哈）、開（哈）、罍（灰）、回（灰）

(6)朱熹「壓架年來雪作堆」：堆（灰）、栽（哈）、回（灰）、開（哈）、來（哈）

(7)韓淲「留得菖蒲酒一杯」：杯（灰）、開（哈）、來（哈）、臺（哈）、台（哈）

(8)劉辰翁「澹澹臙脂淺著梅」：梅（灰）、臺（哈）、胎（哈）、腮（哈）、猜（哈）

(9)王從叔「水月精神玉雪胎」：胎（哈）、來（哈）、回（灰）、臺（哈）、開（哈）

(10)馬鈺「十一吾儕一箇來」：來（哈）、灰（哈）、回（灰）、胎（哈）、萊（哈）

(11)張玉孃「玉影無塵雁影來」：來（咍）、哀（咍）、回（灰）、開（咍）、臺（咍）

灰咍微通叶

晁端禮「誤入仙家小洞來」：來（咍）、杯（灰）、煤（灰）、歸（微）、醅（灰）

灰咍佳通叶

(1)蔡　伸「窗外桃花爛熳開」：開（咍）、來（咍）、釵（佳）、徊（灰）、哉（咍）

(2)韓　淲「霜後黃花尚自開」：開（咍）、哉（咍）、栽（咍）、釵（佳）、梅（灰）

灰咍皆通叶

(1)辛棄疾「梅子熟時到幾回」：回（灰）、猜（咍）、徊（灰）、排（皆）、來（咍）

(2)辛棄疾「百世孤芳肯自媒」：媒（灰）、排（皆）、來（咍）、梅（灰）、開（咍）

(3)辛棄疾「未到山前騎馬回」：回（灰）、梅（灰）、杯（灰）、骸（皆）、來（咍）

(4)辛棄疾「豔杏夭桃兩行排」：排（皆）、摧（灰）、栽（咍）、來（咍）、開（咍）

(5)辛棄疾「句裡明珠字字排」：排（皆）、催（灰）、栽（咍）、來（咍）、開（咍）

(6)韓　淲「只恐山靈俗駕回」：回（灰）、猜（咍）、徊（灰）、排（皆）、來（咍）

(7)劉辰翁「十日千機可復諧」：諧（皆）、才（咍）、媒（灰）、回（灰）、來（咍）

(8)劉辰翁「暮暮相望夕甫諧」：諧（皆）、材（咍）、媒（灰）、回（灰）、來（咍）

(9)元好問「夢繞桃源寂寞回」：回（灰）、懷（皆）、媒（灰）、來（咍）、徊（灰）

(10)許有壬「老境閒門晝不開」：開（咍）、苔（咍）、催（灰）、懷（皆）、萊（咍）

灰哈皆佳通叶

辛棄疾「彊欲加餐竟未佳」：佳（佳）、齋（皆）、灰（灰）、回（灰）、來（哈）

支脂之哈通叶

吳 儆「汗褪香紅雪瑩肌」：肌（支）、哀（哈）、時（支）、眉（脂）、知（之）

從韻攝的角度而言，佳、皆、灰、哈四韻，均屬「蟹」攝。它們之間相通其來有自。尤其是灰哈二韻，主要區別只在灰合口而哈開口，它們在詩韻中早已相通。❾支脂之微屬「止」攝，表面上與前者距離較遠。但是，從董同龢《漢語音韻學》擬音來看，支〔-je〕、脂〔-jei〕、之〔-i〕、微〔-juei〕與灰〔-uAi〕哈〔-Ai〕皆〔-ɐi〕〔-uɐi〕佳〔-æi〕〔-uæi〕，同樣都以元音〔i〕爲韻尾。

戈氏將「支」、「脂」、「之」、「微」、「齊」、「灰」列於第三部；將「佳半」、「皆」、「哈」列在第五部的作法，前人早有非議。如許金枝在〈詞林正韻部目分合之研究〉中，分別從晏殊、蘇軾、周邦彥、辛棄疾、劉克莊詞之用韻，以證「戈氏依後世之語現象，而將灰賄隊併入第三部，與支脂之微齊通用」之非。❿而林裕盛在考訂宋詞中第三、第五部的分合時，也統計出，灰韻在五部者，與灰韻在三部，或出入於兩部者相比，後者約佔五分之一。⓫可見《詞林正韻》

第三、五部，是很難決然而分的。

2. 第六部與第七部通叶

〈浣溪沙〉六、七部相通者，只有辛棄疾「臺倚崩崖玉滅瘢」一詞，韻字爲：瘢（桓）、蠙（真）、村（魂）、言（元）、軒（元）。其中，「真」、「魂」在第六部，屬「臻」攝，擬音作〔-jen〕、〔-uen〕；「元」、「桓」在第七部，屬「山」攝，擬音作〔-jen〕、〔-uan〕。比較兩部音韻，可見它們同樣具有尾輔音〔-n〕，因故相通。

3. 第九部與第十部通叶

《詞林正韻》曾採毛先舒《唐人韻四聲表》之說，將詞韻依發音方法，分成穿鼻、展輔、歛脣、抵齶、直喉和閉口六種，各類之內的韻往往可通。其中，直喉即指「歌戈佳半麻二部是也。」⓬王力在分析古體詩通韻時，曾經說道：「歌麻在六朝相通，故唐人偶爾也用歌麻通韻。」⓭可見「歌」、「麻」早在詞韻以前，即有互通之例。〈浣溪沙〉「歌」、「麻」通叶者有：

(1)曲子詞「萬里迢停不見家」：家（麻）、沙（麻）、斜（麻）、多（歌）、沙（麻）

(2)王以寧「木似文犀感月華」：華（麻）、家（麻）、誇（麻）、紗（歌）、他（歌）
(3)蔡　伸「問政山頭景氣嘉」：嘉（麻）、芽（麻）、搓（歌）、霞（麻）、家（麻）
(4)程大昌「始待空冬歲不華」：華（麻）、家（麻）、嗟（麻）、花（麻）、他（歌）
(5)呂勝己「直繫腰圍鶴問霞」：霞（麻）、花（麻）、家（麻）、他（歌）、些（麻）

歌屬「果」攝，董同龢擬音作〔-a〕。麻屬「假」攝，其中家、沙、紗、嘉、霞為一等韻，擬音亦作〔-a〕；華、誇、花為二等韻，擬音作〔-ua〕；斜、嗟、些為三等韻，擬音作〔-ja〕。明顯可見，無論歌或麻的任何一等韻，皆以元音〔a〕為韻尾，其互通之由便在於此。

（二）-n-ng-m相混

〔-n〕〔-ng〕〔-m〕的混用，前賢已有留意。如邱耐久在〈詞律來源新考〉中，將詞韻通押分成兩類，其一便是「鼻輔音收尾的陽聲韻」。⓮又如，宛敏灝〈談詞韻─詞學講話之四〉、黎錦熙〈論宋詞三系附聲韻母〉二文，亦從宋詞中看出「當時的語音應已開始打破這三者界限」。⓯

〔-n〕〔-ng〕〔-m〕混用的情況是存在的，但一般而言，三者在宋代依然有別。⓰只不過在宋詞中，彼此的界線有時會受方音影響而被打破。〈浣溪沙〉〔-n〕〔-ng〕〔-m〕相互越界的類型，

有「第六部第十一部第十三部通叶」、「第七部與第十四部通叶」與「第十三部與第十四部通叶」三種。⓱

1. 第六部第十一部第十三部通叶

三部皆通

(1)黃　機「綠綺空彈恨未平」：平（庚）、人（真）、斟（侵）、雲（文）、音（侵）

(2)黃　機「日轉雕欄午漏分」：分（文）、明（庚）、心（侵）、沈（侵）、金（侵）

(3)黃時龍「雨歇花梢月正明」：明（庚）、昏（魂）、針（侵）、心（侵）、深（侵）

(4)周　密「不下珠簾怕燕瞋」：瞋（真）、鶯（耕）、分（文）、明（庚）、心（侵）

(5)周　密「竹色苔香小院深」：深（侵）、扃（青）、塵（真）、清（清）、雲（文）

第六部與第十一部通

(1)陳師道「暮葉朝花種種陳」：陳（真）、人（真）、清（清）、塵（真）、新（真）

(2)毛　滂「碧霧朦朧鬱寶熏」：熏（文）、旌（清）、輪（真）、冰（蒸）、清（清）

(3)毛　滂「花市東風卷笑聲」：聲（清）、雲（文）、聞（文）、春（諄）、塵（真）

(4)毛　滂「月樣嬋娟雪樣清」：清（清）、春（諄）、神（真）、勻（諄）、人（真）

(5)毛　滂「魏紫姚黃欲占春」：春（諄）、明（庚）、晴（清）、青（青）、聲（清）

(6) 毛滂「瀲灩金波暖做春」：春（諄）、人（真）、情（清）、雲（文）、門（魂）

(7) 惠洪「南澗茶香笑語新」：新（真）、橫（庚）、晴（清）、城（清）、明（庚）

(8) 鄧肅「宿雨潛回海宇春」：春（諄）、雲（文）、新（真）、人（真）、輕（清）

(9) 王千秋「殢玉偎香倚翠屏」：屏（青）、春（諄）、巡（諄）、循（諄）、論（魂）

(10) 管鑑「十里狂風特地晴」：晴（清）、人（真）、春（諄）、新（真）、塵（真）

(11) 吳儆「茅舍疏籬出素英」：英（庚）、神（真）、昏（魂）、魂（魂）、春（諄）

(12) 沈瀛「雨點真珠水上鳴」：鳴（庚）、傾（清）、婷（青）、雲（文）、群（文）

(13) 趙長卿「寒食風霜最可人」：人（真）、新（真）、春（諄）、聲（清）、生（庚）

(14) 鍾將之「鬢嚲雲梳月帶痕」：痕（痕）、輕（清）、裙（文）、顰（真）、昏（魂）

(15) 鍾將之「蘋老秋深水落痕」：痕（痕）、輕（清）、裙（文）、顰（真）、昏（魂）

(16) 李劉「濯錦江邊玉樹明」：明（庚）、榮（庚）、庚（庚）、春（諄）、聲（清）

(17) 曾揆「西帝何時下玉京」：京（庚）、迎（庚）、裙（文）、新（真）、村（魂）

(18) 周密「絲雨籠煙織晚晴」：晴（清）、醒（青）、痕（痕）、鶯（耕）、春（諄）

(19) 詹玉「淡淡青山兩點春」：春（諄）、櫻（耕）、雲（文）、君（文）、魂（魂）

(20) 無名氏「十月開花是子真」：真（真）、神（真）、新（真）、勻（諄）、清（清）

(21) 無名氏「取次勻妝粉有痕」：痕（痕）、神（真）、迎（庚）、情（清）、英（庚）

(22) 馬鈺「閑是閑非不可聽」：聽（青）、論（魂）、氳（文）、門（魂）、存（魂）

(23)馬鈺「捨了家緣更捨身」：身（真）、鷹（蒸）、形（青）、清（清）、明（庚）

第六部與第十三部通

(1)趙長卿「密葉陰陰翠幄深」：深（侵）、頻（真）、新（真）、宸（真）、人（真）
(2)黃機「著破春衫走路塵」：塵（真）、聞（文）、人（真）、金（侵）、身（真）
(3)薛夢桂「柳映疏簾花映林」：林（侵）、魂（魂）、溫（魂）、分（文）、昏（魂）
(4)劉金壇「標致清高不染塵」：塵（真）、裙（文）、琴（侵）、魂（魂）、尊（魂）
(5)王惲「風柳婆娑半畝陰」：陰（侵）、鄰（真）、音（侵）、金（侵）、襟（侵）
(6)韓淲「芍藥酴醿滿院春」：春（諄）、醺（文）、沈（侵）、昏（魂）、陰（侵）

第十一部與第十三部相通

韓淲「春入疏絃調外聲」：聲（清）、清（清）、深（侵）、泠（青）、憑（蒸）

2. 第七部與第十四部通叶

(1)黃庭堅「一葉扁舟捲畫簾」：簾（鹽）、談（談）、南（覃）、帆（凡）、環（刪）
(2)毛滂「晚色輕涼入畫船」：船（仙）、天（先）、簾（鹽）、妍（先）、邊（先）
(3)毛滂「記得山翁往少年」：年（先）、錢（仙）、寒（寒）、眠（先）、簾（鹽）
(4)毛滂「日轉堂陰一線添」：添（沾）、妍（先）、年（先）、連（仙）、前（先）

(5)吳　儆「已是青春欲暮天」：天（先）、添（沾）、難（寒）、緣（先）、牋（先）

(6)沈端節「燈夜香甘動綺筵」：筵（仙）、圓（仙）、傳（仙）、纖（鹽）、甜（沾）

(7)張孝祥「穩泛仙舟上錦帆」：帆（凡）、灣（刪）、間（刪）、丹（寒）、山（山）

(8)姜　夔「釵燕籠雲晚不忺」：忺（鹽）、船（仙）、年（先）、眠（先）、牽（先）

(9)韓　淲「錦瑟瑤琴續斷絃」：絃（先）、天（先）、簾（鹽）、前（先）、鵑（先）

(10)黃　機「流轉春光又一年」：年（先）、尖（鹽）、邊（先）、山（山）、煙（先）

(11)黃　機「綠鎖窗前雙鳳奩」：奩（鹽）、纖（鹽）、看（寒）、斑（刪）、尖（鹽）

(12)陳妙常「寂寂雲堂斗帳閒」：閒（山）、煙（先）、寒（寒）、珊（寒）、凡（凡）

3. 第十三部與第十四部通叶

(1)張　泌「偏戴花冠白玉簪」：簪（覃）、吟（侵）、心（侵）、陰（侵）、深（侵）

(2)蔡　伸「窗外疏篁對節金」：金（侵）、深（侵）、參（侵）、簪（覃）、尋（侵）

(3)鄧　肅「半醉依人落珥簪」：簪（覃）、沈（侵）、心（侵）、陰（侵）、深（侵）

(4)鄧　肅「海畔山如碧玉簪」：簪（覃）、沈（侵）、心（侵）、陰（侵）、深（侵）

〔-n〕〔-ng〕〔-m〕三者的混用，除了受方音影響外，唱法也是一個重要的因素。尤其在快板當中，除了主要元音必須相同外，它們的區隔，便顯得極爲模糊。⑱再者，閉口〔m〕韻在歌唱時，因「其音甫發，即雙脣齊合」，歌者往往改變唱法，於是〔m〕的發音，就跟〔n〕收之音接近，而混押矣！⑲

（三）其他

〈浣溪沙〉的越部用韻，除了上述二種較有規則可循外；另有六闋混韻詞，應是個人的用韻結果：

1. 第一部與第十一部通叶

丘處機「劍樹刀山雪刃橫」一詞，韻字分別爲：橫（庚）、生（庚）、登（登）、疼（冬）、行（庚）。其中，「疼」字隸屬冬韻第一部，擬音作〔-uong〕。與十一部同是以〔-ng〕收尾，故而相通。

2. 第五部與第十部通叶

吳潛有四闋次韻詞：「春岸春風荻已芽」、「海棠已綻牡丹芽」、「正好江鄉筍蕨芽」、「雨過池塘水長芽」，其韻字都是芽、花、華、懷、葩。五韻之中，唯「懷」字屬「皆」韻，其餘均爲「麻」

韻。皆、麻本不相通，吳潛此作，可能是因爲「佳」韻處於第五、第十兩部，詞人無意間誤用。也或許是受個人方音影響所致。

3. 第三部與第七部通叶

敦煌曲子詞有「一隻黃鷹薄天飛」，其韻字分別爲：飛（微）、懸（先）、言（元）、天（先）、緣（先）。「微」韻擬音作〔-juei〕，與元〔-jɐn〕、先〔-iɛn〕〔-iuɛn〕較相近者，只有介音〔-j〕（〔-i-〕）耳。所以，本詞應是作者個人隨意押取的結果。

越出韻界的現象雖然各有不同，但是就聲調而論，平聲韻是各詞一致的定律（暫不論少數的仄韻之作），也是〈浣溪沙〉格律的常則，應該是不能改變的。然而，筆者在分析所有詞作時，卻發現有五闋詞爲同部異聲之韻，它們分別是：

(1)周邦彥「薄薄紗廚望似空」：空（東）、蓉（鍾）、憁（董）、胸（鍾）、紅（東）
(2)方千里「面面虛堂水照空」：空（東）、蓉（鍾）、憁（董）、胸（鍾）、紅（東）
(3)陳允平「寶鏡匳開素月空」：空（東）、蓉（鍾）、憁（董）、胸（鍾）、紅（東）

(4)張元幹「花氣蒸濃古鼎煙」：煙（先）、鮮（仙）、涎（仙）、眠（先）、膻（旱）

(5)曲子詞「玉露初垂草木彫」：彫（蕭）、巢（爻）、高（豪）、篠（篠）、宵（宵）

前三闋韻字皆同，可能屬和韻之作，均在第一部；張元幹詞爲第七部；曲子詞則在第八部。唯一不同的是，「𢡖」（惚）屬「董」韻、「膻」屬「旱」韻，而「篠」屬「篠」韻，都爲上聲韻。平上同押的原因，或許是詞人一時疏忽所造成；也有可能是歌唱時本來就能互通。《詞律．發凡》曾說：「上之爲音，輕柔而退遜，故近於平。」⓴故以上代平，訴諸歌喉，落差或許不大。況且，歌者在演唱時，多採「融字法」來改變字的聲調以就旋律。㉑所以，此類變聲之例，於現今失樂之日，雖不可效，但也不能驟然而視之爲詞人不懂音律之證。

【附　註】

❶見戈載：《詞林正韻．序》，《白香詞譜．附錄》（臺北：世界書局，一九九七年十月），頁六。

❷《四庫總目提要》於詞曲類存目《詞韻》卷二下云：「又安能以《禮部韻略》頒行諸酒壚茶肆哉！」見《文淵閣四庫全書》（臺北：臺灣商務印書館，一九八六年三月），冊五，頁三四四。

❸張惠民云：「曲子興於民，行於市肆，文人之作又多遊戲筆墨，用韻多依地方口語取押，這也

為適合操各地方言的歌女的演唱，自然不會排斥以方言入韻通押。」見《宋代詞學審美理想》（北京：人民文學出版社，一九九五年四月），頁一四〇。另外劉永濟也曾說：「詞則或起自閭巷，或用於燕間，在當時為小道，故平仄可通叶，方音亦能入韻，尋其軌跡，似反近於古詩。」見《詞論》（上海：上海古籍出版社，一九八二年一月），頁五六。〈詞通〉亦曰：「夫韻者自然之音耳；宋元人詞，既無詞韻之書，其勢必出於自然之音，讀之而叶，即是韻矣。讀之而叶，則其勢又必至於用鄉音。」見佚名：〈詞通—論韻〉，《詞學季刊》一卷二號（一九三三年八月），頁一三八。所以，詞的用韻必近俗，它們可說是接近當時當地的活語言。

❹ 宋代詞人受個人方音的影響，陳振寰、沙靈娜曾提及：「如果仔細考查宋代詞人的實際用韻，有的人受自己方音的影響（如蘇軾受眉山音影響、辛棄疾受濟南音影響、周邦彥受杭州音影響），有時還打破十九部的界限。」見《宋詞入門》（貴州：貴州人民出版社，一九九三年四月），頁二六五。

❺ 謝桃坊曰：「唐宋人填詞用韻的情況，其寬與嚴的態度因詞人而異，因詞調而異；因此，後世總結唐宋人用韻便很難兼顧各種情況。」見〈詞韻的建構從試擬到完成—朱敦儒、沈謙、戈載三家詞韻述評〉，《中華詞學》（南京：東南大學出版社，一九九四年七月），頁一六四。

❻ 〔清〕杜文瀾《憩園詞話》云：「宋詞用韻有三病，一則通轉太寬，二則雜用方音，三則率意借協。」見唐圭璋：《詞話叢編》，冊三，頁二一五八。

❼ 王力在分析《詞韻》十九部外的變例時，按照距離正軌的遠近，分為：變而不離其宗、-t-p-k

相混、-n-ŋ-m相混，以及特別變例四類。見《漢語詩律學》（香港：中華書局，一九七六年五月），頁五四六—五六四。

❽士會說：「古體詩為了減少詩韻的束縛，往往可以把詩韻中相鄰或相近的韻目相通。這就是所謂通韻。類似地，詞也有用音素稍近而韻部不同的韻語來押韻的。我們這裏稱之為混韻。…這種情況在唐、五代甚為罕見…到了北宋就不時有人發生混韻了…及至南宋，混韻的情況更見普遍。即使精於聲律的大師如周邦彥、姜夔等，對每字平仄，甚至仄聲的上去入的使用，都很嚴格、縝密，但對韻語使用卻比較隨便。」士會並將詞的混韻情況，分成：以元音i為韻尾者、尾輔音-n的韻語、尾輔音-n和-ŋ的韻語、尾輔音-m和-n、-ŋ的韻語、尾輔音-t、-p、-k的韻語、同為-k尾輔音的韻語六種。見《詩詞契領》（香港：萬里書店，二〇〇一年四月），頁二五六—二五九。

❾王力云：「《詞韻》以合口的灰歸支微，開口的咍歸佳。但灰咍在詩韻中本相通，故《詞韻》仍可相通。」見《漢語詩律學》，頁五四〇。

❿許金枝說：「是知灰賄隊韻在宋時仍多與咍海代通用，戈氏依後世之語現象，而將灰賄隊併入第三部，與支脂之微齊通用，未為切當。」見〈詞林正韻部目分合之研究〉，《中正嶺學術研究集刊》一九八六年五期，頁四。

⓫林裕盛說：「今以《全宋詞》中涉及灰韻系字及泰韻合口字之韻例考之，平聲灰韻與《詞林正韻》第三部相押者凡七二韻例，與五部相押者三九九例，與二部之韻字混押者二六例。」可

見戈載灰韻三部，對宋人來說，並不是決然不可通的。見〈《詞林正韻》第三部與第五部分合研究—以宋詞用韻為例〉，《中國語言學論文集》（高雄：復文書局，一九九三年十二月），頁一○四。

⑫戈載曰：「韻有四呼、七音、三十一等，呼分開合，音辨宮商，等敘清濁。而其要則有六條：一曰穿鼻，二曰展輔，三曰斂脣，四曰抵齶，五曰直喉，六曰閉口……直喉之韻，歌戈佳半麻二部是也。其字直出本音，以作收韻，謂之直喉。」見《詞林正韻．發凡》，頁二六、二九。

⑬見王力：《漢語詩律學》，頁三三二。

⑭邱耐久說：「通押的韻部有兩類。一類是入聲韻部，如十六部與十九部通押，十七部與十八、十九部通押。一類是以鼻輔音收尾的陽聲韻中，en、in韻部與eng、ing韻部通押；an韻部與am韻部通押。如六部和十三部通押；六部和十一部通押；七部和十四部通押。」見〈詞律來源新考〉，《廣東社會科學》一九八八年二期，頁一二八。

⑮宛敏灝說：「根據宋詞用韻的情況來看，當時的語音應已開始打破這三者界限，所以沈謙謂庚、青、真、文、侵可以合并。」見〈談詞韻—詞學講話之四〉，《安徽師大學報》一九八○年四期，頁八六。黎錦熙亦云：「仔細把宋詞一看，才知道那時的普通語言連這三個界限也打破了：最明顯的就是第一系的庚青（eng或ing）與第二系的真文（en或in）互通，而第二系的真文又可與第三系的侵韻（em或im）互通，於是乎庚青所併的《廣韻》韻門凡六，真文所併的凡七，合侵韻共計十四個附聲韻，可以聯成一韻；所謂穿鼻（ng）、抵齶（n）、斂唇（m）之

分，在這十四韻中，也就分無可分了。」見《樵歌．跋》（臺北：臺灣商務印書館，一九六八年九月），跋頁六。

⑯王力說：「-t-p-k的界限的泯滅，遠在-n-ng-m的界限泯滅之前。直到現在，北方官話還能保存-n-ng的分別。」故-n-ng-m在宋代應然有別。見《漢語詩律學》，頁五五二。

⑰張惠民曾指出：「而在實際上，第六部的『平聲真文』早已與第十一部的『平聲庚青蒸』、第十三部的『平聲侵』相通。第七部的『平聲寒刪先』早已與第十四部的『平聲覃鹽咸』相通。」見《宋代詞學審美理想》，頁一四○。今斟酌各家看法，再本著〈浣溪沙〉實際分合，別此三類。

⑱金周生說：「陽聲韻之-m、-n、-ng皆屬『餘音』，快板中所佔地位極微，故有時只須主要元音相同，即已具音質重複出現之押韻感，當為異部陽聲韻字偶現互押之原因。」見《宋詞音系入聲韻部考》（臺北：文史哲出版社，一九八五年四月），頁三四三。

⑲張世彬說：「在歌曲裏，凡閉口的字最難唱。因其音甫發，即雙脣齊合，僅餘一微弱的鼻音。實為吃力而難討好。……而歌者遇閉口韻，則或稍變其唱法，即音初發時不閉口，至音終結時始閉口，此亦為有可能的事情。苟如此，則該音於閉口之前，所發的音，即與「N」收的字音極接近。」見〈詞韻研究撮要〉，《中華文化復興月刊》十卷三期（一九七七年三月），頁三六。

⑳見萬樹等編：《索引本詞律》（臺北：廣文書局，一九七一年九月），頁七。萬樹並引元曲為證，云：「如此等甚多用上，皆可代平，卻用不得去聲字。但試于口吻間，諷誦自覺。上聲之和協，

而去聲之突兀也。」

㉑張世彬認為：「自北宋初年，貫澈至南宋之末，曲子詞未嘗拘論字聲，正以用『融字法』歌唱故也。」因此，夏承燾「溫飛卿已分平仄」、「晏同叔同辨去聲，嚴於結拍」、「柳三變分上去，尤嚴於入聲」、「清真用四聲，益多變化」諸論皆非確論。見〈論唐宋詞字聲之演變〉，《新亞書院學術年刊》一九六七年九期，頁四四。張氏又說：「所謂融字法是歌唱時改變字之聲調以就旋律。」見張世彬：《中國音樂史論述稿》（香港：友聯出版社，一九七五年），頁三六七—三七一。

第三節　用韻聲情的關連

詞自樂而來，聲依情而動。由於情有歡欣悲鬱之分，聲有高亢沉雄之別。故詞樂的起伏，隨著情感的波流傳衍，生成不同的面貌，於是造就出各式各樣的詞調。就詞體而言，詞本律而立調，據調以定聲，以聲而見情；從詞人而論，則是情發於聲，依聲以擇調，因調而合律。所以詞調可說是詞人內在情感外化的表達形式，它必須與所欲傳達的情感相符，才能發揮它的音樂效果。

選調是令賦情寓聲表裡如一、互不扞格的重要層級。擇調之前，必須先會辨明詞調的特殊聲響，方能與文情密切相應。而詞調聲響的匯流處，往往又在詞的韻字之上，故詞韻之「聲」與主題之「情」，實有對等互惠的關聯。因此，戈載、楊守齋所強調的「隨調擇韻」、「隨律押韻」之法，誠然不誣。❶尤其在詞的初期，其內容與詞牌名稱相似，歌詞與樂腔聲情間的融合必切矣。

詞韻聲情既然互為表裏。則不同的韻部，便有著不一樣的情緒效果，無形中也隱含著詞人創作的深層心理。周濟在《宋四家詞選．目錄序論》中曾提到韻之聲情歸向：

> 東真韻寬平，支先韻細膩，魚歌韻纏綿，蕭尤韻感慨，各具聲響，莫草草亂用。陽聲字多則沉頓，陰聲字多則激昂，重陽閒一陰，則柔而不靡，重陰閒一陽，則高而不危。韻上一字最要，相發或竟相貼，相其上下而調之，則鏗鏘諧暢矣。❷

王易《詞曲史》中也說：

> 韻與文情關係至切：平韻和暢，上去韻纏綿，入韻迫切，此四聲之別也。東董寬洪，江講爽朗，支紙縝密，魚語幽咽，佳蟹開展，真軫凝重，元阮清新，蕭篠飄灑，歌哿端莊，麻馬放縱，庚梗振厲，尤有盤旋，侵寢沈靜，覃感蕭瑟。屋沃突兀，覺藥活潑，質術急驟，勿月跳脫，合盍頓落，此韻部之別也。❸

在第一節中，筆者曾比較「圖三」、「圖四」，說明二圖的趨勢，相差甚微。其結果標示著，時代背景對〈浣溪沙〉的用韻影響，並不如預期地多。因此，造成〈浣溪沙〉詞韻分佈的因素，主要是聲情間的交互作用。

「表四」為〈浣溪沙〉用韻與主題間之關係。其中，雖亦以第七、第三部為多，然在不同主題裡，韻部的分合，卻有著相當程度的區別。以下就從表的橫切面—主題對韻部的取向觀察，並舉若干例證，來透視聲韻與情感間的關係。

表四〈浣溪沙〉聲情分佈表

主題＼韻部	一	二	三	四	五
隱逸	1	1	6	1	
閒適	5	4	3	6	
閨怨	7	13	16	3	3
愁思	1	7	5		1
相思	2	14	10	2	1
愛情	1	4	2		
詠人	6	10	13	2	3
歡樂	14	25	17	9	1
離別	11	7	8	2	
詠物	9	22	17	3	1
寫景	8	13	16	4	1
遊歷	1	1	3		1
感時	2	8	11	3	1
羈旅	1		6	1	
邊塞	1		3		1
黍離			2	1	
歌頌	2	2	3	1	
祝壽	3	6	1	4	
修行	1	3	7	5	1
其他	6	7	2	4	

六	七	八	九	十	十一	十二	十三	十四
	11	1	1	1	3	5		
5	2	1	2	2	10	1		1
7	15	4	3	6		10	2	1
2	6	1	5		2	8	1	
7	8	1		1	5	2	3	
3	3	1		2	3			
11	12	2	6	4	10	3	1	
19	20		4	2	9	9	4	3
6	14		3	1	12	5	3	
11	5	5	1	2	8	4	1	3
7	5	6		6	10	2	2	2
4	2	3			2	2		
5	14		3	5	6	10	1	1
	6	2	1		4	1	1	
1	2							
1			1					
6	9		1		3	1		
2	12		1	3	5	3		
2	9	2		2	6	2	7	
3	5	1			2	5	1	

備註：此表不含越出部界之作

(一)隱逸閒適的聲情

隱逸主題前三個韻部，包括第七、第三和第十二部。朱敦儒「折桂歸來懶覓官」、無名氏「一副綸竿一隻船」屬第七部；蘇軾、徐俯及朱敦儒的「西塞山邊白鷺飛」三闋，屬第三部；黃庭堅「新婦灘頭眉黛愁」則屬第十二部。

朱敦儒「折桂歸來懶覓官」，表現出他內在的隱逸情懷，對於爲官求利的疏懶，挾瑟、擁書的清閒，以及飲醉而忘卻時空的自在。正與第七部內蘊清新、細膩的感覺，交融呼應。再者，本詞約作於宋高宗紹興十五年（一一四五）。❹此時作者尚未請歸致仕，但久未收復失土，使他轉而思隱。有志難伸之意，雖然本詞中未有提及，但清閑懶覓官的背後，必定深埋著無可奈何的傷憂。故寒山韻所予人的「悲涼」感受，或許也能如此理解吧！

無名氏「一副綸竿一隻船」描寫漁父行舟，陶然忘機的情景。漁父以船楫蓑笠爲生計，以青山蘆花爲家園，以白鷗爲伴。世俗間的榮辱名利，他渾不在意，甚且連時間都忘卻了（不知年）。全詞呈現出一種與自然相契，無拘無束的清幽自在，與第七部展現的清新相呼應。而「先」、「仙」韻的運用，表現出一種輕快的波動感，這種動態感受，同漁父浮蕩逍遙的情韻，彼此合作無間。

蘇軾、徐俯、朱敦儒的「西塞山前白鷺飛」詞，都是檃括張志和的〈漁父〉之作：在斜風細雨中，漁父身著簑衣、頭戴蒻笠，卻絲毫沒有避雨的跡象。他只看著山前白鷺的飛行，驚見鱖魚已經長得肥美，看著看著，就忘了要回家。

所用韻字承自張氏，主要分佈於「支」、「微」、「齊」。詞人伸出敏感的觸角，將「山」、「白鷺」、「桃花」、「鱖魚」等多種事物，與主角「漁父」連成一線，並與風雨交雜的環境，融合在短短的四十二字中。支微韻所具備的縝密細膩特點，對這種把眾多意象，很有條理地匯聚成一個主題的功力，應該有很大的幫助。

黃庭堅「新婦灘頭眉黛愁」寫的也是漁父。但是，起頭卻從「新婦灘頭」、「女兒浦口」延伸出「眉黛愁」、「眼波秋」的擬人句，與上片結句「驚魚錯認月沈鉤」，結合成閨中怨婦的場景。下片轉入江上行船的漁父本旨。青箬笠、綠簑衣下的漁父，少了張志和詞中的愉悅自得，卻多了一份看破塵世的感慨。它所隱含的是一種歷經滄桑後的無心爭取。我們也可以說，它是從上片的愁怨情境，演變到極致的消極結果。

為了表達出這種情感，黃庭堅選用了「尤」、「侯」二韻。這兩個韻目容易呈顯出「感慨」、「盤旋」之情。就前者而言，本詞不同於一般漁父詞的自得，它所擁有的愁思無力感，正是藉著「尤」、「侯」的「感慨」特點，才成功地刻劃出來。從後者來說，本詞上、下片分別營造出不同的情致。若不仔細玩味，往往會認為兩片各不相屬。其來往「盤旋」之形，或許也是「尤」、「侯」韻所給予的效果吧！

閒適主題的前三韻部，分別為第十一、第四和第一部。可舉元好問「百折清泉繞舍鳴」、韓淲「買得船兒去下湖」及米芾「日射平溪玉宇中」為例。

首闋元好問詞，序作：「方城仙翁山北水莊成，而良佐以事繫獄，以此寄之。」可見此詞為勸友之作。上片寫水莊之景，在清泉、楊柳、藕花的陪襯下，詞人乘著一葉輕舟，悠遊其中，營造出一幅寧靜的畫面。下片則從乘舟的自適中轉出，說明世間的功名都是虛幻不實的，何必將一時的榮辱置於方寸，惟有來往自得的生活，才是真正的樂事呀！元氏在此用了「清」、「庚」兩韻，其中「庚」韻居於首、末兩句；「清」韻則位於中間三句。大抵而言，「清」韻較爲輕快活潑；「庚」韻則較偏向「振厲」之感。「清」、「庚」共用，令人於輕快之中，微感一股不平之氣。從這個角度來看首句，則繞舍「鳴」的不單單只是「清泉」而已；實際上，它還隱含著作者爲友人所發出的嘆息。

韓滮詞寫詞人肆情於詩酒山水間的情況。全詞不僅表達出閒適自怡之情，而且還顯現出狂傲的氣昂。爲求表現出悠中見狂的情韻，韓氏在此選用了第四部的「魚」、「虞」、「模」三韻。一則以其舒徐之特長，烘托出閒適之風；再則從「幽咽」之特點，轉化爲放蕩疏狂的傲氣。

與韓滮相比，米芾「日射平溪玉宇中」少了這股狂放之格，取而代之的卻是一種「惱人濃」的感受。全詞一開頭，作者爲我們描繪出一片開闊的景象：陽光灑在平溪之中，將天空染成紅色。遠方山巔上的雲朵，重重疊疊著。居於此中的詞人，靜靜地看著魚兒入網；悠閒地拄著拐杖，多麼的怡然自得呀！但是，詞人悠閒的感覺並沒有維持多久，突然間他由原先的自適陷入煩悶。這是什麼原因呢？還不是因爲春天的氣候，實在容易引人發愁啊！「東」、「鍾」二韻隸屬第一部，它有「寬洪」、「寬平」的特色，也有「沈雄」的情緻。米氏此詞，能於開闊中見自得，正與「寬洪」、「寬平」的聲情相符；能在閒靜之中轉爲愁悶，亦爲「沈雄」之「東」、「鍾」韻所長。

(二) 怨恨惆悵的聲情

表現怨恨或是惆悵情緒者，包括閨怨、愁思、相思、離別、傷懷、羈旅等主題。從頁二一二所製之「表四〈浣溪沙〉聲情分佈表」可知，這些主題的前三個韻部，分別落在一、二、三、六、七、十一，及十二部。如果我們進一步尋求交集，可發現這種怨恨惆悵的聲情，其代表韻部為第七、第三、第二，與第十二部。

第七部「元」、「先」韻予人細膩清新、輕快之感；「寒」、「山」韻則內蘊悲涼哀淒之調。這些特質和煩怨無處可申的閨怨，可謂相輔相成。韋莊「清曉粧成寒食天」主要書寫一位清秀佳人，在清晨梳妝賞花，進而萌生春愁怨恨的情形。在前半闋裡，詞人以短短的二十一字，不僅交待了時間、地點，而且還敘述出美人「粧成」、「捲簾」、「直出畫堂」等動作。如此快節奏的進程，與「先」韻相互配合，給人一種輕快活潑的感覺。下半闋節奏開始變慢，從「指點」牡丹起，到「凭欄」、「不語」的近乎停止。詞人改用「寒」韻，一則有利於慢節奏的進行，再則亦烘托出佳人「恨春殘」的悲淒。

劉辰翁「點點疏林欲雪天」屬離別之作。上片從寫景開始，以冬天蕭瑟的景象，藉此說明詞人於別離之後，清居憔悴的模樣。下片以抒情為主，詞人直抒重逢的願望，進而道出相逢時悲喜交錯的心情。總的來看，本詞雖是離別之作，但同其他別離主題相比，其哀怨指數，似乎較低。即便全詞提到了「憔悴」、「和淚」、「恨恨」等哀傷詞語。然其情調也僅限於「總無言」

的結局，而非「黯然離恨滿江干」❺般的強烈語氣。推究其因，應和「元」、「先」二韻所賦有的清新輕快的聲情有關。

陳三聘「越浦潮來信息通」雖是別離之作，然而全詞開頭卻從時間（信息）與空間（吳山）兩個方向，開展出一片寬廣的背景，進而導出人生多別離的正題。其寫作手法，與「東」、「鍾」韻蘊含的「寬洪」、「寬平」特色，相得益彰。下半闋主要在說明春日的愁緒，表面上此情與別離互不相干；然仔細觀察可發現，詞人之所以會「苦無歡意」，不就是因為與故人「各西東」的結果嗎？其沈雄隱微的筆觸，亦是「東」、「鍾」韻所具備。

第七部具清新中帶有悲涼的性格，除了廣被閨怨、離別主題運用外，感懷傷時之作，亦不時出現「元」、「寒」、「山」、「先」諸韻。王惲「月色都輸此夜看」寫中秋賞月的心得。中秋月圓人亦圓，理應高興，然而多愁善感的詞人，卻因「桂花出沒於雲彩間」而萌生「不快人意者」。❻甚且由此引發出「陰巧妒嬋娟」的感慨。王惲為人樂易直諒，與人交往，不能詭隨，與時俯仰。加以他身雖仕元，心猶存金，利祿功名對之而言並無好感，故而時常興起退隱之念。這闋詞或許就是他嘗盡世情冷暖後，適見桂花被雲彩所蔽，而萌發的同理感受。全詞以「寒」、「山」、「先」、「仙」四韻構成。其中，「寒」韻居於首、末兩句，前呼後應，與次句的「山」韻，包圍出淒涼的氣氛。而中間「先」、「仙」二韻的介入，卻緩和了悲傷的感覺。使原先激動的「碧雲吹恨滿瑤天」，終以平靜的「桂香和露溫幽彈」作結。

縝密、細膩中蘊藏著幽微思緒，是第三部「支」、「微」韻所呈顯的聲情效果。這些蘊含的特質，最常被運用在表達閨怨、相思及羈旅主題之中。張孝祥「樓下西流水拍堤」、陳德武「月落桐梢杜宇啼」，及李齊賢「旅枕生寒夜慘悽」分別就是表達這三個內容的三部韻作品。

張孝祥此詞與之前在第七部分析的韋莊詞相同，亦屬閨怨之作。不過在張詞裡，我們卻完全看不到類似「恨春殘」般的強烈字眼，取而代之的卻是一種「莫教辜負早春時」的惜春意識。儘管張詞描寫的仍是「日日望春歸」的閨中怨婦，但它所表現出來的哀怨，卻是一種內在的沉澱。從韻部的角度來看，張詞少了「寒」韻那種怨極而悲的情緒，轉而成爲一份內斂而深沉的心理淒惻。而這種幽微難明的情思，正與「齊」、「微」、「支」、「脂」韻的聲情相吻合。

陳德武一詞，序作「送春」。開題即以「落」、「啼」、「埋」、「闌」等被動、低沉的字眼，勾勒出悲傷的情調。它所代表的，不僅是暮春殘破的景象，更重要的，它也是詞人內心的寫照。而這種「幽微」的意涵，正是「支」、「齊」韻所擅長的。然全詞最隱微處卻非在此。下片起句作「山上安山經幾載，口中添口又何時。」表面上似乎不知所云；但幾經思索，便可領悟到其中深意。所謂「山上安山」即是「出」字；「口中添口」則是「回」字。簡單的說，這兩句的意思就是「『出』經幾載，『回』又何時」。這種隱藏語詞的「析字」修辭，不但展現出支脂韻的「幽微」特點，亦符合「縝密」、「細膩」的風格。

李齊賢「旅枕生寒夜慘悽」，寫的是因宦遊而羈旅早行之事。全詞交織著「淒」、「壯」兩種情懷。上片針對「淒」字立論，以「夜慘悽」、「露淒迷」之景，陪襯出遊子羈旅在外、遊盪無依之情。加以他在天色未白時就準備上路，與外頭的馬兒嘶鳴相映，一切顯得多麼地淒涼。下片轉以「壯」字爲主，詞人從悲傷的情調走出，用一種豪壯之語，表現出雄壯氣概。並期許自己趁著少壯時努力建業。同樣的景色、同樣的時空，可在詞人心中，卻出現了兩種截然不同的情感。這種從「凄」到「壯」的兩極化轉變，端在作者內心的想法。因此，他非得擁有一份縝密的心緒不可。而當他將這種心緒化成詞作時，自然而然地便向「齊」韻靠攏，攝取它那種細膩中蘊藏著幽微的情緻。

陳允平的「六幅蒲帆曉渡平」，亦寫羈旅之情景。所不同的是，此詞的羈旅地點由客舍移至江中「蒲帆」。詞人身居舟楫，觸目所及爲「浦外」的「野花」；入耳所聞是「春鳥」的細語。如此平靜的路途，與「清」韻所帶給人的輕快平靜感，相互融合成一段完美的樂曲。然而，這些佳景卻無法得到遊子的共鳴。因爲對他來說，無論是野花或春鳥，它都只是引發感傷的媒介罷了。總體來看，本詞雖含羈旅傷懷，但悲凄之情卻較爲平緩。這或許是因爲四個「清」韻，將「庚」韻的振厲之氣分散的緣故吧！

第二部「江」、「陽」、「唐」韻，有著爽朗、壯闊的特點。常出現在相思、愁思等主題之中。孫光憲「蓼岸風多橘柚香」與張元幹「一枕秋風兩處涼」，分別以「陽」、「唐」二韻來敘寫思憶、悲秋。

孫光憲詞幾乎全闋都是在作景色的描寫，直到最末方才點出「思」、「憶」之情緒。詞人先是佈置出一大片江天的背景，然後在這個基礎上，一一添上了「蓼岸」、「橘柚」與「片帆」。再藉著這些景物的出現，導引出「目送征鴻」的詞人。漸漸地，傳訊的鴻鳥已經飛遠，留下他獨自一人面對江波，無奈的他，只好將那綿綿不絕地思憶，寄託江水而去矣。從韻部的角度來看，上片呈現出開闊的畫面，除了詞人對意境的營造手法外，「陽」、「唐」韻的壯闊聲情，不無幫助。再者，全詞採景物掩映的方式，絲毫沒有任何的激動話語，所體現出的爽朗氣息，亦是二部韻所專長。

張元幹「一枕秋風兩處涼」寫的是秋夜愁滿難眠之事。與孫詞相較，兩者雖然抒發著不同的情懷；但是在張詞，我們仍可感受到那股爽朗之氣，從詞裡的「秋風」中流露出來。即使秋夜之景令人「斷腸」，但作者最終還是將這份愁懷，歸回到「更思量」的內省之中。另外，本詞前半闋亦以寫景開題，層層拓展。由房中「一枕」到窗外「秋風」、「雨聲」，最後再到「池塘零落藕花香」。縱使場景仍不脫庭園之籬，但前後相比之下，使人產生開闊感，而「陽」、「唐」韻或許就是這種感覺的推手吧！

第十二部「尤」、「候」、「幽」韻，擁有「盤旋」、「感慨」的聲情，適合用來傳達愁思、感懷。前者可舉秦觀「漠漠輕寒上小樓」爲例；後者則可從姜特立「節序回環已獻裘」見出特色。

秦觀詞一開始就營造出輕寒密佈、曉陰無賴的窮秋景緻。在作者的帶領下，我們登上了小樓，走過了幽掩的畫屏。並從落花中忽感青春易逝；從細雨裡瞬間興起無邊愁緒。末句以簾上閒掛的「小銀鉤」作結，表面上，似乎與全詞的憂怨情懷全不相干；但仔細品賞，銀鉤的孤單渺小，正與愁怨滿懷的詞人同樣無助呀！本詞的韻字爲「樓」、「秋」、「幽」、「愁」、「鉤」，且不論所屬韻部爲何，這些語彙實際上，掌握了全詞的情感脈動，左右著愁怨氣氛的培養。而窮秋的愁懷，也是靠著「尤」、「侯」、「幽」韻，才能達到感慨萬千的地步。

姜特立〈節序回環已獻裘〉寫的雖然也是秋愁；然而和秦觀詞不同的是，姜詞表現的不再是無可奈何的深嘆，而是一種「班超何日定封侯」的壯語。其主要原因，在於姜詞所選的秋日意象，屬於生動激越的「風葉夜鳴」、「寒蛩吟露」。而這些意象，將他真正的愁怨之懷給覆蓋，於是呈現出一種愁中帶壯的氛圍。這與第十二部在感慨之中深藏盤旋的情調，可謂相互補助。

（三）歡愉祝賀的聲情

呈現歡愉氛圍的主題，包括享樂、情愛、歌頌、祝壽。它們常見的共同韻部有第二、第六，與第七部。

「陽」、「唐」的爽朗、壯闊的特色，在之前的怨恨惆悵中已有提及。它在悵恨之作裡，主要用在化深恨爲淡怨，屬於仲介調劑的配角。不過，一到歡愉祝賀中，它卻搖身一變，成爲架構歡樂氣氛的主角。這可由以下幾闋詞見出：

蔡伸〈蘋末風輕入夜涼〉一詞，描繪出男女之間熱戀的情景。上片描寫夜中庭院的景物，充滿著寧靜祥和的氣息，同於「爽朗」的風格。下片歷述室中男女的熱情，不過並無激烈的演出。詞人所道出的，只是「雲鬟亂」、「玉肌香」，和最後「攜手看鴛鴦」的閒情逸致耳。而這種含蓄清麗的格調，與「陽」、「唐」韻所賦有的爽朗特質，不無關連。

毛滂「碧戶朱窗小洞房」，詞序作「武康社日」。本詞亦以寫景起句，然而從「碧戶朱窗」，到玉醅、橙子，詞人所放映的是一幕幕的鮮豔色彩；從這些顏色中，我們看到了作者內心的鼓舞。下片顏色變成透明，詞人將原先那份激昂之心，寄託於笙簫、醉鄉裡，令心情頓時轉而趨爲平靜。上下片相比，全詞便顯現出一股悠長的韻味。而「陽」、「唐」韻的爽朗，正利於這種悠長韻味的表達。

張綱「羅綺爭春擁畫堂」屬於壽筵之作。詞中不外乎以華麗的筆觸，道出對壽星的祝賀。所以，全詞的燈光是明亮的；氣氛是和樂的。以壯闊疏朗的「陽」、「唐」韻與之輝映，自是再適合不過。

六部韻有「凝重」、「寬平」的聲情特點。可舉張泌「花月香寒悄夜塵」及孫覿「弱骨輕肌不耐春」爲例。

張泌詞從女子的角度，述寫幽會時的情景。在花、月的陪襯下，我們看到了一位悄悄前去赴約的女子，她的神情是那麼地落寞，就如同那畫屏中的美人；她那楚楚可憐的模樣，連身上所著的「越羅巴錦」，都似乎不能負荷，是多麼的引人憐惜呀！全詞以「真」、「諄」二韻組成，其「凝重」的特點，對於上片「悄夜塵」到「暗傷神」的氣氛培養；下片「還暫語」、「愛微顰」的烘托呈現，均有幫助。

孫覿起句所寫，亦是女子嬌柔「不耐春」之情境。所不同的是，此詞上半闋所建構出來的氛圍，是較爲輕鬆愉悅的。表現在語彙上，一改張詞「悄」、「暗」之沉；轉爲「新」、「笑」之樂，屬於「東真寬平」特長之展現。不過，這種歡欣的感覺，過片後卻變成「素影」般的陰霾，甚且末句還道出「酒醒人散」的惆悵感。總之，全詞具有一種由喜入悲、自「寬平」化爲「凝重」的轉折，這與張泌「凝重」到底的寫法是不同的。

第七部「先」、「仙」諸韻，內蘊清新、細膩與輕快之感，用做席間祝賀最爲合適。韓淲「老覺空生易得年」與魏了翁「一日嘉名萬口傳」即屬此類。

韓淲詞序作「生朝和昌甫韻」，可見該詞實爲自壽之作。因此，詞中看不到任何奉承喻仙之語，取而代之的是一種言志抒懷，及閒適自得。爲與此情相諧，詞人選用了「先」、「仙」二韻，故全詞讀來格外地輕快流暢，加以詞中「旋」、「轉」、「喜」等字詞的運用，歡欣鼓舞之情，溢於言表。

魏了翁「一日嘉名萬口傳」，敘述的是席間醉飲。與韓詞自抒己志相異，本詞份屬酒筵酬酢之作，故不乏歌功頌德之語。尤其是上片各句，觸目皆爲「嘉名」、「芳鮮」、「人妍」等歌讚之意，讀之味如嚼蠟。且不論主題意涵，單從用韻來說，魏氏藉「先」、「仙」二韻，用以傳達歌席間「餘尊相與重留連」的歡樂場景。說明了他對七部韻的清新、輕快特質，實有深刻的體悟。

（四）詠物寫景的聲情

此項聲情，除了指詠物、寫景外，還包括了與詠物詞相近的詠人主題；以及常與寫景詞相關的遊歷主題。從這些主題群的用韻情況來看，最常出現在第三部與第二部。

「表四」中可見，第三部中的前兩名主題，分別爲詠物與寫景。這主要在於三部韻所表現出的縝密、細膩、幽微等聲韻特點，實與歌詠人物、舖寫景致時所應具備的心思相同之故。

無名氏「雪態冰姿好似伊」屬詠物之題。從「賞佳期」、「花神」、「纖枝」等語句推測，所歌詠的應是花朵。就全詞所表現出的情感來看，詞人巧妙地運用同質相比的方式，使我們看到的不只是一株無情的花枝，而是一位綽約豔麗的美人。於是詞中，時而見出美女姿態；時而卻是花枝搖曳，其「幽微」筆法，正是「支」、「脂」韻的特色。再從描繪技巧而言，作者從形（雪態冰姿）、香氣（芳信）、色（綴玉、粉面）等多重角度去刻畫花朵，亦是「縝密」、「細膩」的三部韻所擅長。

趙師俠「松雪紛紛落凍泥」，詞序作「鳴山驛道中」，可見是闋寫景之作。在作者精心的筆端下，一幅幅的美景展現在眼前。吾人彷彿感受了那場冬雪中的嚴凜，經歷了由冬入春的轉變，並停留在春光滿是的山野。

爲了營造出景物環境，寫景詞多半會運用許多名詞語彙。以此作爲例，光上半闋就包含了「松」、「雪」、「泥」、「禽」、「枝」、「茅」、「冰」等詞語。這種寫作手法，與「支」、「脂」、「齊」韻所內蘊的縝密、細膩，實爲相同。

第三部的縝密、細膩，除了時常用在詠物、寫景外，對於同樣以旁觀者的手法來描繪美人姿態形貌的主題，也是相通的。只不過這一類的詠人詞作，所體現的幽微處，多在美人的心緒上頭；與詠物詞在物外另藏意涵或比附形象的手法不同。

擅長歌詠美人的韻部，另有「歌」韻第九部。《天機餘錦》所載曾揆「衫子新裁淺褐羅」，即是塑造美人形象的作品。上片自女子的衣著寫起（衫子、䯼兒），再述及頭髮及髮飾（烏雲、翠圓荷）作爲過渡，表現出她的「端莊」氣息。下片則自女子的外在表情（半困半愁眉斂黛，瞥嗔喜眼最橫波），觸及女子內心的無奈（奈伊何）做爲結束，顯現出她的「纏綿」情感。而「端莊」與「纏綿」這兩個特質的傳遞，實與「歌」韻的聲情有關。

第二部「陽」、「唐」韻，也是詠物、寫景常用的韻部。可舉無名氏「梅與稱名蠟與黃」、周邦彥「日射攲紅蠟蒂香」爲例。

無名氏「梅與稱名蠟與黃」歌詠的對象是蠟梅，詞人分別從「名」、「枝」、「色」、「蜜」、「妝」五個視角，去描繪蠟梅的疏麗。而這五個視角，又與韻腳「黃」、「光」、「芳」、「香」、「妝」相輔相成。二韻部的爽朗風格，實是造就此詞疏麗的重要原因。

周邦彥「日射攲紅蠟蒂香」寫夏日悠閒的情景，故而詞中的色調顯得十分明亮。全詞的背景都在白晝，其中如「日射」、「紋光」、「明畫閣」，最能見出耀目之感；而這種明亮爽朗的呈現，正是「陽」、「唐」韻所擅者。

（五）邊塞黍離與修行

詞人在寫黍離與邊塞主題時，主要選用第三部。李獻能「垂柳陰陰水拍堤」敘述倚樓悵望的情景。上片以寫景開題，詞人將樓上望見的景物呈現在我們眼前；下片以抒情爲主，進而點出北顧中原的黍離感慨。全詞給人的感覺是直述情懷的，這似乎與三部韻之幽微細膩不同。但若我們仔細觀察，便可感受到上片並非單純描寫外在景物，它還代表著詞人內心的淒傷。因此，「陰陰」、「迷」、「暮」不僅僅是垂柳、遠望、天際的色彩，也是黍離之悲在心中生成的顏色。實體現出與「齊」、「微」、「之」韻相同的幽微之情。

以第三部這種幽微手法，將景物染上個人情緒者，亦爲邊塞詞所常用。王質「何藥能醫腸九回」、「夢到江南夢卻回」、「征雁年來得幾回」三闋，屬於書寫征夫思鄉情懷的次韻之作。其中一、三闋的「淚下猿聲」、「眼荒鷗磧」、「花柳傷心」、「到家無樹不紅飛」等詞句，以及次闋連用三個「夢」、兩個「杪」（渺）字者。或以幽微之情寄物；或以幽微之詞寓情，與第三韻的聲情實然相通。

神仙修行主題的用韻，最值得注意的是第十三部的運用。丘處機「雲水飄飄物外吟」寫的是內丹修行。詞人透過內丹的修煉，飄飄然飛出物外，此時他感覺到如同醉酒般的輕盈，彷彿就要登上仙境，世俗間的一切禍端均無法侵入他的身軀。全真教的內丹重在煉心，當心中達到空寂、清虛時，便可使真心顯露。而「侵」韻的內在聲情—「沈靜」，對這種空寂、清虛的表達，有著重要的貢獻。

綜合上述，〈浣溪沙〉在聲情結合度上，大抵都能沿著各韻部的內在蘊含上走。故寫閒適之懷，用清新、細膩之韻；道怨恨惆悵，採悲涼、幽微之音；抒歡愉祝賀，韻以爽朗、輕快；詠人物景致，韻選壯闊、寬平；而黍離邊塞意幽微、道教修煉氣沈靜，各具美感效應。

然而應說明的是，一些詞作的用韻與主題間的聲韻情調，並非如此地一致。我們還是找得到歡樂之題用悲涼之韻、歌頌之意用凝重之部者。顯示詞韻與聲情間，雖然保有某一程度的關連，但並非牢不可破的教條。它可能受到詞家本身用韻偏好的影響；也可能受限於詞體變化的節制。尤其當詞樂喪失之後，它們之間的協調性更爲鬆垮，「聲」與「情」間的關係，自然便不那麼地絕對了。

【附註】

❶戈載：《詞林正韻·發凡》，頁三三云：「作者宜細加考核，隨律押韻，更隨調擇韻，則無轉摺怪異之病矣。」楊守齋《作詞五要》曰：「第四要隨律押韻。如越調〈水龍吟〉、商調〈二郎神〉，皆合用平入聲韻。古詞俱押去聲，所以轉摺怪異，成不祥之音。昧律者反稱賞之，是真可解頤而啟齒也。」見唐圭璋：《詞話叢編》，冊一，頁二六八。

❷見〔清〕周濟輯：《宋四家詞選》（北京：中華書局，一九八五年《叢書集成初編》影印《滂

喜齋叢書》本），頁六。

❸見王易：《詞曲史》（北京：東方出版社，一九九六年三月），頁二四六。各韻聲情，曾永義亦曾述及：「東鍾韻沈雄，江陽韻壯闊，車遮韻淒咽，寒山韻悲涼，先天韻輕快，魚模韻舒徐，支思韻幽微，家麻韻放達，皆來韻瀟灑。」見曾永義：〈影響詩詞曲節奏的要素〉，《中外文學》四卷八期（一九七六年一月），頁二四。

❹見朱敦儒著、鄧子勉校注：《樵歌》（上海：上海古籍出版社，一九九八年七月），頁三四〇。

❺此句出自洪适「丹桂飄香已四番」。該詞同屬別離之作，所用韻部亦屬第七部，然其表現出來的恨情，卻是劉詞所不及。從聲情角度來看，洪詞所用為「元」、「寒」韻；劉詞則為「元」、「先」韻。以其無「寒」韻之悲，故而呈現出沉緩之痛。

❻詞序云：「中秋雖見月，桂花出沒於雲彩間，有不快人意者，作此詞以歌之。」

第四節　和韻的音韻特色

和韻顧名思義，就是追和他人的韻腳。筆者於分析〈浣溪沙〉的用韻過程中，發現許多這種同一韻目的作品。它們有的是自己獨和多詞、有的是許多人同和一韻，更有後人追和前賢者。它代表著〈浣溪沙〉盛行於歌筵間的結果，對該調的流行與傳播做出了一定的貢獻。而藉著對這些和韻之作的觀察，一則可知當時詞人間相互酬唱的情況；再則也可透過對和韻作品的了解，明白哪些韻腳是最常被人追和，並從和韻的實際用韻，分析它之所以被和的原因。此外，亦可看出詞人所喜愛的〈浣溪沙〉韻部，甚至是公認的〈浣溪沙〉韻腳。

〈浣溪沙〉的和韻作品共計一百零八闋。❶其中，除第八、第九部外，各部皆有和韻之作，亦有跨出部界者。茲將歸納所得，依韻部順序，縷列於下：

1. 第一部

通（東）、重（鍾）、東（東）、蘢（鍾）、濃（鍾）

范成大「歙浦錢塘一水通」

吳儆「歙浦公塘一水通」、「簾額風微紫燕通」

陳三聘「越浦潮來信息通」

紅（東）、風（東）、中（鍾）、鴻（東）、東（東）

吳儆「寒日孤城特地紅」、「斜陽波底溼微紅」

東（東）、空（東）、重（鍾）、風（東）、公（東）

張孝祥「方舡載酒下江東」、「羅韤生塵洛浦東」、「一片西飛一片東」

空（東）、紅（東）、中（鍾）、東（東）、風（東）

張孝祥「霜日明霄水蘸空」、「宮柳垂垂碧照空」

重（鍾）、龍（鍾）、峯（鍾）、騘（東）、封（鍾）

何夢桂「細柳連營綠蔭重」、「金紫山前山萬重」

2. 第二部

黃（唐）、忙（唐）、妝（陽）、霜（陽）、香（陽）

洪　适「舉目霜林葉葉黃」

吳　潛「最好荼䕷白間黃」、「宮額新塗一半黃」

涼（陽）、黃（唐）、香（陽）、光（唐）、徉（陽）

吳　儆「秋到郊原日夜涼」、「風入枯藜衣袂涼」

霜（陽）、涼（陽）、光（唐）、陽（陽）、黃（唐）

蘇　軾「珠檜絲杉冷欲霜」、「霜鬢真堪插拒霜」

牆（陽）、芳（陽）、香（陽）、忘（陽）、狂（陽）

向子諲「綠遶紅圍宋玉牆」、「靄靄停雲覆短牆」

3. 第三部

回（灰）、歸（微）、衣（微）、涯（支）、飛（微）

王　質「何藥能醫腸九回」、「夢到江南夢卻回」、「征雁年來得幾回」

犀（齊）、池（支）、枝（支）、眉（脂）、遲（脂）

韓　淲「一曲西風醉木犀」、「月角珠庭映伏犀」

肌（支）、妃（微）、遲（脂）、飛（微）、危（支）

趙　擴「花似醺容上玉肌」

曾　覿「豔杏紅芳透粉肌」

4. 第三、五部

來（咍）、迴（灰）、嵬（灰）、哀（咍）、梅（灰）

向子諲「醉裏驚從月窟來」

王庭珪「九里香風動地來」

曾　慥「別樣清芬撲鼻來」

回（灰）、猜（咍）、徊（灰）、排（皆）、來（咍）

辛棄疾「梅子熟時到幾回」

韓　淲「只恐山靈俗駕回」

5. 第四部

蘇（模）、車（魚）、無（虞）、珠（虞）、鬚（虞）

蘇　軾「覆塊青青麥未蘇」、「醉夢醺醺曉未蘇」、「雪裡餐氈例姓蘇」、「半夜銀山上積」、「萬頃風濤不記蘇」

王之道「陽氣初升土脈蘇」、「體粟須煩鼎力蘇」、「春到衡門病滯蘇」、「凍臥袁安已復蘇」

6. 第五部

獃（咍）、猜（咍）、開（咍）、栽（咍）、來（咍）

史　浩「梁武憨癡達摩獃」、「索得玄珠也是獃」

7. 第五、十部

芽（麻）、花（麻）、華（麻）、懷（皆）、葩（麻）

吳　潛「春岸春風荻已芽」、「海棠已綻牡丹芽」、「正好江鄉筍蕨芽」、「雨過池塘水長芽」

8. 第六部

勻（諄）、顰（真）、塵（真）、人（真）、新（真）
辛棄疾「花向今朝粉面勻」、「歌串如珠箇箇勻」、「父老爭言雨水勻」
雲（文）、昏（魂）、裙（文）、魂（魂）、人（真）
吳文英「秦黛橫愁送暮雲」、「一曲鸞簫別彩雲」
春（諄）、頻（真）、塵（真）、親（真）、人（真）
袁　易「一月寒陰不放春」、「江上芹芽短試春」、「釵燕啣將縹緲春」、「鞭罷泥牛無好春」
真（真）、神（真）、春（諄）、塵（真）、人（真）
張孝祥「絕代佳人淑且真」、「妙手何人爲寫真」
塵（真）、春（諄）、新（真）、人（真）、昏（魂）
李之儀「玉室金堂不動塵」、「依舊琅玕不染塵」
蘋（真）、輪（真）、春（諄）、人（真）、臣（真）
葛勝仲「今夜風光戀渚蘋」、「溪岸沈深屬泛蘋」
葉夢得「千古風流詠白蘋」
分（文）、勻（諄）、春（諄）、雲（文）、魂（魂）
葉夢得「絳蠟燒殘夜未分」、「綠野歌歡喜見分」
身（真）、魂（魂）、神（真）、新（真）、春（諄）
蔡　伸「窄窄霜綃穩稱身」、「且鬬尊前見在身」

9. 第六、七部

瘢（桓）、顰（真）、村（魂）、言（元）、軒（元）

辛棄疾「臺倚崩崖玉滅瘢」、「妙手都無斧鑿瘢」

10. 第六、十一部

痕（痕）、輕（清）、裙（文）、顰（真）、昏（魂）

鍾將之「鬢亸雲梳月帶痕」、「蘋老秋深水落痕」

11. 第七部

間（刪）、全（仙）、然（仙）、年（先）、看（寒）

蘇軾「縹緲危樓紫翠間」、「白雪清詞出坐間」

年（先）、然（仙）、緣（先）、娟（仙）、纏（仙）

蘇軾「學畫鴉兒正妙年」、「一夢江湖費五年」

寒（寒）、灘（寒）、漫（桓）、盤（桓）、歡（桓）

蘇軾「細雨斜風作曉寒」

王之道「殘雪籠晴作冱寒」

仙（仙）、年（先）、絃（先）、偏（先）、憐（先）

向子諲「豔趙傾燕花裏仙」、「曾是襄王夢裏仙」

關（刪）、間（刪）、殘（寒）、檀（寒）、干（寒）

沈與求「雲幕垂垂不掩關」、「花信催春入帝關」

仙（仙）、妍（先）、前（先）、連（仙）、翩（仙）

鄧肅「高會橫山酒八仙」、「二八佳人宴九仙」

冠（桓）、鬟（刪）、難（寒）、盤（桓）、干（寒）

趙磻老「懶畫娥眉倦整冠」、「劉氏風流設此冠」

閑（山）、閑（山）、閑（山）、丹（寒）、丹（寒）

馬鈺「莫把修行作等閑」、「養就三丹未得閑」

12. 第十部

沙（麻）、家（麻）、誇（麻）、茶（麻）、花（麻）

劉敏中「㶁㶁清流淺見沙」、「世事恒河水內沙」

13. 第十一部

驚（庚）、榮（庚）、禎（清）、兄（庚）、卿（庚）

蘇　軾「雪頷霜髯不自驚」、「料峭東風翠幕驚」

城（清）、青（青）、更（庚）、螢（青）、明（庚）

張元幹「山繞平湖波撼城」、「目送歸州鐵甕城」

清（清）、橫（庚）、明（庚）、酲（清）、聲（清）

韓彥古「一縷金香永夜清」

楊冠卿「銀葉香銷暑簟清」

繒（蒸）、藤（登）、冰（蒸）、聲（清）、凭（蒸）

楊澤民「風遞餘花點素繒」

陳允平「約臂金圓隱絳繒」

14. 第十二部

頭（侯）、楸（尤）、裘（尤）、求（尤）、秋（尤）

蘇　軾「傾蓋相逢勝白頭」、「炙手無人傍屋頭」

休（尤）、愁（尤）、羞（尤）、秋（尤）、州（尤）

周紫芝「近臘風光一半休」、「欲醉江梅興未休」、「無限春情不肯休」

舟（尤）、鷗（侯）、浮（尤）、頭（侯）、州（尤）

張孝祥「六客西來共一舟」、「已是人間不繫舟」

15. 第十三、十四部

簪（覃）、沈（侵）、心（侵）、陰（侵）、深（侵）

鄧肅「半醉依人落珥簪」、「海畔山如碧玉簪」

從主題分佈來看，和韻詞中以歡樂、歌頌祝壽之作寫得最多。❷主要是因爲和韻的地點，多在酒筵歌席之間，故不離及時享樂的氣氛，以及應酬來往的作品。加以〈浣溪沙〉本屬歌舞詞曲，在其生長環境的影響下，自難脫離酒筵間歡欣酬唱之音。

再就韻部而言，和韻最多的韻部依序是第六、七、一、二、三，及第十一部，與〈浣溪沙〉整個詞韻分佈，大致相同。而在和韻的種類上，四十四組中，只有十組屬二人以上的相和之作；其餘則爲個人重唱的次韻之作。其中，以蘇軾和韻詞所佔最多，共有十六闋；再次爲張孝祥九闋、吳潛六闋、吳儆六闋、辛棄疾六闋。

〈浣溪沙〉最早的次韻作者爲蘇軾，他同時也是數量最多者。當中以一組五闋詞最引人注意，其詞序云：「十二月二日，雨後微雪，太守徐君猷攜酒見過，坐上作〈浣溪沙〉三首。明日酒醒，雪大作，又作二首。」可見此五詞亦爲筵上歡飲之作，不過全詞於歡欣氛圍之餘，另有一番閒適自得的情懷。在用韻上，蘇軾選用了第四部「魚」、「虞」韻來表達這種悠遊之情，充份發揮了「魚模韻舒徐」的特長。大體上，五詞的主旨相去不遠，然而蘇軾卻能變化不同的角度，將韻腳用在不同的詞意上頭。例如同樣一個「蘇」字，有作「熟」解者（麥未蘇）；有作「蘇醒」解者（曉未蘇）；有作「柴草」解者（上積蘇）；亦有作個人姓氏者（例姓蘇、不記蘇）。至於無法變化詞意者，如末韻「鬚」字，東坡亦能造就不同的情境，以推陳出新，堪爲〈浣溪沙〉次韻的代表作。

蘇軾這組詞，其後王之道有追和作品。並且在和韻之餘，兼和春雪之景。其中「陽氣初升土脈蘇」、「體粟須煩鼎力蘇」，寫的是詞人在雪中吟詩作詞的自得情形，與蘇軾五闋詞的情調相仿。但另兩詞所營造出來的氣氛，卻是「病滯」、「凍臥」之景，體現了「魚」、「虞」韻的另一種「幽咽」聲情。之道另有「殘雪籠晴作冱寒」一詞，亦爲和蘇之作，不過他所表現出來的「一尊聊佐旅中歡」，與蘇軾的「人間有味是清歡」實爲不同。

張孝祥有一組三闋的次韻詞。「方舡載酒下江東」表現出一種豪邁風格，詞人狂放地乘舟而下，所聞所見，皆是開闊的情景；所欲所爲，亦不離激昂之志。而這種開闊激昂，配合「寬洪」的「東」、「鍾」韻來表達，更現雄偉氣度。與此相反，另兩闋次韻詞寫的是離別感傷，道出詞人「恨」、「怨」、「空」的失望與落寞，呈顯出「東」、「鍾」韻另一番「沈雄」的特長。而在韻字的語義運用上，孝祥亦能依不同情懷，安排出不同的面貌。例如同爲「重」字，在激昂主題中寫山雲重疊的壯景；在離別主題中，則分別用在「眉山重」、「幾時重」，呈現出不一樣的效果。

二人以上同和或追和者有兩組。一是范成大、吳儆、陳三聘；一是向子諲、王庭珪、曾慥。前者范成大「歙浦錢塘一水通」，與吳儆「歙浦公塘一水通」只四字之別，實同爲一闋。然吳詞序作「次范石湖韻」，可見他必有和韻之作；與另一闋「簾額風微紫燕通」不同的是，「歙浦」一詞爲寫景之作，此亦第一部「寬平」、「寬洪」之特長。「簾額」則屬青樓醉客之事，末句「歸心何事與山濃」，體現出詞人內心的沉鬱，與吳三聘「越浦潮來信息通」寫離別的哀傷情調相同，亦爲東韻之所長。

向子諲、王庭珪、曾慥皆是詠物之作。以「灰」、「咍」兩韻交錯而成，給人「開展」、「瀟灑」的感受，這與梅花賦有的清幽特質相互配合，如有「別樣清芬撲鼻來」。而在韻腳字義的運用上，三詞均能營造出不同的意境，例如同爲疊韻詞「崔嵬」，向子諲以「碧雲」來烘托；王庭珪以「秋色」來點綴；曾慥用「輕霧」來陪襯，各有特色。

吳世昌在《詞林新話》中，曾批評東坡黃州冬景的五闋〈浣溪沙〉，疊韻太多，儼然成爲一種文字遊戲。❸平心而論，蘇軾詞在詞韻與韻義的安排上，實有所長；但不可諱言的是，其中一些字句稍有重複之嫌。如次句「車」韻，有作「隨車」者兩處；寫「使君車」義者亦兩處（門前轆轆使君車、使君載酒爲回車）。不過，蘇軾能在兩天之內，以同一主題相同韻腳寫出五首，亦可見他對〈浣溪沙〉詞調的熟稔，以及他對〈浣溪沙〉的愛好。而事實上，《東坡樂府》中最多的詞調即是〈浣溪沙〉；而填寫〈浣溪沙〉最多的詞人，亦是蘇軾！

綜合來看，〈浣溪沙〉的和韻作品，主要分佈在第六、第七、第一、第二、第三，及第十一部，它與整體的用韻分佈大致相同。這說明了無論是一般詞人的偏好，或是全體詞人的共同意識，基本上他們所認定、常用的〈浣溪沙〉詞韻，正是這幾個韻部。換句話說，〈浣溪沙〉的聲情應是近乎這些韻部的。而關於此種聲情間的結合問題，筆者也已在上節分析，再配合本節從和韻方面的探究與了解，相信對〈浣溪沙〉的用韻情況，有撥雲見日之效。

【附註】

❶張孝祥「我是臨川舊史君」、「康樂亭前種此君」二詞，韻腳分別作「君、人、新、親、匀」、「君、人、新、新、匀」，除第四韻外，其他各韻皆同。李之儀「雨暗軒窗晝易昏」、「聲名自昔猶時鳥」兩詞，則除了次闋首句不入韻腳外，其他各韻皆同。劉辰翁「十日千機可復諧」、「暮暮相望夕甫諧」中，除了二韻前者作「才」，後者作「材」外，其餘各韻同作「諧」、「媒」、「回」、「來」。茲三組詞，雖然只有一韻不同，但以和韻韻腳全同的條件，僅列明於此而不入計。另外，還有許多〈浣溪沙〉於詞序中指為「和韻」、「次韻」，但卻找不到和韻原唱，這是

原唱已經亡佚的緣故，由於無從比較，亦不計入其中。

❷以上一百零八闋和韻詞，分別落在十五個主題上，其分佈情形為：歡樂二十五闋、寫景十一闋、歌頌壽詞十闋、詠人九闋、傷懷八闋、詠物七闋、閒適七闋、離別七闋、閨怨三闋、隱逸三闋、邊塞三闋、修行三闋、羈旅三闋、國恨一闋、其他八闋。

❸吳世昌說：「東坡〈浣溪沙〉五首，疊韻太多，成為文字遊戲。」見吳世昌著、吳令華輯注、施議對校：《詞林新話》（北京：北京出版社，二〇〇〇年十月），頁一五三。

第五章　浣溪沙之名家名作

詞體提供詞人一個情感抒發的園地，而在「詩莊詞媚」的傳統觀念下，往往左右著詞人書寫時的趨勢。尤其當一個詞調的情調幾乎被定型時，更會影響詞人擇調的判斷。然而，詞調聲情的認同，除了詞牌本身的音樂屬性外，也有可能是經由某些詞人帶動下的結果。這種帶動，應該包含數量與質量兩個層面。所謂數量者，意指某位塡詞名家特別偏好某一詞調，於是運用此調，創作出大量作品。所謂質量者，則是某詞調出現了著名的作品，引起其他詞人爭相仿效、相繼跟進的結果。久而久之，這些當初只是某些名家、名作的情思，卻反而成爲這個詞調的聲情主流。

現存一千一百四十八闋〈浣溪沙〉，分別是由二百三十五個詞人所寫（敦煌曲、無名氏，及存疑詞不計）。其中唐五代十五人，宋代一百七十八人，金元四十二人，平均每人不到五闋。然而，有一半的作品卻是掌握在二十五個人的手中。而這些人對〈浣溪沙〉的感受、運用的方式，定然會對本調造成深刻的影響。因此，無論在內容或是形式上，〈浣溪沙〉多多少少會受到這些常作詞人所牽制。

本文重點既是對〈浣溪沙〉名家名作的討論，在材料的選取與根據上，自然分成常塡詞人與著名作品兩個方面。前者，主要在統計出塡作〈浣溪沙〉的名家，它包含數量與選評兩個部份。在數量上，直接可從「附錄一」中得出結果，執行起來較為簡單；至於選評上，則與後者的名作選擷相同，因涉及選者的詞學觀點，較為複雜。為了求出較公正客觀的名作共識，筆者廣從二十七種詞選中著手統計。其中包括宋曾慥《樂府雅詞》（及拾遺）、宋黃昇《花庵詞選》（及續集）、宋趙聞禮《陽春白雪》、宋周密《絕妙好詞箋》、佚名《草堂詩餘》、明楊慎《詞林萬選》、明陳耀文《花草粹編》、清朱彝尊《詞綜》、清張惠言《詞選》、清董毅《續詞選》、清黃蘇《蓼園詞選》、清周濟《宋四家詞選》、清陳廷焯《詞則》、清沈辰垣、王奕清等《御選歷代詩餘》、清夏秉衡《歷朝名家詞選》等宋迄清的選集十五種；❶以及梁令嫻《藝蘅館詞選》、朱祖謀《宋詞三百首》、俞陛雲《唐五代兩宋詞選釋》、龍沐勛《唐宋名家詞選》、俞平伯《唐宋詞選釋》、胡雲翼《宋詞選》、唐圭璋《唐宋詞簡釋》與《全宋詞簡編》、鄭騫《詞選》與《續詞選》、盧元駿《詞選註》，及中國社會科學院文學研究所《唐宋詞選》等近代選集十二種。❷由於本文的研究範圍至金元為止，故凡詞選中的明清詞作，皆不在統計之列（見附錄二）。經由如此廣泛的搜羅與整理，相信所得出來的〈浣溪沙〉名作，是近乎公認的。

名家名作不僅對詞調的內在情蘊，起著一定的催化作用；它們也深深引導著詞調的傳播。意即當名家創作或名作出現時，往往會成為時人應和，或後人追和的對象；而在相互唱和中，詞調逐漸傳揚開來。因此，對名家名作的統計分析，也有利於了解〈浣溪沙〉成為宋人第一多調的原因。此外，藉著統計亦可看出，哪些人喜歡〈浣溪沙〉？什麼作品受到歡迎？進而得出〈浣溪沙〉的代表人物與代表作品。

第一節　選評標準暨名家特色

欲品評出〈浣溪沙〉之名家，必須注意到兩個問題。一是作品數量的多寡；二是作品本身的評價。前者關係著〈浣溪沙〉影響層面的大小，並左右著詞調本身的聲情，甚至於形式；後者則與作品的流傳度息息相關。

先就第一點來看，〈浣溪沙〉塡作最多的前二十五名詞人，分別是：蘇軾（四六）、馬鈺（四二）、韓淲（三七）、賀鑄（三一）、張孝祥（三〇）、毛滂（二七）、向子諲（二五）、辛棄疾（二四）、王惲（二三）、元好問（二二）、晏幾道（二一）、趙長卿（二一）、孫光憲（一九）、張元幹（一六）、晏殊（一三）、蔡伸（一三）、吳儆（一二）、劉辰翁（一二）、周邦彥（一一）、王之道（一一）、陳允平（一一）、張泌（一〇）、葛勝仲（一〇）、曾揆（一〇）、吳文英（一〇）。

再就第二點來看，筆者分析二十七種選集後發現，入選〈浣溪沙〉所佔比例最多的詞人，分別是歐陽脩（一〇〇％）、李清照（一〇〇％）、石孝友（一〇〇％）、晏幾道（九一％）、周邦彥（九一％）、賀鑄（九〇％）、陳克（八九％）、顧敻（八八％）、薛昭蘊（八八％）、晏殊（八五％）、舒亶（八〇％）、秦觀（八〇％）、范成大（七五％）、趙令時（六七％）、陳允平（六四％）、孫光憲（六三％）、韋莊（六〇％）、張泌（六〇％）、毛滂（五九％）、辛棄疾（五八％）、周密（五七％）、陳三聘（五七％）、韓淲（五四％）、蘇軾（五二％）、吳儆（五〇％）、朱敦儒

（五〇%）。

從這兩項統計中，我們再找出它們之間的共同區域。假使作品的數量既多，評價的數目比例亦是最高者，則此位詞人必定是〈浣溪沙〉的名家無疑。不過，作品數量最多者，所入選的比例不一定最高；入選比例最高者，其所佔數量不一定會是最多。若遇到兩者之間差距過大，將如何取捨呢？關於這點，筆者認為入選的數目應居於主要地位。因為作品的數量，雖然會影響聲情的傳播，但若得不到共鳴，其影響層面也是不廣的。可是話說回來，作品的數量也不應太過欠缺，至少得超過所有詞作的平均值。依此條件，可得出〈浣溪沙〉主要名家九位，包括蘇軾、韓淲、賀鑄、毛滂、辛棄疾、晏幾道、孫光憲、晏殊、周邦彥。次要名家九位，包括張孝祥、陳允平、張泌、歐陽脩、薛昭蘊、顧敻、范成大、李清照、石孝友（見表五）。

表五 〈浣溪沙〉常填詞人與入選作品比對表

類別	總數	入選數（名次）	比例	評比
蘇軾	46	24（2）	52%	○
馬鈺	42	0	0%	
韓淲	37	20（3）	54%	○
賀鑄	31	28（1）	90%	○

類別	總數	入選數（名次）	比例	評比
吳儆	12	6（13）	50%	
劉辰翁	12	2（17）	17%	
周邦彥	11	10（9）	91%	○
王之道	11	0	0%	

張孝祥	30	10（9）	33%	△
毛滂	27	16（5）	59%	○
向子湮	25	4（15）	16%	
辛棄疾	24	14（6）	58%	○
王惲	22	2（17）	9%	
元好問	21	2（17）	9%	
晏幾道	21	19（4）	91%	○
趙長卿	21	1（18）	5%	
孫光憲	19	12（7）	63%	○
張元幹	16	3（16）	19%	
晏殊	13	11（8）	85%	○
蔡伸	13	1（18）	8%	
陳允平	11	7（12）	64%	△
張泌	10	6（13）	60%	△
葛勝仲	10	0	0%	
曾揆	10	0	0%	
吳文英	10	2（17）	20%	
歐陽修	8	9（10）	100%	△
薛昭蘊	8	7（12）	88%	△
顧夐	8	7（12）	88%	△
范成大	8	6（13）	75%	△
李清照	7	7（12）	100%	△
石孝友	5	5（14）	100%	△

釐清名家作品對〈浣溪沙〉內容的影響，可從「共同性」與「獨特性」兩處著手。「共同性」意指時代風氣和名家作品間的關連。蓋時代風氣，會對詞人創作造成一種無形的指標作用，它會引導主題趨同於某一種精神，呈現出這個時期共通的價值取向。

如果我們把〈浣溪沙〉十八位名家，按時代順序排列；再將其前三名主題列出，便可以發現這些內容是呈帶狀分佈在變化（見表六）。簡單的說，唐五代之薛昭蘊、張泌、顧敻、孫光憲，以閨怨、相思爲主，其次則是情愛、詠人與歡樂。北宋前期的晏殊、歐陽脩、晏幾道，初承閨怨、相思之情，但感懷主題也漸露頭角。北宋後期之蘇軾、賀鑄、周邦彥、毛滂，歡樂與感時轉爲主軸。而南渡後的李清照、范成大、張孝祥、辛棄疾、石孝友，其歡樂風氣仍在，然詠物、寫景之作亦同時發展；而迄宋末之韓淲，則另起隱逸閒適之風。

表六〈浣溪沙〉名家主題分佈表

作者＼主題	隱逸	閒適	閨怨	愁思	相思	情愛	詠人	歡樂	離別	詠物	寫景	遊歷	傷懷
薛昭蘊					○				○				
張泌			○			○		○					
顧敻			○		○								
孫光憲			○				○	○					
晏殊			○		○								
歐陽脩							○	○					○
晏幾道			○		○			○					
蘇軾								○			○		○

賀鑄							○	○			○		
周邦彥			○				○			○		○	
毛滂			○					○					○
李清照									○	○			
范成大		○						○				○	
張孝祥								○	○		○		
辛棄疾		○						○			○		
石孝友		○				○		○			○		
韓淲		○						○					○
陳允平			○				○						

在第二章中，筆者分析出〈浣溪沙〉的主題演變，共有四個階段。一是敦煌曲子詞的隱逸閒適；二是唐五代文人詞的閨怨愛情；三是宋代以歡樂感懷與詠物爲多；四是金元全真教的修行煉丹。若我們將十八位名家回歸到他們的所屬時代，再以這四階段的主題特色（實際上只有二、三階段），比對上述所言的前三名主題分佈，便可發現它們之間竟是如此地彷彿。這種結果，代表著名家主題與〈浣溪沙〉整體主題間，是相互契合的，亦即它們彼此擁有著一定程度的「共同性」。而此種共同性，一方面意味著名家塡作〈浣溪沙〉時，受到時代氛圍的節制；而另一方面，未嘗不可視作是名家對時代息氣的帶動所致。

名家作品對〈浣溪沙〉內容的影響，除了時代的共同趨勢外，還有作者本身所散發出來的個人風格，一種「獨特性」。以下就將〈浣溪沙〉的前五名主要名家，分別予以選評討論，以見〈浣溪沙〉之個別風貌。

(一)浣溪沙第一詞人－蘇軾

〈浣溪沙〉的第一詞人，首推蘇軾。蘇軾（一〇三六－一一〇一），字子瞻，號東坡居士，宋眉州眉山（今四川省眉山縣）人。現存《東坡樂府》共計三百五十一詞七十六調，其中以〈浣溪沙〉所佔數量最多。蘇軾對〈浣溪沙〉的影響是多方面的，我們可從寫作對象、表現情感、敘寫題材，及形式特點四端來考察。

首先，就寫作對象而言。詞本興於歌舞酒筵之間，傳於雪兒之口；相對的，詞作內容自然不離歌妓聲色，這種情況一直延燒至北宋。蘇軾對詞的改革主要在題材的擴大，而於詞界開拓的同時，詞繪對象也從歌女轉入其他人物的身上。〈浣溪沙〉受蘇軾此一改革，寫作對象明顯地與唐五代的歌妓主角有別。例如：

> 輕汗微微透碧紈。明朝端午浴芳蘭。流香漲膩滿晴川。　綵線輕纏紅玉臂，小符斜挂綠雲鬟。佳人相見一千年。

曹銘在《東坡詞編年校注及其研究》中，將此詞置於〈殢人嬌〉後，認為此詞既符合端午時節，又「佳人相見一千年」句，實非朝雲莫能當。❸全詞以歌詠美人姿態貫穿：上半闋刻畫女子的動態美感，從輕汗欲透薄絹的肢體美，到出浴芳蘭的體態美，一位可人的佳麗呈現在吾人面前。「流香漲膩滿晴川」一句，上承「浴芳蘭」與該片之動；下開「晴川」之靜，並循此步入下半闋的靜態描繪。過片兩句以「綵線」、「小符」為陪襯物，一則烘托出臂、鬟之色彩，不致陷入枯燥；再則從被詠者的獨特裝飾中，亦有助於個性化的展現。結句「佳人相見一千年」，令人感受到作者與朝雲間的濃厚情感，其情緒強度自與一般詠頌歌女之作不同。

其次，在情感表現的取向上。〈浣溪沙〉在蘇軾以前，多寫閨怨惆悵等悲恨情思，少有歡樂氣氛；即使有，也多為青樓飲宴。東坡之作雖然亦有「通首婉惻」者；❹但從絕大多數的作品主題來看，它仍是以歡欣為主，開闢出一派愉悅氣象。以下面這闋詞為例：

> 山下蘭芽短浸溪。松間沙路淨無泥。蕭蕭暮雨子規啼。　誰道人生無再少，門前流水尚能西。休將白髮唱黃雞。

此詞序作：「遊蘄水清泉寺。寺臨蘭溪，溪水西流。」蓋東坡以相黃州沙田而得疾，聞麻橋龐安常善醫而聾，遂往求療。安常雖聾而聰穎絕人，東坡疾癒，乃同遊清泉寺。❺上片主在寫景，然「淨無泥」似乎於繪景之外，還寄寓著詞人品德的高潔；而子規鳥在「暮雨」中的啼叫，又像詞人於一再貶謫中的困頓。因此，「不如歸去」的呼喊，正是勸慰詞人歸隱的聲音哪！下片從低沉情調翻轉一層，由眼前景物悟出處世之道：流水尚能西流，人生隨處皆有轉機。詞人勸慰諸君，一定得保持樂觀進取的態度，千萬不要輕易地唱出白居易「黃雞催曉丑時鳴，白日催年酉前沒」的傷老詩句。❻東坡這種樂天的韻致，自詞作本身而言，令人於淺淺數語中「亦覺不凡」；❼而對〈浣溪沙〉來說，它實是由怨至樂的重要轉捩點。

以敘寫主題而論。蘇軾對〈浣溪沙〉內容的改革，主要在三個方面：一是新興的農村田園；二是日增的節令書寫；三是特殊的詠物歌頌。

蘇軾的農村風光，不僅對〈浣溪沙〉主題產生新的影響與變化；對整個詞史層面來說，軾實是最先將一系列農村題材引入詞中之人。在他之前，只有五代詞寫到一些漁父、浣女、蓮娃等形象。不過，「那裏的漁夫實在只是隱士的喬裝，而農村少女則是被當作民間美人來描繪的。」❽相較之下，蘇軾的農村詞不只讓我們看到了田舍風光與農村習俗，同時也使吾人領略到山村野夫的淳樸善良，以及那股真切動人的泥土氣息。這可由「徐門石潭謝雨，道中作五首」見出。茲舉前三闋爲例：

照日深紅暖見魚。連溪綠暗晚藏烏。黃童白叟聚睢盱。　麋鹿逢人雖未慣，猿猱聞鼓不須呼。歸家說與采桑姑。

旋抹紅妝看使君。三三五五棘籬門。相挨踏破蒨羅裙。　老幼扶攜收麥社，烏鳶翔舞賽神村。道逢醉叟臥黃昏。

麻葉層層檾葉光。誰家煮繭一村香。隔籬嬌語絡絲娘。　垂白杖藜抬醉眼，捋青擣麨軟飢腸。問言豆葉幾時黃。

元豐元年（一〇七八），蘇軾由密州調任徐州。次年大旱，農民迷信認為魚龍同種，便藉放生以博龍王憐憫降雨。恰時普降甘霖，旱象瞬解。四月末（一云三月），身為太守的蘇軾乃赴石潭謝雨，而此組詞即在書寫沿途之所見所聞。

首闋詞寫村民參加石潭聚會的欣喜。起句以景入筆，詞人以晝晚、動靜與紅綠等不同角度，對比出魚、烏的不同性格。其中，「見」字表現出潭水的清澈，它相對於無水時的混濁，點出初雨過後的訊息，予人煥然一新之感受。過片「麋鹿」與「猿猱」，表面上與前段狀寫魚、烏相彷，然從結句的「歸家」、「說」來看，這兩句分別形容「黃童白叟」望見太守時，那種緊張拘謹、天真爛漫的模樣。❾

第二闋詞寫村姑爭望太守，以及謝雨祈年之事。「旋」字代表著兩層意涵，一是顯示村女因勞動而養成的快速習慣，這與〈浣溪沙〉常見之步調緩慢、舉止含蓄的閨女，很不相同；二是它表現出「看使君」的心切，隨而引出次句擠身「棘籬門」、踩破「蒨羅裙」之事，生動刻畫出村女既好奇又靦腆的心情。下片寫村民們為感謝下雨，扶老攜幼地來到聚會的麥社場地。他們準備好酒食，用以酬謝神明，卻引來一大群覓食的烏鳶盤旋不去。此兩句以一上一下的結構，對比出人類與動物的共通性──為生計而忙碌，可謂相得益彰。結句「道逢醉叟臥黃昏」，既有「醉太平」的旁襯作用；亦有不貪天功的言外之因。❿與前兩句「賽神村」的樂飲，形成忙與閒、眾與寡、遠與近的對比。

第三闋詞敘述村道沿途所見。上遍從視覺、嗅覺與聽覺三方面下筆，令讀者在一片明亮歡樂的氛圍中，得知桑、麻的收成，隱約透露出災後的新氣象。下遍可說是詞人的走訪實錄：那垂著白髮、手持拐杖的老人，獨自一人在田中捋取未熟的麥穗，準備搗碎之後充飢。看到這幅情景，身為地方父母官的蘇軾，心中那份憐惜與難過，自是難以言喻，於是慇懃地問道：「豆葉幾時黃？」言外之意，等這些作物成熟，接著就是小麥豐收，您老人家的日子就好過了！充份體現出詞人對農民生計的真摯關懷。⓫

〈浣溪沙〉的節令詞並不多，其中以寫重陽者較明顯。據筆者統計，〈浣溪沙〉的重陽詞共十闋，其中蘇軾就佔了四闋，它們分別是：「珠檜絲杉冷欲霜」、「霜鬢真堪插拒霜」、「白雪清詞出坐間」、「縹緲危樓紫翠間」。以首闋為例：

珠檜絲杉冷欲霜。山城歌舞助淒涼。且餐山色飲湖光。　共挽朱轓留半日，強揉青蕊作重陽。不知明日為誰黃。

本詞為重陽送友人顏梁之作。⑫上片寫別筵的盛大場景，首句以「珠檜絲杉」的服飾描繪起筆，除了有助於「山城歌舞」的引發外，還暗寓著對友人品性的讚美；與末句「且餐山色飲湖光」於飲樂之餘，隱約見出枕流漱石的稱頌，實有異曲同工之妙。下片寫別離愁緒，「共挽朱輪」道出雙方的離情依依；「強揉青蕊」見出詞人的無奈與不捨。在此種氛圍中，詞人進而落入一種迷惘（不知）的沉思，一種難以自拔的「淒涼」。

筆者曾在第二章中指出，宋代因理學的興盛，重在培養高尚的道德情操，於是在「以花比德」的思想體系下，詠物詞多以歌詠花卉為主。然而，蘇軾〈浣溪沙〉的詠物，卻一反詠花的傳統，改以「橘」作為歌詠對象：

> 菊暗荷枯一夜霜。新苞綠葉照林光。竹籬茅舍出青黃。香霧噀人驚半破，清泉流齒怯初嘗。吳姬三日手猶香。

上片從正面勾勒橘之生長：秋盡冬至，橘子在綠葉之中，閃耀出鮮亮的光彩。在歷經一夜風霜後，橘果已變黃成熟，隱隱約約地爬出竹籬茅舍之外。「竹籬」句標示著人物活動於其中，以旁襯的手法，增添橘果的生機。下片藉女子嘗橘寫其情狀：剝開橘皮，噴濺出霧般的香氣；那清泉似的橘汁流淌於口齒，味道多麼的甘美。「驚」、「怯」二字的誇張用法，既達到歌詠香霧嘆人與橘汁冷涼酸味的目的，又活畫出女子嘗橘之嬌態，有一舉兩得的雙面效果。末句「吳姬」承前兩句描寫而來，並實際點出新橘的產地。⓭蘇軾另有「幾共查梨到雪霜」一詞，亦是詠橘之作。其「雪霜」、「生光」、「雌黃」、「新嘗」、「齒牙香」的描寫，雖與本詞手法類似，然因缺乏此種與人物結合的技巧，終究少了一份高雅與驚喜。

以橘作爲歌頌物，或是真有其物；但從更深一層來說，它所包蘊的實爲詞人的寄託。詠橘之作首見於屈原《九章．橘頌》。該頌以橘之「受命不遷」、「深固難徙」，自比志節專一不可移易；以橘之「綠葉素榮，紛其可喜」、「青黃雜糅，文章爛兮」暗寓自己緻達於道德、燦然有文采也。因此，頌橘的目的，在「美橘之有是德」。而「尤好栽橘」⓮的蘇軾，或許也相中了橘果的這些特質，因而寓聲於〈浣溪沙〉，寄意「蘇世獨立，橫而不流兮」的意涵也。

最後，我們再來看蘇詞〈浣溪沙〉之形式特點。蘇軾對〈浣溪沙〉形式方面的影響，主要有場景變換、季節轉化、用韻與隱括四方面。

所謂場景變換，指的是詞中背景銀幕的擇取。蘇軾在開拓〈浣溪沙〉主題範圍的同時，除了將角色對象擴大外；在背景場地的挑選上，亦呈現出一種由內向外的視野開展。據筆者統計，蘇軾四十六闋〈浣溪沙〉中，扣去場景不明的十一闋，有二十四闋的背景都是在戶外。它們不外乎是山陌江渚、道上村社，或是溪湖古臺。場景變化的背後，事實上也是主題演變的開始，它標幟著〈浣溪沙〉踏出閨閣庭園，迎向更寬廣、更多元的流衍過程。

其次，在季節的轉化上。蘇軾以前的〈浣溪沙〉多寫閨中情感，於是做爲陪襯的季節，便多半以引發愁思的春、秋兩季爲主。蘇軾可說是第一位大量採用冬景的作家，前人如張泌、晏殊雖有冬日之景，但卻不似他那麼地多。例如：「十二月二日，雨後微雪」五詞，即充滿了雪天暢飲的自適與快樂。在東坡的引導下，我們來到了一片冰天雪地裡，從中領略另一番情韻。

第三，在用韻特點上。蘇軾對〈浣溪沙〉用韻的影響，主要是和韻方面。筆者於前章分析〈浣溪沙〉和韻時，曾敘及蘇軾於兩天之內，以同一主題、相同韻腳寫出五闋。⓯這不僅顯現了他對〈浣溪沙〉格律的熟悉與掌握；亦可見出他對〈浣溪沙〉的喜愛。再就用韻分佈而論，東坡〈浣溪沙〉詞的前五名韻部，分別是第七部九闋、第四部八闋、第二部七闋、第六部六闋，及第三、第十二部各四闋。將這些韻部放在〈浣溪沙〉整體用韻的洪流中去觀測，可以發現第四部是出乎大局之外的。這意味著魚虞模的「舒徐纏綿」，應是蘇軾〈浣溪沙〉詞所給人的重要聲情印象。

至於檃括一項，主要指的是〈漁父〉詞。筆者在第二章中，曾指出東坡以〈漁父〉曲度不傳，乃加數語以〈浣溪沙〉歌之。其檃括〈漁父〉的作法，對宋〈浣溪沙〉隱逸主題的開展，實有貢獻。

大抵來說，柳永、秦觀、周邦彥等精於音律的詞人，都不太喜歡重複使用同一詞調，原因是他們對音樂有著極度的重視，故樂於嘗試各種不同的調子。而蘇軾卻是以詩爲詞，他傾向的角度是文學，而〈浣溪沙〉之所以成爲蘇軾的首位詞調，也是因爲這個緣故。⓰

(二)明亮情境的營造—韓淲

韓淲(一一五九—一二二四),字仲止,號澗泉,宋信州上饒(今屬江西省)人。他一生淡泊功名,從仕不久即告歸隱,故詞作給人一種清晰明暢的感覺。現存韓淲詞一百九十七闋五十三調,當中以〈浣溪沙〉所佔最多。所寫的內容,以歡樂、感時、寫景、閒適爲主。如下列兩闋:

> 春入疏絃調外聲。雪雲初霽帶湖清。屏溫香軟綺窗深。　山倚虛窗情淡淡,水流清淺韻泠泠。斷魂醒處夢難憑。
>
> 屋上青山列晚雲。水邊紅袂映斜曛。柳陰荷氣簟湘紋。　酒以歌長誰樂事,詩成杯灩我離羣。香消涼意有南薰。

韓淲〈浣溪沙〉多歡樂情感,相對地它所展開的便是一襲感光明亮。如上闋的「雪雲初霽帶湖清」一句,其亮度十分光鮮。蓋雪、雲的顏色本爲白晰,加以初晴(霽)的照耀,它所折射出來的亮度自然加倍。而此一皓然,配合「湖清」、「清淺」的明度,表現出內心的凄涼,終究造成「夢難憑」的哀怨矣。與其相比,下闋呈現出另一種紅色明度:以「紅袂」與「水」交映,令紅色在透明的水紋搖曳下,閃爍成一層層的朱紅。它所營造的是熱情似火的烈紅情感,是在「酒以歌長」中所散發出的歡樂情境。

再者，韓詞的明亮，亦可由一些寫景句中見出。例如：「門前楊柳媚晴曛」、「宿雨乍晴千澗落」(只恐山靈俗駕回)、「燒燈天氣醉爲期」(荆楚誰言鏡聽詞)、「夕陽回照斷霞飛」(憶把蘭橈繫柳隄)、「林疏人靜月明時」(一曲青山映小池)、「曉梧吹雨露明荷」(作意如何和好歌)、「湖陰十里寫晴光」(愛日回春一線長)等，皆能依從不同的場景，建構出一幅幅明亮的畫面。

韓淲〈浣溪沙〉的第二特色在使用山水景物來襯託樂情。如上引第二闋詞中的首兩句，於短短的十四字中，容納了「屋」、「山」、「雲」、「水」、「袂」、「曛」等物象。而從兩句皆寫景，次句兼抒情的結構，可清楚見出它的層次脈絡。又如「一曲青山映小池。林疏人靜月明時」、「北山煙岫鬱嵯峨」(作意如何和好歌)、「孤城歲晚臥滄江」(愛日回春一線長)等，皆是與此同一性質的作品。

韓淲致仕甚早，其個性淡泊名利，於是〈浣溪沙〉中處處皆是「閒」字當道。如「肯教『閒』去少詩歌」(風軟湖光遠蕩磨)、「『閒』裏常愁無伴侶」(梅葉陰陰占晚春)、「酒不爲渠『閒』放蕩」(買得船兒去下湖)、「『閒』裏相看兩鬢秋」、「『閒』居那復問旌旃」(老覺空生易得年)、「寒食清明『閒』節序」(百花叢裏試新妝)、「倩誰『閒』寄水雲鄉」(彩筆新題字字香)，運用得十分廣泛。

在用韻方面，韓淲〈浣溪沙〉的前幾名韻部，分別是第三部六闋、第二部五闋、第七部四闋、第三部與第五部越界四闋、第十二部三闋，及第六、第八、第九部各二闋。其中與〈浣溪沙〉整體韻目分佈有出入，較能看出他的用韻特色處，主要在跨部韻的運用。這些越界用韻，除了上述的三、五部合用較多外，常見的還有第十一、十三部合韻及第六、十三部合韻兩種，顯示韓氏用韻受個人方音的影響極多。

（三）嚴謹的技巧運用─賀鑄

賀鑄（一〇五二─一一二五），字方回，宋衛州共城（今河南省輝縣）人。現存賀鑄詞計二百八十一闋九十五調，其中以〈浣溪沙〉所佔最多。賀氏的作品內容以歌詠美人之作最多，如：

> 節物侵尋迫暮遲。可勝搖落長年悲。回首五湖乘興地，負心期。驚雁失行風翦翦，冷雲成陣雪垂垂。不拚尊前泥樣醉，箇能癡。

本詞題作「負心期」，屬歌詠美人之作。他所歌詠的女子，據其好友李之儀所言，指的應是「吳女」。「吳女」即吳郡的歌妓，他們之間的戀情，約在建中靖國元年（一一〇一）或稍前。賀氏因未及贖娶吳女而吳女不幸早逝，故心中大爲悵惘。⑰這就是詞中所謂的「長年悲」、「雁失行」，也是令詞人激動到「泥樣醉」的原因也。

上片由季節變換，引發詞人心中的悲怨。並用范蠡典故，將自己與吳女的愛情，等同於范蠡與西施。然而相較范蠡、西施同泛五湖的美滿結局，自己與吳女天人永隔是多麼地使人心痛啊！所以，詞人不由地發抒「負心期」的悲嘆。下片結構與上片相等，亦是從寫景寄託而來。其中，「雁失行」呼應了上片末句「負心期」；而「風翦翦」、「冷雲」、「雪垂垂」既同於上片一、二句般的「引發」；又是一種內心哀怨的「示現」。無怪乎詞人只得泥醉尊前，大嘆自己過於癡情了。

賀鑄雖出身貴族，但因使酒尚俠，個性耿直，故終不得美官，而悒悒不得志。他長期在「出」與「處」間徘徊，一直到大觀三年（一一〇九），年五十八歲，才真正致仕隱居吳下。故賀鑄〈浣溪沙〉中，時常表現隱逸閒適的情感：

不信芳春厭老人。老人幾度送餘春。惜春行樂莫辭頻。　巧笑豔歌皆我意，惱花顛酒拚君瞋。物情惟有醉中真。

本詞題作「醉中真」。其意涵出自陶淵明〈飲酒二十首〉之五：「此中有真意，欲辨已忘言」。之後李白〈擬古十二首〉之三，將其點化成「仙人殊恍惚，未若醉中真」；蘇軾〈和陶飲酒二十首〉之十二則作「惟有醉時真，空洞了無疑。」由此可見賀鑄所追求的實爲陶淵明、李白、蘇軾那種悠閒自得的境界。⓲詞中一再自言「老人」，道出詞人晚年歸隱的實情；而從「皆我意」、「醉中真」中，可以感受到詞人致仕後那種頓時解脫的快活。

賀鑄〈浣溪沙〉的最大特點，在於寫作技巧的嚴謹與變化。這可由虛字、起句、結句與融句四方面看出：

首先，賀詞善用虛字，能令靜默的景物，呈現出動態美感：

> 秋水斜陽演漾金。遠山隱隱隔平林。幾家村落幾聲砧。　記得西樓凝醉眼，昔年風物似如今。只無人與共登臨。
>
> 樓角初銷一縷霞。淡黃楊柳暗棲鴉。玉人和月摘梅花。　笑撚粉香歸洞戶，更垂簾幕護窗紗。東風寒似夜來些。

上闋詞呈現出一種前景後情的結構。前段分別由視覺與聽覺著眼，既攝照出「秋水斜陽」、「遠山」、「平林」；又傳遞出一聲聲發人思鄉的落砧聲。後段則以心覺與視覺抒寫過往的回想，昔日的景物（虛）和如今的景色（實）交相重疊，構成同中有異之境。因而牽引出人事全非、恍如隔世之感。陳廷焯《白雨齋詞話》說：「〈浣溪沙〉云：『記得西樓凝醉眼，昔年風物似而今。只無人與共登臨。』只用數虛字盤旋唱歎，而情事畢現，神乎技矣。」[19]單就此段來看，「得」、「凝」、「昔」、「似」的貫串連絡，令詞人打破時空的界線，回到過去伊人的眼眸之中，予人無限的悵惘。

下闋詞自樓頭的一個小角落寫起。「初」字的運用，代表著一種連續放映的動畫。在這幅畫中，我們看到了美好的「玉人」、「月」、「梅」，也遇見了「暗」、「鴉」等較負面的事物與特質。令人在清新美好之餘，蒙上一層淡淡的幽微心緒。下遍書寫人物活動，末句「東風寒似夜來些」一則與該片「歸洞戶」、「垂簾幕」相呼應；再則與上片的霞消、月上合觀，亦見完整的時間進程。全詞以「初」、「些」二字最爲特殊，正是「造微入妙」處也。[20]

第二，賀詞常以繪景起句。據筆者統計賀氏〈浣溪沙〉詞，共有十三闋屬景起之作，分別是：「節物侵尋迫暮遲」、「雙鶴橫橋阿那邊」、「湖上秋深藕葉黃」、「金斗城南載酒頻」、「落日逢迎朱雀街」、「興慶宮池整月開」、「秋水斜陽演漾金」、「鼓動城頭啼暮鴉」、「煙柳春梢蘸暈黃」、「清淺陂塘藕葉乾」、「樓角初銷一縷霞」、「翠縠參差拂水風」。蓋景起者，乃由景入情、以景襯情。因此，它雖然不及情語，但耳目所聞之景，實深受方寸所感之情影響。[21]

第三，善用結句。陳廷焯《白雨齋詞話》曾提及賀鑄的善於結句：

> 賀老小詞，工於結句。往往有通首渲染，至結處一筆叫醒，遂使全篇實處皆虛，最屬勝境。如〈浣溪沙〉云：「夢想西池輦路邊……」又前調云：「閒把琵琶舊譜尋……」妙處全在結句，開後人無數章法。[22]

蓋結句之筆，往往有如畫龍點睛，左右著全詞的意境。就〈浣溪沙〉本身而言，其上下片各三句的結構，猶如三個支撐點，架起整個格律。而末句更是支應全詞的重要關鍵，主宰著全篇的收束。㉓茲舉下列兩詞為例：

夢想西池輦路邊。玉鞍驕馬小輜軿。春風十里鬬嬋娟。　臨水登山漂泊地，落花中酒寂寥天。箇般情味已三年。

閒把琵琶舊譜尋。四絃聲怨卻沈吟。燕飛人靜畫堂深。　攲枕有時成雨夢，隔簾無處說春心。一從燈夜到如今。

無論是「箇般情味已三年」，或是「一從燈夜到如今」，它所包蘊的情懷，皆為一種餘韻深遠的意境。如果我們將此二結句，放入時間帶上觀察，可以發現這兩句的時間長短雖然不同，但由「已」、「到」二詞看來，它們的時間河流同是延續不斷的。正是這種綿綿不絕的時間擴張，產生出無限的餘韻，進而予人玩味無窮的感受。

第四，善用融句。據鍾振振統計，賀詞一字不改地嵌用前人成句者，多達二十八家五十七句；而將前人字句增損變化者，更多到九十餘家二百數十句。其分佈層面則有一百四十餘首，超過了其詞總數的二分之一。㉔賀鑄的〈浣溪沙〉中，亦有許多融化前人詩句的作品。例如：「酣歌一曲太平人」乃用唐宋之問〈寒食還陸渾別業〉詩：「願隨明月入君懷」用南朝宋鮑照〈代淮南王〉「願逐明月入君懷」句；「三扇屏風匝象床」用王琚〈美女篇〉「屈曲屏風繞象床」句；「五度花開三處見」用李頻〈春日旅舍〉中的「五度花開五處看」;「雙鳳簫聲隔彩霞」用郎士元〈聽鄰家吹笙〉中的「鳳吹聲如隔彩霞」;而「雨荷風蓼夕陽天」則用薛能〈折楊柳〉「水蒲風絮夕陽天」。

賀鑄對〈浣溪沙〉的影響,還在另列樂府新名上。他稱「七七七」雙調體爲〈減字浣溪沙〉,並於其下標示〈醉中真〉、〈頻載酒〉、〈掩蕭齋〉、〈楊柳陌〉、〈換追風〉、〈最多宜〉,及〈錦纏頭〉七個題名。賀氏的題名,實際上是一種以樂府詩爲詞的現象。它的作用與蘇軾在調名之下另加題目相似,都是舊有調名已和內容不符的一種變通方法。只不過賀鑄以新名爲主,調名爲輔,而蘇軾則剛好相反。㉕

此外,賀鑄的用韻前幾名分別是第二、第七部各五闋、第十三、第三部各四闋,和第五部二闋。從十三部侵韻的提昇,似乎可將「沈靜」歸爲賀鑄〈浣溪沙〉詞的特點;而由其多用同一韻目、幾近於詩韻的用法,亦可見出他用韻的與眾不同。

(四)壯闊與清新合一——毛滂

毛滂(一〇五五?—一一二〇?),字澤民,宋衢州江山(今屬浙江省)人。現存詞作共二百零一闋五十四調,其中以〈浣溪沙〉所佔數目最多。毛滂一生的仕途極不得志,官場的齷齪險惡、簿書的獄訟繁雜,以及爲謀官職奔走東西、流困京師的遭遇,使他對官職產生強烈的厭倦和逃避。此外，那曾經有過的「與鳴榔持竿者，日相尋於蘆陰水曲」（《上太尉書》卷七）和「七年荷鍤灌園」（《擬秋興賦》卷二）之生活經歷，無疑地也加劇了他對田園隱逸生活的眷戀之情。然而，艱難的生活處境卻令他一次次周旋於仕途之中，始終未能真正歸隱。因此，「隱逸是他據以打發落拓時光，消解人生煩惱，尋求精神慰藉的重要手段，也是其文學作品樂於表現的重要內容。」[26]例如：

> 本是青門學灌園。生涯渾在亂山前。一犁春雨種瓜田。　別後倩雲遮鶴帳，來時和月寄漁船。旁人莫做長官看。

本詞寫的是詞人寄情山水的自適之情。「青門」，漢長安城東南的霸城門。《史記．蕭相國世家》云：「召平者，故秦陵侯。秦破，爲布衣，貧，種瓜於長安城東，瓜美，故世俗謂之『東陵瓜』，從召平以爲名也。」後以此歌詠歸隱田園。「一犁春雨種瓜田」應是「春雨一犁種瓜田」的倒裝句。將「一犁」提在前頭，充份顯現出他的歸隱期盼。下片寫隱後的閒適生活，以「雲」、「鶴」、「月」、「漁船」，營造出清幽環境。「莫做長官看」的背後，除了傳達出詞人平易近人的性格外，更重要的是寓有詞人欲做平民老百姓的心聲。

毛滂〈浣溪沙〉詞除了表現悠遊閒適的情懷外；另有一些作品散發出豪放不羈的氣概：

日照門前千萬峯。晴飆先掃凍雲空。誰作素濤翻玉手，小圍龍。　定國精明過少壯，次公煩碎本雍容。聽訟陰中苔自綠，舞衣紅。

雨色流香繞坐中。映堦疏竹一叢叢。不奈晚來蕭瑟意，子猷風。　瀲灩滿傾金盞落，淋漓從溼繡芙蓉。吸盡百川天上去，看長虹。

上引二詞，除了均爲席間應酬外；[27]它們所表現出來的共同特色，又在於同屬壯闊與清新合一之作。唯一不同的是，首闋詞先寫壯闊後述清新：起句以「照」、「掃」兩字，開展出群山壯闊奔騰之姿、凍雲席捲滌蕩之勢，令人眼睛爲之一亮。其後則以「翻玉手」、「雍容」、「舞衣紅」帶出清麗新爽之味，給人輕柔淡雅的感受。次闋詞則是先寫清新後述壯闊：上片疏麗清新，圍繞著「竹」描寫，寫竹香（首句）、竹聚（次句）、竹態與竹清（末）。下片寫醉飲狂態，結句「吸盡百川天上去」的延展畫面，則有崇偉的氣勢。此外，毛滂詞中另有「花間千騎」（碧霧朦朧鬱寶熏）、「麒麟爲脯」（蠟燭花中月滿窗）等句，亦傲氣十分。

毛滂〈浣溪沙〉的另一特色，在於以夜景烘托詠梅的手法，例如：「月樣嬋娟雪樣清」一詞，於歌詠梅花冰清玉潔之餘，配合月光明亮的景色，使梅花的姿態更顯婀娜。又如「曾向瑤臺月下逢」、「蠟燭花中月滿窗」兩闋皆屬賞梅夜飲，充份表現出梅花之馨香與瀟灑。

毛滂以夜景詠梅，顯示詞人在飽經風霜後，領悟出來的豁達心得。他這種放達灑脫的情懷，真「清超絕俗，詞中故自難」也。㉘影響所及，當其客觀詠物時，便掃去了繁花似錦的鋪排，偏重於清風明月般的清新景致，令詞境空曠淡泊而有氣韻，正所謂「情韻特勝」也。㉙

毛滂〈浣溪沙〉的形式特點主要在煉字上。常煉字詞有「漲」、「拖」、「彫」、「鬧」、「爬」、「轉」、「迎」。例如：「芳草池塘新漲綠，官橋楊柳半拖青」（魏紫姚黃欲占春）、「樓前風轉柳花毬」（謝女清吟壓郢樓）、「不信臘寒彫鬢影」（日照遮檐繡鳳凰）、「水南梅鬧雪千堆」（水北煙寒雪似梅）、「醉爬短髮枕書眠」（記得山翁往少年）、「載將山影轉灣沙」（煙柳風蒲冉冉斜）、「急翦垂楊迎秀色」（日轉堂陰一線添），均十分有特色。

至於在用韻方面，毛滂詞的前幾名韻部爲：第六部與第十一部越界五闋、第一部五闋、第二部四闋、第七部與第十四部越界三闋。㉛從六與十一、七與十四之越部出界，可見他的用韻亦受個人方音影響頗多。

（五）農村隱逸的展現－辛棄疾

辛棄疾（一一四〇—一二〇七），字幼安，別號稼軒居士，宋濟南歷城（今屬山東省濟南市）人。就數量而言，〈浣溪沙〉在稼軒詞中僅居第七，它並非用調最多者。㉚不過，從質量來說，它所表現的各項特點，卻足以對〈浣溪沙〉造成影響。先舉兩詞爲例：

父老爭言雨水勻。眉頭不似去年顰。殷勤謝卻甑中塵。　啼鳥有時能勸客，小桃無賴已撩人。梨花也作白頭新。

總把平生入醉鄉。大都三萬六千場。今古悠悠多少事，莫思量。　微有寒些春雨好，更無尋處野花香。年去年來還又笑，燕飛忙。

辛棄疾是繼蘇軾後，以〈浣溪沙〉書寫農村詞的重要作家。

在第一闋中，詞人以農民共同關懷的「雨水」議題著筆。「爭言」的背後，意味著詞人與農夫們憂樂與共的情感。詞人心中既喜，眉頭自然便不似去年那般深皺矣。下片轉而描寫春日景色，表面上這與前段所述似乎風馬牛不相及；然而尋思：若非「雨水勻」令眉顰頓解，詞人又怎能感覺到鳥啼勸客、小桃撩人，及梨花新啓的美麗呢？故此片所反映出來的，實是詞人的心中喜景。

第二闋詞是作者二度歸隱瓢泉時所作。詞人此時已入暮年，不僅宏圖未成，且連番遭遇誣陷，情志由悲憤轉成悲惋，再轉爲狂放。因此，他常在無可奈何之際借酒澆愁，於酒境之中得到新的體悟，發抒及時行樂之感。上片即是這種寄情於酒中，忘卻時間，忘卻不得志的哀痛表現。「莫思量」的背後，事實上是常思量下的無奈與被動。下片寫景，於景中寓：春日美好，而自己只能入醉鄉的無奈，說明現實與心相違。末句「燕飛忙」，除了呼應「微有」兩句外，又有

「燕尙有事可做，我卻無事可爲」之無奈心境。

至於在形式上，辛棄疾〈浣溪沙〉詞共有三項特點：

一是愛用俗語。如「老頭皮」（記得瓢泉快活時）、「赤腳」、「㷭臍開」（句裡明珠字字排）等通俗字眼。

二是喜用人名入詞。如「百世孤芳肯自媒」、「細聽春山杜宇啼」、「草木於人也作疏」三詞的下片，分別嵌入了「淵明」、「和靖」、「鄭子真」、「陶元亮」、「孤竹君」、「赤松子」等人名。

三在用韻方面。辛棄疾〈浣溪沙〉詞的前幾名韻部，分別是第三部與第五部越界六闋、第三部四闋、第六部四闋。三、五兩部的合韻，顯示辛詞用韻深受個人方音影響。尤其是將元寒韻之「瘢」、「言」、「軒」，與真諄韻「顰」、「村」同叶，非鄉音不致如此也。

【附註】

❶〔宋〕曾慥：《樂府雅詞》及拾遺（臺北：臺灣商務印書館，一九八六年三月影印《文淵閣四庫全書》本），冊一四八九。〔宋〕黃昇：《花庵詞選》及續集（臺北：臺灣商務印書館，一九八六年三月影印《文淵閣四庫全書》本），冊一四八九。〔宋〕趙聞禮：《陽春白雪》（北京：中華書局，一九八五年《叢書集成初編》影印《粵雅堂叢書》本）。〔宋〕周密編、〔清〕查為

仁、厲鶚箋：《絕妙好詞箋》（臺北：臺灣商務印書館，一九八六年三月影印《文淵閣四庫全書》本），冊一四九〇。〔宋〕佚名：《草堂詩餘》（臺北：臺灣商務印書館，一九八六年三月影印《文淵閣四庫全書》本），冊一四八九冊。〔明〕楊慎：《詞林萬選》（臺北：莊嚴文化事業公司，一九九七年六月《四庫全書存目叢書》據清乾隆十七年曲溪洪振珂重印明末毛氏汲古閣刻詞苑英華本），冊四二二。〔明〕陳耀文：《花草粹編》（臺北：臺灣商務印書館，一九八六年三月影印《文淵閣四庫全書》本），一四九〇冊。〔清〕朱彝尊：《詞綜》（臺北：臺灣商務印書館，一九八六年三月影印《文淵閣四庫全書》本），冊一九九三。〔清〕張惠言：《詞選》及董毅：《續詞選》（北京：中華書局，一九八五年《叢書集成初編》據錢塘徐氏校本校刊《四部備要》），冊五九一。〔清〕黃蘇：《蓼園詞選》，《清人選評詞集三種》（山東：齊魯書社，一九八八年九月）。〔清〕周濟輯：《宋四家詞選》（北京：中華書局，一九八五年《叢書集成初編》影印《滂喜齋叢書》本）。〔清〕陳廷焯：《詞則》（上海：上海古籍出版社，一九八四年五月）。〔清〕沈辰垣、王奕清等奉敕編：《御選歷代詩餘》（臺北：臺灣商務印書館，一九八六年三月影印《文淵閣四庫全書》本），冊一九九一—一九九三。〔清〕夏秉衡：《歷朝名家詞選》（臺北：廣文書局，一九七二年九月據掃葉山房石印）。

❷梁令嫻：《藝蘅館詞選》（臺北：臺灣中華書局，一九七〇年十月）。朱祖謀著、唐圭璋箋注：《宋詞三百首箋注》（臺北：臺灣學生書局，一九七六年九月）。俞陛雲：《唐五代兩宋詞選釋》（上海：上海古籍出版社，一九八五年九月）。龍沐勛：《唐宋名家詞選》（臺北：臺灣開明書

店，一九七五年四月）。俞平伯：《唐宋詞選釋》，《俞平伯全集》（石家莊：花山文藝出版社，一九九七年十一月）。胡雲翼：《宋詞選》（上海：上海古籍出版社，一九八二年十月）。唐圭璋：《全宋詞簡編》（上海：上海古籍出版社，一九八六年十一月）。唐圭璋：《唐宋詞簡釋》（上海：上海古籍出版社，一九八一年七月）。鄭騫：《詞選》（臺北：中國文化大學出版部，一九八二年四月）。鄭騫：《續詞選》（臺北：中國文化大學出版部，一九八二年五月）。盧元駿：《詞選註》（臺北：正中書局，一九八八年十月）。中國社會科學院文學研究所編：《唐宋詞選》（北京：人民文學出版社，一九八一年一月）。

❸曹銘校曰：「惟本集〈殢人嬌〉贈朝雲『白髮蒼顏』一首下片末云：『明朝端承，待學紉蘭為佩，尋一首好詩，要書裙帶』。細玩此詞，似即東坡當年所尋得之一首好詩。何也？因此詞末句『佳人相見一千年』，非朝雲莫克當之，且正應端午故事。」見《東坡詞編年校注及其研究》（臺北：華正書局，一九八〇年九月），頁一四二。

❹（清）黃氏《蓼園詞評》評「風壓輕雲貼水飛」云：「按此其在被謫時乎。首尾自喻。『燕爭泥』，喻別人得意，『沈郎』，自比。『未聞鴻鴈』，無佳信息也。『鷓鴣啼』，聲淒切也。通首婉惻。」見唐圭璋：《詞話叢編》（臺北：新文豐出版公司，一九八八年二月），冊四，頁三〇二七。

❺（清）馮金伯《詞苑萃編》卷十一引《苕溪漁隱詞話》東坡云：「黃州東南三十里為沙湖，余將置田其間，因往相田得疾。聞麻橋龐安常善醫而聾，遂往求療。安常雖聾而穎悟絕人，以

指畫字不盡數字，輒深了人意。余戲之曰：『余以手為口，君以眼為耳。』皆一時異人也。疾愈，與之同遊清泉寺。寺蘄水郭門外二里許，有王逸少洗筆泉，水極甘，下臨蘭溪，溪水西流。余作歌云：『山下蘭芽短浸溪。松間沙路淨無泥。蕭蕭暮雨子規啼。誰道人無能再少，君看流水尚能西。休將白髮唱黃雞。』是日極飲而歸。」見唐圭璋：《詞話叢編》，冊三，頁二〇一三。

❻〔清〕許昂霄《詞綜偶評》云：「『休將白髮唱黃雞』。香山詩：『聽唱黃雞與白日』。」見唐圭璋：《詞話叢編》，冊二，頁一五五二。白居易〈醉歌．示伎人商玲瓏〉詩：「罷胡琴，掩秦瑟，玲瓏再拜歌初畢。誰道使君不解歌，聽唱黃雞與白日，黃雞催曉丑時鳴，白日催年酉前沒。腰間紅綬繫未穩，鏡裏朱顏看已失。玲瓏玲瓏奈老何，使君歌了汝更歌。」見〔清〕聖祖御定：《全唐詩》（臺北：文史哲出版社，一九七八年十二月），卷四三五，冊一三，頁四八二三。

❼〔清〕先著、程洪撰；胡念貽輯《詞潔輯評》卷一，評「山下蘭芽短浸溪」云：「坡公韻高，故淺淺語亦覺不凡。」見唐圭璋：《詞話叢編》，冊二，頁一三四四。

❽見李正輝、李華豐：《中國古代詞史》（臺北：志一出版社，一九九五年十二月），頁一三三—一三四。

❾吳小如〈說蘇軾浣溪沙五首〉云：「『麋鹿逢人雖未慣』，正是形容憨厚樸實的農村裡的老年人在見到官老爺時緊張而拘謹的神態。這句蓋緊承上片末句中的『白叟』而言。而下一句『猿猱聞鼓不須呼』，則緊承上文的『黃童』而言，孩子們不像他們的長輩那樣對封建官僚存有戒

懼之心，而是一片天真爛漫，一聽說有大官來到，便跳跳蹦蹦擠來看熱鬧。」見《詩詞札叢》（北京：北京出版社，一九八八年九月），頁二三九。

⑩傳經順說：「這『道逢醉叟臥黃昏』，乍看與迎神賽會關係不大，實為村民心境的旁襯，是『醉太平』的寫意之筆。」見〈蘇軾寫在徐州的一組浣溪沙〉，《文史知識》一九八二年二期，頁三二。吳小如則說：「蘇詞所寫醉叟形象，言外正謂久旱得雨也好，災後豐年也好，皆吾民自己勤勞努力所致，你做太守的何用貪天之功？所以他才遠避人群，陶然獨醉。在一片歌功頌德聲中唯獨此叟給了身為『使君』的蘇大老爺一副清涼劑。」同前註，頁二四一。

⑪傳經順說：「『豆』，指比小麥早熟十幾天的蠶豆、豌豆之屬。」故此句「言下之意，等這些作物成熟，接著就是小麥豐收，您老人家的日子就好過了！」見〈蘇軾寫在徐州的一組浣溪沙〉，頁三二。

⑫朱祖謀注曰：「案《紀年錄》：『戊午，送顏梁，作〈浣溪沙〉。』集中無是題，疑即是詞。」又云：「顏梁謂顏復，梁吉。」見〔宋〕蘇軾撰、朱祖謀注、龍沐勛箋疏：《東坡樂府箋講疏》（臺北：廣文書局，一九七二年九月），頁九〇。

⑬陳永正說：「末句點出『吳姬』，實際也點明新橘的產地。吳中產橘，尤以太湖中東西兩洞庭山所產者為最，洞庭橘在唐宋時為貢物。」見《唐宋詞鑒賞辭典》（上海：上海辭書出版社，一九八八年四月），唐．五代．北宋卷，頁七三四。

⑭《廣群芳譜》卷六十四引《東坡楚頌帖》：「吾性好種植，能手自接果木，尤好栽橘。陽羨在

洞庭上，柑橘栽至易得，當買一小園，種柑橘三百本。屈原作〈橘頌〉，吾園若成，當作一亭，名之曰『楚頌』。」見（清）聖祖御制、張虎剛點校：《廣群芳譜》（石家莊：河北人民出版社，一九八九年八月），冊三，頁一四九〇。

⓯蘇軾在黃州所作的五闋冬景詞，其序云：「十二月二日，雨後微雪，太守徐君猷攜酒見過，坐上作〈浣溪沙〉三首。明日酒醒，雪大作，又作二首。」

⓰黃文吉說：「蘇軾以詩為詞，把詞當作一種詩體，他所追求的是詞的文學性，詞的音樂性則是其次，在這種情況之下，當然以常用的或自己較熟悉的詞調創作比較方便，這是為什麼蘇軾一再重複使用〈浣溪沙〉、〈減字木蘭花〉等常見詞調的緣故吧？」見《北宋十大詞家研究》（臺北：文史哲出版社，一九九六年三月），頁一八四—一八五。

⓱見鍾振振：《北宋詞人賀鑄研究》（臺北：文津出版社，一九九四年八月），頁一二四。

⓲見黃文吉：《北宋十大詞家研究》，頁二八一。

⓳見唐圭璋：《詞話叢編》，冊四，頁三七八六。

⓴（清）黃氏《蓼園詞評》評道：「寫景詠物，造微入妙。其全篇則不逮此也。」見唐圭璋：《詞話叢編》，冊四，頁三〇二六。

㉑庚生說：「既云情為主而景為從矣，自未宜情向東而景向西，情如此而景如彼，必求其勻稱協調，而同趨並騖也。情喜愉則景宜於風和日麗，情悽苦則景宜月冷雲愁。」見〈從主與景情〉，《國魂》一九七五年三五〇期，頁五五。

㉒見〔清〕陳廷焯《白雨齋詞話》卷八，又卷一亦云：「〈浣溪沙〉結句，貴情餘言外，含蓄不盡。如吳夢窗之『東風臨夜冷於秋』、賀方回之『行雲可是渡江難』，皆耐人玩味。」見唐圭璋：《詞話叢編》，冊四，頁三九七一、三七八六。此外，張炎《詞源》卷下亦云：「句法中有字面，蓋詞中一個生硬字用不得。須是深加鍛煉，字字敲打得響，歌誦妥溜，方為本色語。如賀方回、吳夢窗，皆善於鍊字面，多於溫庭筠、李長吉詩中來。字面亦詞中之起眼處，不可不留意也。」見《詞話叢編》，冊一，頁二五九。

㉓高建中說：「比較而言，下片之第三只『腳』更需功力，因為它既是下片的支撐，又是全篇的收束。如上片之第三只『腳』稍不趁意，尚有轉圜餘地，結拍則無可隱遁矣，故受到歷來詞論家的關注。」見〈詞調讀札〉，《楚雄師專學報》十六卷一期（二〇〇一年一月），頁四。

㉔見鍾振振：《北宋詞人賀鑄研究》，頁一四九。

㉕黃文吉說：「賀鑄的『寓聲樂府』，意思就是『根據詞調音樂填製的樂府詩』，他為了要強調其詞是樂府詩，於是為每一首詞都加上與內容相應且類似樂府的題目。……賀鑄所強調的是在『樂府』，他是以創作樂府詩的態度來填詞，為了使他的詞近似樂府詩，而且內容與題目相符，所以就為每一首詞另立新名，而將原來的調名放在新名之下。其實他的這種做法，和蘇軾在調名之下另加題目是相似的，都是舊有調名已和內容不符的一種變通方法，只不過賀鑄以新名為主，調名為輔，而蘇軾則剛好相反。」見《北宋十大詞家研究》，頁二九六。

㉖見李朝軍、何尊沛：〈毛滂思想與人品初探〉，《四川師範學院學報》六期（二〇〇〇年十一月），

頁五一。

㉗上闋詞序作：「天雨新晴，孫使君宴客雙石堂，遣官奴試小龍茶。」下闋詞則作：「吳興僧舍竹下與王明之飲。」可見二詞同為席間應酬之作也。

㉘〔清〕先著、程洪撰；胡念貽輯《詞潔輯評》卷一云：「清超絕俗，詞中故自難。」見唐圭璋：《詞話叢編》，冊二，頁一三四四。

㉙鄭志剛、火青說：「在他的詞中，沒有狂迷式的衝動和熱情，亦缺少飛揚奮發的陽剛之氣，而是在杏花春雨的氛圍和日暮冷香的幽境中，面對自然抒發內心淡淡的情思，表現玄遠幽深的清雅樂趣，追求平和、沖淡的意境。在描寫客觀景物時，則掃去了粉黛濃抹，偏重於清淡潔淨，不注重繁花似錦的鋪排，而喜霜雪孤行、清風明月、高山流水等清新空曠的景致，使詞的意境空曠淡泊而有氣韻，正所謂『情韻特勝』。」見〈淺論毛滂及其詞風〉，《瀋陽師範學院學報》二十一卷二期（一九九七年），頁六三。

㉚稼軒詞中常見詞調前七名為：〈水調歌頭〉三十七闋、〈滿江紅〉三十四闋、〈賀新郎〉與〈臨江仙〉各二十四闋、〈念奴嬌〉和〈菩薩蠻〉各二十二闋，及〈浣溪沙〉二十闋。見曹濟平、張成：〈略述兩宋詞的宮調與詞牌〉，《中國首屆唐宋詩詞國際學術討論會論文集》（南京：江蘇教育出版社，一九九四年八月），頁五五六—五五七。

第二節 名作選評與篇章結構

在「附錄二」中，筆者統計二十七種選集，得出〈浣溪沙〉入選詞作四百二十三闋。此四百餘闋詞，稱得上是歷代詞選者心目中的〈浣溪沙〉代表。不過，由於各詞選編輯者的認定標準不同，於是乎若干詞在一些選集中屬佳品，然移至其他集子反倒不入流矣！所以，名作的選評必須設定更嚴密的門檻，方能獲致真正的代表作。筆者將這二度篩選的臨界點設為「三本」。換言之，只要有三本以上的選集載錄某一闋詞，即視之為「名作」。衡諸此則，計得〈浣溪沙〉一百一十三闋。

名作選擇之第一目的，在於釐清〈浣溪沙〉聲情本色。大抵詞作之出名，不外乎情感真摯與音韻動人。而此兩條件又建構在詞調自身所散發出來的本原聲情。因此，從公認的名作中求得的主題偏向，可看出歷代詞人所認定的〈浣溪沙〉實際本色。

筆者統計一百一十三闋的內容分佈，發現它們共落在十六個主題上，分別是：隱逸三闋、閒適一闋、閨怨十九闋、相思十五闋、情愛三闋、愁思九闋、詠人九闋、詠物三闋、寫景十八闋、遊歷二闋、歡樂十一闋、傷懷五闋、離別十二闋，及羈旅、黍離、其他各一闋。若把這些數據依八類分目換算成百分比，則可得到：隱逸閒適四%、怨別歡樂六九%、詠物遊景二〇%、感時抒懷五%、邊塞黍離一%、其他一%。

從這些百分比中清楚可見，歷代詞人公認的〈浣溪沙〉聲情表現是怨別歡樂的。反之，歌頌祝壽與神仙修行的缺席，正說明了它們距〈浣溪沙〉本色較遠，屬後起之作的現象。再者，以之較諸〈浣溪沙〉整體的主題分佈，可以發現它們的比例順序一致。這反映出選者與作者的認定水平都是相同的，均以怨別歡樂爲〈浣溪沙〉之本然聲情也。

名作選擇之第二目的，在促進了解各名作的特色。本節採用篇章結構分析法。一則從結構類型分佈中，一窺名作外表形式的特色；再則循此外在結構，追溯詞作深蘊的情感意含，以求全面掌握〈浣溪沙〉名作所呈現出來的美感。

〈浣溪沙〉名作之篇章結構，包括「內外」、「大小」、「高低」、「遠近」、「今昔」、「先後」、「情景」、「敘情」、「動靜」、「並列」、「虛實」、「因果」、「感覺」等十三種類型。其中，「內外」、「大小」、「高低」、「遠近」屬空間結構下的分支；「今昔」、「先後」則是時間結構下的別目。茲將〈浣溪沙〉名作分成空間、時間、情景、其他四大結構，列表討論如下：

表七　〈浣溪沙〉名作之空間結構表

作者	首句	篇章結構	作者	首句	篇章結構
孫光憲	輕打銀箏墜燕泥	內—外	毛　滂	煙柳風蒲冉冉斜	外內外—外
韓　偓	攏鬢新收玉步搖	內（人）—外	李清照	髻子傷春慵更梳	內外（近遠高）—內

表八〈浣溪沙〉名作之時間結構表

周邦彥	日射敧紅蠟蒂香	內（嗅觸視）—外
李清照	淡蕩春光寒食天	內—外
李清照	小院閒窗春色深	內（外內）—外（遠近）
蘇　庠	水榭風微玉枕涼	內—外
李　璟	手捲真珠上玉鉤	內（近遠近景、情）—外（虛實）
顧　敻	紅藕香寒翠渚平	外—內
賀　鑄	樓角初銷一縷霞	外（高低）—內
蘇　軾	細雨斜風作曉寒	外（大、景）—內（小、情）
趙令時	風急花飛晝掩門	外（景景情）—內（物物情）
歐陽脩	雲曳香綿彩柱高	外—內
趙子發	疏蔭搖搖趁岸移	外—內
李　珣	紅藕花香到檻頻	外—內
李　璟	菡萏香銷翠葉殘	外（小大景情）—內（虛實景情）
秦　觀	錦帳重重捲暮霞	內（景情）—內外（情景）
趙令時	水滿池塘花滿枝	外內（視嗅聽觸）—內
顧　敻	春色迷人恨正賒	外（景情景）—外內（景情）
蘇　軾	覆塊青青麥未蘇	大—小
曹　組	柳絮池臺淡淡風	大（近遠）—小
無名氏	水漲魚天拍柳橋	大—小
黃庭堅	新婦灘頭眉黛愁	遠（大小）—近（小大）
徐　俯	西塞山前白鷺飛	遠（高低）—近
朱敦儒	雨溼清明香火殘	遠近（敘）—近（景情）
薛昭蘊	紅蓼渡頭秋正雨	遠近—近遠（視嗅聽）
孫光憲	蓼岸風多橘柚香	近遠廣—高低平
張　先	樓倚春江百尺高	高遠廣—小大
周邦彥	樓上晴天碧四垂	俯（視）—仰（視聽）
賀　鑄	鼓動城頭啼暮鴉	聽視觸視嗅視—外中內

作者	首句	篇章結構
薛昭蘊	粉上依稀有淚痕	今—昔
薛昭蘊	傾國傾城恨有餘	昔（人）—今（物）
張　泌	馬上凝情憶舊遊	昔—今
李　煜	紅日已高三丈透	今昔（遠近）—昔（近遠）
晏　殊	一曲新詞酒一盃	今昔今—今
孫光憲	蘭沐初休曲檻前	先—後
孫光憲	烏帽斜欹倒佩魚	先—後
歐陽炯	相見休言有淚珠	先—後
晏幾道	午醉西橋夕未醒	先—後
蘇　軾	旋抹紅妝看使君	先—後
蘇　軾	花滿銀塘水漫流	先（視聽）—後（視聽）
秦　觀	香靨凝羞一笑開	先—後
賀　鑄	閒把琵琶舊譜尋	先（動靜）—後
毛　滂	銀字笙簫小小童	先—後
陳　克	淺畫香膏拂紫綿	先—後
李　珣	晚出閑庭看海棠	先—後
晁補之	帳飲都門春浪驚	先—後
劉　鎮	簾幕收燈斷續紅	先—後

表九〈浣溪沙〉名作之情景結構表

作者	首句	篇章結構
閻　選	寂寞流蘇冷繡茵	景（觸嗅聽）—情
歐陽脩	堤上遊人逐畫船	景（遠近）—情
蘇　軾	風壓輕雲貼水飛	景（遠近）情—景（遠近）情
蘇　軾	軟草平莎過雨新	景情—景情

歐陽脩	湖上朱橋響畫輪	景（聽視觸）—情（觸聽視）
歐陽脩	葉底青青杏子垂	景—情
蘇　軾	山下蘭芽短浸溪	景（視聽）—情（視聽）
蘇　軾	簌簌衣巾落棗花	景—情
賀　鑄	秋水斜陽演漾金	景（遠近、視聽）—情（昔今）
賀　鑄	煙柳春梢蘸暈黃	景（視嗅視）—情
賀　鑄	蓮燭啼痕怨漏長	景（視聽）—情
楊澤民	原上芳華已亂飛	景（視、大小）—情（嗅）
趙令時	槐柳春餘綠漲天	景—情
慕容妻	滿目江山憶舊遊	景（樂）—情（悲）
詹　玉	淡淡青山兩點春	景—情
馮延巳	轉燭飄蓬一夢歸	情—景
李清照	病起蕭蕭兩鬢華	情—景
辛棄疾	總把平生入醉鄉	情—景
無名氏	碎剪香羅浥淚痕	情（視聽融合）—景（視）
薛昭蘊	握手河橋柳似金	景情—情景

歐陽脩	青杏園林煮酒香	景（靜動）—景情
葉夢得	小雨初回昨夜涼	景（小大、近遠）—景情（空時）
李清照	揉破黃金萬點輕	景情—景情
張　泌	枕障熏鑪隔繡幃	情景—景情
趙令時	少日懷山老住山	情景—情
秦　觀	漠漠輕寒上小樓	全景
賀　鑄	鸚鵡無言理翠襟	全景
周邦彥	雨過殘紅溼未飛	全景
王安石	百畝中庭半是苔	全景
蘇　軾	麻葉層層檾葉光	景（視嗅聽）—人
周邦彥	寶扇輕圓淺畫繒	景（物）—人
舒　亶	金縷歌殘紅燭稀	人—景
賀　鑄	雲母窗前歇繡針	人—物
陳　克	短燭熒熒照碧窗	物—人（視聽情）
陳　克	鬆慢梳頭淺畫眉	人物（小大）—物人

表十　〈浣溪沙〉名作之其他結構表

作者	首句	篇章結構	作者	首句	篇章結構
薛昭蘊	江館清秋攬客舡	敘（樂景）—情（悲景）	晏殊	玉椀冰寒滴露華	並列（詠人）
賀鑄	宮錦袍熏水麝香	敘（人）—情	趙令時	穩小弓鞋三寸羅	並列（詠人）
趙孟頫	滿捧金淄低唱詞	敘—情	楊澤民	金粟濛茸翠葉垂	並列（詠物）
呂本中	暖日溫風破淺寒	敘情—情	韋莊	夜夜相思更漏殘	實虛（空間）—實（空間）
趙鼎	豔豔春嬌入眼波	敘情—情	賀鑄	夢想西池輦路邊	虛（空間）—實（時間）
陸游	懶向沙頭醉玉瓶	敘—情	宋褧	落日吳江駐畫橈	虛（空間）—實（空間）
鄭域	酒薄愁濃醉不成	敘—情	韋莊	惆悵夢餘山月斜	實（空間）—虛（空間）
周邦彥	翠葆參差竹徑成	靜動靜—動	無名氏	倦客東歸得自由	實景（空間）—虛情（空間）
張泌	鈿轂香車過柳堤	動（嗅聽）—靜（嗅聽）	晏殊	一向年光有限身	因果（樂）—因果（傷）
吳儆	畫楯朱欄繞碧山	靜（景）—動（景中含情）	晏幾道	家近旗亭酒易酤	因—果（外內）
江開	手撚花枝憶小蘋	靜（小大）—動（聽視）	李珣	訪舊傷離欲斷魂	因—果
歐陽脩	紅粉佳人白玉杯	動（人）—靜（景）	劉仲尹	繡館人人倦踏青	聽視—視聽
張孝祥	北苑春風小鳳團	並列（歌頌）	蘇軾	菊暗荷枯一夜霜	視—嗅

石孝友	宿醉離愁慢髻鬟	並列（詠人）

（二）空間結構

空間結構包含「內外」、「大小」、「高低」、「遠近」四種類型。所謂的「內外」結構，強調的是以建築物（最常見的是牆或門）分隔出內、外兩個空間；並藉此不同空間所容納的事物，作對照性的敘述，以產生相映成趣的效果。❶李璟膾炙人口的兩闋名作，即屬「內外」結構：

菡萏香銷翠葉殘。西風愁起綠波間。還與容光共憔悴，不堪看。　細雨夢回雞塞遠，小樓吹徹玉笙寒。多少淚珠何限恨，倚闌干。

手捲真珠上玉鉤。依前春恨鎖重樓。風裏花落誰是主，思悠悠。　青鳥不傳雲外信，丁香空結雨中愁。回首綠波三楚暮，接天流。

上闋詞爲由外而內的結構。「菡萏」即「荷花」、「蓮花」；「翠葉」即「綠葉」、「荷葉」。稱「菡萏」不稱「荷」、「蓮」；名「翠葉」不名「綠葉」、「荷葉」者，以「菡萏」、「翠葉」的詞情較高雅珍貴也。蓋蓮花自古即有「出污泥而不染」的良好品質，因此，「銷」、「殘」的背後，實暗寓著美好事物的消逝，呈現出極度的悲怨情調。次句由「菡萏」的特寫鏡頭（小）衍爲「綠波」的廣角鏡頭（大）。其中，「愁」字是上片的重要關鍵，一則它與「綠」形成對比，正如同「銷」、「殘」對「菡萏」、「翠葉」般，有良景不再之慨。再者，以其居於一、三句間，扮演著由景入情的仲介。所以，「容光」既指人容，亦是花容也。❷下片由「不堪看」的戶外秋殘，進入「夢回」後的室內心怨；在畫面轉換中，詞人的情感亦隨之而轉。「細雨」兩句，呈現出虛（夢回）與實（吹徹）的對比，十分高妙。❸結句「倚闌干」，或是排遣時光；或是凝然有思，除了呼應上片看到的「不堪」之景外，或許還寓有「美人遲暮」的壯志未酬。❹

與上詞悲秋相左，「手捲真珠上玉鉤」道出的是春恨憂思。起首兩句，結合了「遠近」法，自近（首句）而遠（次句）地，刻畫出主人公於重樓內的動作情態。「鎖」字將無形春恨予以形象化，形容詞人被春息重重包圍下，一種無所不在的心內桎梏。這種「心鎖」如同花朵因風飄落般地無法自主，足令長思不已。❺下片場景由「重樓」（內）轉至「雲外」、「綠波」（外）。以「虛實」互濟的手法，將眼前的「青鳥」、「丁香」（實），變爲言外的「信」、「愁」（虛）。並由「回首」的動作（實），將視野盪開至極遠的「三楚」、「接天流」（虛）。於是詞人的憂愁，也藉著視角的開展，而更遠更無窮矣。

〈浣溪沙〉名作的第二種空間結構爲「大小」，以無名氏詞爲例：

水漲魚天拍柳橋。雲鳩拖雨過江皋。一番春信入東郊。　閒碾鳳團消短夢，靜看燕子壘新巢。又移日影上花梢。

上片寫春日的景致。起首兩句，於明暗間對比出廣大的畫面（大）。「魚天」一語，形容漲潮後托高了春水；故魚游於水，有如翺翔於天也。該句於信手拈來之際，營造出妙不可言的境界，其寫景入微處，真謂「徑畫不出」。❻過片場景換到小園之中（小），詞人以茶消夢後，望著園中的燕子、花朵，不知不覺地日頭已然高掛，蘊含有閒靜自得的感受。而由大至小所映照出來的集中效果，對於這種悠適感的完成，實有莫大幫助。

空間結構的第三種爲「高低」，它可形成一個立體空間。例如周邦彥：

樓上晴天碧四垂。樓前芳草接天涯。勸君莫上最高梯。　新筍已成堂下竹，落花都上燕巢泥。忍聽林表杜鵑啼。

上遍以樓爲中心，所有的時間點都歸向於登樓的一瞬。那晴朗的天空彷彿是幅大畫板，將四方的景致都裝進了它的畫布之中，溶合成一大片無盡的碧色裡。「垂」字喚起一種自高而下的輻射空間感。這種臨下的視角，使看到的景物都變爲渺小，並顯現出鮮明的遠近層次。此即全片從「碧四垂」至「芳草」再至「天涯」的「近遠」歷程表現。下片寫春意闌珊的悵惘。「新筍」兩句是種由低（堂下竹）至高（燕巢泥）的仰角畫面，它造成高遠的失落感；並道出花木消長、時序推移的無奈。與晏殊「無可奈何花落去，似曾相識燕歸來」實有異曲同工之妙。

空間結構的最後一種是「遠近」。茲引兩詞爲例：

西塞山前白鷺飛。桃花流水鱖魚肥。一波纔動萬波隨。　黃帽豈如青蒻笠，羊裘何似綠蓑衣。斜風細雨不須歸。

—徐俯

紅蓼渡頭秋正雨，印沙鷗跡自成行。整鬟飄袖野風香。　不語含顰深浦裏，幾迴愁煞棹舡郎。燕歸帆盡水茫茫。

—薛昭蘊

徐俯詞從遠方的白鷺寫起，再將視線回到附近的「魚」、「波」上。這種自遠而近的結構，所帶出的直線特性，可突出一個焦點，對漁父的刻畫，有極大的幫助。❼相反的，薛昭蘊詞的下半闋則是由近至遠。這種結構，則將視角推向無垠的邊際，產生延伸的漸層效果。結句的蒼茫感受，便是透過此一「近遠」的特質，方能表現得宜。

（二）時間結構

時間結構有助於事件因果的完整呈現。〈浣溪沙〉名作的時間結構，包括「今昔」、「先後」兩種類型。可舉下列三詞為例：

頃國傾城恨有餘。幾多紅淚泣姑蘇。倚風凝睇雪肌膚。　吳主山河空落日，越王宮殿半平蕪。藕花菱蔓滿重湖。
——薛昭蘊

一曲新詞酒一盃。去年天氣舊亭臺。夕陽西下幾時迴。　無可奈何花落去，似曾相識燕歸來。小園香徑獨徘徊。
——晏　殊

相見休言有淚珠。酒闌重得敘歡娛。鳳屏鴛枕宿金鋪。　蘭麝細香聞喘息，綺羅纖縷見肌膚。此時還恨薄情無。
——歐陽炯

薛昭蘊詞的時間結構，屬於自昔而今的「順敘」法。上片乃是歌詠西施之筆。詞人追述昔日美人外貌的頃城，為了復國，她離開了家鄉故土，成了政治底下的一顆棋子。她在暗地裡不知流過多少淚水，然而除了「恨有餘」、「倚風凝睇」外，如何能逃脫這種悲涼的命運呢？下片轉而鋪寫今日吳越的宮苑城池，於昔盛今蕪中，展露出今古興衰之感。重湖指太湖，末句「藕花菱蔓滿重湖」，目的在補充說明前句「半平蕪」外的另一半滄桑光景，從而引導出「無論成敗，終歸荒蕪」的「是非成敗轉成空」深意。

做為「今昔」結構的一員，晏殊詞則於錯綜的今昔交互中，散發出一股淡淡的哀愁氣息。

起句寫對酒聽歌的情狀，在輕快流利的語調中，充分顯示出詞人面對現境時的欣喜自若。然而，多愁善感的詞人卻想起了去年同樣的歡樂情景。並由西下的夕陽，思及人生美好時光的難再，怎能不使人黯然神傷。下片兩句，分別從逝去（花落）與再現（燕歸）著筆：落去的花朵，足令人神傷，多麼地無奈；而歸來的飛燕，雖使人高興，卻也僅止於「似曾相識」，而非完全相同呀！悵惘之餘，詞人陷入「獨徘徊」的沉思中，久久難平矣。

時間結構的最常見類型爲「先後」，歐陽炯詞即在歷敘別後重逢之艷情。詞中人的關係，或是情人，或是情婦。全詞站在男子的角度，勸慰情人相見莫要哭訴，應把握時光好好地飲酒享樂。「鳳屏」一句，承繼前句「歡娛」而來。「金鋪」者，門上的裝飾品，用以代稱門也。男子將鳳屏拉開、枕頭鋪好、門關好，一切準備就緒後，很自然的開展出下片的魚水之歡。「宿金鋪」、「聞喘息」、「見肌膚」是種十分露骨的描寫。結句以問句收束，或是獻媚調侃，或是將功補過，亦或許是征服者的自得。且無論何種心態，它都一致指出男子的欺誑與輕薄。❽無怪乎前人會認爲它是「自有豔詞以來，殆莫豔於此矣。」❾

（三）情景結構

情與景是相應相生的，它們會產生一種調和美感。〈浣溪沙〉名作的「情景」結構可細分成「前景後情」、「前情後景」及「全景」三種類型。其中，「先景後情」與「先情後景」是最常見的類型。它們之間的差別在於，前者乃「情因景生」、「觸景生情」；後者則是「景隨情變」、「寓情於景」。例如下面二詞：

堤上遊人逐畫船。拍堤春水四垂天。綠楊樓外出鞦韆。　白髮戴花君莫笑，六么催拍盞頻傳。人生何處似尊前。　—歐陽脩

碎剪香羅浥淚痕。鷓鴣聲斷不堪聞。馬嘶人去近黃昏。　整整斜斜楊柳陌，疏疏密密杏花村。一番風月更銷魂。　—無名氏

歐陽脩詞為「先景後情」之作，全詞以清麗的筆調，抒發出遊時的所見所聞，表現出狂放自樂的情懷。首句「逐」字，生動刻畫了遊人如織、熙熙攘攘的現況。與次句描繪春水拍堤相比，它們雖然都是屬於「堤」的寫景彩繪；但兩者間卻呈現出一上一下、一動一靜的差別。末句敘寫秋千的突兀與擺蕩，表面上只是動態的景物書寫，沒有什麼特別。然而，「出」字的運用，卻開闢了新的詞境：它一方面突顯出秋千的搖晃不定；另一方面則隱含著秋千背後的笑語。所以，縱使它不是「後人道不到處」，⑩但可以肯定的是，其「神光所聚」處，實照耀出通篇的歡愉氣氛。⑪下片改寫宴飲時的歡樂。「白髮戴花」刻畫出詞人身老心不老的疏狂；「催拍」與「頻傳」則意味著及時行樂的心緒；並進而導引出結句「人生何處似尊前」的感嘆。⑫

景物的變化會影響詞人的心理；相對地，人的心情也能改變景物的外貌。這種改變主要在

作者的內心之中。簡單的說，詞人在繪寫景物時，擁有一種「物皆著我之色彩」的魔力，能令所有的「景」，都隨著詞人的「情」移動。無名氏「碎剪香羅浥淚痕」一詞，其主旨即在申說離別時的愁情。故傷悲之所至，一切的聲音、外物，都成了觸發詞人方寸愁離的催化劑，那是多麼地令人「不堪」與「銷魂」哪！

「情景」結構的第三種類型爲「全景」。所謂的「全景」，是指一種將自己隱藏在「景」後的手法；它的「情」則在篇章之外。如秦觀詞：

漠漠輕寒上小樓。曉陰無賴似窮秋。淡煙流水畫屏幽。　自在飛花輕似夢，無邊絲雨細如愁。寶簾閒挂小銀鉤。

本詞是歷代詞選中最有人氣的作品。起句以輕柔的筆觸，形容無聲無息的「寒」與「陰」，表現出暮秋的無奈感受。上片末句則將「淡煙流水」的大景，融入畫屏之內，兩相對比下，幽微自現矣。下片兩句敘寫向外遠眺的「飛花」、「絲雨」景色。詞人進一步將有形的「景」，與無形的「夢」、「愁」結合；並透過倒裝的手法，以「夢」、「愁」比喻「花」、「雨」，真是「奇語」。⑬歇拍以室內的「簾」、「鉤」作結。「閒」與「小」兩字，不僅用來形容簾、鉤，它更暗示出詞人淡淡的愁怨。綜合來說，本詞捨棄了直接刻畫形象的方式，改以景物氣氛的烘托渲染，抒發出秋日的寂寞愁思。因此，「全景」的背後，實爲「句句是情，字字關情者」也。⑭

（四）其他結構

〈浣溪沙〉名作之篇章結構，除了空間、時間、景情三種較常見外，另有「敘情」、「動靜」、「並列」、「虛實」、「因果」、「感覺」六種類型。其中，「並列」是種繞圍著中心主題描寫的結構。而〈浣溪沙〉名作的「並列」，包括詠人、詠物兩種，以其內容決定了篇章，故筆者在此便不複述。以下先看「敘情」、「動靜」兩種類型：

滿捧金溜低唱詞。尊前再拜索新詩。老夫慚愧鬢成絲。　羅袖染將修竹翠，粉香吹上小梅枝。相逢不似少年時。——趙孟頫

畫楯朱欄繞碧山。平湖徙倚水雲寬。人家楊柳帶汀灣。　目力已隨飛鳥盡，機心還逐白鷗閒。蕭蕭微雨晚來寒。——吳　儆

「敘情」是一種將事物形象化後，用以感人、說理的方法。簡單的說，就是「因事而生情，因景而明理」。趙孟頫詞序作：「李叔固丞相會間，贈歌者岳貴貴」，可見本詞爲席間酬贈的作品。起首兩句，點明此詞的寫作背景，乃應歌女「索新詩」而爲。「老夫」一句，除了表現出詞人的謙退外，尙有嘆老的意含在裡頭。下片沿著前段予以深化，「羅袖」兩句對應上片首兩句，歌詠女子的服色與香氣。詞人並於「竹」、「梅」之中，寄寓著一份高潔隱逸的情思。歇拍則是呼應

上片末句中的「嘆老」，只不過，它說得更爲直接，感觸也特別深刻罷了。

吳儆詞爲「動靜」結構的代表。上片乃寫景之筆，於「山」、「湖」、「水」、「雲」、「楊柳」、「汀灣」中，烘托出一片靜謐悠然。下片則從「隨」、「飛」、「逐」等字眼中，透露出動態的美感。它們不僅是「飛鳥」、「白鷗」的動作，亦彷彿是群山眾水的突然甦醒。全詞便在這一靜一動間，孕育出淡雅的情思。

「虛實」結構落在空間上頭，主要以事實的能見度畫分。簡單的說，凡目力之所能及的是「實」；若憑想像馳騁的則是「虛」。茲舉韋莊詞爲例：

> 夜夜相思更漏殘。傷心明月凭欄干。想君思我錦衾寒。　咫尺畫堂深似海，憶來唯把舊書看。幾時攜手入長安。

本詞應是懷念寵人之作，[15]以其發自肺腑，故真摯動人。起句分別從思人者與被思人的角度，共同指向「相思不得眠」的主旨。「夜夜相思」乃作者親身的感受，故是「實」；「想君思我」則是作者的想像，是「虛」。「虛」的描寫，令詞人超越空間的限制，到達現實中無法到的伊人身旁。它透露出一種不可得的願望；只是，這個期盼畢竟是艱難的（深似海）。下片回到現實之中，詞人藉著昔日共同做過的事（唯把舊書看），追憶過去在一起的美好時光。想著想著，便發出「幾時攜手入長安」的疑問與等待。

「因果」、「感覺」兩種結構在〈浣溪沙〉名作中僅佔極少數。前者可舉晏殊「一向年光有限身」；後者可舉劉仲尹「繡館人人倦踏青」：

一向年光有限身。等閒離別易銷魂。酒筵歌席莫辭頻。　滿目山河空念遠，落花風雨更傷春。不如憐取眼前人。

繡館人人倦踏青。粉垣深處簸錢聲。賣花門外綠陰輕。　簾幕風柔飛燕燕，池塘花煖語鶯鶯。有誰知道一春情。

晏殊詞上片即構成一種「因果」結構：人生有限，而離別又佔去了其中大部份的時間，怎能不令人黯然消魂（因）？與其如此，不如把握時機以及時行樂（果）。下片則開展出另一個「因果」：山河不再、光陰難回（因），與其追悔過去的不是，倒不如珍惜身邊的眼前人（果）。

劉仲尹詞屬「感覺」結構。其中，上片是一種「聽視」層次：由門外賣花人的「簸錢聲」（聽）與春日的「綠陰」（視），間接烘托出春天的特有氣息。下片則是一種「視聽」層次：承繼上片春景，詞人描繪出春日的「燕」、「塘」、「花」（視），以及鶯語（聽）。藉由這種多重感覺的轉換，一則給人新鮮的感受；再則隨著作者心境的轉變，那「一春情恨」也隨之愈深。

〈浣溪沙〉名作之篇章結構，大致如上所述。唯須注意的是，各結構間並非如鐵律般地不可逾越。因此，在分析出篇章主幹之餘，往往可以發現若干的支流。如：李煜「紅日已高三丈透」於「今昔」結構外，尚可細分成兩組「遠近」結構。又如李璟「菡萏香銷翠葉殘」既為「內外」結構，同時也是「情景」結構。這是因為詞人在創作時，其觸角是多元變化的。然而，正是如此多變的性格，方才顯現出詞作的價值。

【附註】

❶見仇小屏：《篇章結構類型論》（臺北：萬卷樓圖書公司，二〇〇〇年二月），頁七二。

❷「容光」一作「韶光」，泛指所有美好的人、事、物，或時光。吳小如認為：「『韶光』指時光，說人與韶光共同憔悴，主語是『人』；『容光』是人的容貌光彩，說與人的容光共憔悴，主語就是『景』了。但從第三句起已由景及情，由物及人，所以還是『韶光』更好一些。」見〈介紹南唐李璟的兩首山花子〉，《詩詞札叢》（北京：北京出版社，一九八八年九月），頁一九七。

❸〔清〕許昂霄《詞綜偶評》云：「細雨二句合看，乃愈見其妙。」見唐圭璋：《詞話叢編》，冊二，頁一五四八。

❹王國維《人間詞話》說：「南唐中主詞：『菡萏香銷翠葉殘，西風愁起綠波間。』大有眾芳蕪穢，美人遲暮之感。」見唐圭璋：《詞話叢編》，冊五，頁四二四二。《離騷》有云：「惟草木

之零落兮，恐美人之遲暮」有屈原恐楚王年老而功績不成的隱語。

❺〔清〕黃氏《蓼園詞評》云：「按『手捲珠簾』，似可曠日舒懷矣。誰知依然『恨鎖重樓』，所以恨者何也，見落花無主，不覺心共悠悠耳。且遠信不來，幽愁空結。第見三峽接天流，此恨何能自己乎。清和婉轉，詞旨秀穎。然以帝王為之，則非治世之音矣。」見唐圭璋：《詞話叢編》，冊四，頁三〇二九。

❻〔清〕黃氏《蓼園詞評》評周美成「水漲魚天拍柳橋」云：「沈際飛曰：此等景徑畫不出。按首二句，寫景入微。末二句，是靜看人得意，而良時不覺蹉跎矣。神致黯然，耐人玩味也。」見唐圭璋：《詞話叢編》，冊四，頁三〇二六。

❼仇小屏說：「遠近法中『由近而遠』的結構，所帶出的視線是呈直線狀的，而直線所表示的審美特性是力量、穩定、生氣、剛強。這與『由近而遠』中的另一種：依據遊蹤所及而形成的路線相比，差異就較明顯了；因為後者所形成的是曲線，而曲線表示優美、柔和，給人以運動感。」見《篇章結構類型論》，頁六七—六八。

❽潘慎說：「這一句含有極豐富的意思，是獻媚，是『將功補過』，是閨房中的調侃，是征服者的自得，還是……我看是這些心理的混合物。不管怎麼理解，也許不是出於作者的本心，但詞中卻透視了這位男子在欺誑和輕薄，以及玩弄這位痴情女子的虛假心腸，這也算是『副產品』吧。」見潘慎主編：《唐五代詞鑒賞辭典》（北京：北京燕山出版社，一九九一年五月），頁六一八—六一九。

❾〔清〕況周頤《蕙風詞話》評道：「《花間集》歐陽炯〈浣溪沙〉云：『蘭麝細香聞喘息，綺羅纖縷見肌膚。此時還恨薄情無。』自有艷詞以來，殆莫艷於此矣。」見唐圭璋：《詞話叢編》，冊五，頁四四二四。

❿〔宋〕吳曾《能改齋詞話》卷一引晁無咎語：「歐陽永叔〈浣溪沙〉云：『堤上遊人逐畫船。拍堤春水四垂天。綠楊樓外出秋千。』要皆絕妙，然只一出字，自是後人道不到處。」見唐圭璋：《詞話叢編》，冊一，頁一二五。〔清〕馮金伯《詞苑萃編》則說：「晁旡咎評歐陽永叔〈浣溪沙〉云：『綠楊樓外出秋千，只一出字，自是後人道不到處。』予按王摩詰詩『秋千競出垂楊裏』，歐公詞意本此，晁偶忘之耶。」見《詞話叢編，冊三，頁二一八七。王國維《人間詞話》亦云：「歐公〈浣溪沙〉詞『綠楊樓外出秋千』，晁補之謂只一『出』字，便後人所不能道。余謂此本正中〈上行杯〉詞『柳外秋千出畫牆』，但歐語尤工耳。」見《詞話叢編》，冊五，頁四二四三—四二四四。

⓫〔清〕劉熙載《詞概》曰：「余謂眼乃神光所聚，故有通體之眼，有數句之眼，前前後後無不待眼光照映。」見唐圭璋：《詞話叢編》，冊四，頁三七〇一。

⓬〔清〕黃氏《蓼園詞評》評「堤上遊人逐畫船」道：「按第一闋，寫世上兒女多少得意歡娛。第二闋『白髮』句，寫老成意趣，自在眾人喧囂之外。末句寫得無限悽愴沉郁，妙在含蓄不盡。」見唐圭璋：《詞話叢編》，冊四，頁三〇二八。

⓭梁啟超《飲冰室評詞》評秦觀「漠漠輕寒上小樓」說：「奇語。」見唐圭璋：《詞話叢編》，冊

五，頁四三〇六。

⑭〔清〕李漁《窺詞管見》云：「詞雖不出情景二字，然二字亦分主客。情為主，景是客，說景即是說情，非借物遣懷，即將人喻物。有全篇不露秋毫情意，而實句句是情，字字關情者。切勿泥定即景詠物之說，為題字所誤，認真做向外面去。」見唐圭璋：《詞話叢編》，冊一，頁五五四。

⑮〔宋〕楊湜《古今詞話》云：「韋莊以才名寓蜀，王建割據，遂羈留之。莊有寵人，姿質艷麗，兼善詞翰。建聞之，託以教內人為詞，強莊奪去。莊追念悒怏，作〈小重山〉及〈空相憶〉云……。情意悽怨，人相傳播，盛行於時。姬後傳聞之，遂不食而卒。」見唐圭璋：《詞話叢編》，冊一，頁二〇。另外，吳世昌則評說：「若莊有姬為王建所奪一事果真，則此句在其它任何情形之下，皆用不上。因姬被奪故悔恨欲返長安，其留蜀當為等候機會，猶望能與之團圓也。」見吳世昌撰、吳令華輯注、施議對校：《詞林新話》（北京：北京出版社，二〇〇〇年十月），頁九四

第六章 結 論——詞體的中介與傳播之先

經歷了無數作品的千錘百鍊，〈浣溪沙〉終於煥發出耀眼的光芒，並普照在詞學的園地裡，一舉成爲眾調的領袖。而且，無論在主題、體式、用韻，或是名家名作任何方面，它都能以其獨有的風韻，散發出特殊的氣息，厥爲文士所喜愛。

詞調既是寄寓情感的外在模式，故其內容隨著人類感情起伏，幻化出多采多姿的面貌。〈浣溪沙〉的主題，雖有八類二十種之多，然從演變的角度來看，它體現了一個最根本的流衍趨勢，就是：

【唐五代】隱逸、閨怨→【宋代】怨別歡樂、詠物等→【金元】修行煉丹

大凡詞調創立之始，與調名所詠本事間，存在著一定的關係。唐五代〈浣溪沙〉以隱逸、閨怨爲主，除了跟它本身那種樂舞合一的形式相關外，多少還受到西施、范蠡的本事傳說影響。之後，隨著時間的演進，歌妓繁盛、唱和酬贈、時代環境等多重因素的加入，令宋代〈浣溪沙〉的主題，呈現出多元化進程。於此同時，怨別歡樂及詠物的突出，說明了兩個現象。一是宋人在面對生命煩惱時，那種尋歡逐樂的寫作心態；二是宋代理學思潮背景下，那種以花比德的詠

物風氣。迄至金元，修行煉丹的崛起，則標示著〈浣溪沙〉宗教傳播的工具性能；並反映出與以往「言情」迥異的「明理」作用。

〈浣溪沙〉長時間受到青睞，意味其擁有優美的韻律形式，吸引著詞人們不斷塡作。而此一韻律形式，同時也左右了內容情感的表達，它包括體制格律與用韻特色兩方面。

常見的〈浣溪沙〉格律，主要有「七七七・七七七」齊言體，及「七七七三・七七七三」長短體兩種。歷來詞人和詞譜家，多將前者視爲正格，後者看作攤破變格。然而，賀鑄的齊言〈減字浣溪沙〉說，以及敦煌長短體〈浣溪沙〉的發現，卻形成了決然相反的見解。在這個議題上，本文採並列「基本式」之法，一則否定了「七七七三」雙調體爲〈攤破浣溪沙〉；再則礙於古樂久不可聞，亦不斷言「七七七三」雙調爲正格。於是以「基本式」爲中心，將其變化格分作「攤破」、「加襯」、「衍慢」三式，合計格律類型凡十四體。

〈浣溪沙〉源起於詩詞交互的時期，其七言平韻之律句，代表著它和近體詩存在於同一個時間帶上。由分析可知，〈浣溪沙〉上片一、二句，等同於仄起平收的七絕、七律一、二句；下片一、二句，則跟七絕平起平收之三、四句，或七律仄起平收的五、六句相同。顯示〈浣溪沙〉擁有近體詩那種「輕重對比」的特質，令擅長作詩的文人易於塡作，直接促成了第一詞調的地位。然而，〈浣溪沙〉格律的最大特點，還在上、下片第三句，所表現出的「迴環重複」之美。它對情感的表達，起著渲染和強化的作用，有利於詞體「言長」特性的發揮，使人意猶未盡。

韻腳是調節樂拍，造成和諧層次的重要韻律組織。藉由詞調用韻的觀察，能見出時代推移與才人交替下的詞韻變化。它深受詞調特性、時代氛圍，及聲情需求等因素影響。就第一點而言，〈浣溪沙〉的用韻以「江」、「唐」、「元」、「寒」、「桓」、「刪」、「山」、「先」、「仙」等陽聲韻；「支」、「脂」、「之」、「微」、「齊」、「灰」等陰聲韻爲主，說明其清新爽朗、幽微悲涼之特性。

其次，自〈浣溪沙〉的斷代用韻趨向，與整體用韻分佈幾乎一致的情形看來，時代背景的影響並不如預期的多。所以，真正左右〈浣溪沙〉用韻者，主要還是各韻部所蘊含的聲情效果。大抵閒適之懷用清新、細膩之韻；怨恨惆悵採悲涼、幽微之音；歡愉祝賀韻以爽朗、輕快；詠物寫景韻選壯闊、寬平；而黍離邊塞意幽微、道教修煉氣沈靜，各具美感效應。此外，〈浣溪沙〉的越部用韻，突顯了詞人方音對詞韻分佈的影響；和韻之例則見出本調多歡樂主題的原因，並由來往的酬酢中，一窺該調盛行的概況。

詞人與詞調的關係，除了方音用韻外，亦在帶動詞調的創作風氣。尤其是名家、名作，往往會引發後人仿效跟進，久而久之，便成爲該調的聲情主流，值得留意。

爲求出公認的〈浣溪沙〉名家、名作，本文從二十七種詞選著手統計，首先求得名作四百餘闋；然後將此選評結果，配合詞人塡作的數量，選拔出名家十八位。大體上，名家作品的主題，與〈浣溪沙〉整體主題間，存在著「共同性」。這意味著名家塡作〈浣溪沙〉時，受到時代氛圍的節制。不過，這並無損於詞人本身的獨特風格。因此，本文乃就前五名主要名家：蘇軾、韓淲、賀鑄、毛滂、辛棄疾，作更深入的探討，藉以管見名家作品的個別風貌。而在名作的選評上，本文則採篇章結構法，分四大結構、十三種類型。既能追溯名作內蘊的情感意含；亦可呈現〈浣溪沙〉名作的寫作章法。

〈浣溪沙〉一調的特色，蓋如上述。若吾人將其放回詞史的洪流中，去重新定位它的價值，反思它對詞體發展的重要貢獻，進而提煉出它的詞史地位，以及影響層面。那麼我們可獲得一個重要的結果，那就是以「擇調翹楚」身份出現的〈浣溪沙〉，實為詞體的仲介與傳播之先。這可由下列幾點看出：

第一，它是詩與詞的橋樑。〈浣溪沙〉的體制格律，主要以七言六句的齊言式最多。筆者在第三章第三節中，分析比較出〈浣溪沙〉和近體詩的差別，在於它不僅擁有近體詩那種「一句之中兩平兩仄相間、兩句之內平仄相對」的輕重對比之美；而且還具備了近體詩所無的「往復回環」特色。從這個角度來看，〈浣溪沙〉實是由詩過渡至詞的橋樑。在它的仲介協調下，詞體便日益地朝向詩歌的正統道路前進。

第二，它為詞的傳播提供了重要的軀殼。史傳載薛昭緯好唱〈浣溪沙〉，❶這一方面意味著該曲的音調必然優美動聽；而另一方面也反映出當時社會各階層的唱詞風氣。唱詞蔚然成風後，歌詞的需求量必然大增。〈浣溪沙〉身兼「著辭」、「琵琶譜」及「舞譜」等多重身份，說明了它與音樂、舞蹈密不可分的關連性。這種關連性對〈浣溪沙〉本身來說，無疑的是加速創作與傳播成長的重要根基，使它的數量躍昇為眾調之首；而從整個詞史面立論，〈浣溪沙〉及時供應了傳播所需的軀殼，對詞體的進展，實有不可抹滅的功勞。

第三，它加速了詞的流行。〈浣溪沙〉的體制雖有十四種之繁，然當中仍以齊言式平聲韻最多。筆者於第三章第一節辨別正變體時，曾說明敦煌民間詞，與唐五代文人詞的體制結構不同的原因，在於民間詞人以敏銳的音樂性創作，在依樂作詞下，自然地便填出了「七七七三」兩片體。相反的，晚唐五代後的學士文人，由於受到近體詩格律薰陶的影響，他們以作詩的態度去填詞，於是便形成了齊言的「七七七」雙調體矣。從這個角度來看，〈浣溪沙〉除了提供詞體傳播的軀殼外；就詞調本身而言，其酷似近體詩的簡明形式，有利於詩人的創作，無形中便加速了詞體的傳播進度。

第四，它帶動了早期詞的興起。〈浣溪沙〉在形式上雖有十四體之多，但大多數的人仍以「七七．七七七」齊言體，與「七七七三．七七七三」長短體為創作主軸。這兩種體式，都是屬於小令之調，和長調慢詞相比，它具有易唱、易記，及易填等特色。正是此種簡易的特點，一方面使得〈浣溪沙〉獲得大量創作，成為眾調之首；而另一方面，它同時也是早期促進詞體流行的功臣，帶動了詞的興起。

第五，它合乎「要眇宜修」的詞情。詞本豔情之作，以這個原則來考量〈浣溪沙〉，可說是完全吻合。尤其在歷經唐五代文人詞的改造後，多數的〈浣溪沙〉都不出閨帷之音。這種閨中情思，或許使〈浣溪沙〉的內容顯得狹小。但是，從〈浣溪沙〉合乎詞的一般情思來看，付諸雪兒之口的詞，實是詞的本色。依照這個標準來考察〈浣溪沙〉的主題內容，我們不難發現，它的情感與整個詞情是如何地相契，這或許也是〈浣溪沙〉能成為眾調之首的原因之一。

第六，它代表了南方文化的特質。安史之亂後，隨著經濟重心的南移，一般繁榮的城市多興起於江南沿岸及運河途經之地，例如：杭州、蘇州、京口、揚州等。大運河不僅將江南的物質財富源源運往中原北方，它同時也運去了江南地區那種纖柔細膩、典雅斯文的人文習俗。從詞史的發展背景來看，詞的要眇宜修，實是秉承了中國南方文化的特質。而〈浣溪沙〉的本調或是由西施故事而來。因此，它的盛行與柔媚風格，亦可視作是南方文化的特徵表現。

第七，它可看出主題與時代的關聯。〈浣溪沙〉早期的主題多不離隱逸與閨怨，其後隨著時代的演進，陸陸續續加入許多新血。主題的增多，說明了〈浣溪沙〉順應時局的變化，既提供了原本的豔情天地，又開拓出新的主題園地。這可看出詞人對〈浣溪沙〉的愛好，並不因爲它的豔麗，而捨棄了其他發展的機會。尤其是諸家名作，能於柔媚之餘，呈現出個人的風格。一則使〈浣溪沙〉生生不息；再則也可看出詞體主題與背景的演化關係。此外，從本文中亦可看出〈浣溪沙〉的主題演變，除了詞調本身內蘊的聲情外，時代（史）的推衍亦是重要因素。大凡一個時代有一個時代共同的主題趨勢；而這個趨勢代表著此一時代的共通意識。因此，〈浣溪沙〉各個時期所表現出來的主題特色，在一定程度上標幟著各個時代的共通意識。

第八，在影響意義上，〈浣溪沙〉同時也是南曲曲調之名。[2]南呂過曲中有〈浣溪沙〉一曲，但王易《詞曲史》則將其列作「南曲與詞名同實異者」。姑不論曲調與詞調是否相同，[3]至少我們可以知道，〈浣溪沙〉詞調對曲調最少也有調名上的影響。

第九，就整體面而言，〈浣溪沙〉是宋人擇調之翹楚；但從微觀面來說，很多時候它也是某詞人的擇調之首。將詞人與詞調間作一比對，可以看出某些詞人最愛用〈浣溪沙〉，某些人卻不甚愛用，甚且有名如柳永，卻連一闋〈浣溪沙〉也沒有。從這個角度著手，一來可看出〈浣溪沙〉的消長；二來亦可從中得知各詞人在選調時的態度，是因熟悉，或是因思創調，而少用此調。

第十，從研究方向的展望來說，以此一詞調研究的開創導引，進而吾人也可研究其他詞調，再從不同詞調中，尋得他們的相同處。這種方式，即使在用於對形式、用韻上頭，也可從中比較出異調之同與異調之異，尤其對早期小令與後期慢詞之間的紛圍交替，亦有撥雲見日之效。此外，吾人亦可藉由這個基礎，進一步去思考、著手編撰出「詞調流變史」；並從各個詞調的聲情異同中，重新觀察詞體起源、演變等相關議題，開闢出新的詞學研究視野。

假使說詞是中國古代天際中的滿天星雲，那麼〈浣溪沙〉就是其中一顆最爲璀璨耀眼的極星，它「照」就出著無數光鮮奪目的詞作，也「造」就出它居於翹楚的地位。無論是內容，或是形式，它都演奏出無比美聽的音符；旋轉出無窮美妙的舞步。我們彷彿可以聽見〈浣溪沙〉的曲子在耳邊開始盤旋回響，不停地訴說著千古的聲情歡悲。

【附註】

❶〔清〕王弈清等撰《歷代詞話》引《北夢瑣言》云：「薛昭緯恃才傲物，每入朝省，弄笏而行，

旁若無人，好唱〈浣溪紗〉詞。知舉後，有一門生辭歸鄉里，臨歧獻規曰：『侍郎重德，某乃受恩，爾後請不弄笏與唱〈浣溪紗〉，幸甚。』時人以為至言。」見唐圭璋：《詞話叢編》，冊二，頁一一一二。薛昭緯，或認為與薛昭蘊為一人，或曰非是。《唐五代詞紀事會評》中引《花間集校》說：「今此集（《北夢瑣言》）載昭蘊詞十八首，其八首為〈浣溪沙〉；又稱為薛侍郎，恐與昭緯為一人。緯、蘊，二字俱從糸，必有一誤也。」又引《唐宋詞選釋》云：「蓋史載昭緯卒於唐末，而《花間集》列昭蘊於韋莊、牛嶠之間，當為前蜀時人。」見史雙元：《唐五代詞紀事會評》（合肥：黃山書社，一九九五年十二月），頁七六七。

❷見王國維：《宋元戲曲史》（臺北：河洛圖書出版社，一九七五年九月），頁一四〇。

❸見王易：《詞曲史》（北京：東方出版社，一九九六年三月），頁三六六—三六七。

參考文獻

一・叢刻、選集

全唐五代詞　張璋、黃畬編　臺北　文史哲出版社　一九八六年十月
全唐五代詞　曾昭岷等編　北京　中華書局　一九九九年十二月
敦煌曲校錄　任二北編校　上海　文藝聯合出版社　一九五五年五月
全宋詞　唐圭璋編　北京　中華書局　一九六五年六月
增訂注釋全宋詞　朱德才主編　北京　文化藝術出版社　一九九七年十二月
全金元詞　唐圭璋編　北京　中華書局　一九七九年十月
全唐詩　〔清〕聖祖御定　臺北　文史哲出版社　一九七八年十二月
樂府雅詞　〔宋〕曾慥編　影印文淵閣四庫全書本　臺北　臺灣商務印書館　一九八六年三月
花庵詞選　〔宋〕黃昇編　影印文淵閣四庫全書本　臺北　臺灣商務印書館　一九八六年三月
陽春白雪　〔宋〕趙聞禮編　叢書集成初編本　北京　中華書局　一九八五年
絕妙好詞箋　〔宋〕周密編、〔清〕查爲仁、厲鶚箋　影印文淵閣四庫全書本　臺北　臺灣商

務印書館 一九八六年三月

草堂詩餘 〔宋〕佚名編 臺北 臺灣商務印書館 影印文淵閣四庫全書本 一九八六年三月

詞林萬選 〔明〕楊慎編 四庫全書存目叢書據明末毛氏汲古閣刻詞苑英華本 臺北 莊嚴文化事業公司 一九九七年六月

花草粹編 〔明〕陳耀文編 影印文淵閣四庫全書本 臺北 臺灣商務印書館 一九八六年三月

詞綜 〔清〕朱彝尊編 影印文淵閣四庫全書本 臺北 臺灣商務印書館 一九八六年三月

詞選、續詞選 〔清〕張惠言選、董毅續選 叢書集成初編本 北京 中華書局 一九八五年

蓼園詞選 〔清〕黃蘇編 清人選評詞集三種 濟南 齊魯書社出版 一九八八年九月

宋四家詞選 〔清〕周濟編 叢書集成初編本 北京 中華書局 一九八五年

詞則 〔清〕陳廷焯編 上海 上海古籍出版社 一九八四年五月

御選歷代詩餘 〔清〕沈辰垣、王奕清等奉敕編 影印文淵閣四庫全書本 臺北 臺灣商務印書館 一九八六年三月

歷朝名家詞選 〔清〕夏秉衡編 掃葉山房石印本 臺北 廣文書局 一九七二年九月

藝蘅館詞選 梁令嫻編 臺北 臺灣中華書局 一九七〇年十月

宋詞三百首箋注 朱祖謀編、唐圭璋箋注 臺北 臺灣學生書局 一九七六年九月

唐宋名家詞選 龍沐勛編 臺北 臺灣開明書店 一九七五年四月

宋詞選　胡雲翼編　上海　上海古籍出版社　一九八二年十月
唐宋詞簡釋　唐圭璋編　上海　上海古籍出版社　一九八一年七月
全宋詞簡編　唐圭璋編　上海　上海古籍出版社　一九八六年十一月
唐宋詞選釋　俞平伯編　俞平伯全集　石家莊　花山文藝出版社　一九九七年十一月
唐五代兩宋詞選釋　俞陛雲編　上海　上海古籍出版社　一九八五年九月
詞選、續詞選　鄭騫編　臺北　中國文化大學出版部　一九八二年四月、一九八二年五月
詞選註　盧元駿編　臺北　正中書局　一九八八年十月
唐宋詞選　中國社會科學院文學研究所編　北京　人民文學出版社　一九八一年一月
卜算子・浣溪沙　支菊生、竺金藏編　北京　東方出版社　二〇〇一年一月
唐五代詞鑒賞辭典　潘慎主編　北京　北京燕山出版社　一九九一年五月
唐宋詞鑒賞辭典（唐・五代・北宋卷）　唐圭璋等撰　上海　上海辭書出版社　一九八八年四月
唐宋詞鑒賞辭典（南宋・遼・金卷）　唐圭璋等撰　上海　上海辭書出版社　一九八八年八月
全宋詞精華分類鑑賞集成　潘百齊主編　南京　河南大學出版社　一九九一年十二月

二・別集

六一詞校注　蔡茂雄撰　臺北　文津出版社　一九七八年十一月
歐陽脩詞箋註　黃畬撰　臺北　文史哲出版社　一九八八年十月
小山詞一卷　〔宋〕晏幾道撰　四部備要宋六十名家詞本　臺北　臺灣中華書局　一九七〇年六月
小山詞校箋注　李明娜撰　臺北　文津出版社　一九八一年六月
東坡詞三卷　〔宋〕蘇軾撰　彊村叢書本　臺北　廣文書局　一九七〇年三月
東坡樂府箋講疏　〔宋〕蘇軾撰、朱祖謀注、龍沐勛箋疏　臺北　廣文書局　一九七二年九月
東坡詞編年校注及其研究　曹銘撰　臺北　華正書局　一九八〇年九月
東山詞殘一卷附校記一卷賀方回詞二卷附校記一卷東山詞補一卷附校記一卷　朱祖謀校　彊村叢書本　臺北　廣文書局　一九七〇年三月
東山詞箋註　黃啓方撰　臺北　嘉新水泥公司文化基金會　一九六九年八月
樵歌　〔宋〕朱敦儒撰、鄧子勉校注　上海　上海古籍出版社　一九九八年七月
稼軒詞編年箋注　〔宋〕辛棄疾撰、鄧廣銘編年校注　臺北　華正書局　一九八三年八月

三・詞話、詞論

詞話叢編　唐圭璋編　臺北　新文豐出版社　一九八八年二月
古今詞話　〔宋〕楊湜撰　詞話叢編本　臺北　新文豐出版社　一九八八年二月
能改齋詞話　〔宋〕吳曾撰　詞話叢編本　臺北　新文豐出版社　一九八八年二月
苕溪漁隱詞話　〔宋〕胡仔撰　詞話叢編本　臺北　新文豐出版社　一九八八年二月
詞源　〔宋〕張炎撰　詞話叢編本　臺北　新文豐出版社　一九八八年二月
作詞五要　〔宋〕楊守齋撰　詞話叢編本詞源附錄　臺北　新文豐出版社　一九八八年二月
爰園詞話　〔明〕俞彥撰　詞話叢編本　臺北　新文豐出版社　一九八八年二月
詞品　〔明〕楊慎撰　詞話叢編本　臺北　新文豐出版社　一九八八年二月
窺詞管見　〔清〕李漁撰　詞話叢編本　臺北　新文豐出版社　一九八八年二月
西河詞話　〔清〕毛奇齡撰　詞話叢編本　臺北　新文豐出版社　一九八八年二月
古今詞話　〔宋〕沈雄撰　詞話叢編本　臺北　新文豐出版社　一九八八年二月
歷代詞話　〔清〕王奕清等撰　詞話叢編本　臺北　新文豐出版社　一九八八年二月
詞潔輯評　〔清〕先著、程洪撰；胡念貽輯　詞話叢編本　臺北　新文豐出版社　一九八八年二月
西圃詞說　〔清〕田同之撰　詞話叢編本　臺北　新文豐出版社　一九八八年二月
詞綜偶評　〔清〕許昂霄撰　詞話叢編本　臺北　新文豐出版社　一九八八年二月

詞苑萃編 〔清〕馮金伯輯 詞話叢編本 臺北 新文豐出版社 一九八八年二月
本事詞 〔清〕葉申薌撰 詞話叢編本 臺北 新文豐出版社 一九八八年二月
蓮子居詞話 〔清〕吳衡照撰 詞話叢編本 臺北 新文豐出版社 一九八八年二月
詞逕 〔清〕孫麟趾撰 詞話叢編本 臺北 新文豐出版社 一九八八年二月
憩園詞話 〔清〕杜文瀾撰 詞話叢編本 臺北 新文豐出版社 一九八八年二月
蓼園詞評 〔清〕黃氏撰 詞話叢編本 臺北 新文豐出版社 一九八八年二月
左庵詞話 〔清〕李佳撰 詞話叢編本 臺北 新文豐出版社 一九八八年二月
詞學集成 〔清〕江順詒輯 詞話叢編本 臺北 新文豐出版社 一九八八年二月
賭棋山莊詞話 〔清〕謝章鋌撰 詞話叢編本 臺北 新文豐出版社 一九八八年二月
詞概 〔清〕劉熙載撰 詞話叢編本 臺北 新文豐出版社 一九八八年二月
白雨齋詞話 〔清〕陳廷焯撰 詞話叢編本 臺北 新文豐出版社 一九八八年二月
詞徵 〔清〕張德瀛撰 詞話叢編本 臺北 新文豐出版社 一九八八年二月
人間詞話 王國維撰 詞話叢編本 臺北 新文豐出版社 一九八八年二月
飲冰室評詞 梁啓超評 詞話叢編本 臺北 新文豐出版社 一九八八年二月
蕙風詞話 況周頤撰 詞話叢編本 臺北 新文豐出版社 一九八八年二月
艇齋詩話 〔宋〕曾季貍 臺北 藝文印書館 百部叢書集成本 一九六七年
詞苑叢談 〔清〕徐釚撰 臺北 木鐸出版社 一九八二年二月

詞學全書 〔清〕查繼超輯；陳果青、方開江校 貴陽 貴州人民出版社 一九九〇年六月
唐宋詞集序跋匯編 金啓華等撰 臺北 臺灣商務印書館 一九八二年二月
宋代詞學資料匯編 張惠民撰 汕頭 汕頭大學出版社 一九九三年十一月
唐五代詞紀事會評 史雙元撰 合肥 黃山書社 一九九五年十二月
金元詞紀事會評 鍾陵撰 合肥 黃山書社 一九九五年十二月
升菴辭品校證 劉真倫撰 臺北 華正書局 一九九六年六月
詞林新話 吳世昌撰、吳令華輯注、施議對校 北京 北京出版社 二〇〇〇年十月
詩詞論叢 吳世昌撰、吳令華編 北京 北京出版社 二〇〇〇年十月
中國音樂史論述稿 張世彬撰 香港 友聯出版社 一九七五年
詞與音樂 劉堯民撰 昆明 雲南大學出版社 一九八二年八月
詞與音樂關係研究 施議對撰 北京 中國社會科學出版社 一九八五年七月
隋唐五代燕樂雜言歌辭研究 王昆吾撰 北京 中華書局 一九九六年十一月
唐代酒令藝術 王昆吾撰 上海 東方出版中心 一九九五年一月
唐五代詞的文化觀照 劉尊明撰 臺北 文津出版社 一九九四年十二月
唐宋詞：本體意識的高揚與深化 錢鴻瑛等撰 桂林 廣西師範大學出版社 二〇〇〇年十一月
唐宋詞社會文化學研究 沈松勤撰 杭州 浙江大學出版社 二〇〇〇年一月

唐伎研究 廖美雲撰 臺北 臺灣學生書局 一九九五年九月
唐宋詞與唐宋歌妓制度 李劍亮撰 杭州 浙江大學出版社 一九九九年五月
詞論 劉永濟撰 上海 上海古籍出版社 一九八二年一月
詞學通論 吳梅撰 臺北 臺灣商務印書館 一九八八年四月
詞學綜論 馬興榮撰 濟南 齊魯書社 一九八九年十一月
詞學新論 蔡德安撰 臺灣 正中書局 一九七六年五月
詞學銓衡 梁啓勳撰 臺北 河洛圖書出版社 一九八〇年八月
宋詞通論 薛礪若撰 臺北 臺灣開明書店 一九八二年四月
詞學新詮 弓英德撰 臺北 臺灣商務印書館 一九八二年九月
唐宋詞通論 吳熊和撰 杭州 浙江古籍出版社 一九八九年三月
詞學今論 陳弘治撰 臺北 文津出版社 一九九一年七月
詞筌 余毅恆撰 臺北 正中書局 一九九六年十一月
詞學概說 吳丈蜀撰 北京 中華書局 二〇〇〇年四月
詩詞挈領 士會撰 香港 萬里書店 二〇〇一年四月
詞的審美特性 孫立撰 臺北 文津出版社 一九九五年二月
唐宋詞鑑賞通論 李若鶯撰 高雄 高雄復文書局 一九九六年九月
唐宋詞美學 楊海明撰 丹陽 江蘇教育出版社 一九九八年

唐宋詞審美觀照　吳惠娟撰　上海　學林出版社　一九九九年八月
唐詩宋詞的藝術　譚德晶撰　上海　學林出版社　二〇〇一年九月
宋代詞學審美理想　張惠民撰　北京　人民文學出版社　一九九五年四月
詩詞曲基礎知識　席金友撰　呼和浩特　內蒙古人民出版社　二〇〇〇年九月
詩詞新論　陳滿銘撰　臺北　萬卷樓圖書公司　一九九九年八月
詞曲散論　賴橋本撰　臺北　文津出版社　一九九〇年三月
景午叢編　鄭騫撰　臺北　臺灣中華書局　一九七二年一月
唐宋詞欣賞　夏承燾撰　臺北　文津出版社　一九八三年十月
詞學考詮　林玫儀撰　臺北　聯經出版事業公司　一九八七年十二月
詩詞札叢　吳小如撰　北京　北京出版社　一九八八年九月
詞曲論稿　羅忼烈撰　香港　中華書局　一九七七年八月
倚聲學　詞學十講　龍沐勛撰　臺北　里仁書局　一九九六年一月
龍榆生詞學論文集　龍榆生撰　上海　上海古籍出版社　一九九七年七月
詹安泰詞學論集　詹安泰撰　汕頭　汕頭大學出版社　一九九七年十月
詞學研究論文集（一九一一—一九四九）　華東師範大學中文系中國古典文學研究室編　上海
　上海古籍出版社　一九八八年三月
中國首屆唐宋詞國際學術討論會論文集　南京　江蘇教育出版社　一九九四年八月

第一屆詞學國際研討會論文集　中央研究院中國文哲研究所籌備處　臺北　中央研究院中國文哲研究所　一九九四年十一月
詞學論薈　趙爲民、程郁綴主編　臺北　五南圖書出版公司　一九八九年七月
中華詞學　東南大學中華詞學研究所編　南京　東南大學出版社　一九九四年七月

四‧詞譜、格律

索引本詞律　〔清〕萬樹撰　臺北　廣文書局　一九八九年十月
御定詞譜　〔清〕王奕清等奉敕撰　影印文淵閣四庫全書本　臺北　臺灣商務印書館　一九八六年三月
白香詞譜　〔清〕舒夢蘭撰、謝朝徵箋　臺北　世界書局　一九九七年十月
詞範　嚴賓杜撰　臺北　中華叢書編審委員會　一九五九年十月
孟玉詞譜　沈英名撰　臺北　正中書局　一九七二年六月
實用詞譜　蕭繼宗撰　臺北　國立編譯館　一九九〇年四月
詞律辭典　潘愼撰　太原　山西人民出版社　一九九一年九月
唐宋詞格律　龍沐勛撰　臺北　里仁書局　一九九五年八月

常用詞牌譜例 袁世忠撰 南昌 百花洲文藝出版社 一九九六年五月
詞調詞律大典 盛配撰 北京 中國華僑出版社 一九九八年五月
詞律探原 張夢機撰 臺北 文史哲出版社 一九八一年十一月
詩詞韻律 徐志剛撰 濟南 濟南出版社 一九九二年十二月
詞譜格律原論 徐信義撰 臺北 文史哲出版社 一九九五年一月
詩詞曲格律淺說 呂正惠撰 臺北 大安出版社 一九九五年十一月
詩詞曲的格律和用韻 耿振生撰 鄭州 大象出版社 一九九七年四月
詩詞格律教程 朱承平撰 廣州 暨南大學出版社 一九九九年九月
實用詩詞曲格律詞典 李新魁撰 廣州 花城出版社 一九九九年十一月
詩文聲律論稿 啓功撰 北京 中華書局 二〇〇〇年四月
詩詞曲格律綱要 涂宗濤撰 天津 天津人民出版社 二〇〇〇年九月
詩詞曲聲律淺說 夏援道撰 武漢 湖北教育出版社 二〇〇〇年十月
漢語詩律學 王力撰 香港 中華書局 二〇〇一年一月
唐聲詩 任二北撰 上海 上海古籍出版社 一九八二年十月
詞名索引 吳藕汀撰 北京 中華書局 一九五八年四月
詞調與大曲 梅應運撰 香港 新亞研究所 一九六一年十月
詞牌彙釋 聞汝賢撰 臺北 作者自印本 一九六三年五月

詞調溯源 夏敬觀撰 臺北 臺灣商務印書館 一九六七年十月
詞牌釋例 嚴建文撰 杭州 浙江文藝出版社 一九八四年七月
詞牌故事 蔣詔撰 西安 陝西師範大學出版社 二〇〇二年一月
詞學名詞釋義 施蟄存撰 北京 中華書局 一九八八年六月
慢詞考略 葉詠琍撰 臺北 作者自印本 一九七〇年
詞林正韻 戈載撰 白香詞譜附錄 臺北 世界書局 一九九七年十月
詞林韻準 黃徵撰 北京 中華書局 一九九一年一月
敦煌歌辭用韻考 郭雅玲撰 東吳大學中文研究所碩士論文 一九九八年六月
宋詞音系入聲韻部考 金周生撰 臺北 文史哲出版社 一九八五年四月

五・詞史及其他

千年詞 郭揚撰 南寧 廣西人民出版社 一九八七年六月
詞史 黃拔荊撰 福州 福建人民出版社 一九八九年四月
詞曲史 王易撰 北京 東方出版社 一九九六年三月
中國詞史 許宗之 安徽 黃山書社 一九九〇年十二月

中國詞學史　謝桃坊撰　成都　巴蜀書社　一九九三年六月
中國古代詞史　李正輝、李華豐撰　臺北　志一出版社　一九九五年十二月
唐宋詞史　楊海明撰　高雄　麗文文化事業公司　一九九六年二月
唐五代詞史論稿　劉尊明撰　北京　文藝藝術出版社　二〇〇〇年十月
唐宋詞流派史　劉揚忠撰　福州　福建人民出版社　一九九九年二月
金元詞史　黃兆漢撰　臺北　臺灣學生書局　一九九二年十二月
敦煌俗文學研究　林聰明撰　臺北　私立東吳大學中國學術著作獎助委員會　一九八四年七月
敦煌民間文學　高國藩撰　臺北　聯經出版事業公司　一九九四年
敦煌曲初探　任二北撰　上海　文藝聯合出版社　一九五五年五月
敦煌曲續論　饒宗頤撰　臺北　新文豐出版公司　一九九六年
敦煌歌辭選注　吳肅森撰　瀋陽　遼寧人民出版社　一九九一年五月
敦煌歌辭總編匡補　項楚撰　成都　巴蜀書社　二〇〇〇年六月
敦煌曲子詞欣賞　高國潘撰　南京　南京大學出版社　二〇〇一年八月
敦煌琵琶譜　饒宗頤撰　臺北　新文豐出版公司　一九九〇年十二月
敦煌琵琶譜論文集　饒宗頤編　臺北　新文豐出版公司　一九九一年八月
敦煌遺書論文集　王重民撰　臺北　明文書局　一九八五年六月
詞範　徐柚子撰　上海　華東師範大學出版社　一九九三年四月

唐宋詞體通論 苗菁撰 鄭州 中州古籍出版社 一九九八年三月
唐宋詞史論 王兆鵬撰 北京 人民文學出版社 二〇〇一年一月
宋詞辨 謝桃坊撰 上海 上海古籍出版社 一九九九年九月
北宋十大詞家研究 黃文吉撰 臺北 文史哲出版社 一九九六年三月
北宋詞人賀鑄研究 鍾振振撰 臺北 文津出版社 一九九四年八月
宋南渡詞人 黃文吉撰 臺北 臺灣學生書局 一九八五年五月
南宋詞研究 王偉勇撰 臺北 文史哲出版社 一九八七年九月
南宋詞史 陶爾夫、劉敬圻撰 哈爾濱 黑龍江人民出版社 一九九二年十二月
金元詞論稿 趙維江撰 北京 中國社會科學出版社 二〇〇〇年一月
金元詞通論 陶然撰 上海 上海古籍出版社 二〇〇一年七月
宋詞入門 陳振寰、沙靈娜撰 貴州 貴州人民出版社 一九九三年四月
詩詞讀寫 潘佛章撰 廣州 廣東高等教育出版社 一九八九年九月
讀詞常識 陳振寰撰 臺北 萬卷樓圖書公司 一九九〇年三月
填詞指要 狄兆俊撰 南昌 百花洲文藝出版社 一九九七年五月
格律詩詞寫作 余浩然撰 長沙 岳麓書社 二〇〇一年六月
說詩談詞—源流·格律·寫作 姚普、姚丹撰 西安 陝西人民出版社 一九九二年二月
詩詞入門—格律·作法·鑒賞 夏傳才撰 天津 南開大學出版社 一九九八年六月

中國古代文學十大主題—原型與流變　王立撰　臺北　文史哲出版社　一九九四年七月

多情自古傷別離：古典文學別離主題研究　蕭瑞峰撰　臺北　文史哲出版社　一九九六年六月

唐宋詞主題探索　揚海明撰　高雄　麗文文化事業公司　一九九五年十月

宋代的隱士與文學　劉文剛撰　成都　四川大學出版社　一九九二年十月

中國女性的文學世界　喬以鋼撰　武漢　湖北教育出版社　一九九三年十月

中國道教史　任繼愈撰　臺北　桂冠圖書公司　一九九一年十月

道教與中國文化　葛兆光撰　臺北　臺灣東華書局　一九八九年十二月

道・仙・人—中國道教縱橫　陳耀庭、劉仲宇撰　上海　上海社會科學院出版社　一九九二年十二月

道教與文學　黃兆漢撰　臺北　臺灣學生書局　一九九四年二月

道教文學三十談　伍偉民、蔣見元撰　上海　上海社會科學院出版社　一九九三年五月

金元全真道內丹心性論研究　張廣保撰　臺北　文津出版社　一九九三年七月

南宋・金元道教文學研究　詹石窗撰　上海　上海文化出版社　二〇〇一年二月

宋元戲曲史　王國維撰　臺北　河洛圖書出版社　一九七五年九月

篇章結構類型論　仇小屏撰　臺北　萬卷樓圖書公司　二〇〇〇年二月

中國首批文學博士學位論文選集　山東大學出版社編輯部編　濟南　山東大學出版社　一九八七年十二月

第一屆宋代文學學術研討會論文集　高雄　麗文文化事業公司　一九九五年五月
中國語言學論文集　國立中正大學中國文學研究所語言學專題研究室主編　高雄　高雄復文書局　一九九三年十二月
全宋詞作者詞調索引　高喜田、寇琪編　北京　中華書局　一九九二年六月
唐宋詞百科大辭典　王洪主編　北京　學苑出版社　一九九七年八月
詞學研究書目（一九一二年－一九九二年）　黃文吉主編　臺北　文津出版社　一九九三年四月
詞學論著總目（一九〇一－一九九二）　林玫儀主編　臺北　中研院文哲所　一九九五年六月
詞學通訊（一）　湖北大學詞學研究中心主辦　武昌　湖北大學詞學研究中心　一九九六年六月
詞學通訊（二）　湖北大學詞學研究中心主辦　武昌　湖北大學詞學研究中心　一九九七年九月
詞學研究年鑑（一九九五－一九九六年）　劉揚忠、王兆鵬、劉尊明主編　武漢　武漢出版社　二〇〇〇年三月
宋代文學研究年鑑（一九九七－一九九九）　劉揚忠、王兆鵬、劉尊明主編　武漢　武漢出版社　二〇〇一年十月

六・史部、子部

吳越春秋 〔漢〕趙曄撰 影印文淵閣四庫全書本 臺北 臺灣商務印書館 一九八六年三月
越絕書 佚名撰 叢書集成初編本 北京 中華書局 一九八五年
宋史 〔元〕脫脫等撰 臺北 鼎文書局 一九七八年九月
元史 〔明〕宋濂等撰 臺北 鼎文書局 一九七八年九月
宋史紀事本末 陳邦瞻撰 臺北 三民書局 一九七四年四月
淮南子 〔漢〕劉安撰、高誘注 臺北 臺灣中華書局 一九九三年六月
文心雕龍 〔梁〕劉勰 影印文淵閣四庫全書本 臺北 臺灣商務印書館 一九八六年三月
吳地記 〔唐〕陸廣微撰 臺北 新文豐出版社 叢書集成新編 一九八四年六月
教坊記箋訂 〔唐〕崔令欽撰、任半塘箋訂 臺北 宏業書局 一九七三年一月
樂府雜錄 〔唐〕段安節撰 叢書集成初編本 北京 中華書局 一九八五年
東京夢華錄 〔宋〕孟元老撰 臺北 臺灣商務印書館 一九七一年一月
武林舊事 〔宋〕周密撰 影印文淵閣四庫全書本 臺北 臺灣商務印書館 一九八六年三月
容齋隨筆 〔宋〕洪邁撰 影印文淵閣四庫全書本 臺北 臺灣商務印書館 一九八六年三月
齊東野語 〔宋〕周密撰 北京 中華書局 一九九七年十二月

朱子語類 〔宋〕黎靖德編 影印文淵閣四庫全書本 臺北 臺灣商務印書館 一九八六年三月
夢粱錄 〔宋〕吳自牧撰 叢書集成初編本 北京 中華書局 一九八五年
廣群芳譜 〔清〕聖祖御制、張虎剛點校 石家莊 河北人民出版社 一九八九年八月

七．單篇論文

（一）浣溪沙與樂舞

論細雨夢回雞塞遠之句意 竹內照夫撰、張良澤譯 大陸雜誌 四十卷五期 一九七〇年三月 頁三三－三四
談談李璟的山花子 周振甫 詞刊 一九八〇年四期 複印於中國古代、近代文學研究 一九八〇年四期 頁九－一一
說南唐中主浣溪沙二首 程千帆、張宏生撰 古典文學知識 一九八七年四期 頁二五－三〇
介紹南唐李璟的兩首山花子 吳小如撰 收入詩詞札叢 北京 北京出版社 一九八八年九月 頁一九二－一九八
曲闌小閣閑情多－晏殊浣溪沙淺析 鍾陵撰 文史知識 一九八七年六期 頁二八－三〇

晏殊的浣溪沙　陳滿銘撰　國文天地　十五卷十期　二〇〇〇年三月　頁六〇—六七

蘇軾寫在徐州的一組浣溪沙　傅經順撰　文史知識　一九八二年二期　頁三〇—三三轉頁三七

說蘇軾浣溪沙五首　吳小如　收入詩詞札叢　北京　北京出版社　一九八八年九月　頁二三五—二四四

敦煌琵琶譜浣溪沙殘譜研究　饒宗頤撰　收入敦煌琵琶譜論文集　臺北　新文豐出版公司　一九九一年八月　頁二八九—二九五

浣溪沙琵琶譜發微　饒宗頤撰　收入敦煌琵琶譜　臺北　新文豐出版公司　一九九〇年十二月　頁一三五—一三八

Misson Paul Pelliot の **Touen-Houang**(敦煌)より發見の舞譜「浣溪沙」の解讀　水原渭江撰　收入中國關係論說資料　二十三號二分冊（下）（左）　一九八一年　頁五六—六二

敦煌より發見の舞譜「浣溪沙」の解讀　水原渭江撰　收入中國關係論說資料　二十五號二分冊（上）　一九八三年　頁三四四—三五三

Pelliot の敦煌より發見の舞譜「浣溪沙」(資料二)の解讀　水原渭江撰　中國關係論說資料　二十七號二分冊（上）（左）　一九八五年　頁四七—五二

長安詞、山花子及其他　饒宗頤撰　收入敦煌曲續論　臺北　新文豐出版公司　一九九六年

三件敦煌曲譜資料的綜合研究　何昌林撰　收入敦煌琵琶譜論文集　臺北　新文豐出版公司　一九九一年八月　頁二一七—二二一

敦煌琵琶譜與舞譜之關係　饒宗頤撰　收入敦煌琵琶譜　臺北　新文豐出版公司　一九九〇年十二月　頁一—一一

敦煌舞譜校釋　王昆吾撰　收入唐代酒令藝術　上海　東方出版中心　一九九五年一月　頁二四六—二六七

研究詞樂之意見　任二北撰　收入詞學研究論文集（一九一一—一九四九）　上海　上海古籍出版社　一九八八年三月　頁三〇七—三一三

詞樂論　施議對撰　收入中國首批文學博士學位論文選集　濟南　山東大學出版社　一九八七年十二月　頁一八二—二三五

談宋代的詞樂　張金城撰　國教世紀　二〇〇一年一九五期　頁五五—六二

(二)詞律

詞通—論律　佚名撰　詞學季刊　一卷三號　一九三三年十二月　頁九四—一〇四

詞律箋榷　徐棨撰　詞學季刊　二卷四號　一九三五年四月　頁一〇六—一〇八

論詞之音律　明允中撰　幼獅學報　三卷一期　一九六〇年十月　頁一—二〇

論詞和詞律　李玉岐撰　陝西師大學報　一九七八年三期　頁二九—三八

詞律三義　夏承燾撰　收入唐宋詞論叢　臺北　宏業書局　一九七九年一月　頁一—七

詞律淺說　穆一衡撰　知織窗　一九八一年一期　頁一三—一四
論詞的音律與四聲　弓英德撰　收入詞學新詮　臺北　臺灣商務印書館　一九八二年九月　頁八〇—九三
詞律來源新考　邱耐久撰　廣東社會科學　一九八八年二期　頁一二六—一三四
詞之矩律　林大椿撰　收入詞學論薈　臺北　五南圖書出版公司　一九八九年七月　頁三七三—三七六
詞律質疑　龍沐勛撰　收入詞學論薈　臺北　五南圖書出版公司　一九八九年七月　頁三七七—三九四
增訂詞律之商榷　任二北撰　收入詞學論薈　臺北　五南圖書出版公司　一九八九年七月　頁三九五—四三〇
以唐、五代小令爲例試述詞律之形成　王偉勇撰　東吳文史學報　十一期　一九九三年三月　頁七七—一〇六
韻律分析在宋詞研究上之意義　林玫儀撰　中國文哲研究集刊　六期　一九九五年三月　頁五七—一七二
「詞」之爲「詞」在其律—關於律詞起源的討論　洛地撰　中國古代、近代文學研究　二〇〇一年二期　頁一〇一—一一〇

(三) 詞調

唐宋詞調的演變　吳熊和撰　杭州大學學報　一九八〇年三期　頁三七—四四
論詞調的變化　劉明瀾撰　音樂藝術　一九九四年二期　頁一一—二三
唐人近體詩和曲子詞的演化　龍沐勛撰　收入倚聲學：詞學十講　臺北　里仁書局　一九九六年一月　頁七—二二
詞體：兩大聲律系統的復合　韓經太撰　文學遺產　一九九四年五期　頁六一—六九
再論詞調　鄭騫撰　收入景午叢編　臺北　臺灣中華書局　一九七二年一月　冊上　頁九五—一〇二
詞調讀札　高建中撰　楚雄師專學報　十六卷一期　二〇〇一年一月　頁三—六
詞調與聲情　夏承燾撰　收入唐宋詞欣賞　臺北　文津出版社　一九八三年十月　頁五五—五九
填詞與選調　龍榆生撰　收入龍榆生詞學論文集　上海　上海古籍出版社　一九九七年七月　頁一七六—一八八
填詞怎樣選調　夏承燾撰　收入唐宋詞欣賞　臺北　文津出版社　一九八三年十月　頁五一—五四
選聲擇調與詞調聲情　吳熊和撰　杭州大學學報　一九八三年二期　頁四七—五三轉六三

詞調與聲情—探求詞調聲情的幾條途徑　陳滿銘撰　收入詩詞新論　臺北　萬卷樓圖書公司　一九九九年八月　頁一〇三—一二〇
略述兩宋詞的宮調與詞牌　曹濟平、張成撰　中國首屆唐宋詞國際學術討論會論文集　南京　江蘇教育出版社　一九九四年八月　頁五三二—五六一
試論詞調河傳的特色　連文萍撰　東吳中文研究集刊　一期　一九九四年五月　頁三五—四六
訴衷情詞調分析　曾秀華撰　東吳中文研究集刊　一期　一九九四年五月　頁一七五—一九二
南歌子詞調試析　郭娟玉撰　東吳中文研究集刊　二期　一九九五年五月　頁一〇九—一二八
試論詞調浪淘沙之特色　黃慧禎撰　東吳中文研究集刊　二期　一九九五年五月　頁一二九—一四四
洛陽春詞調初考　鄭祖襄撰　中央音樂學院學報　一九九六年二期　頁二四—二八
在詩律與詞律之間—漁歌子詞調分析　謝俐瑩撰　東吳中文研究集刊　二期　一九九五年五月　頁九一—一〇八
更漏子詞調研究　林宜陵撰　東吳中文研究集刊　三期　一九九六年五月　頁一三九—一五九
虞美人詞調試析　陶子珍撰　中國國學　二十四期　一九九六年十月　頁一八三—一九七
生查子詞調綜考　陳清茂撰　海軍軍官學校學報　一九九七年七期　頁二三三—二四一
滿江紅詞調溯源　謝桃坊撰　中國古代、近代文學研究　一九九七年九期　頁三七—四一
短調深情—臨江仙詞調及創作漫議　劉慶雲撰　中國古代、近代文學研究　一九九七年九期

頁四一—四七
念奴嬌詞調考原　岳珍撰　中國古代、近代文學研究　一九九七年九期　頁四七—五一
沁園春的形式特點與發展歷程　龍建國撰　中國古代、近代文學研究　一九九七年九期　頁五一—五五
淺論水調歌頭　王兆鵬撰　中國古代、近代文學研究　一九九七年九期　頁五六—五八
生查子詞調試析　杜靜鶴撰　東吳中文研究集刊　五期　一九九八年七月　頁四三—六四
西江月詞牌研究　李雅雲撰　東吳中文研究集刊　五期　一九九八年七月　頁一三九—一六二
淺析調笑詞之藝術特色　郭娟玉撰　國文天地　十四卷三期　一九九八年八月　頁五二—五六
楊柳枝詞調析論　沈冬撰　臺大中文學報　十一期　一九九九年五月　頁二一七—二六五

（四）詞譜

談詞譜—詞學講話之三　宛敏灝撰　安徽師大學報　一九八〇年三期　頁五七—六八
論詞譜—詞學通論之一節　龍榆生撰　收入龍榆生詞學論文集　上海　上海古籍出版社　一九七年七月　頁一五〇—一五七
論調譜　詹安泰撰　收入詹安泰詞學論集　汕頭　汕頭大學出版社　一九九九年十一月　頁一五八—一七二

論詞與音樂的關係及後世詞譜的缺失　洪惟助撰　中國文哲研究通訊　四卷二期　一九九四年六月　頁一六—二二

詞律、詞譜比較研究　林玫儀撰　二〇〇一行政院國家科學委員會補助專題研究報告　臺北國科會微縮小組　一九九七年

（五）詞韻、聲調

詞韻的建構從試擬到完成—朱敦儒、沈謙、戈載三家詞韻述評　謝桃坊撰　中華詞學　一期　南京　東南大學出版社　一九九四年七月　頁一五四—一七〇

論宋詞聲韻的歷史特徵　張惠民撰　收入宋代詞學審美理想　北京　人民文學出版社　頁一三〇—一四二

詞通—論韻　佚名撰　詞學季刊　一卷二號　一九三三年十二月　頁一三一—一四四

詞韻研究撮要　張世彬撰　中華文化復興月刊　十卷三期　一九七七年三月　頁二八—三六

談詞韻—詞學講話之四　宛敏灝撰　安徽師大學報　一九八〇年四期　頁八四—九四

詞韻約例　夏承燾撰　收入唐宋詞論叢　臺北　宏業書局　一九七九年一月　頁二二一—五二

略論唐宋詞之韻法　張世彬撰　中國學人　一九七七年六期　頁一六三—一七〇

詞的用韻類型　周崇謙撰　中國韻文學刊　一九九五年一期　頁六〇—六九

詞林正韻部目分合之研究　許金枝撰　中正嶺學術研究集刊　一九八六年五期　頁一—一八

詞林正韻第三部與第五部分合研究—以宋詞用韻爲例　林裕盛撰　中國語言學論文集　高雄　高雄復文書局　一九九三年十二月　頁九七—一一三

論宋詞三系附聲韻母　黎錦熙撰　收入樵歌　臺北　臺灣商務印書館　一九六八年九月　跋頁一—二〇

唐宋詞聲調淺說　夏承燾撰　語文學習　一九五八年六月號　頁一八—二一

詞之宮商雌黃—試以實驗語音學的方法探討詞之音樂性　羅立剛撰　學術月刊　一九九四年十一期　頁八一—八七轉一一〇

論平仄四聲　龍榆生撰　收入龍榆生詞學論文集　上海　上海古籍出版社　一九九七年七月　頁一五八—一六四

令詞之聲韻組織　龍榆生撰　收入龍榆生詞學論文集　上海　上海古籍出版社　一九九七年七月　頁一六五—一七五

唐宋詞字聲之演變　夏承燾撰　收入唐宋詞論叢　臺北　宏業書局　一九七九年一月　頁五三—八九

論唐宋詞字聲之演變　張世彬撰　新亞書院學術年刊　一九六七年九期　頁九五—一四一

（六）體制

令引近慢考 林玫儀 收入詞學考詮 臺北 聯經出版事業公司 一九八七年十二月 頁一二九—一六八
詞調三類 令、破、慢—釋「均（韻斷）」 洛地撰 文藝研究 二〇〇〇年五期 複印於中國古代、近代文學研究 二〇〇一年二期 頁二〇一—二一〇
塡詞襯字釋例 羅忼烈撰 收入詞曲論稿 香港 中華書局 一九七七年八月頁一四二—一七五
論詞之襯字 林玫儀撰 收入詞學考詮 臺北 聯經出版事業公司 一九八七年十二月 頁一六九—二〇〇
詞的章法和句法—詞學講話之二 宛敏灝撰 安徽師大學報 一九八〇年二期 頁七〇—八一
論章句 詹安泰撰 收入詹安泰詞學論集 汕頭 汕頭大學出版社 一九九七年十月 頁一七三—一九九
詞通—論字 佚名撰 詞學季刊 一卷一號 一九三三年十二月 頁一三〇—一四五
古典詩詞的煉字與煉意 雷履平撰 四川文學 一九八二年十一期 頁七七—八〇
漫談「詩眼」和「詞眼」 陳志明撰 收入詩文鑑賞方法二十講 臺北 木鐸出版社 一九八七年七月 頁一三三—一三五

（七）藝術、修辭

詞的藝術手法探討　李一飛撰　湘潭師專學報　一九八一年一期　複印於中國古代、近代文學研究　一九八一年十七期　頁二一

藝術的抽象與詞　唐玲玲撰　濟南大學學報　一九九一年三期　頁五一—五三轉頁七三

詞話論詞的藝術性　萬雲駿撰　收入詞學研究論文集（一九四九—一九七九）　上海　上海古籍出版社　一九八八年三月　頁三九—四二

艷情的再現與表現—唐宋詞情感表達技法舉隅　鄭紅梅撰　鎮江師專學報（社會科學版）　一九九三年一期　頁五四—五七

試論詞美　楊新民撰　內蒙古社會科學　一九八九年六期　頁九一—九六

論宋詞的感傷美　羅斯寧撰　學術研究　一九九一年三期　頁一〇三—一〇八

詞「媚」的審美分析與歷史評價　孫立撰　海南師院學報　一九九三年二期　頁六八—七二

論唐宋詩詞的意蘊美　鄒祖興撰　江漢大學學報　一九九四年四期　頁五七—六二

談移情手法在古典詩詞中的運用　項小玲撰　遼寧大學學報　一九九〇年一期　頁三〇—三一

從主與景情　庚生撰　國魂　一九七五年三五〇期　頁五三—五五

唐宋詞情景交融散論　何鳳奇撰　齊齊哈爾師範學院學報　一九九五年一期　頁四八—四九

論中國古典詩詞的模糊性特徵　劉宇撰　華中師範大學學報（哲學社會科學版）　一九八八年二期　頁八一—八七

唐宋詞欣賞與模糊方法　何鳳奇撰　齊齊哈爾師範學院學報　一九八七年四期　頁五九—六三

中國古典詩詞的模糊性　劉懷榮撰　河南師範大學學報（哲學社會科學版）　一九八七年三期　頁三四－四〇

影響詩詞曲節奏的要素　曾永義撰　中外文學　四卷八期　一九七六年一月　頁四－二九

（八）其他

詞的起源　胡適撰　收入詞學論薈　臺北　五南圖書出版公司　一九八九年七月　頁一－一三

詞的起源　胡雲翼撰　收入詞學論薈　臺北　五南圖書出版公司　一九八九年七月　頁六九－八七

宋代歌妓繁盛對詞體之影響　黃文吉撰　第一屆宋代文學學術研討會論文集　高雄　麗文文化事業公司　一九九五年五月　頁二一一－二二六

唱和與詞體的興衰　黃文吉撰　國立彰化師範大學國文系集刊　一期　一九九六年六月　頁三七－五四

從詞的實用功能看宋代文人的生活　黃文吉撰　國立編譯館館刊　二十卷二期　一九九一年十二月　頁三三－四四

壽詞與宋人的生命理想　黃文吉撰　宋代文學研究叢刊　二期　一九九六年九月　頁四一一－四二五

從「死生事大」到「善待今生」─試論唐宋詞人的生命意識和人生享受　楊海明撰　中國韻文學刊　一九九七年二期　頁一─一〇

閨怨詩與豔詩的「主體」　朱崇儀撰　文史學報　一九九九年二十九期　頁七三─九一

由美色、美人談古人的審美觀　孫秋雲、陳寧英撰　歷史月刊　一九九八年一三一期　頁一二八─一三二

中國古代的隱士與隱逸文化　趙映林撰　歷史月刊　一九九六年九十六期　頁三〇─三六

中國文人的漁父情結　吳蓸撰　古今藝文　二十六期　二〇〇〇年五月　頁四─一二

「漁父」在唐宋詞中的意義　黃文吉撰　第一屆詞學國際研討會論文集　臺北　中央研究院中國文哲研究所籌備處　一九九四年十一月　頁一三九─一五六

論宋代邊塞詞　何尊沛撰　四川師範學院學報（哲學社會科學版）　一九九四年五期　頁一一八

王兆鵬　宋代詠物詞的三種類型　收入唐宋詞史論　北京　人民文學出版社　二〇〇一年一月　頁一六八─一八三

蘇軾詠物篇目與藝術特色的重新定位　石雲濤撰　許昌師專學報（社會科學版）　十八卷二期　一九九九年　頁四五─四九

冬賞梅花春海棠─談南宋四大家的詠花詩　張君如撰　育達學報　一九九八年十二期　頁一〇─一六

毛滂思想與人品初探　李朝軍、何尊沛撰　四川師範學院學報　六期　二〇〇〇年十一月　頁四八—五三

淺論毛滂及其詞風　鄭志剛、火青撰　瀋陽師範學院學報　二十一卷二期　一九九七年　頁六一—六三

西施其人之由來及其形象演變　魏子雲撰　歷史月刊　一九九八年一二期　頁九六—一〇一

敦煌曲子詞集敘錄　王重民撰　收入敦煌遺書論文集　臺北　明文書局　一九八五年六月　頁五五—五七

雲謠集的性質及其與歌筵樂舞的聯繫—論雲謠集與花間集　饒宗頤撰　收入敦煌曲續論　臺北　新文豐出版公司　一九九六年　頁一一五—一二九

試論宋詞選集的標準和尺度　羅忼烈撰　收入詞學雜俎　成都　巴蜀書社　一九九〇年六月　頁一七一—一八一

天機餘錦見存宋金元詞輯佚　黃文吉撰　高雄　宋代文學研究叢刊　四期　一九九八年十二月　頁二三三—二五五

歷史的選擇—宋代詞人歷史地位的定量分析　王兆鵬撰　收入唐宋詞史論　北京　人民文學出版社　二〇〇一年一月　頁八一—一〇三

簡談宋詞繁榮的「量化」標誌　王兆鵬撰　收入唐宋詞史論　北京　人民文學出版社　二〇〇一年一月　頁一〇四—一一二

本世紀唐宋詞研究的定量分析 劉尊明撰 收入唐五代詞史論稿 北京 文藝藝術出版社 二〇〇〇年十月 頁三四五─三六七

一九九八年古典文學研究論著目錄（上） 黃文吉、孫秀玲編 中國古典文學研究 一九九九年一期 頁一八五─二一五

一九九八年古典文學研究論著目錄（下） 黃文吉、孫秀玲編 中國古典文學研究 一九九九年二期 頁二五─二四六

附錄一 浣溪沙主題格律用韻分析表

作者	首句	主題	格律	韻目	韻部
韋莊	清曉粧成寒食天	閨怨	―｜―――｜―。｜――｜｜――。｜――｜｜――。｜｜｜――｜｜，｜――｜｜――。――｜｜｜――。	先先先寒寒	7.
韋莊	欲上鞦韆四體慵	閨怨	｜｜――｜｜―。｜――｜｜[｜]―。｜――｜｜――。｜｜｜――｜｜，―――｜｜――。｜――｜｜――。	鍾鍾東東	1.
韋莊	惆悵夢餘山月斜	相思	―｜｜――｜―。――｜｜｜――。｜――｜｜――。―｜｜――｜｜，｜――｜｜――。｜――｜｜――。	麻麻麻麻	10.
韋莊	綠樹藏鶯鶯正啼	歡樂	｜｜―――｜―。｜――｜｜――。｜――｜｜――。｜｜｜――｜｜，｜――｜｜――。｜――｜｜――。	齊齊齊齊	3.
韋莊	夜夜相思更漏殘	相思	｜｜―――｜―。―――｜｜――。｜――｜｜――。｜｜｜――｜｜，｜――｜｜――。｜――｜｜――。	寒寒寒寒	7.
韓偓	攏鬢新收玉步搖	閨怨	｜｜――｜｜―。｜――｜｜――。｜――｜｜――。―｜｜――｜｜，｜――｜｜――。｜――｜｜――。	蕭蕭蕭蕭	8.
韓偓	宿醉離愁慢髻鬟	閨怨	｜｜――｜｜―。｜――｜｜――。―――｜｜――。―｜｜――｜｜，｜――｜｜――。｜――｜｜――。	刪寒寒寒	7.
歐陽炯	落絮殘鶯半日天	閨怨	｜｜――｜｜―。｜――｜｜――。｜―｜｜｜――。｜｜｜――｜｜，―――｜｜――。｜――｜｜――。	先先先先	7.
歐陽炯	天碧羅衣拂地垂	閨怨	―｜――｜｜―。｜――｜｜――。｜――｜｜――。｜｜―――｜｜，――｜｜｜――。｜――｜[―｜]―。	支支支支	3.
歐陽炯	相見休言有淚珠	離別	―｜――｜｜―。｜――｜｜――。｜――｜｜――。―｜｜――｜｜，｜――｜｜――。｜――｜｜――。	虞虞虞虞	4.
薛昭蘊	紅蓼渡頭秋正雨	離別	―｜｜――｜｜，｜――｜｜――。｜――｜｜――。―｜―――｜｜，｜――｜｜――。｜――｜｜――。	×唐陽唐唐	2.

<table>
<tr><td>薛昭蘊</td><td>鈿匣菱花錦帶垂</td><td>閨怨</td><td>—|——||—。|——||——。———||——。|||——||，|——||——。|——||——。</td><td>支支支微微</td><td>3.</td></tr>
<tr><td>薛昭蘊</td><td>粉上依稀有淚痕</td><td>閨怨</td><td>||——||—。|——||——。|——||——。|||——||，——|||——。|——||——。</td><td>痕魂魂真魂</td><td>6.</td></tr>
<tr><td>薛昭蘊</td><td>握手河橋柳似金</td><td>相思</td><td>||——||—。———||——。|——||——。|||——||，———||——。|——||——。</td><td>侵侵侵侵侵</td><td>13.</td></tr>
<tr><td>薛昭蘊</td><td>簾下三間出寺墻</td><td>相思</td><td>—|——||—。|——||——。|——||——。—||——||，———||——。———||——。</td><td>陽陽陽陽陽</td><td>2.</td></tr>
<tr><td>薛昭蘊</td><td>江館清秋攬客舡</td><td>離別</td><td>—|——||—。|——||——。|——||——。—||——||，———||——。|——||——。</td><td>先仙先先先</td><td>7.</td></tr>
<tr><td>薛昭蘊</td><td>頃國傾城恨有餘</td><td>其他</td><td>|||—||—。|——||——。|——||——。—|———||，|——||——。|——||——。</td><td>魚模虞虞模</td><td>4.</td></tr>
<tr><td>薛昭蘊</td><td>越女淘金春水上</td><td>相思</td><td>||———|□，|——||——。|——||——。—||——||，|——||——。|——||——。</td><td>×唐陽陽唐</td><td>2.</td></tr>
<tr><td>張 泌</td><td>鈿轂香車過柳堤</td><td>離別</td><td>—|——||—。|——||——。|——||——。—|——|||，|——||——。——|||——。</td><td>齊齊齊齊齊</td><td>3.</td></tr>
<tr><td>張 泌</td><td>馬上凝情憶舊遊</td><td>離別</td><td>||——||—。|——||——。——|||——。|||——||，|——||——。|——||——。</td><td>尤尤侯尤尤</td><td>12.</td></tr>
<tr><td>張 泌</td><td>獨立寒階望月華</td><td>閨怨</td><td>||——||—。|——||——。|——||——。—||——||，——|||——。|——||——。</td><td>麻麻麻麻佳</td><td>10.</td></tr>
<tr><td>張 泌</td><td>依約殘眉理舊黃</td><td>閨怨</td><td>—|——||—。|——||——。|——||——。—||——||，|——||——。|——||——。</td><td>唐陽陽陽陽</td><td>2.</td></tr>
<tr><td>張 泌</td><td>翡翠屏開繡幄紅</td><td>閨怨</td><td>||——||—。|——||——。|——||——。—||——||，|——||——。|——||——。</td><td>東鍾鍾東東</td><td>1.</td></tr>
<tr><td>張 泌</td><td>枕障燻鑪隔繡幃</td><td>相思</td><td>||——||—。|——||——。|——||——。—|——|||，|——||——。———||——。</td><td>微之之支支</td><td>3.</td></tr>
<tr><td>張 泌</td><td>花月香寒悄夜塵</td><td>情愛</td><td>—|——||—。|——||——。——|||——。—||——||，|——||——。|——||——。</td><td>真真真真諄</td><td>6.</td></tr>
<tr><td>張 泌</td><td>偏戴花冠白玉簪</td><td>閨怨</td><td>—|——||—。|——||——。|——||——。|||——||，|——||——。|——||——。</td><td>覃侵侵侵侵</td><td>12.
13.</td></tr>
</table>

張泌	晚逐香車入鳳城	歡樂	｜｜——｜｜—。———｜｜——。｜——｜｜——。—｜｜——｜｜，｜——｜｜——。———｜｜——。	清清清庚庚	11.
張泌	小市東門欲雪天	歡樂	｜｜——｜｜—。｜——｜｜——。｜——｜｜——。｜｜———｜｜，｜——｜｜——。｜——｜｜——。	先仙仙先先	7.
毛文錫	七夕年年信不違	情愛	｜｜——｜｜—。———｜｜——。——｜｜｜——。｜｜———｜｜，｜——｜｜——。———｜｜——。	微微微微微	3.
顧敻	春色迷人恨正賒	閨怨	—｜——｜｜—。｜—｜｜｜——。｜——｜｜——。—｜｜——｜｜，｜——｜｜——。｜——｜｜——。	麻麻麻麻佳	10.
顧敻	紅藕香寒翠渚平	閨怨	—｜——｜｜—。｜——｜｜——。｜——｜｜——。｜｜｜——｜｜，———｜｜——。｜——｜｜——。	庚清清庚庚	11.
顧敻	荷芰風輕簾幕香	閨怨	—｜———｜—。｜——｜｜——。｜——｜｜——。｜｜———｜｜，｜——｜｜——。｜——｜｜——。	陽唐陽唐陽	2.
顧敻	惆悵經年別謝娘	相思	—｜——｜｜—。｜——｜｜——。｜——｜｜——。—｜｜——｜｜，———｜｜——。｜——｜｜——。	陽唐陽陽唐	2.
顧敻	庭菊飄黃玉露濃	相思	—｜——｜｜—。｜——｜｜——。———｜｜——。｜｜———｜｜，｜—｜｜｜——。｜—｜｜｜——。	鍾鍾鍾鍾鍾	1.
顧敻	雲澹風高葉亂飛	閨怨	—｜——｜｜—。｜——｜｜——。———｜｜——。｜｜｜——｜｜，———｜｜——。｜——｜｜——。	微微微微微	3.
顧敻	雁響遙天玉漏清	閨怨	｜｜——｜｜—。｜——｜｜——。｜——｜｜——。—｜｜——｜｜，———｜｜——。——｜｜｜——。	清庚庚庚清	11.
顧敻	露白蟾明又到秋	相思	｜｜——｜｜—。———｜｜——。｜——｜｜——。｜｜—□—｜｜，———｜｜——。｜——｜｜——。	尤尤尤侯尤	12.
閻選	寂寞流蘇冷繡茵	相思	—｜——｜｜—。｜——｜｜——。｜——｜｜——。—｜｜——｜｜，———｜｜——。｜——｜｜——。	真真諄真真	6.
毛熙震	春暮黃鶯下砌前	寫景	—｜——｜｜—。｜——｜｜——。｜——｜｜——。｜｜｜——｜｜，——｜｜｜——。｜——｜｜——。	先先先先先	7.
毛熙震	花榭香紅煙景迷	閨怨	—｜———｜—。｜——｜｜——。———｜｜——。｜｜｜——｜｜，｜——｜｜——。｜——｜｜——。	齊齊齊齊齊	3.
毛熙震	晚起紅房醉欲銷	閨怨	｜｜——｜｜—。｜——｜｜——。｜——｜｜——。｜｜｜——｜｜，｜——｜｜——。———｜｜——。	宵宵蕭蕭蕭	8.

毛熙震	一隻橫釵墜髻叢	閨怨	｜⊟——｜｜—。｜——｜｜——。｜——｜｜——。—｜｜——｜｜，———｜｜——。｜——｜｜——。	東鍾鍾鍾鍾	1.
毛熙震	雲薄羅裙綬帶長	詠人	—｜——｜｜—。｜——｜｜——。｜——｜｜——。—｜｜——｜｜，｜——｜｜——。｜——｜｜——。	陽陽陽陽陽	2.
毛熙震	碧玉冠輕裊燕釵	閨怨	｜｜——｜｜—。｜——｜｜——。｜——｜｜——。｜⊟———｜｜，｜——◫｜——。｜——｜｜◫—。	佳皆佳皆皆	5.
毛熙震	半醉凝情臥繡茵	閨怨	｜｜——｜｜—。｜——｜｜——。｜——｜｜——。—｜｜——｜｜，｜——｜｜——。｜——｜｜——。	真文文文文	6.
李　珣	入夏偏宜澹薄粧	閨怨	｜｜——｜｜—。｜——｜｜——。｜——｜｜——。—｜———｜｜，｜—｜｜｜——。｜——｜｜——。	陽唐唐陽陽	2.
李　珣	晚出閑庭看海棠	詠人	｜｜——｜｜—。｜——｜｜——。｜——｜｜——。｜｜———｜｜，｜——｜｜——。｜——｜｜——。	唐陽陽陽陽	2.
李　珣	訪舊傷離欲斷魂	情愛	｜｜——｜｜—。———｜｜——。｜——｜｜——。｜｜｜——｜｜，｜——｜｜——。｜——｜｜——。	魂真真諄真	6.
李　珣	紅藕花香到檻頻	相思	—｜——｜｜—。｜——｜｜——。｜——｜｜——。｜｜———｜｜，｜——｜｜——。｜——｜｜——。	真真真真真	6.
孫光憲	蓼岸風多橘柚香	相思	｜｜——｜｜—。——｜｜｜——。｜——｜｜——。｜｜———｜｜，———｜｜——。｜——｜｜——。	陽陽唐唐陽	2.
孫光憲	桃杏風香簾幕閑	情愛	—｜———｜—。｜——｜｜——。｜——｜｜——。｜｜｜——｜｜，｜—｜｜｜——。｜——｜｜——。	山刪刪山刪	7.
孫光憲	花漸凋疏不耐風	詠人	—｜——｜｜—。｜——｜｜——。｜——｜｜——。｜｜｜——｜｜，———｜｜——。｜——｜｜——。	東東東東東	1.
孫光憲	攬鏡無言淚欲流	閨怨	｜｜——｜｜—。——｜｜｜——。｜——｜｜——。—｜｜——｜｜，｜——｜｜——。｜——｜｜——。	尤侯尤尤尤	12.
孫光憲	半踏長裙宛約行	閨怨	｜｜——｜｜—。｜——｜｜——。｜——｜｜——。—｜———｜｜，｜——｜｜——。｜——｜｜——。	庚庚庚清清	11.
孫光憲	蘭沐初休曲檻前	詠人	—｜——｜｜—。｜——｜｜——。｜——｜｜——。｜｜｜——｜｜，｜——｜｜——。｜——｜｜——。	先先仙先先	7.
孫光憲	風遞殘香出繡簾	歡樂	—｜——｜｜—。———｜｜——。｜——｜｜——。—｜｜——｜｜，——｜｜｜—◫。———｜｜——。	鹽鹽鹽鹽鹽	14.

孫光憲	輕打銀箏墜燕泥	閨怨	—｜——｜｜—。｜——｜｜——。———｜｜——。｜｜｜——｜｜，——｜｜｜——。｜——｜｜——。	齊齊齊齊齊	3.
孫光憲	烏帽斜欹倒佩魚	歡樂	—｜——｜｜—。｜——｜｜——。———｜｜——。—｜｜——｜｜，｜——｜｜——。———｜｜——。	魚魚魚魚魚	4.
孫光憲	碧玉衣裳白玉人	詠人	｜｜——｜｜—。｜——｜｜——。｜——｜｜——。—｜｜——｜｜，｜——｜｜——。｜——｜｜——。	真真文真真	6.
孫光憲	何事相逢不展眉	情愛	—｜——｜｜—。｜——｜｜——。｜——｜｜——。｜｜｜——｜｜，——｜｜｜——。｜——｜｜——。	脂之之支脂	3.
孫光憲	落絮飛花滿帝城	傷懷	｜｜——｜｜—。———｜｜——。｜——｜｜——。—｜———｜｜，———｜｜——。｜——｜｜——。	清清庚庚庚	11.
孫光憲	靜想離愁暗淚零	閨怨	｜｜——｜｜—。｜——｜｜——。｜——｜｜——。｜｜｜——｜｜，｜——｜｜——。｜——｜｜——。	青清真庚庚	11.
孫光憲	試問於誰分最多	歡樂	｜｜———｜—。｜——｜｜——。｜——｜｜——。｜｜｜——｜｜，｜——｜｜——。｜——｜｜——。	歌戈歌歌戈	9.
孫光憲	葉墜空階折早秋	閨怨	｜｜——｜｜—。｜——｜｜——。｜——｜｜——。—｜｜——｜｜，｜——｜｜——。｜——｜｜——。	尤侯尤尤尤	12.
孫光憲	月淡風和畫閣深	閨怨	｜｜——｜｜—。｜——｜｜——。｜——｜｜——。—｜｜——｜｜，｜——｜｜——。｜——｜｜——。	侵侵侵侵侵	13.
孫光憲	自入春來月夜稀	閨怨	｜｜——｜｜—。———｜｜——。———｜｜——。｜｜｜——｜｜，———｜｜——。｜——｜｜——。	微微脂微微	3.
孫光憲	十五年來錦岸游	歡樂	—｜——｜｜—。｜——｜｜——。｜——｜｜——。｜｜｜——｜｜，｜——｜｜——。｜——｜｜——。	尤尤尤尤侯	12.
馮延巳	春到青門柳色黃	閨怨	—｜——｜｜—。｜——｜｜——。———｜｜——。｜｜｜——｜｜，｜——｜｜——。———｜｜——。	唐陽陽陽	2.
馮延巳	轉燭飄蓬一夢歸	愁思	｜｜——｜｜—。｜——｜｜——。———｜｜——。｜｜———｜｜，｜——｜｜——。——｜｜｜——。	微微微微微	3.
馮延巳	醉憶春山獨倚樓	閨怨	｜｜——｜｜—。｜——｜｜——。——｜｜｜——。｜｜———｜｜，｜——｜｜——。｜——｜｜——。	侯尤尤尤尤	12.
張 先	輕屧來時不破塵	閨怨	—｜——｜｜—。｜——｜｜——。｜——｜｜——。｜｜｜——｜｜，｜——｜｜——。｜——｜｜——。	真文諄文真	6.

張先	樓倚春江百尺高	閨怨	—｜——｜｜—。———｜｜——。｜——｜｜——。—｜｜——｜｜，｜——｜｜——。｜——｜｜——。	豪宵宵宵宵	8.
晏殊	閬苑瑤臺風露秋	閨怨	｜｜———｜—。｜——｜｜——。｜——｜｜——。｜｜———｜｜，｜——｜｜——。｜——｜｜——。	尤尤尤尤尤	12.
晏殊	三月和風滿上林	愁思	—｜——｜｜—。｜——｜｜——。———｜｜——。｜｜｜——｜｜，｜——｜｜——。｜——｜｜——。	侵侵侵侵侵	13.
晏殊	青杏園林煮酒香	愁思	—｜——｜｜—。———｜｜——。｜——｜｜——。｜｜｜——｜｜，———｜｜——。｜——｜｜——。	陽陽唐陽唐	2.
晏殊	一曲新詞酒一盃	傷懷	｜｜——｜｜—。｜——｜｜——。｜——｜｜——。—｜｜——｜｜，｜——｜｜——。｜——｜｜——。	灰咍灰咍灰	3.5.
晏殊	紅蓼花香夾岸稠	愁思	—｜——｜｜—。｜——｜｜——。｜——｜｜——。—｜｜——｜｜，———｜｜——。｜——｜｜——。	尤尤尤侯尤	12.
晏殊	淡淡梳妝薄薄衣	閨怨	｜｜——｜｜—。———｜｜——。｜——｜｜——。—｜｜——｜｜，｜——｜｜——。｜——｜｜——。	微支脂支之	3.
晏殊	小閣重簾有燕過	愁思	｜｜——｜｜—。｜——｜｜——。｜——｜｜——。｜｜｜——｜｜，｜——｜｜——。｜——｜｜——。	戈戈戈歌歌	9.
晏殊	宿酒纔醒厭玉卮	閨怨	｜｜——｜｜—。｜——｜｜——。｜——｜｜——。—｜｜——｜｜，———｜｜——。｜——｜｜——。	支微支支支	3.
晏殊	綠葉紅花媚曉煙	歡樂	｜｜——｜｜—。———｜｜——。｜——｜｜——。｜｜｜——｜｜，｜——｜｜——。｜——｜｜——。	先先仙先先	7.
晏殊	湖上西風急暮蟬	離別	—｜——｜｜—。｜——｜｜——。｜——｜｜——。｜｜｜——｜｜，｜——｜｜——。｜——｜｜——。	仙先仙先先	7.
晏殊	楊柳陰中駐彩旌	離別	—｜｜—｜｜—。｜——｜｜——。｜——｜｜——。｜｜｜——｜｜，｜——｜｜——。｜——｜｜——。	清庚清清清	11.
晏殊	一向年光有限身	離別	｜｜——｜｜—。｜——｜｜——。｜——｜｜——。｜｜———｜｜，｜——｜｜——。｜——｜｜——。	真魂真諄真	6.
晏殊	玉椀冰寒滴露華	詠人	｜｜——｜｜—。｜——｜｜——。｜——｜｜——。｜｜｜——｜｜，｜——｜｜——。｜——｜｜——。	麻麻麻麻麻	10.
歐陽脩	雲曳香綿彩柱高	詠人	—｜——｜｜—。｜——｜｜——。｜——｜｜——。｜｜｜——｜｜，｜——｜｜——。｜——｜｜——。	豪爻爻蕭蕭	8.

歐陽脩	堤上遊人逐畫船	遊歷	—｜——｜｜—。｜——｜｜——。｜——｜｜——。｜｜｜——｜｜，｜——｜｜——。——｜｜｜——。	仙先仙仙先	7.
歐陽脩	湖上朱橋響畫輪	遊歷	—｜——｜｜—。———｜｜——。｜——｜｜——。—｜———｜｜，｜——｜｜——。｜——｜｜——。	真文真真諄	6.
歐陽脩	葉底青青杏子垂	閨怨	｜｜——｜｜—。——｜｜｜——。｜——｜｜——。—｜———｜｜，｜——｜｜——。｜——｜｜——。	支微齊支齊	3.
歐陽脩	青杏園林煮酒香	閨怨	—｜——｜｜—。———｜｜——。｜——｜｜——。｜｜｜——｜｜，———｜｜——。｜——｜｜——。	陽陽唐陽唐	2.
歐陽脩	紅粉佳人白玉杯	歡樂	—｜——｜｜—。｜——｜｜——。｜——｜｜——。｜｜———｜｜，——｜｜｜——。｜——｜｜——。	灰灰咍咍咍	3.5.
歐陽脩	翠袖嬌鬟舞石州	歡樂	｜｜——｜｜—。｜——｜｜——。———｜｜——。｜｜｜——｜｜，———｜｜——。｜——｜｜——。	尤尤尤尤尤	12.
歐陽脩	燈燼垂花月似霜	歡樂	—｜——｜｜—。｜—｜｜｜——。｜——｜｜——。—｜｜——｜｜，｜——｜｜——。———｜｜——。	陽唐陽陽陽	2.
歐陽脩	十載相逢酒一卮	歡樂	｜｜——｜｜—。｜——｜｜——。｜——｜｜——。—｜———｜｜，——｜｜｜——。｜——｜｜——。	支脂脂支齊	3.
杜安世	模樣偏宜掌上憐	詠人	—｜——｜｜—。——｜｜｜——。｜——｜｜——。—｜｜——｜｜，——｜｜｜——。｜——｜｜——。	先刪寒寒山	7.
杜安世	橫畫工夫想未全	情愛	—｜——｜｜—。——｜｜｜——。｜——｜｜——。—｜———｜｜，——｜｜｜——。——｜｜｜——。	仙仙仙仙先	7.
王安石	百畝中庭半是苔	寫景	｜｜——｜｜—。——｜｜｜——。｜——｜｜——。｜｜———｜｜，———｜｜——。｜——｜｜——。	咍灰咍咍咍	3.5.
晏幾道	二月春花厭落梅	離別	｜｜——｜｜—。———｜｜——。｜——｜｜——。—｜｜——｜｜，｜——｜｜——。｜——｜｜——。	灰灰灰咍咍	3.
晏幾道	臥鴨池頭小苑開	羈旅	｜｜——｜｜—。——｜｜｜——。｜——｜｜——。—｜———｜｜，——｜｜｜——。｜——｜｜——。	咍灰灰咍咍	3.
晏幾道	二月和風到碧城	情愛	｜｜——｜｜—。｜——｜｜——。｜——｜｜——。—｜｜——｜｜，———｜｜——。｜——｜｜——。	清庚庚清清	11.
晏幾道	白紵春衫楊柳鞭	歡樂	｜｜———｜—。｜——｜｜——。｜——｜｜——。—｜｜——｜｜，———｜｜——。｜——｜｜——。	仙仙先仙仙	7.

晏幾道	牀上銀屏幾點山	閨怨	—｜——｜｜—。｜——｜｜——。｜——｜｜——。｜｜｜——｜｜，｜——｜｜——。｜——｜｜——。	山寒山刪寒	7.
晏幾道	綠柳藏烏靜掩關	閨怨	｜｜——｜｜—。｜——｜｜——。｜——｜｜——。｜｜｜——｜｜，｜——｜｜——。｜——｜｜——。	刪山寒刪寒	7.
晏幾道	家近旗亭酒易酤	歡樂	—｜——｜｜—。———｜｜——。｜——｜｜——。｜｜｜——｜｜，———｜｜——。———｜｜——。	模虞魚模虞	4.
晏幾道	日日雙眉鬭畫長	閨怨	｜｜——｜｜—。———｜｜——。｜——｜｜——。｜｜｜——｜｜，｜——｜｜——。｜——｜｜——。	陽陽唐陽陽	2.
晏幾道	飛鵲臺前暈翠娥	春愁	—｜———｜—。———｜｜——。｜——｜｜——。｜｜｜——｜｜，｜——｜｜——。｜——｜｜——。	歌戈歌戈歌	9.
晏幾道	午醉西橋夕未醒	愁思	｜｜——｜｜—。｜——｜｜——。———｜｜——。—｜｜——｜｜，｜——｜｜——。｜——｜｜——。	青青青青清	11.
晏幾道	一樣宮妝簇彩舟	詠人	｜｜——｜｜—。｜——｜｜——。｜——｜｜——。—｜｜——｜｜，｜——｜｜——。———｜｜——。	尤尤尤尤侯	12
晏幾道	已拆鞦韆不奈閒	相思	｜｜——｜｜—。｜——｜｜——。｜——｜｜——。｜｜———｜｜，｜——｜｜——。｜——｜｜——。	山刪刪刪桓	7.
晏幾道	閒弄箏絃懶繫裙	相思	—｜——｜｜—。———｜｜——。｜——｜｜——。｜｜｜——｜｜，———｜｜——。｜——｜｜——。	文真真真諄	6.
晏幾道	團扇初隨碧簟收	閨怨	—｜——｜｜—。｜——｜｜——。｜——｜｜——。—｜｜——｜｜，———｜｜——。｜——｜｜——。	尤尤尤侯尤	12
晏幾道	翠閣朱闌倚處危	相思	｜｜——｜｜—。｜——｜｜——。｜——｜｜——。｜｜｜——｜｜，——｜｜｜——。｜——｜｜——。	支支微支支	3
晏幾道	唱得紅梅字字香	詠人	｜｜——｜｜—。｜——｜｜——。｜——｜｜——。—｜｜□—｜｜，｜——｜｜——。｜——｜｜——。	陽唐陽陽陽	2.
晏幾道	小杏春聲學浪仙	詠人	｜｜——｜｜—。———｜｜——。｜——｜｜——。—｜｜——｜｜，｜——｜｜——。——｜｜｜——。	仙先仙先先	7.
晏幾道	銅虎分符領外臺	邊塞	—｜——｜｜—。｜——｜｜——。———｜｜——。—｜｜——｜｜，｜——｜｜——。｜——｜｜——。	咍咍皆咍咍	5.
晏幾道	浦口蓮香夜不收	傷懷	｜｜——｜｜—。｜——｜｜——。｜——｜｜——。—｜｜——｜｜，｜——｜｜——。｜——｜｜——。	尤尤侯尤侯	12

晏幾道	莫問逢春能幾回	歡樂	‖———|—。———‖——。|□—‖——。|||——‖，———‖——。|——‖——。	灰咍咍咍灰	3.5.
晏幾道	樓上燈深欲閉門	相思	—|——‖—。|——‖——。|——‖——。‖———‖，|——‖——。|——‖——。	魂痕魂魂魂	6.
蘇軾	風捲珠簾自上鉤	歡樂	—|——‖—。——|||——。|——‖——。|||——‖，———‖——。——|||——。	侯尤侯幽尤	12
蘇軾	山下蘭芽短浸溪	傷懷	—|——‖—。———‖——。——|||——。—|———‖，———‖——。——|||——。	齊齊齊齊齊	3.
蘇軾	西塞山邊白鷺飛	隱逸	—|——‖—。|——‖——。———‖——。|||——‖，——|||——。——|||——。	微微微微微	3.
蘇軾	覆塊青青麥未蘇	寫景	‖——‖—。———‖——。———‖——。|||——‖，|——‖——。———‖——。	模魚虞虞虞	4.
蘇軾	醉夢醺醺曉未蘇	歡樂	‖——‖—。——|||——。——|||——。‖———‖，|——‖——。——|||——。	模魚虞虞虞	4.
蘇軾	雪裡餐氈例姓蘇	歡樂	‖——‖—。|—|||——。——|||——。|||——‖，|——‖——。|——‖——。	模魚虞虞虞	4.
蘇軾	半夜銀山上積蘇	閒適	‖——‖—。——|||——。———‖——。—‖——‖，|——‖——。|——‖——。	模魚虞虞虞	4.
蘇軾	萬頃風濤不記蘇	歡樂	‖——‖—。|——‖——。|——‖——。|||——‖，|—|||——。———‖——。	模魚虞虞虞	4.
蘇軾	珠檜絲杉冷欲霜	歡樂	—|——‖—。———‖——。|——‖——。‖———‖，———‖——。|——‖——。	陽陽唐陽唐	2.
蘇軾	霜鬢真堪插拒霜	歡樂	—|——‖—。———‖——。|——‖——。‖———‖，|——‖——。———‖——。	陽陽唐陽唐	2.
蘇軾	傅粉郎君又粉奴	相思	‖——‖—。|——‖——。|——‖——。‖———‖，——|||——。|——‖——。	模虞模魚虞	4.
蘇軾	菊暗荷枯一夜霜	詠物	‖——‖—。——|||——。|——‖——。—‖——‖，———‖——。———‖——。	陽唐唐陽陽	2.
蘇軾	雪頷霜髯不自驚	歌頌	‖——‖—。|—|||——。——|||——。‖———‖，|——‖——。|——‖——。	庚庚清庚庚	11.

蘇軾	料峭東風翠幕驚	歡樂	||——||—。——|||——。|——||——。—||——||，——|||——。——|||——。	庚庚清庚庚	11.
蘇軾	照日深紅暖見魚	寫景	||——||—。——|||——。——|||——。—|———||，——|||——。——|||——。	魚模虞模模	4.
蘇軾	旋抹紅妝看使君	寫景	—|——||—。——|||——。——|||——。||———||，———||——。|——||——。	文魂文魂魂	6.
蘇軾	麻葉層層檾葉光	寫景	—|——||—。——|||——。|——||——。—||——||，|——||——。|——||——。	唐陽陽陽唐	2.
蘇軾	簌簌衣巾落棗花	寫景	||——||—。———||——。——|||——。|||——||，|——||——。——|||——。	麻麻麻麻麻	10.
蘇軾	軟草平莎過雨新	寫景	||——||—。——|||——。———||——。||———||，———||——。|——||——。	真真真文真	6.
蘇軾	道字嬌訛苦未成	閨怨	||——||—。|——||——。———||——。||———||，——|||——。|——||——。	清清清耕庚	11.
蘇軾	縹緲危樓紫翠間	傷懷	||——||—。——|||——。|——||——。||———||，|——||——。|——||——。	刪仙仙先寒	7.
蘇軾	桃李溪邊駐畫輪	閨怨	—|——||—。|——||——。|——||——。—|———||，|——||——。|——||——。	真魂魂文魂	6.
蘇軾	四面垂楊十里荷	閒適	||——||—。|——||——。|——||——。—||——||，———||——。|——||——。	歌歌戈戈歌	9.
蘇軾	一別姑蘇已四年	離別	||——||—。———||——。|——||——。—||——||，|——||——。|——||——。	先仙仙刪刪	7.
蘇軾	惟見眉間一點黃	離別	—|——||—。|——||——。———||——。||———||，|—|||——。———||——。	唐唐陽陽陽	2.
蘇軾	長記鳴琴子賤堂	傷懷	—|——||—。——|||——。———||——。||———||，———||——。|——||——。	唐陽陽陽陽	2.
蘇軾	風壓輕雲貼水飛	愁思	—|——||—。|——||——。|——||——。—||——||，———||——。|——||——。	微齊微齊之	3.
蘇軾	羅襪空飛洛浦塵	遊歷	—|——||—。|——||——。——|||——。||———||，|——||——。|——||——。	真真真諄真	6.

<table>
<tr><td>蘇軾</td><td>白雪清詞出坐間</td><td>歡樂</td><td>||——||—。|——||——。|——||——。||———||，|——||——。——|||——。</td><td>刪仙仙先寒</td><td>7.</td></tr>
<tr><td>蘇軾</td><td>細雨斜風作曉寒</td><td>歡樂</td><td>||——||—。|——||——。|——||——。|||——||，|——||——。——|||——。</td><td>寒寒桓桓桓</td><td>7.</td></tr>
<tr><td>蘇軾</td><td>門外東風雪灑裾</td><td>離別</td><td>—|——||—。———||——。|——||——。||———||，———||——。——|||——。</td><td>魚模魚虞魚</td><td>4.</td></tr>
<tr><td>蘇軾</td><td>慚愧今年二麥豐</td><td>歡樂</td><td>—|——||—。——|||——。|——||——。—|———||，———||——。———||——。</td><td>東東東東東</td><td>1.</td></tr>
<tr><td>蘇軾</td><td>芍藥櫻桃兩鬬新</td><td>歡樂</td><td>—|——||—。———||——。|——||——。—||——||，———||——。———||——。</td><td>真真諄諄真</td><td>6.</td></tr>
<tr><td>蘇軾</td><td>學畫鴉兒正妙年</td><td>詠人</td><td>||——||—。——|||——。——|||——。||———||，——|||——。|——||——。</td><td>先仙先仙仙</td><td>7.</td></tr>
<tr><td>蘇軾</td><td>一夢江湖費五年</td><td>歡樂</td><td>||——||—。———||——。——|||——。—||——||，|—|||——。——|||——。</td><td>先仙先仙仙</td><td>7.</td></tr>
<tr><td>蘇軾</td><td>輕汗微微透碧紈</td><td>情愛</td><td>—|——||—。———||——。——|||——。||———||，|——||——。——|||——。</td><td>桓寒仙刪先</td><td>7.</td></tr>
<tr><td>蘇軾</td><td>徐邈能中酒聖賢</td><td>傷懷</td><td>—|——||—。——|||——。——|||——。—||——||，|——||——。——|||——。</td><td>先先仙仙仙</td><td>7.</td></tr>
<tr><td>蘇軾</td><td>傾蓋相逢勝白頭</td><td>隱逸</td><td>||——||—。|——||——。|——||——。|||——||，|—|||——。|——||——。</td><td>侯尤尤尤尤</td><td>12.</td></tr>
<tr><td>蘇軾</td><td>炙手無人傍屋頭</td><td>隱逸</td><td>||——||—。——|||——。——|||——。|||——||，|——||——。|——||——。</td><td>侯尤尤尤尤</td><td>12.</td></tr>
<tr><td>蘇軾</td><td>畫隼橫江喜再遊</td><td>隱逸</td><td>||——||—。|—|||——。——|||——。—|———||，|——||——。|——||——。</td><td>尤侯尤尤尤</td><td>12.</td></tr>
<tr><td>蘇軾</td><td>入袂輕風不破塵</td><td>傷懷</td><td>||——||—。|——||——。|——||——。—||——||，——|||——。|——||——。</td><td>真真真真諄</td><td>6.</td></tr>
<tr><td>蘇軾</td><td>幾共查梨到雪霜</td><td>詠物</td><td>||——||—。|——||——。|——||——。|||——||，———||——。———||——。</td><td>陽唐唐陽陽</td><td>2.</td></tr>
<tr><td>蘇軾</td><td>山色橫侵蘸暈霞</td><td>傷懷</td><td>—|——||—。———||——。|—|||——。|||——||，|——||——。|——||——。</td><td>麻麻麻佳麻</td><td>10.</td></tr>
</table>

蘇軾	縹緲紅妝照淺溪	離別	｜｜——｜｜—。｜——｜｜——。｜——｜｜——。｜｜｜——｜｜，｜——｜｜——。———｜｜——。	齊齊齊齊齊	3.
蘇軾	陽羨姑蘇已買田	離別	—｜——｜｜—。———｜｜——。｜—｜｜｜——。｜｜｜——｜｜，｜——｜｜——。———｜｜——。	先先先仙先	7.
蘇軾	花滿銀塘水漫流	其他	—｜——｜｜—。——｜｜｜——。｜——｜｜——。｜｜｜——｜｜，———｜｜——。｜——｜｜——。	尤尤侯侯尤	12.
李之儀	剪水開頭碧玉條	詠物	｜｜——｜｜—。———｜｜——。｜——｜｜——。｜｜｜——｜｜，｜——｜｜——。——｜｜｜——。	蕭宵宵宵蕭	8.
李之儀	玉室金堂不動塵	歡樂	｜｜——｜｜—。——｜｜｜——。———｜｜——。｜｜———｜｜，——｜｜｜——。———｜｜——。	真諄真真魂	6.
李之儀	依舊琅玕不染塵	詠人	—｜——｜｜—。—｜｜｜｜——。｜——｜｜——。｜｜———｜｜，｜——｜｜——。———｜｜——。	真諄真真魂	6.
李之儀	昨日霜風入絳帷	歡樂	—｜——｜｜—。｜——｜｜——。——｜｜｜——。｜｜｜——｜｜，———｜｜——。｜——｜｜——。	脂支支脂支	3.
李之儀	龜坼溝塍草壓堤	歡樂	—｜——｜｜—。———｜｜——。｜——｜｜——。—｜｜——｜｜，｜——｜｜——。｜——｜｜——。	齊齊支支齊	3.
李之儀	雨暗軒窗晝易昏	歡樂	｜｜——｜｜—。———｜｜——。｜——｜｜——。｜｜｜——｜｜，———｜｜——。———｜｜——。	魂魂文魂魂	6.
李之儀	聲名自昔猶時鳥	歡樂	—〔—〕｜〔｜〕—〔｜｜〕，｜〔｜〕—〔—〕｜〔｜〕—。｜——｜｜——。｜｜———｜｜，———｜｜——。｜——｜｜——。	×魂文魂魂	6.
舒亶	燕外青樓已禁煙	歡樂	｜｜——｜｜—。｜——｜｜——。｜——｜｜——。—｜———｜｜，｜——｜｜——。｜——｜｜——。	先仙先先先	7.
舒亶	金縷歌殘紅燭稀	歡樂	—｜———｜—。——｜｜｜〔｜〕—。｜——｜｜——。｜｜｜——｜｜，｜——｜｜——。｜—｜｜｜——。	微支支之支	3.
舒亶	黑白紛紛小戰爭	詠物	—｜——｜｜—。｜——｜｜——。———｜｜——。｜｜｜——｜｜，｜——｜｜——。———｜｜——。	耕庚清庚清	11.
舒亶	雨洗秋空斜日紅	歡樂	｜｜———｜—。———｜｜——。｜——｜□——。｜｜———｜｜，｜—｜｜｜——。——｜｜｜——。	東東東鍾鍾	1.
舒亶	白鷺飛飛點碧塘	歡樂	｜｜——｜｜—。｜——｜｜——。｜—｜｜｜——。—｜———｜｜，｜—｜｜｜——。———｜｜——。	唐陽唐陽陽	2.

黃庭堅	新婦灘頭眉黛愁	隱逸	—｜———｜—。｜—｜｜｜——。——｜｜｜——。—｜｜——｜｜，｜——｜｜——。——｜｜｜——。	尤尤侯尤侯	12.
黃庭堅	飛鵲臺前暈翠蛾	閨怨	—｜——｜｜—。———｜｜——。｜——｜｜——。｜｜｜——｜｜，｜——｜｜——。｜——｜｜——。	歌戈歌戈歌	9.
黃庭堅	一葉扁舟捲畫簾	閒適	｜｜——｜｜—。｜—｜｜｜——。———｜｜——。—｜———｜｜，——｜｜｜——。｜——｜｜——。	鹽談覃凡刪	7. 14.
晁端禮	誤入仙家小洞來	歡樂	｜｜——｜｜—。｜——｜｜——。｜——｜｜——。｜｜｜——｜｜，———｜｜——。｜——｜｜——。	咍灰灰微灰	3. 5.
晁端禮	紫蔓凝陰綠四垂	歡樂	｜｜——｜｜—。｜——｜｜——。｜——｜｜——。｜｜——｜｜｜，——｜｜｜——。｜——｜｜——。	支微之支支	3.
晁端禮	閬苑瑤臺指舊居	修行	｜｜——｜｜—。——｜｜｜——。｜——｜｜——。｜｜｜——｜｜，——｜｜｜——。｜——｜｜——。	魚模虞魚魚	4.
晁端禮	似火山榴映翠娥	歡樂	｜｜——｜｜—。———｜｜——。｜——｜｜——。—｜｜——｜｜，｜——｜｜——。｜——｜｜——。	歌歌戈歌歌	9.
晁端禮	清潤風光雨後天	閨怨	—｜——｜｜—。———｜｜——。｜——｜｜——。｜｜——｜｜｜，｜——｜｜——。｜——｜｜——。	先先先先仙	7.
晁端禮	晝漏遲遲出建章	閨怨	｜｜——｜｜—。———｜｜——。—｜｜｜｜——。—｜———｜｜，——｜｜｜——。｜——｜｜——。	陽陽陽陽唐	2.
晁端禮	湘簟紗廚午睡醒	閨怨	—｜——｜｜—。｜——｜｜——。｜——｜｜——。｜｜｜——｜｜，｜——｜｜——。｜——｜｜——。	青清庚庚庚	11.
李元膺	乞與安仁掠鬢霜	詠物	｜｜——｜｜—。｜——｜｜——。｜——｜｜——。—｜｜——｜｜，——｜｜｜——。——｜｜｜——。	陽江陽陽陽	2.
李元膺	飲散蘭堂月未中	歡樂	｜｜——｜｜—。———｜｜——。｜—｜｜｜——。｜｜——｜｜｜，｜——｜｜——。———｜｜——。	鍾東鍾鍾東	1.
秦觀	漠漠輕寒上小樓	愁思	｜｜——｜｜—。｜——｜｜——。｜——｜｜——。｜｜——｜｜｜，———｜｜——。｜——｜｜——。	侯尤幽尤侯	12.
秦觀	香靨凝羞一笑開	閨怨	—｜——｜｜—。｜——｜｜——。｜——｜｜——。｜｜｜——｜｜，｜——｜｜——。｜——｜｜——。	咍皆咍佳咍	5.
秦觀	霜縞同心翠黛連	閨怨	—｜——｜｜—。——｜｜｜——。｜——｜｜——。｜｜｜——｜｜，———｜｜——。｜—｜｜｜——。	仙仙仙先先	7.

秦觀	腳上鞋兒四寸羅	詠人	｜｜——｜｜—。———｜｜——。｜——｜｜——。｜｜｜——｜｜，｜——｜｜——。——｜｜｜——。	歌歌戈歌戈	9.
秦觀	錦帳重重捲暮霞	閨怨	｜｜——｜｜—。——｜｜｜——。｜——｜｜——。—｜｜——｜｜，｜——｜｜——。｜——｜｜——。	麻麻麻麻麻	10.
米芾	日射平溪玉宇中	閒適	｜｜——｜｜—。——｜｜｜——。｜——｜｜——。｜｜———｜｜，———｜｜——。｜——｜｜——。	鍾鍾東東鍾	1.
趙令時	穩小弓鞋三寸羅	詠人	｜｜——｜｜—。———｜｜——。——｜｜｜——。｜｜———｜｜，｜——｜｜——。———｜｜——。	歌歌戈歌歌	9.
趙令時	風急花飛晝掩門	愁思	—｜——｜｜—。｜——｜｜——。｜——｜｜——。｜｜｜——｜｜，｜——｜｜——。｜——｜｜——。	魂魂魂魂魂	6.
趙令時	槐柳春餘綠漲天	愁思	—｜——｜｜—。｜——｜｜——。———｜｜——。｜｜｜——｜｜，———｜｜——。｜——｜｜——。	先先仙仙先	7.
趙令時	一朵夢雲驚曉鴉	閨怨	｜｜｜——｜—。｜——｜｜——。｜——｜｜——。—｜｜——｜｜，｜——｜｜——。｜——｜｜——。	麻麻麻麻佳	10.
趙令時	水滿池塘花滿枝	閨怨	｜｜———｜—。｜——｜｜——。———｜｜——。｜｜———｜｜，｜——｜｜——。｜——｜｜——。	支支微齊支	3.
趙令時	少日懷山老住山	隱逸	｜｜——｜｜—。｜——｜｜——。｜—｜｜｜——。｜｜｜——｜｜，｜——｜｜——。｜——｜｜——。	山山刪刪刪	7.
賀鑄	不信芳春厭老人	歡樂	｜｜——｜｜—。｜—｜｜｜——。｜——｜｜——。｜｜｜——｜｜，｜——｜｜——。｜——｜｜——。	真諄真真真	6.
賀鑄	金斗城南載酒頻	歡樂	—｜——｜｜—。———｜｜——。｜——｜｜——。—｜｜——｜｜，———｜｜——。——｜｜｜——。	真真諄真真	6.
賀鑄	落日逢迎朱雀街	遊歷	｜｜———｜—。｜——｜｜——。｜——｜｜——。｜｜———｜｜，｜——｜｜——。｜——｜｜——。	佳皆佳皆皆	5.
賀鑄	興慶宮池整月開	寫景	—｜——｜｜—。□□□□｜——。｜——｜｜——。—｜｜□—｜｜，□□□｜｜——。｜——｜｜——。	咍佳皆佳皆	5.
賀鑄	掌上香羅六寸弓	離別	｜｜——｜｜—。———｜｜——。｜——｜｜——。｜｜｜——｜｜，———｜｜——。｜——｜｜——。	東鍾東東東	1.
賀鑄	半解香綃撲粉肌	詠人	｜｜——｜｜—。｜——｜｜——。｜——｜｜——。｜｜｜——｜｜，———｜｜——。｜——｜｜——。	支脂支脂支	3.

賀鑄	舊說山陰禊事修	遊歷	||——||—。|—|||——。———||——。||——|||，|——||——。|——||——。	尤尤尤尤侯	12.
賀鑄	秋水斜陽演漾金	傷懷	—|——||—。|—|||——。|——||——。||——|||，|——||——。|——||——。	侵侵侵侵侵	13.
賀鑄	三扇屏山匝象牀	情懷	—|———|—。|——||——。|——||——。|||——||，———||——。———||——。	陽陽陽陽陽	2.
賀鑄	鼓動城頭啼暮鴉	寫景	||———|—。|——||——。|——||——。||——|||，———||——。|——||——。	麻麻麻麻佳	10.
賀鑄	煙柳春梢蘸暈黃	相思	—|——||—。|——||——。|——||——。|||——||，|——||——。|——||——。	唐陽陽陽陽	2.
賀鑄	夢想西池輦路邊	相思	||——||—。|——||——。——|||——。—|——|||，|—|||——。|——||——。	先先仙先先	7.
賀鑄	蓮燭啼痕怨漏長	相思	—|——||—。———||——。|——||——。—||——||，|——||——。|——||——。	陽唐陽陽陽	2.
賀鑄	閒把琵琶舊譜尋	相思	—|——||—。|——||——。|——||——。—||——||，|——||——。|——||——。	侵侵侵侵侵	13.
賀鑄	鸚鵡無言理翠襟	相思	—|——||—。|——||——。|——||——。—||——||，|——||——。|——||——。	侵侵侵侵侵	13.
賀鑄	鸚鵡驚人促下簾	寫物	—|——||—。|——||——。|——||——。—|——|||，———||——。———||——。	鹽鹽鹽覃銜	14.
賀鑄	宮錦袍熏水麝香	閨怨	—|——||—。|——||——。|——||——。|||——||，|——||——。——|||——。	陽唐陽唐陽	2.
賀鑄	青翰舟中祓禊筵	相思	—|———|—。|——||——。|——||——。—||——||，|——||——。|——||——。	仙仙先先仙	7.
賀鑄	浮動花釵影鬢煙	閨怨	—|——||—。|——||——。|——||——。—||——||，|——||——。|——||——。	先先先先先	7.
賀鑄	兩點春山一寸波	閨怨	||——||—。———||——。|——||——。—||——||，|——||——。——|||——。	戈歌歌歌歌	9.
賀鑄	清淺陂塘藕葉乾	相思	—|——||—。|——||——。|——||——。—|——|||，|——||——。——|||——。	寒寒寒寒寒	7.

賀鑄	樓角初銷一縷霞	詠人	—｜——｜｜—。｜——｜｜——。｜——｜｜——。｜｜———｜｜，——｜｜｜——。｜——｜｜——。	麻麻麻麻麻	10.
賀鑄	翠穀參差拂水風	歡樂	｜｜——｜｜—。｜——｜｜——。｜——｜｜——。｜｜———｜｜，——｜｜｜——。｜——｜｜——。	東東東東鍾	1.
賀鑄	雲母窗前歇繡針	詠人	—｜——｜｜—。———｜｜——。｜——｜｜——。｜｜———｜｜，——｜｜｜——。｜——｜｜——。	侵侵侵侵侵	13.
賀鑄	疊鼓新歌百樣嬌	詠人	｜｜——｜｜—。———｜｜——。｜——｜｜——。｜｜———｜｜，——｜｜｜——。｜——｜｜——。	蕭蕭蕭蕭宵	8.
仲殊	楚客才華為發揚	詠物	｜｜——｜｜—。———｜｜——。｜——｜｜——。｜｜———｜｜，——｜｜｜——。｜——｜｜——。	陽陽陽陽陽	2.
晁補之	雨過園亭綠暗時	詠物	｜｜——｜｜—。———｜｜——。｜——｜｜——。｜｜———｜｜，——｜｜｜——。｜——｜｜——。	支齊齊之支	3.
晁補之	帳飲都門春浪驚	離別	｜｜———｜—。———｜｜——。｜——｜｜——。｜｜———｜｜，——｜｜｜——。｜——｜｜——。	庚清庚清清	11.
晁補之	江上秋高風怒號	羈旅	—｜———｜—。———｜｜——。｜——｜｜——。｜｜———｜｜，——｜｜｜——。｜——｜｜——。	豪豪宵蕭宵	8.
陳師道	暮葉朝花種種陳	愁思	｜｜——｜｜—。———｜｜——。｜——｜｜——。｜｜———｜｜，——｜｜｜——。｜——｜｜——。	真真清真真	6. 11.
周邦彥	爭挽桐花兩鬢垂	詠人	—｜——｜｜—。｜——｜｜——。｜——｜｜——。｜｜———｜｜，——｜｜｜——。｜——｜｜——。	支支支脂微	3.
周邦彥	雨過殘紅溼未飛	寫景	｜｜——｜｜—。———｜｜——。｜——｜｜——。｜｜———｜｜，——｜｜｜——。｜——｜｜——。	微微微微支	3.
周邦彥	樓上晴天碧四垂	傷懷	—｜——｜｜—。———｜｜——。｜——｜｜——。｜｜———｜｜，——｜｜｜——。｜——｜｜——。	支支齊齊齊	3.
周邦彥	日射敧紅蠟蒂香	寫景	｜｜——｜｜—。———｜｜——。｜——｜｜——。｜｜———｜｜，——｜｜｜——。｜——｜｜——。	陽陽唐唐陽	2.
周邦彥	翠葆參差竹徑成	寫景	｜｜——｜｜—。———｜｜——。｜——｜｜——。｜｜———｜｜，——｜｜｜——。｜——｜｜——。	清清青庚清	11.
周邦彥	薄薄紗廚望似空	詠人	｜｜——｜｜—。｜——｜｜——。｜——｜｜——。｜｜———｜｜，——｜｜｜——。｜——｜｜——。	東鍾〔董〕鍾東	1.

周邦彥	寶扇輕圓淺畫繒	詠人	｜｜——｜｜—。｜——｜｜——。——｜｜｜——。｜｜｜——｜｜，｜—｜｜｜——。｜——｜｜——。	蒸登蒸清蒸	11.
周邦彥	日薄塵飛官路平	羈旅	｜｜———｜—。｜—｜｜｜——。｜——｜｜——。｜｜———｜｜，———｜｜——。｜——｜｜——。	庚清清清清	11.
周邦彥	貪向津亭擁去車	羈旅	—｜——｜｜—。｜——｜｜——。｜——｜｜——。｜｜｜——｜｜，｜——｜｜——。｜——｜｜——。	魚魚魚魚魚	4.
周邦彥	不為蕭娘舊約寒	其他	｜｜——｜｜—。———｜｜——。｜——｜｜——。—｜———｜｜，｜——｜｜——。｜——｜｜——。	寒寒寒桓寒	7.
謝逸	樓閣簾垂乳燕飛	閨怨	—｜——｜｜—。——｜｜｜——。——｜｜｜——。｜｜———｜｜，——｜｜｜——。———｜｜——。	微齊支齊支	3.
蘇庠	水榭風微玉枕涼	寫景	｜｜——｜｜—。——｜｜｜——。｜——｜｜——。—｜｜——｜｜，｜——｜｜——。——｜｜｜——。	陽陽陽江陽	2.
毛滂	碧霧朦朧鬱寶熏	歌頌	｜｜——｜｜—。———｜｜——。———｜｜——。—｜———｜｜，｜——｜｜——。———｜｜——。	文清真蒸清	6. 11.
毛滂	曾向瑤臺月下逢	歡樂	—｜——｜｜—。｜——｜｜——。——｜｜｜——。—｜———｜｜，——｜｜｜——。｜——｜｜——。	鍾東東東鍾	1.
毛滂	謝女清吟壓郢樓	詠人	｜｜——｜｜—。———｜｜——。｜—｜｜｜——。｜｜———｜｜，———｜｜——。｜——｜｜——。	侯尤尤尤尤	12.
毛滂	小圃韶光不待邀	遊歷	｜｜——｜｜—。｜——｜｜——。｜——｜｜——。—｜｜——｜｜，｜—｜｜｜——。——｜｜｜——。	宵豪爻蕭蕭	8.
毛滂	日照遮檐繡鳳凰	壽詞	｜｜——｜｜—。｜——｜｜——。———｜｜——。—｜｜——｜｜，｜——｜｜——。———｜｜——。	唐陽陽唐陽	2.
毛滂	花市東風卷笑聲	遊歷	—｜——｜｜—。｜——｜｜——。———｜｜——。｜｜｜——｜｜，｜——｜｜——。——｜｜｜——。	清文文諄真	6. 11.
毛滂	月樣嬋娟雪樣清	詠物	｜｜——｜｜—。｜——｜｜——。——｜｜｜——。—｜———｜｜，｜——｜｜——。｜——｜｜——。	清諄真諄真	6. 11.
毛滂	水北煙寒雪似梅	遊歷	｜｜——｜｜—。｜——｜｜——。｜——｜｜——。—｜｜——｜｜，———｜｜——。———｜｜——。	灰灰咍咍灰	3. 5.
毛滂	小雨初收蝶做團	歡樂	｜｜——｜｜—。———｜｜——。——｜｜｜——。｜｜———｜｜，｜——｜｜——。｜——｜｜——。	桓寒寒桓寒	7.

毛滂	魏紫姚黃欲占春	寫景	｜｜——｜｜—。｜——｜｜——。——｜｜｜——。—｜———｜｜，———｜｜——。——｜｜｜——。	諄庚清青清	6. 11.
毛滂	晚色寒清入四檐	傷懷	｜｜——｜｜—。——｜｜｜——。｜—｜｜｜——。—｜｜——｜｜，｜——｜｜——。——｜｜｜——。	鹽鹽先先沾	14.
毛滂	碧浸澄沙上下天	傷懷	｜｜——｜｜—。｜——｜｜——。｜——｜｜——。｜｜｜——｜｜，——｜〔—〕｜——。——｜｜｜——。	先先仙寒寒	7.
毛滂	碧戶朱窗小洞房	歡樂	｜｜——｜｜—。｜——｜｜——。｜——｜｜——。—｜｜——｜｜，——｜｜｜——。——｜｜｜——。	陽唐陽陽陽	2.
毛滂	松菊秋來好在無	歡樂	—｜——｜｜—。｜——｜｜——。——｜｜｜——。｜｜———｜｜，｜——｜｜——。｜—｜｜｜——。	虞魚虞魚魚	4.
毛滂	本是青門學灌園	隱逸	｜｜——｜｜—。———｜｜——。｜——｜｜——。｜｜｜——｜｜，———｜｜——。——｜｜｜——。	元先先仙寒	7.
毛滂	晚色輕涼入畫船	傷懷	｜｜——｜｜—。———｜｜——。——｜｜｜——。｜｜———｜｜，｜——｜｜——。｜——｜｜——。	仙先鹽先先	7. 14.
毛滂	錦里無端無素書	其他	｜｜———｜—。———｜｜——。｜——｜｜——。｜｜———｜｜，｜——｜｜——。｜—｜｜｜——。	魚虞虞魚魚	4.
毛滂	記得山翁往少年	傷懷	｜｜——｜｜—。——｜｜｜——。｜—｜｜｜——。｜｜｜——｜｜，｜—｜｜｜——。｜——｜｜——。	先仙寒先鹽	7. 14.
毛滂	煙柳風蒲冉冉斜	寫景	—｜——｜｜—。｜——｜｜——。｜——｜｜——。｜｜｜——｜｜，——｜｜｜——。｜—｜｜｜——。	麻麻麻麻佳	10.
毛滂	蕙炷猶熏百和穠	其他	｜｜——｜｜—。——｜｜｜——。———｜｜——。—｜｜——｜｜，｜—｜｜｜——。｜——｜｜——。	鍾東東鍾東	1.
毛滂	銀字笙簫小小童	歡樂	—｜——｜｜—。——｜｜｜——。｜—｜｜｜——。｜｜｜——｜｜，｜——｜｜——。｜——｜｜——。	東東東東鍾	1.
毛滂	灩灩金波暖做春	歡樂	｜｜——｜｜—。———｜｜——。｜—｜｜｜——。｜｜｜——｜｜，｜——｜｜——。——｜｜｜——。	諄真清文魂	6. 11.
毛滂	蠟燭花中月滿窗	歡樂	｜｜——｜｜—。｜——｜｜——。———｜｜——。—｜｜——｜｜，｜——｜｜——。｜——｜｜——。	江陽陽陽陽	2.
毛滂	竹送秋聲入小窗	相思	｜｜——｜｜—。———｜｜——。｜——｜｜——。｜｜｜——｜｜，｜——｜｜——。｜—｜｜｜——。	江陽陽陽陽	2.

李新	千古人生樂事稀	愁思	—｜——｜｜—。｜——｜｜——。｜——｜｜——。｜｜———｜｜,———｜｜——。｜——｜｜——。	微支支脂之	3.
李新	雨齊籠山碧破賒	詠人	｜｜——｜｜—。｜——｜｜——。———｜｜——。｜｜｜——｜｜,———｜｜——。｜—｜｜｜——。	麻麻麻麻麻	10.
王寀	雪裏東風未過江	詠物	｜｜——｜｜—。｜——｜｜——。———｜｜——。｜｜｜——｜｜,———｜｜——。｜—｜｜｜——。	江陽唐陽陽	2.
王寀	扇影輕搖一線香	閨怨	｜｜——｜｜—。———｜｜——。———｜｜——。｜｜———｜｜,｜——｜｜——。｜——｜｜——。	陽陽陽陽陽	2.
王寀	珠箔隨簷一桁垂	閨怨	—｜——｜｜—。｜——｜｜——。———｜｜——。｜｜｜——｜｜,——｜｜｜——。｜——｜｜——。	支支脂支支	3.
謝邁	柳絮隨風散漫飛	歡樂	｜｜——｜｜—。———｜｜——。｜——｜｜——。｜｜———｜｜,｜——｜｜——。｜——｜｜——。	微支支脂之	3.
惠洪	南澗茶香笑語新	寫景	—｜——｜｜—。——｜｜｜——。｜——[—]｜——。｜｜———｜｜,｜——｜｜——。｜——｜｜——。	真庚清清庚	6. 11.
惠洪	日暮江空船自流	詠物	｜｜——｜｜—。——｜｜｜——。｜——｜｜——。｜｜———｜｜,｜——｜｜——。——｜｜｜——。	尤尤侯尤尤	12.
葛勝仲	可惜隨風面旋飄	詠物	｜｜——｜｜—。｜——｜｜——。———｜｜——。—｜｜——｜｜,———｜｜——。———｜｜——。	宵蕭宵宵宵	8.
葛勝仲	通白輕紅溢萬枝	詠人	—｜——｜｜—。——｜｜｜——。———｜｜——。｜｜———｜｜,———｜｜——。———｜｜——。	支支微支微	3.
葛勝仲	鬭鴨欄邊曉露沾	寫景	｜｜——｜｜—。——｜｜｜——。｜——｜｜——。—｜———｜｜,———｜｜——。———｜｜——。	沾鹽鹽鹽鹽	14.
葛勝仲	今夜風光戀渚蘋	歌頌	—｜——｜｜—。｜—｜｜｜——。———｜｜——。—｜｜——｜｜,———｜｜——。｜—｜｜｜——。	真真諄真真	6.
葛勝仲	溪岸沈深屬泛蘋	歌頌	—｜——｜｜—。｜——｜｜——。｜——｜｜——。｜｜———｜｜,———｜｜——。——｜｜｜——。	真真諄真真	6.
葛勝仲	東道殷勤玉斝飛	歡樂	—｜——｜｜—。——｜｜｜——。｜——｜｜——。｜｜｜——｜｜,———｜｜——。｜—｜｜｜——。	微微微微微	3.
葛勝仲	樓子包金照眼新	詠物	—｜——｜｜—。———｜｜——。——｜｜｜——。｜｜｜——｜｜,———｜｜——。——｜｜｜——。	真真諄真真	6.

葛勝仲	東閣郎官巧寫真	詠物	─｜──｜｜─。──｜｜｜──。──｜｜｜──。｜｜───｜｜，──｜｜｜──。｜──｜｜──。	真真諄真魂	6.
葛勝仲	檗裏明珠芡實香	歡樂	─｜──｜｜─。───｜｜──。───｜｜──。｜｜───｜｜，｜─｜｜｜──。｜─｜｜｜──。	陽陽陽江唐	2.
葛勝仲	一夜狂風盡海棠	詠物	｜｜──｜｜─。｜──｜｜──。──｜｜｜──。｜｜───｜｜，｜──｜｜──。｜─｜｜□□□。	唐陽陽唐□	2.
趙子發	疏蔭搖搖趁岸移	寫景	─｜──｜｜─。──｜｜｜──。──｜｜｜──。｜｜───｜｜，｜──｜｜──。｜──｜｜──。	支微灰支齊	3.
徐　俯	章水何如穎水清	詠人	─｜──｜｜─。───｜｜──。｜──｜｜──。｜｜───｜｜，──｜｜｜──。｜──｜｜──。	清清清庚清	11.
徐　俯	西塞山前白鷺飛	隱逸	─｜──｜｜─。───｜｜──。｜──｜｜──。─｜｜──｜｜，───｜｜──。──｜｜｜──。	微微支微微	3.
徐　俯	新婦磯邊秋月明	隱逸	─｜───｜─。｜─｜｜｜──。──｜｜｜──。─｜｜──｜｜，｜──｜｜──。──｜｜｜──。	庚庚庚庚清	11.
王安中	慵整金釵綰指尖	閨怨	─｜──｜｜─。｜──｜｜──。｜──｜｜──。｜｜｜──｜｜，───｜｜──。｜──｜｜──。	鹽鹽沾鹽鹽	14.
王安中	宮纈慳裁翡翠輕	詠人	─｜──｜｜─。───｜｜──。｜──｜｜──。｜｜｜──｜｜，｜──｜｜──。｜──｜｜──。	清庚青庚清	11.
葉夢得	小雨初回昨夜涼	愁思	｜｜──｜｜─。｜──｜｜──。｜──｜｜──。─｜｜──｜｜，｜──｜｜──。｜──｜｜──。	陽唐唐陽陽	2.
葉夢得	睡粉輕消露臉新	歡樂	｜｜──｜｜─。｜──｜｜──。───｜｜──。｜｜───｜｜，───｜｜──。｜──｜｜──。	真諄諄真真	6.
葉夢得	荷葉荷花水底天	離別	─｜──｜｜─。｜──｜｜──。｜──｜｜──。｜｜｜──｜｜，｜──｜｜──。───｜｜──。	先仙先仙先	7.
葉夢得	休笑山翁不住山	隱逸	─｜──｜｜─。｜──｜｜──。───｜｜──。｜｜───｜｜，──｜｜｜──。──｜｜｜──。	山山刪山刪	7.
葉夢得	絳蠟燒殘夜未分	傷懷	｜｜──｜｜─。｜──｜｜──。｜──｜｜──。｜｜｜──｜｜，｜──｜｜──。｜──｜｜──。	文諄諄文魂	6.
葉夢得	綠野歌歡喜見分	歡樂	｜｜──｜｜─。｜──｜｜──。｜──｜｜──。─｜｜──｜｜，｜──｜｜──。｜──｜｜──。	文諄諄文魂	6.

<table>
<tr><td>葉夢得</td><td>物外光陰不屬春</td><td>歡樂</td><td>||——||—。|——||——。|——||——。|||——||,———||——。———||——。</td><td>諄真真文魂</td><td>6.</td></tr>
<tr><td>葉夢得</td><td>千古風流詠白蘋</td><td>歌頌</td><td>—|——||—。|——||——。——|||——。|||——||,|——||——。|——||——。</td><td>真真諄真真</td><td>6.</td></tr>
<tr><td>劉一止</td><td>午夜明蟾冷浸溪</td><td>寫景</td><td>||——||—。——|||——。|——||——。||———||,———||——。|——||——。</td><td>齊齊齊齊齊</td><td>3.</td></tr>
<tr><td>劉一止</td><td>曾向蓬萊得姓名</td><td>修行</td><td>—|——||—。|—|||——。———||——。||———||,|——||——。|——||——。</td><td>清清清青庚</td><td>11.</td></tr>
<tr><td>劉一止</td><td>莫問新歡與舊愁</td><td>歡樂</td><td>||——||—。|——||——。|——||——。||———||,——|||——。|——||——。</td><td>尤尤尤侯</td><td>12.</td></tr>
<tr><td>曹　組</td><td>柳絮池臺淡淡風</td><td>寫景</td><td>||——||—。|——||——。——|||——。—||——||,|——||——。——|||——。</td><td>東東東鍾</td><td>1.</td></tr>
<tr><td>王庭珪</td><td>薄薄春衫簇綺霞</td><td>詠人</td><td>||——||—。|——||——。|——||——。—|———||,|——||——。|——||——。</td><td>麻麻麻麻麻</td><td>10.</td></tr>
<tr><td>王庭珪</td><td>九里香風動地來</td><td>詠物</td><td>||——||—。———||——。|——||——。—|———||,———||——。|——||——。</td><td>哈灰灰哈灰</td><td>3.
5.</td></tr>
<tr><td>陳　克</td><td>淺畫香膏拂紫綿</td><td>詠人</td><td>||——||—。|——||——。|——||——。||———||,|——||——。|——||——。</td><td>仙先先先</td><td>7.</td></tr>
<tr><td>陳　克</td><td>香霧空濛墮彩蟾</td><td>歡樂</td><td>—|——||—。|——||——。□□—||——。—||——||,|——||——。|——||——。</td><td>鹽鹽鹽鹽鹽</td><td>14.</td></tr>
<tr><td>陳　克</td><td>淡墨花枝掩薄羅</td><td>詠人</td><td>||——||—。|——||——。|——||——。|||——||,|——||——。——|||——。</td><td>歌戈歌歌歌</td><td>9.</td></tr>
<tr><td>陳　克</td><td>短燭熒熒照碧窗</td><td>情愛</td><td>||——||—。———||——。——|||——。—||——||,|——||——。———||——。</td><td>江陽陽陽</td><td>2.</td></tr>
<tr><td>陳　克</td><td>小院春來百草青</td><td>相思</td><td>||——||—。|——||——。|——||——。—||——||,———||——。|——||——。</td><td>青青蒸清青</td><td>11.</td></tr>
<tr><td>陳　克</td><td>窗紙幽幽不肯明</td><td>相思</td><td>—|——||—。——|||——。|——||——。||———||,———||——。|——||——。</td><td>庚清清蒸庚</td><td>11.</td></tr>
<tr><td>陳　克</td><td>罨畫溪頭春水生</td><td>歡樂</td><td>||———|—。———||——。|——||——。||———||,——|||——。|——||——。</td><td>庚庚庚青清</td><td>11.</td></tr>
</table>

作者	首句	情感類別	韻	篇數
周紫芝	水上鳴榔不繫船	隱逸	仙先先桓寒	7.
周紫芝	無限春情不肯休	其他	尤尤尤	12.
周紫芝	欲醉江梅興未休	其他	尤尤尤尤尤	12.
周紫芝	近臈風光一半休	其他	尤尤尤尤尤	12.
慕容妻	滿目江山憶舊遊	傷懷	尤尤尤尤	12.
孫覿	弱骨輕肌不耐春	歡樂	真真真文侵	6.
朱敦儒	晚菊花前斂翠蛾	離別	歌歌歌戈歌	9.
朱敦儒	才子佳人相見難	傷懷	山刪寒刪桓	7.
朱敦儒	風落芙蓉畫扇閒	歡樂	寒寒寒刪寒	7.
朱敦儒	雨涇清明香火殘	愁思	寒寒寒桓寒	7.
朱敦儒	碧玉闌干白玉人	閨怨	真魂諄諄文	6.
朱敦儒	銀海清泉洗玉杯	歡樂	灰支支脂灰	3.
朱敦儒	西塞山邊白鷺飛	隱逸	微齊微支微	3.
朱敦儒	折桂歸來懶覓官	隱逸	桓山山刪寒	7.
陳克	橋北橋南新雨晴	寫景	清清庚庚清	11.

周紫芝	多病嫌秋怕上樓	愁思	—｜——｜—。｜——｜——。｜——｜——。｜———｜，｜——｜——。｜——｜——。	侯侯侯尤尤	12.
周紫芝	醽醁新翻碧玉壺	傷懷	—｜——｜—。｜——｜——。——｜——。｜——｜，——｜——。——｜——。	模虞模魚虞	4.
周紫芝	學畫雙蛾苦未成	詠人	—｜——｜—。｜——｜——。｜——｜——。—｜——｜，｜——｜——。——｜——。	清清清青清	11.
曾慥	別樣清芬撲鼻來	詠物	｜——｜—。——｜——。｜——｜——。—｜——｜，｜——｜——。｜——｜——。	咍灰灰咍灰	3. 5.
張綱	羅綺爭春擁畫堂	壽詞	—｜——｜—。｜——｜——。｜——｜——。｜——｜，｜——｜——。——｜——。	唐唐陽陽陽	2.
張綱	臘日銀罌翠管新	壽詞	｜——｜—。——｜——。｜——｜——。｜——｜，｜——｜——。——｜——。	真真諄文真	6.
張綱	象服華年兩鬢青	壽詞	｜——｜—。｜——｜——。——｜——。｜——｜，｜——｜——。｜——｜——。	青庚清青青	11.
張綱	過隙光陰還自催	壽詞	｜———｜—。——｜——。｜——｜——。｜——｜，——｜——。｜——｜——。	灰咍灰咍灰	3. 5.
李清照	莫許杯深琥珀濃	閨怨	｜——｜—。｜——｜——。□｜——。｜——｜，——｜——。｜——｜——。	鍾東東冬東	1.
李清照	小院閒窗春色深	閨怨	｜——｜—。——｜——。｜——｜——。｜——｜，——｜——。——｜——。	侵侵侵侵侵	13.
李清照	淡蕩春光寒食天	閨怨	｜——｜—。｜——｜——。｜——｜——。｜——｜，——｜——。——｜——。	先先先仙先	7.
李清照	髻子傷春慵更梳	閨怨	｜———｜—。｜——｜——。｜——｜——。｜——｜，——｜——。——｜——。	魚魚魚模虞	4.
李清照	繡面芙蓉一笑開	詠人	｜——｜—。——｜——。｜——｜——。｜——｜，｜——｜——。｜——｜——。	咍咍咍皆咍	5.
呂本中	暖日溫風破淺寒	傷懷	｜——｜—。｜——｜——。——｜——。—｜——｜，｜——｜——。｜——｜——。	寒寒寒山刪	7.
呂本中	共飲昏昏到暮鴉	歡樂	｜——｜—。｜——｜——。｜——｜——。—｜——｜，｜——｜——。｜——｜——。	麻麻佳歌麻	9. 10.

趙鼎	豔豔春嬌入眼波	離別	｜｜——｜｜—。｜——｜｜——。｜—｜｜｜——。｜｜———｜｜，｜——｜｜——。｜——｜｜——。	戈歌歌歌	9.
向子諲	綠玉叢中紫玉條	詠物	｜｜——｜｜—。———｜｜——。｜——｜｜——。—｜———｜｜，｜——｜｜——。｜——｜｜——。	蕭宵宵宵豪	8.
向子諲	樂在煙波釣是閒	隱逸	｜｜——｜｜—。｜——｜｜——。———｜｜——。｜｜｜——｜｜，｜——｜｜——。——｜｜｜——。	山刪刪山刪	7.
向子諲	進步須於百尺竿	其他	｜｜——｜｜—。｜——｜｜——。｜——｜｜——。—｜｜——｜｜，———｜｜——。｜——｜｜——。	寒寒桓寒寒	7.
向子諲	爆竹聲中一歲除	傷懷	｜｜——｜｜—。——｜｜｜——。——｜｜｜——。｜｜｜——｜｜，｜—｜｜｜——。——｜｜｜——。	魚模魚虞虞	4.
向子諲	醉裏驚從月窟來	其他	｜｜——｜｜—。｜——｜｜——。｜——｜｜——。—｜｜——｜｜，｜——｜｜——。———｜｜——。	咍灰灰咍灰	3. 5.
向子諲	星斗昭回自一天	壽詞	—｜——｜｜—。———｜｜——。——｜｜｜——。｜｜———｜｜，——｜｜｜——。——｜｜｜——。	先先仙仙先	7.
向子諲	瑞氣氤氳拂水來	壽詞	｜｜——｜｜—。——｜｜｜——。———｜｜——。｜｜———｜｜，———｜｜——。——｜｜｜——。	咍咍咍灰灰	3. 5.
向子諲	綠邊紅圍宋玉牆	歌頌	｜｜——｜｜—。———｜｜——。——｜｜｜——。—｜｜——｜｜，｜——｜｜——。——｜｜｜——。	陽陽陽陽陽	2.
向子諲	靄靄停雲覆短牆	歡樂	｜｜——｜｜—。———｜｜——。———｜｜——。—｜｜——｜｜，———｜｜——。——｜｜｜——。	陽陽陽陽陽	2.
向子諲	南國風煙深更深	傷懷	—｜———｜—。———｜｜——。——｜｜｜——。｜｜———｜｜，———｜｜——。——｜｜｜——。	侵青侵侵侵	13. 11.
向子諲	樽俎風流意氣傾	離別	—｜——｜｜—。｜——｜｜——。——｜｜｜——。｜｜｜——｜｜，———｜｜——。｜——｜｜——。	清庚清青清	11.
向子諲	冰雪肌膚不受塵	詠人	—｜——｜｜—。｜——｜｜——。｜——｜｜——。｜｜｜——｜｜，｜——｜｜——。｜——｜｜——。	真諄真真真	6.
向子諲	花想儀容柳想腰	詠人	—｜——｜｜—。——｜｜｜——。｜——｜｜——。—｜｜——｜｜，｜——｜｜——。｜——｜｜——。	蕭蕭蕭宵宵	8.
向子諲	豔趙傾燕花裏仙	詠人	｜｜｜——｜—。———｜｜——。｜——｜｜——。—｜———｜｜，———｜｜——。———｜｜——。	仙先先先先	7.

向子諲	曾是襄王夢裏仙	詠人	─｜──｜｜─。──｜｜｜──。──｜｜｜──。｜｜｜──｜｜，──｜｜｜──。｜──｜｜──。	仙先先先	7.
向子諲	一夜涼飇動碧廚	詠人	｜｜──｜｜─。｜──｜｜──。｜─｜｜｜──。─｜｜──｜｜，｜──｜｜──。──｜｜｜──。	魚虞虞魚虞	4.
向子諲	璧月光中玉漏清	離別	｜｜──｜｜─。｜──｜｜──。｜──｜｜──。─｜───｜｜，｜──｜｜──。｜──｜｜──。	清庚清青清	11.
向子諲	人意天公則甚知	傷懷	─｜──｜｜─。｜─｜｜｜──。───｜｜──。｜｜｜──｜｜，｜──｜｜──。──｜｜｜──。	之脂脂支之	3.
向子諲	花樣風流柳樣嬌	遊歷	─｜──｜｜─。｜──｜｜──。───｜｜──。｜｜｜──｜｜，──｜｜｜──。｜──｜｜──。	蕭宵爻宵宵	8.
向子諲	守得梅開著意看	詠物	｜｜──｜｜─。──｜｜｜──。｜──｜｜──。｜｜───｜｜，｜──｜｜──。──｜｜｜──。	寒寒桓桓山	7.
向子諲	翡翠衣裳白玉人	詠物	｜｜──｜｜─。｜──｜｜──。───｜｜──。｜｜｜──｜｜，──｜｜｜──。──｜｜｜──。	真真真諄真	6.
向子諲	兩點春山入翠眉	詠人	｜｜──｜｜─。｜──｜｜──。｜──｜｜──。─｜───｜｜，｜──｜｜──。──｜｜｜──。	脂支脂脂支	3.
向子諲	姑射肌膚雪一團	詠人	─｜──｜｜─。──｜｜｜──。｜──｜｜──。｜｜｜──｜｜，｜──｜｜──。｜──｜｜──。	桓桓桓寒寒	7.
向子諲	雲外遙山是翠眉	詠人	─｜──｜｜─。───｜｜──。───｜｜──。｜｜───｜｜，──｜｜｜──。──｜｜｜──。	脂支微支支	3.
向子諲	百斛明珠得翠蛾	詠人	｜｜──｜｜─。──｜｜｜──。｜──｜｜──。｜｜───｜｜，｜──｜｜──。｜──｜｜──。	歌歌歌戈戈	9.
沈與求	雲幕垂垂不掩關	寫景	─｜──｜｜─。｜──｜｜──。｜──｜｜──。｜｜｜──｜｜，｜──｜｜──。｜──｜｜──。	刪刪寒寒寒	7.
沈與求	花信催春入帝關	羈旅	─｜──｜｜─。｜──｜｜──。｜──｜｜──。｜｜｜──｜｜，──｜｜｜──。──｜｜｜──。	刪刪寒寒寒	7.
洪　皓	喪亂佳辰不易攀	羈旅	─｜──｜｜─。｜──｜｜──。｜──｜｜──。─｜｜──｜｜，───｜｜──。｜──｜｜──。	刪山山刪山	7.
洪　皓	南北渝盟久未和	歌頌	─｜──｜｜─。───｜｜──。｜──｜｜──。｜｜───｜｜，｜──｜｜──。｜──｜｜──。	戈歌戈戈歌	9.

蔡伸	雙佩雷文拂手香	詠人	—｜——｜｜—。———｜｜——。——｜｜｜——。—｜｜——｜｜，｜——｜｜——。｜——｜｜——。	陽陽陽陽陽	2.
蔡伸	玉趾彎彎一折弓	詠人	｜｜——｜｜—。——｜｜｜——。｜——｜｜——。｜｜｜——｜｜，｜——｜｜——。｜——｜｜——。	東東東鍾東	1.
蔡伸	蘋末風輕入夜涼	情愛	—｜——｜｜—。——｜｜｜——。｜——｜｜——。｜｜———｜｜，——｜｜｜——。｜——｜｜——。	陽唐唐陽陽	2.
蔡伸	窗外疏篁對節金	歡樂	—｜——｜｜—。｜——｜｜——。———｜｜——。｜｜｜——｜｜，———｜｜——。｜——｜｜——。	侵侵侵覃侵	13. 14.
蔡伸	沙上寒鷗接翼飛	相思	—｜——｜｜—。———｜｜——。———｜｜——。｜｜｜——｜｜，———｜｜——。———｜｜——。	微齊微之支	3.
蔡伸	漠漠新田綠未齊	寫景	｜｜——｜｜—。｜——｜｜——。｜——｜｜——。—｜———｜｜，｜—｜｜｜——。｜——｜｜——。	齊齊齊齊齊	3.
蔡伸	紫燕雙雙掠水飛	離別	｜｜——｜｜—。——｜｜｜——。———｜｜——。｜｜｜——｜｜，｜——｜｜——。｜——｜｜——。	微齊微脂支	3.
蔡伸	窄窄霜綃穩稱身	離別	｜｜——｜｜—。｜——｜｜——。｜——｜｜——。｜｜———｜｜，——｜｜｜——。｜——｜｜——。	真魂真真諄	6.
蔡伸	且鬭尊前見在身	離別	｜｜——｜｜—。｜——｜｜——。｜——｜｜——。—｜———｜｜，｜——｜｜——。——｜｜｜——。	真魂真真諄	6.
蔡伸	木似文犀感月華	詠物	｜｜——｜｜—。｜——｜｜——。———｜｜——。｜｜———｜｜，——｜｜｜——。｜——｜｜——。	麻麻麻麻歌	9. 10.
蔡伸	葉剪玻璃蕊糝金	詠物	｜｜——｜｜—。———｜｜——。｜——｜｜——。—｜———｜｜，｜——｜｜——。｜——｜｜——。	侵侵侵侵侵	14.
蔡伸	淺褐衫兒壽帶藤	詠人	｜｜——｜｜—。｜——｜｜——。｜——｜｜——。｜｜———｜｜，｜——｜｜——。｜——｜｜——。	登清青清蒸	11.
蔡伸	窗外桃花爛熳開	傷懷	—｜——｜｜—。———｜｜——。｜——｜｜——。—｜———｜｜，———｜｜——。———｜｜——。	咍咍佳灰咍	3. 5.
王灼	一樣嬋娟別樣清	歡樂	｜｜——｜｜—。｜——｜｜——。———｜｜——。｜｜｜——｜｜，｜——｜｜——。——｜｜｜——。	清清清清耕	11.
李彌遜	小小茅茨隱翠微	其他	｜｜——｜｜—。———｜｜——。｜——｜｜——。｜｜———｜｜，——｜｜｜——。｜—｜｜｜——。	微支支微脂	3.

李彌遜	簫鼓哀吟樂楚臣	歡樂	—｜——｜｜—。——｜｜｜——。｜—｜｜｜——。｜｜———｜｜，｜——｜｜——。｜——｜｜——。	真諄真真真	6.
李彌遜	向日南枝不奈晴	傷懷	｜｜——｜｜—。——｜｜｜——。｜—｜｜｜——。｜｜———｜｜，———｜｜——。———｜｜——。	清青清庚青	11.
王以寧	起看船頭蜀錦張	寫景	｜｜——｜｜—。———｜｜——。｜——｜｜——。｜｜———｜□，——｜｜｜——。———｜｜——。	陽陽陽江陽	2.
王以寧	艾勝迎薰壽縷長	壽詞	｜｜——｜｜—。｜—｜｜｜——。｜—｜｜｜——。｜｜———｜｜，｜——｜｜——。｜——｜｜——。	陽陽陽陽唐	2.
王以寧	招福宮中第幾真	歌頌	—｜——｜｜—。——｜｜｜——。———｜｜——。｜｜｜——｜｜，｜——｜｜——。｜——｜｜——。	真真真諄文	6.
王以寧	問政山頭景氣嘉	壽詞	｜｜——｜｜—。——｜｜｜——。——｜｜｜——。｜｜———｜｜，——｜｜｜——。｜——｜｜——。	麻麻歌麻麻	9.10.
王以寧	快雨疏風六月涼	壽詞	｜｜——｜｜—。———｜｜——。｜——｜｜——。｜｜———｜｜，——｜｜｜——。———｜｜——。	陽陽陽陽唐	2.
陳與義	送了棲鴉復暮鐘	歡樂	｜｜——｜｜—。———｜｜——。｜——｜｜——。｜｜｜——｜｜，———｜｜——。｜—｜｜｜——。	鍾東東東東	1.
張元幹	曲室明窗燭吐光	歡樂	｜｜——｜｜—。｜——｜｜——。｜——｜｜——。｜｜｜——｜｜，——｜｜｜——。｜——｜｜——。	唐陽陽陽陽	2.
張元幹	一枕秋風兩處涼	愁思	｜｜——｜｜—。｜——｜｜——。———｜｜——。—｜｜——｜｜，｜——｜｜——。｜——｜｜——。	陽陽陽唐陽	2.
張元幹	翡翠釵頭綴玉蟲	詠物	｜｜——｜｜—。———｜｜——。｜——｜｜——。—｜———｜｜，｜——｜｜——。｜——｜｜——。	鍾鍾鍾鍾鍾	1.
張元幹	燕掠風檣款款飛	離別	｜｜——｜｜—。｜——｜｜——。———｜｜——。｜｜———｜｜，｜——｜｜——。——｜｜｜——。	微齊齊微支	3.
張元幹	雲氣吞江卷夕陽	傷懷	—｜——｜｜—。｜——｜｜——。———｜｜——。｜｜｜——｜｜，｜——｜｜——。———｜｜——。	陽唐陽陽陽	2.
張元幹	山繞平湖波撼城	寫景	—｜———｜—。——｜｜｜——。｜——｜｜——。｜｜｜——｜｜，｜——｜｜——。——｜｜｜——。	清青庚青庚	11.
張元幹	目送歸州鐵甕城	羈旅	｜｜——｜｜—。｜—｜｜｜——。———｜｜——。｜｜｜——｜｜，———｜｜——。｜——｜｜——。	清青庚青庚	11.

張元幹	月轉花枝清影疏	詠物	｜｜———｜—。｜——｜｜——。———｜｜——。｜｜———｜｜，｜——｜｜——。———｜｜——。	魚虞虞虞魚	4.
張元幹	花氣天然百和芬	詠物	—｜——｜｜—。———｜｜——。———｜｜——。—｜｜——｜｜，———｜｜——。｜——｜｜——。	文諄魂魂文	6.
張元幹	蕚綠華家蕚綠春	詠物	｜｜——｜｜—。———｜｜——。——｜｜｜——。｜｜———｜｜，———｜｜——。———｜｜——。	諄文真真諄	6.
張元幹	花氣蒸濃古鼎煙	詠物	—｜——｜｜—。｜——｜｜——。———｜｜——。｜｜｜——｜｜，｜——｜｜——。｜——｜｜——。	先仙仙先旱	7.
張元幹	花氣薰人百和香	詠物	—｜——｜｜—。｜——｜｜——。———｜｜——。—｜———｜｜，｜——｜｜——。｜——｜｜——。	陽陽唐陽陽	2.
張元幹	殘臘晴寒出眾芳	歡樂	—｜——｜｜—。———｜｜——。———｜｜——。｜｜｜——｜｜，｜——｜｜——。———｜｜——。	陽唐唐陽陽	2.
張元幹	棐几明窗樂未央	歡樂	｜｜——｜｜—。———｜｜——。｜——｜｜——。｜｜———｜｜，———｜｜——。｜——｜｜——。	陽陽陽陽陽	2.
張元幹	榕葉桄榔驛枕谿	羈旅	—｜——｜｜—。｜——｜｜——。———｜｜——。｜｜｜——｜｜，———｜｜——。——｜｜｜——。	齊齊微微齊	3.
張元幹	睡起中庭月未蹉	傷懷	｜｜——｜｜—。———｜｜——。——｜｜｜——。｜｜｜——｜｜，｜——｜｜——。｜—｜｜｜——。	歌歌戈歌歌	9.
鄧肅	雨入空堦滴夜長	閨怨	｜｜——｜｜—。｜——｜｜——。｜——｜｜——。—｜———｜｜，———｜｜——。｜——｜｜——。	陽唐唐陽陽	2.
鄧肅	傍竹柴門俯碧流	閨怨	｜｜｜—｜｜—。｜——｜｜——。——｜｜｜——。｜｜———｜｜，———｜｜——。———｜｜——。	尤尤尤尤尤	12.
鄧肅	宿雨潛回海宇春	遊歷	｜｜——｜｜—。｜——｜｜——。———｜｜——。｜｜｜——｜｜，｜——｜｜——。———｜｜——。	諄文真真清	6. 11.
鄧肅	闌外彤雲已滿空	愁思	—｜——｜｜—。——｜｜｜——。———｜｜——。｜｜｜——｜｜，———｜｜——。———｜｜——。	東東鍾東鍾	1.
鄧肅	高會橫山酒八仙	歡樂	—｜——｜｜—。——｜｜｜——。———｜｜——。｜｜｜——｜｜，｜—｜｜｜——。———｜｜——。	仙先先仙仙	7.
鄧肅	二八佳人宴九仙	歡樂	｜｜——｜｜—。———｜｜——。———｜｜——。—｜———｜｜，——｜｜｜——。——｜｜｜——。	仙先先仙仙	7.

鄧肅	半醉依人落珥簪	歡樂	｜｜——｜｜—。——｜｜｜——。———｜｜——。｜｜———｜｜，——｜｜｜——。———｜｜——。	覃侵侵侵侵	13. 14.
鄧肅	海畔山如碧玉簪	歡樂	｜｜——｜｜—。———｜｜——。｜——｜｜——。｜｜｜——｜｜，｜—｜｜｜——。———｜｜——。	覃侵侵侵侵	13. 14.
呂渭老	煙柳濛濛鵲做巢	遊歷	—｜——｜｜—。——｜｜｜——。———｜｜——。｜｜｜——｜｜，｜——｜｜——。｜—｜｜｜——。	爻宵爻宵蕭	8.
呂渭老	彩選骰兒隔袖拈	歡樂	｜｜——｜｜—。｜——｜｜——。｜——｜｜——。｜｜———｜｜，｜—｜｜｜——。——｜｜｜——。	沾鹽鹽鹽沾	14.
呂渭老	做得因緣不久長	相思	｜｜——｜｜—。———｜｜——。———｜｜——。—｜———｜｜，｜—｜｜｜——。｜——｜｜——。	陽江陽唐陽	2.
呂渭老	風掃長林雪壓枝	傷懷	—｜——｜｜—。——｜｜｜——。｜——｜｜——。—｜｜——｜｜，｜——｜｜——。｜——｜｜——。	支微微脂脂	3.
呂渭老	微綻櫻桃一顆紅	歡樂	—｜——｜｜—。｜——｜｜——。——｜｜｜——。｜｜———｜｜，——｜｜｜——。——｜｜｜——。	東東鍾鍾東	1.
王之道	一樣檀心半捲舒	詠物	｜｜——｜｜—。｜——｜｜——。｜——｜｜——。｜｜———｜｜，｜——｜｜——。｜——｜｜——。	魚虞虞模魚	4.
王之道	曉日暉暉玉露光	詠物	｜｜——｜｜—。——｜｜｜——。｜——｜｜——。—｜———｜｜，———｜｜——。———｜｜——。	唐陽唐陽唐	2.
王之道	過雨花容雜笑啼	詠物	｜｜——｜｜—。｜——｜｜——。———｜｜——。—｜｜——｜｜，———｜｜——。｜——｜｜——。	齊支脂支支	3.
王之道	陽氣初升土脈蘇	歡樂	—｜——｜｜—。———｜｜——。—｜—｜｜——。—｜———｜｜，｜—｜｜｜——。——｜｜｜——。	模魚虞虞虞	4.
王之道	體栗須煩鼎力蘇	歡樂	｜｜——｜｜—。——｜｜｜——。｜—｜｜｜——。—｜｜——｜｜，———｜｜——。——｜｜｜——。	模魚虞虞虞	4.
王之道	春到衡門病滯蘇	歡樂	—｜——｜｜—。｜——｜｜——。｜——｜｜——。—｜｜——｜｜，———｜｜——。———｜｜——。	模魚虞虞虞	4.
王之道	凍臥袁安已復蘇	歌頌	｜｜——｜｜—。｜——｜｜——。｜——｜｜——。｜｜———｜｜，———｜｜——。———｜｜——。	模魚虞虞虞	4.
王之道	殘雪籠晴作冱寒	羈旅	—｜——｜｜—。｜——｜｜——。｜——｜｜——。｜｜———｜｜，｜——｜｜——。｜——｜｜——。	寒寒桓桓桓	7.

王之道	玉骨冰肌軟更香	詠人	｜｜——｜｜—。｜——｜｜——。———｜｜——。｜｜——｜｜｜，———｜｜——。｜——｜｜——。	陽陽唐陽唐	2.
王之道	寒透珠簾怯曉霜	歡樂	—｜——｜｜—。———｜｜——。｜——｜｜——。—｜——｜｜｜，——｜｜｜——。｜——｜｜——。	陽陽唐陽陽	2.
王之道	水外山光淡欲無	寫景	｜｜——｜｜—。——｜｜｜——。｜——｜｜——。—｜｜——｜｜，｜——｜｜——。｜——｜｜——。	虞虞模虞模	4.
曾惇	無數春山展畫屏	寫景	—｜——｜｜—。———｜｜——。——｜｜｜——。｜｜｜——｜｜，——｜｜｜——。｜——｜｜——。	青庚庚庚庚	11.
曹勛	禁禦芙蓉秋氣涼	詠物	｜｜———｜—。——｜｜｜——。｜——｜｜——。｜｜——｜｜｜，———｜｜——。｜—｜｜｜——。	陽陽唐陽陽	2.
曹勛	春到皇居景晏溫	其他	—｜——｜｜—。——｜｜｜——。｜——｜｜——。—｜｜——｜｜，——｜｜｜——。———｜｜——。	魂文魂魂魂	6.
曹勛	初過西風煙雨微	詠物	—｜———｜—。｜——｜｜——。｜——｜｜——。—｜———｜｜，——｜｜｜——。———｜｜——。	微支微脂微	3.
曹勛	春曉于飛綵仗明	詠物	—｜——｜｜—。———｜｜——。——｜｜｜——。｜｜———｜｜，——｜｜｜——。——｜｜｜——。	庚庚庚清清	11.
曹勛	翠袖攜持婉有情	詠人	｜｜——｜｜—。———｜｜——。——｜｜｜——。｜｜———｜｜，——｜｜｜——。｜——｜｜——。	清清庚清清	11.
曹勛	玉柱檀槽立錦筵	詠人	｜｜——｜｜—。——｜｜｜——。｜——｜｜——。—｜｜——｜｜，———｜｜——。｜——｜｜——。	仙仙先仙仙	7.
曹勛	西苑煙光倚檻新	歡樂	—｜——｜｜—。——｜｜｜——。｜——｜｜——。｜｜｜——｜｜，｜——｜｜——。———｜｜——。	真真文諄真	6.
曹勛	日上龍城散曉陰	歡樂	｜｜——｜｜—。———｜｜——。———｜｜——。—｜｜——｜｜，｜——｜｜——。｜—｜｜｜——。	侵侵侵侵侵	13.
胡銓	忽忽春歸沒計遮	傷懷	｜｜——｜｜—。｜——｜｜——。———｜｜——。｜｜｜——｜｜，｜—｜｜｜——。———｜｜——。	麻麻麻麻麻	10.
史浩	翠館銀罌下紫清	歡樂	｜｜——｜｜—。｜——｜｜——。｜——｜｜——。｜｜｜——｜｜，———｜｜——。｜——｜｜——。	清庚庚清清	11.
史浩	一握鉤兒能幾何	詠人	｜｜———｜—。———｜｜——。｜——｜｜——。—｜———｜｜，｜——｜｜——。｜—｜｜｜——。	歌歌歌歌戈	9.

史浩	珠履三千巧鬬妍	詠人	—|——||—。|——||——。|——||——。|||——||，|——||——。|——||——。	先仙先先	7.
史浩	瀅翠湖山收晚煙	閒適	||———|—。|——||——。|——||——。—||——||，——|||——。|——||——。	先先仙先仙	7.
史浩	梁武憨癡達摩獃	傷懷	—|——||—。|——||——。|—|||——。—||——||，|——||——。|—|||——。	咍咍咍咍咍	5.
史浩	索得玄珠也是獃	修行	||——||—。——|||——。|—|||——。|||——||，|——||——。|—|||——。	咍咍咍咍咍	5.
史浩	勝概朱楹俯碧湖	歡樂	||——||—。———||——。|—|||——。|||——||，|——||——。|——||——。	模虞模魚虞	4.
史浩	遠岫數堆蒼玉髻	歡樂	|||——||，———||——。———||——。|||——||，|——||——。|——||——。	×支支脂支	3.
仲并	舉案家風未肯低	詠人	||——||—。———||——。——|||——。||———||，|——||——。——|||——。	齊齊齊齊齊	3.
仲并	雅稱詩人美孟都	閒適	||——||—。———||——。——|||——。—||——||，|——||——。|—|||——。	模虞虞魚模	4.
仲并	說似當年老季倫	歡樂	—|——||—。———||——。——|||——。|||——||，———||——。——|||——。	諄真真諄真	6.
仲并	清遠湖山佳麗人	歡樂	—|———|—。|——||——。|——||——。|||——||，|——||——。|——||——。	真真諄真真	6.
曾覿	豔杏紅芳透粉肌	歡樂	||——||—。|——||——。———||——。||———||，|—|||——。|——||——。	支微脂微支	3.
曾覿	元是昭陽宮裏人	詠人	—|———|—。——|||——。|——||——。|||——||，|——||——。|——||——。	真真文真諄	6.
曾覿	綺陌尋芳惜少年	羈旅	||——||—。——|||——。|——||——。—|———||，|——||——。|——||——。	先仙先先仙	7.
曾覿	一扇熏風入座涼	離別	||——||—。———||——。|——||——。|||——||，|——||——。|——||——。	陽唐唐唐唐	2.
曾覿	穀雨郊園喜弄晴	詠物	||——||—。|—|||——。———||——。—||——||，|——||——。——|||——。	清青清清蒸	11.

黃公度	風送清香過短牆	離別	—｜——｜｜—。——｜｜｜——。｜——｜｜——。｜｜｜——｜｜，——｜｜｜——。｜——｜｜——。	陽唐陽陽陽	2.
曾協	畫漏新來一倍長	詠物	｜｜——｜｜—。｜——｜｜——。——｜｜｜——。—｜｜——｜｜，｜——｜｜——。——｜｜｜——。	陽陽陽唐唐	2.
洪适	邦伯今推第一流	歌頌	—｜——｜｜—。｜——｜｜——。｜——｜｜——。｜｜｜——｜｜，——｜｜｜——。｜——｜｜——。	尤尤尤侯尤	12.
洪适	整頓春衫欲跨鞍	離別	｜｜——｜｜—。｜——｜｜——。——｜｜｜——。｜｜｜——｜｜，｜——｜｜——。———｜｜——。	寒刪刪刪山	7.
洪适	報道傾城出洞房	其他	｜｜——｜｜—。｜——｜｜——。——｜｜｜——。—｜｜——｜｜，——｜｜｜——。｜——｜｜——。	陽陽陽陽陽	2.
洪适	玉頰微醺怯晚寒	詠物	｜｜——｜｜—。｜——｜｜——。——｜｜｜——。｜｜———｜｜，｜——｜｜——。｜——｜｜——。	寒寒桓先寒	7.
洪适	憶得熙春曉立班	歌頌	｜｜——｜｜—。｜——｜｜——。——｜｜｜——。—｜———｜｜，——｜｜｜——。｜——｜｜——。	刪元寒桓寒	7.
洪适	占得登高一日先	壽詞	｜｜——｜｜—。｜——｜｜——。———｜｜——。｜｜｜——｜｜，——｜｜｜——。——｜｜｜——。	先仙先仙仙	7.
洪适	丹桂飄香已四番	離別	—｜——｜｜—。｜——｜｜——。｜——｜｜——。｜｜｜——｜｜，——｜｜｜——。——｜｜｜——。	元寒寒寒寒	7.
洪适	舉目霜林葉葉黃	離別	｜｜——｜｜—。｜——｜｜——。———｜｜——。｜｜———｜｜，｜——｜｜——。｜——｜｜——。	唐唐陽陽陽	2.
洪适	不見丹丘三十年	離別	｜｜———｜—。——｜｜｜——。｜—｜｜｜——。｜｜｜——｜｜，｜——｜｜——。｜——｜｜——。	先仙刪先元	7.
韓元吉	莫惜清尊領客同	離別	｜｜——｜｜—。｜——｜｜——。｜——｜｜——。｜｜｜——｜｜，｜——｜｜——。———｜｜——。	東東東東東	1.
朱淑真	春巷夭桃吐絳英	閨怨	—｜——｜｜—。——｜｜｜——。——｜｜｜——。｜｜———｜｜，｜——｜｜——。｜——｜｜——。	庚清清青庚	11.
張掄	築室崢嶸占寶峰	歡樂	—｜——｜｜—。｜——｜｜——。｜——｜｜——。—｜———｜｜，｜——｜｜——。｜——｜｜——。	鍾東東鍾鍾	1.
侯寘	客裏怱怱夢帝州	歡樂	｜｜——｜｜—。｜——｜｜——。——｜｜｜——。—｜———｜｜，｜——｜｜——。｜——｜｜——。	尤尤幽尤尤	12.

侯寘	倚醉懷春翠黛長	詠物	｜｜——｜｜—。｜——｜｜——。——｜｜｜——。—｜———｜｜，｜——｜｜——。｜——｜｜——。	陽陽陽陽唐	2.
侯寘	春夢驚回謝氏塘	傷懷	—｜——｜｜—。｜——｜｜——。———｜｜——。—｜———｜｜，｜—｜｜｜——。｜——｜｜——。	唐陽唐陽陽	2.
趙彥端	冰練新裁月見羞	詠物	—｜——｜｜—。｜——｜｜——。———｜｜——。｜｜｜——｜｜，｜——｜｜——。｜——｜｜——。	尤尤尤尤尤	12.
趙彥端	過雨園林綠漸濃	閨怨	｜｜——｜｜—。｜——｜｜——。｜——｜｜——。｜｜｜——｜｜，｜——｜｜——。｜——｜｜——。	鍾鍾鍾東鍾	1.
趙彥端	菊已開時梅未通	閒適	｜｜———｜—。｜——｜｜——。——｜｜｜——。—｜｜——｜｜，——｜｜｜——。｜——｜｜——。	東東鍾東東	1.
趙彥端	渺渺東風泛酒船	壽詞	｜｜——｜｜—。｜——｜｜——。———｜｜——。—｜———｜｜，｜——｜｜——。———｜｜——。	仙仙仙先先	7.
趙彥端	花下憑肩月下迎	愁思	—｜——｜｜—。｜——｜｜——。｜——｜｜——。｜｜｜——｜｜，｜——｜｜——。｜——｜｜——。	庚庚清清庚	11.
趙彥端	人意歌聲欲度春	歡樂	—｜——｜｜—。———｜｜——。｜—｜｜｜——。—｜———｜｜，｜——｜｜——。———｜｜——。	諄真蒸真真	6.
趙彥端	花縣雙鳧縹緲仙	壽詞	—｜——｜｜—。———｜｜——。——｜｜｜——。｜｜———｜｜，———｜｜——。｜——｜｜——。	仙仙先元先	7.
趙彥端	水到桐江鏡樣清	歡樂	｜｜——｜｜—。｜——｜｜——。——｜｜｜——。｜｜｜——｜｜，｜——｜｜——。｜——｜｜——。	清庚清清清	11.
王千秋	殢玉偎香倚翠屏	愁思	｜｜——｜｜—。———｜｜——。｜——｜｜——。｜｜｜——｜｜，｜——｜｜——。———｜｜——。	青諄諄諄魂	6. 11.
王千秋	親染柔毛擘彩牋	愁思	—｜——｜｜—。｜—｜｜｜——。｜——｜｜——。｜｜｜——｜｜，———｜｜——。———｜｜——。	先先先仙先	7.
王千秋	買市宣和預賞時	黍離	｜｜——｜｜—。———｜｜——。｜——｜｜——。—｜———｜｜，——｜｜｜——。｜——｜｜——。	支微支微微	3.
王千秋	燈火闌珊欲曉時	遊歷	—｜——｜｜—。｜——｜｜——。｜——｜｜——。｜｜｜——｜｜，———｜｜——。｜——｜｜——。	支微之南支	3.
王千秋	疊雪裁霜越紵勻	詠物	｜｜——｜｜—。｜——｜｜——。｜——｜｜——。｜｜｜——｜｜，｜——｜｜——。｜——｜｜——。	諄真諄魂真	6.

何作善	草草杯盤訪玉人	歡樂	｜｜——｜｜—。———｜｜——。——｜｜｜——。｜｜———｜｜，——｜｜｜——。———｜｜——。	真諄真真真	6.
袁去華	庭下叢萱翠欲流	愁思	—｜——｜｜—。———｜｜——。——｜｜｜——。—｜｜——｜｜，｜——｜｜——。｜——｜｜——。	尤尤尤尤尤	12.
袁去華	玉骨冰肌比似誰	詠物	｜｜——｜｜—。｜—｜｜｜——。——｜｜｜——。｜｜———｜｜，——｜｜｜——。——｜｜｜——。	脂支支支支	3.
袁去華	一夕高唐夢裏狂	情愛	｜｜——｜｜—。——｜｜｜——。——｜｜｜——。｜｜———｜｜，———｜｜——。——｜｜｜——。	陽唐陽唐陽	2.
朱　雍	殘日憑闌目斷霞	詠物	—｜——｜｜—。———｜｜——。——｜｜｜——。｜｜———｜｜，｜—｜｜｜——。｜——｜｜——。	麻麻麻麻麻	10
李　結	花圃縈回曲徑通	寫景	—｜——｜｜—。｜——｜｜——。——｜｜｜——。—｜｜——｜｜，———｜｜——。｜——｜｜——。	東鍾東東鍾	1.
程大昌	乾處緇塵溼處泥	寫景	—｜——｜｜—。——｜｜｜——。｜——｜｜——。—｜｜——｜｜，｜—｜｜｜——。｜——｜｜——。	齊支脂支支	3.
程大昌	獸炭香紅漫應時	歡樂	｜｜——｜｜—。｜——｜｜——。——｜｜｜——。｜｜———｜｜，——｜｜｜——。｜——｜□□—。	支微支支脂	3.
程大昌	翦水飛花也大奇	傷懷	｜｜——｜｜—。——｜｜｜——。｜—｜｜｜——。—｜———｜｜，｜——｜｜——。｜——｜｜——。	支微之支脂	3.
程大昌	始待空冬歲不華	傷懷	｜｜——｜｜—。———｜｜——。｜——｜｜——。｜｜———｜｜，———｜｜——。———｜｜——。	麻麻麻麻歌	9. 10.
程大昌	水遞迢迢到日邊	詠物	｜｜——｜｜—。———｜｜——。——｜｜｜——。—｜———｜｜，｜—｜｜｜——。｜——｜｜——。	先仙仙仙仙	7.
程大昌	物本無情人有情	離別	｜｜———｜—。｜——｜｜——。———｜｜——。—｜———｜｜，｜—｜｜｜——。｜—｜｜｜——。	清清耕庚庚	11.
曹　冠	翠帶千條蘸碧流	詠物	｜｜——｜｜—。——｜｜｜——。——｜｜｜——。｜｜———｜｜，｜——｜｜——。———｜｜——。	尤尤尤尤尤	12.
曹　冠	槐柳風微軒檻涼	閒適	—｜———｜—。——｜｜｜——。｜——｜｜——。—｜———｜｜，｜—｜｜｜——。——｜｜｜——。	陽唐陽陽陽	2.
曹　冠	雁字鱗差印碧空	閒適	｜｜——｜｜—。｜——｜｜——。———｜｜——。—｜｜——｜｜，——｜｜｜——。｜—｜｜｜——。	東鍾東鍾鍾	1.

姚述堯	乳酒初頒菊正黃	傷懷	｜｜——｜｜—。｜——｜｜——。———｜｜——。｜｜———｜｜，｜——｜｜——。———｜｜——。	唐唐陽陽陽	2.
姚述堯	與客相從謁謝公	歡樂	｜｜——｜｜—。——｜｜｜——。｜——｜｜——。｜｜———｜｜，｜——｜｜——。｜——｜｜——。	東鍾東鍾鍾	1.
姚述堯	兩到蟾宮折桂枝	歌頌	｜｜——｜｜—。——｜｜｜——。——｜｜｜——。｜｜———｜｜，｜—｜｜｜——。———｜｜——。	支支之微支	3.
姚述堯	短棹翩翩綠一莎	隱逸	｜｜——｜｜—。｜——｜｜——。｜——｜｜——。—｜———｜｜，｜—｜｜｜——。———｜｜——。	戈戈歌戈歌	9.
耿時舉	露壓薔薇金井欄	愁思	｜｜———｜—。｜——｜｜——。———｜｜——。—｜———｜｜，｜——｜｜——。———｜｜——。	寒寒桓寒寒	7.
耿時舉	獨鶴山前步藥苗	隱逸	｜｜——｜｜—。——｜｜｜——。｜——｜｜——。｜｜｜——｜｜，｜——｜｜——。｜——｜｜——。	宵宵宵蕭宵	8.
管　鑑	金殿晨趨玉佩蒼	離別	—｜——｜｜—。——｜｜｜——。——｜｜｜——。｜｜｜——｜｜，｜——｜｜——。｜——｜｜——。	唐陽唐陽唐	2.
管　鑑	穠李花開雪滿空	歡樂	—｜——｜｜—。｜——｜｜——。｜—｜｜｜——。｜｜———｜｜，｜——｜｜——。｜——｜｜——。	東鍾鍾東東	1.
管　鑑	十里狂風特地晴	離別	｜｜——｜｜—。——｜｜｜——。｜——｜｜——。｜｜———｜｜，｜——｜｜——。｜——｜｜——。	清真諄真真	6. 11.
管　鑑	小小梅花巧耐寒	壽詞	｜｜——｜｜—。———｜｜——。———｜｜——。—｜｜——｜｜，｜——｜｜——。———｜｜——。	寒刪刪山山	7.
吳　儆	十里青山泝碧流	寫景	｜｜——｜｜—。｜——｜｜——。———｜｜——。—｜———｜｜，———｜｜——。｜—｜｜｜——。	尤尤侯尤尤	12.
吳　儆	歛浦公塘一水通	寫景	｜｜——｜｜—。———｜｜——。———｜｜——。—｜｜——｜｜，｜——｜｜——。———｜｜——。	東鍾東鍾鍾	1.
吳　儆	畫楯朱欄繞碧山	寫景	｜｜——｜｜—。——｜｜｜——。———｜｜——。｜｜｜——｜｜，———｜｜——。———｜｜——。	山桓刪山寒	7.
吳　儆	寒日孤城特地紅	寫景	—｜——｜｜—。｜—｜｜｜——。———｜｜——。—｜｜——｜｜，—｜｜｜｜——。———｜｜——。	東東鍾東東	1.
吳　儆	秋到郊原日夜涼	其他	—｜——｜｜—。｜——｜｜——。———｜｜——。—｜———｜｜，——｜｜｜——。｜—｜｜｜——。	陽唐陽唐陽	2.

吳儆	風入枯藜衣袂涼	傷懷	—｜———｜—。——｜｜｜——。｜——｜｜——。—｜｜——｜｜，｜——｜｜——。——｜｜｜——。	陽唐陽唐陽	2.
吳儆	斜陽波底溼微紅	隱逸	—⊟——｜｜—。——｜｜｜——。———｜｜——。—｜———｜｜，——｜｜｜——。——｜｜｜——。	東東鍾東東	1.
吳儆	茅舍疏離出素英	詠物	—｜——｜｜—。——｜｜｜——。———｜｜——。—｜———｜｜，｜——｜｜——。｜——｜｜——。	庚真魂魂諄	6. 11.
吳儆	煖日和風並馬蹄	寫景	｜｜——｜｜—。——｜｜｜——。———｜｜——。—｜———｜｜，———｜｜——。｜——｜｜——。	齊齊齊齊齊	3.
吳儆	簾額風微紫燕通	歡樂	—｜——｜｜—。——｜｜｜——。｜——｜｜——。｜｜———｜｜，｜——｜｜——。——｜｜｜——。	東鍾東鍾鍾	1.
吳儆	已是青春欲暮天	離別	｜｜——｜｜—。｜——｜｜——。———｜｜——。｜｜｜——｜｜，——｜｜｜——。｜——｜｜——。	先沾寒先先	7. 14.
吳儆	汗裓香紅雪瑩肌	詠人	｜｜——｜｜—。——｜｜｜——。｜——｜｜——。—｜———｜｜，———｜｜——。———｜｜——。	支咍支脂之	3. 5.
陸游	懶向沙頭醉玉瓶	歡樂	｜｜——｜｜—。｜——｜｜——。｜——｜｜——。—｜｜——｜｜，———｜｜——。｜——｜｜——。	青庚清庚庚	11.
陸游	浴罷華清第二湯	詠人	—｜——｜｜—。——｜｜｜——。｜——｜｜——。｜｜———｜｜，———｜｜——。｜——｜｜——。	陽陽陽陽陽	2.
姜特立	節序回環已歔衰	傷懷	｜｜——｜｜—。｜——｜｜——。———｜｜——。—｜———｜｜，——｜｜｜——。———｜｜——。	尤尤幽尤侯	12.
范成大	傾坐東風百媚生	詠物	｜｜——｜｜—。｜——｜｜——。｜——｜｜——。｜｜———｜｜，｜——｜｜——。｜——｜｜——。	庚庚清庚清	11.
范成大	催下珠簾護綺叢	歡樂	—｜——｜｜—。———｜｜——。｜——｜｜——。｜｜———｜｜，——｜｜｜——。——｜｜｜——。	東東鍾鍾東	1.
范成大	送盡殘春更出遊	離別	｜｜——｜｜—。———｜｜——。｜——｜｜——。｜｜———｜｜，｜——｜｜——。｜——｜｜——。	尤侯尤尤尤	12.
范成大	歛浦錢塘一水通	寫景	｜｜——｜｜—。———｜｜——。———｜｜——。—｜｜——｜｜，｜——｜｜——。｜——｜｜——。	東鍾東鍾鍾	1.
范成大	寶髻雙雙出綺叢	歡樂	｜｜——｜｜—。———｜｜——。———｜｜——。—｜———｜｜，——｜｜｜——。———｜｜——。	東東鍾東東	1.

范成大	紅錦障泥杏葉韉	遊歷	—｜｜—｜｜—。｜——｜｜——。｜—｜｜｜——。—｜｜——｜｜，｜——｜｜——。———｜｜——。	先先仙先仙	7.
范成大	白玉堂前綠綺疏	相思	｜｜——｜｜—。｜——｜｜——。｜——｜｜——。—｜｜——｜｜，｜——｜｜——。｜——｜｜——。	魚魚虞魚魚	4.
范成大	十里西疇熟稻香	寫景	｜｜——｜｜—。｜——｜｜——。———｜｜——。—｜｜——｜｜，｜——｜｜——。｜——｜｜——。	陽陽唐陽陽	2.
趙磻老	懶畫娥眉倦整冠	閨怨	｜｜——｜｜—。｜——｜｜——。———｜｜——。—｜｜——｜｜，｜——｜｜——。———｜｜——。	桓刪寒桓寒	7.
趙磻老	劉氏風流設此冠	歌頌	—｜——｜｜—。———｜｜——。———｜｜——。—｜｜——｜｜，｜——｜｜——。———｜｜——。	桓刪寒桓寒	7.
王質	何藥能醫腸九回	邊塞	—｜———｜—。——｜｜｜——。｜——｜｜——。｜｜———｜｜，｜——｜｜——。｜—｜｜｜——。	灰微微支微	3.
王質	夢到江南夢卻回	邊塞	｜｜——｜｜—。｜——｜｜——。｜—｜｜｜——。｜｜———｜｜，———｜｜——。———｜｜——。	灰微微支微	3.
王質	征雁年來得幾回	邊塞	—｜——｜｜—。———｜｜——。｜——｜｜——。—｜———｜｜，———｜｜——。｜——｜｜——。	灰微微支微	3.
王質	細雨蕭蕭變作秋	愁思	｜｜——｜｜—。｜——｜｜——。——｜｜｜——。｜｜———｜｜，———｜｜——。｜—｜｜｜——。	尤尤侯尤尤	12.
李洪	夭矯翔鸞谿上峯	寫景	｜｜———｜—。——｜｜｜——。———｜｜——。—｜｜——｜｜，———｜｜——。——｜｜｜——。	鍾東鍾東鍾	1.
李洪	碧澗蒼崖玉四圍	寫景	｜｜——｜｜—。——｜｜｜——。｜——｜｜——。—｜———｜｜，——｜｜｜——。——｜｜｜——。	微微微微微	3.
李洪	掃地燒香絕點塵	寫景	｜｜——｜｜—。｜—｜｜｜——。｜——｜｜——。—｜｜——｜｜，｜——｜｜——。———｜｜——。	真諄真真真	6.
朱熹	壓架年來雪作堆	詠物	｜｜——｜｜—。——｜｜｜——。｜——｜｜——。｜｜———｜｜，———｜｜——。———｜｜——。	灰咍灰咍咍	3. 5.
沈端節	燈夜香甘動綺筵	歡樂	—｜——｜｜—。——｜｜｜——。——｜｜｜——。｜｜———｜｜，｜—｜｜｜——。｜——｜｜——。	仙仙仙鹽沾	7. 14.
張孝祥	卷旗直入蔡州城	歌頌	｜[—]—[｜]｜｜—。｜[｜]—[—]｜[｜]—。——｜｜｜——。｜｜———｜｜，｜——｜｜——。｜—｜｜｜——。	清庚青青青	11.

張孝祥	玉節珠幢出翰林	歡樂	｜——｜—。———｜——。——｜——。｜———｜，——｜——。———｜——。	侵侵侵侵侵	13.
張孝祥	絕代佳人淑且真	詠人	｜——｜—。｜——｜——。｜——｜——。｜——｜，——｜——。｜——｜——。	真真諄真真	6.
張孝祥	妙手何人爲寫真	閒適	｜——｜—。｜——｜——。｜——｜——。｜——｜，——｜——。———｜——。	真真諄真真	6.
張孝祥	臘後春前別一般	詠物	｜——｜—。———｜——。｜——｜——。—｜——｜，———｜——。｜——｜——。	桓寒桓刪桓	7.
張孝祥	寶蠟燒春夜影紅	離別	｜——｜—。———｜——。｜——｜——。｜———｜，｜——｜——。｜——｜——。	東東東鍾東	1.
張孝祥	六客西來共一舟	其他	｜——｜—。——｜——。｜——｜——。｜———｜，｜——｜——。——｜——。	尤侯尤侯尤	12.
張孝祥	已是人間不繫舟	歡樂	｜——｜—。｜——｜——。｜——｜——。｜——｜，———｜——。———｜——。	尤侯尤侯尤	12.
張孝祥	冉冉幽香解鈿囊	相思	｜——｜—。———｜——。｜——｜——。—｜———｜，——｜——。｜——｜——。	唐江唐陽陽	2.
張孝祥	樓下西流水拍堤	閨怨	—｜——｜—。——｜——。｜——｜——。—｜———｜，｜——｜——。｜——｜——。	齊微脂脂支	3.
張孝祥	方舡載酒下江東	閒適	—[—]｜[｜]｜—。—[｜]—[—]｜[｜]—。｜—｜——。｜——｜，｜—｜——。｜—｜——。	東東鍾東東	1.
張孝祥	羅襪生塵洛浦東	離別	—｜——｜—。｜——｜——。——｜——。｜———｜，｜——｜——。｜——｜——。	東東鍾東東	1.
張孝祥	一片西飛一片東	離別	｜——｜—。——｜——。｜——｜——。｜——｜，｜——｜——。｜——｜——。	東東鍾東東	1.
張孝祥	鴆鵲樓高晚雪融	寫景	—｜——｜—。———｜——。｜——｜——。—｜——｜，——｜——。———｜——。	東東東東鍾	1.
張孝祥	妬婦灘頭十八姨	寫景	｜——｜—。———｜——。｜——｜——。—｜———｜，——｜——。——｜——。	脂支之灰支	3.
張孝祥	行盡瀟湘到洞庭	寫景	—｜——｜—。｜—｜——。——｜——。—｜——｜，｜——｜——。｜——｜——。	青青庚庚青	11.

張孝祥	同是瀛洲冊府仙	歡樂	—｜——｜｜—。｜——｜｜——。——｜｜｜——。｜｜———｜｜，｜—｜｜｜——。———｜｜——。	仙先仙仙仙	7.
張孝祥	細仗春風簇翠筵	歌頌	｜｜——｜｜—。｜——｜｜——。———｜｜——。｜｜———｜｜，｜—｜｜｜——。｜—｜｜｜——。	仙先元仙先	7.
張孝祥	只說閩山錦繡幃	詠物	｜｜｜—｜｜—。｜——｜｜——。｜——｜｜——。｜｜———｜｜，｜——｜｜——。——｜｜｜——。	微支支灰支	3.
張孝祥	灩灩湖光綠一圍	歡樂	｜｜——｜｜—。——｜｜｜——。———｜｜——。｜｜｜——｜｜，｜—｜｜｜——。——｜｜｜——。	微微微微微	3.
張孝祥	晚雨瀟瀟急做秋	歡樂	｜｜——｜｜—。——｜｜｜——。———｜｜——。｜｜｜——｜｜，□——｜□□—。｜——｜｜——。	尤尤尤尤尤	12.
張孝祥	穩泛仙舟上錦帆	壽詞	｜｜——｜｜—。——｜｜｜——。———｜｜——。—｜———｜｜，——｜｜｜——。——｜｜｜——。	凡刪刪寒山	7. 14.
張孝祥	北苑春風小鳳團	壽詞	｜｜——｜｜—。——｜｜｜——。——｜｜｜——。｜｜———｜｜，——｜｜｜——。——｜｜｜——。	桓仙仙先先	7.
張孝祥	霜日明霄水蘸空	邊塞	—｜——｜｜—。——｜｜｜——。———｜｜——。｜｜———｜｜，｜—｜｜｜——。｜——｜｜——。	東東鍾東東	1.
張孝祥	宮柳垂垂碧照空	其他	—｜——｜｜—。｜——｜｜——。｜——｜｜——。｜｜———｜｜，｜——｜｜——。｜——｜｜——。	東東鍾東東	1.
張孝祥	日暖簾幃春晝長	情愛	｜｜———｜—。——｜｜｜——。———｜｜——。｜｜———｜｜，———｜｜——。｜——｜｜——。	陽陽唐陽陽	2.
張孝祥	射策金門記昔年	離別	｜｜——｜｜—。｜——｜｜——。｜——｜｜——。｜｜｜——｜｜，———｜｜——。｜——｜｜——。	先仙仙仙仙	7.
張孝祥	我是臨川舊史君	遊歷	｜｜——｜｜—。——｜｜｜——。———｜｜——。｜｜｜——｜｜，｜——｜｜——。——｜｜｜——。	文真真真諄	6.
張孝祥	康樂亭前種此君	遊歷	—｜——｜｜—。——｜｜｜——。——｜｜｜——。—｜｜□—｜｜，｜——｜｜——。｜——｜｜——。	文真真真諄	6.
張孝祥	溢浦從君已十年	邊塞	—｜——｜｜—。——｜｜｜——。——｜｜｜——。｜｜———｜｜，———｜｜——。——｜｜｜——。	先仙先仙仙	7.
郭世模	幾點胭脂印指紅	閨怨	｜｜——｜｜—。｜——｜｜——。｜——｜｜——。｜｜———｜｜，———｜｜——。｜——｜｜——。	東鍾東鍾鍾	1.

李處全	宋玉應當久斷腸	其他	｜｜——｜｜—。｜——｜｜——。——｜｜｜——。—｜———｜｜，——｜｜｜——。｜——｜｜——。	陽陽陽唐陽	2.
丘　崈	鐵鎖星橋永夜通	遊歷	｜｜——｜｜—。｜——｜｜——。｜——｜｜——。—｜｜——｜｜，———｜｜——。｜——｜｜——。	東東鍾東東	1.
丘　崈	勝子幡兒裊鬢雲	其他	｜｜——｜｜—。——｜｜｜——。——｜｜｜——。｜｜———｜｜，———｜｜——。｜—｜｜｜——。	文文諄痕魂	6.
呂勝己	淺著鉛華素淨妝	歡樂	｜｜——｜｜—。——｜｜｜——。——｜｜｜——。｜｜———｜｜，———｜｜——。｜——｜｜——。	陽陽陽唐唐	2.
呂勝己	直繫腰圍鶴間霞	詠人	｜｜——｜｜—。——｜｜｜——。——｜｜｜——。｜｜———｜｜，——□｜｜——。｜——｜｜——。	麻麻麻歌麻	9. 10.
趙長卿	寒食風霜最可人	愁思	—｜——｜｜—。———｜｜——。——｜｜｜——。｜｜———｜｜，｜——｜｜——。———｜｜——。	真真諄清庚	6. 11.
趙長卿	柳老拋綿春已深	愁思	｜｜——｜｜—。｜——｜｜——。｜——｜｜——。—｜——｜｜｜，｜——｜｜——。——｜｜｜——。	侵清清清清	11. 13.
趙長卿	不憤江梅噴暗香	傷懷	｜｜——｜｜—。——｜｜｜——。——｜｜｜——。—｜———｜｜，｜——｜｜——。——｜｜｜——。	陽陽陽陽陽	2.
趙長卿	簾捲輕風憐小春	詠人	—｜——｜｜—。——｜｜｜——。——｜｜｜——。｜｜｜——｜｜，｜——｜｜——。——｜｜｜——。	諄真真真真	6.
趙長卿	露挹新荷撲鼻香	歡樂	｜｜——｜｜—。｜——｜｜——。｜——｜｜——。｜｜｜——｜｜，｜——｜｜——。｜—｜｜｜——。	陽唐江唐陽	2.
趙長卿	霧透龜紗月映欄	寫景	｜｜——｜｜—。｜——｜｜——。｜——｜｜——。｜｜｜——｜｜，｜——｜｜——。｜——｜｜——。	寒寒寒山刪	7.
趙長卿	薄霧輕陰釀曉寒	傷懷	｜｜——｜｜—。｜—｜｜｜——。｜——｜｜——。—｜｜——｜｜，——｜｜｜——。｜——｜｜——。	寒刪刪刪刪	7.
趙長卿	睡起風簾一派垂	遊歷	｜｜——｜｜—。——｜｜｜——。｜——｜｜——。｜｜｜——｜｜，——｜｜｜——。——｜｜｜——。	支微齊脂微	3.
趙長卿	密葉陰陰翠幄深	壽詞	｜｜——｜｜—。——｜｜｜——。——｜｜｜——。—｜｜——｜｜，——｜｜｜——。｜—｜｜｜——。	侵真真真真	6. 13.
趙長卿	雨過西湖綠漲平	歌頌	｜｜——｜｜—。——｜｜｜——。｜——｜｜——。｜｜｜——｜｜，——｜｜｜——。——｜｜｜——。	庚耕庚庚清	11.

趙長卿	雨滴梧桐點點愁	相思	||——||—。|——||——。———||——。||———||,|——||——。|——||——。	尤侯尤侯尤	12.
趙長卿	雪壓前村曲徑迷	寫景	||——||—。|——||——。——|||——。||———||,|——||——。|——||——。	齊支微支支	3.
趙長卿	風捲霜林葉葉飛	歡樂	—|——||—。|——||——。|——||——。|||——||,——|||——。|——||——。	微齊之微支	3.
趙長卿	憶爲梅花醉不醒	歡樂	||——||—。|——||——。|——||——。—||——||,|——||——。———||——。	青清清庚庚	11.
趙長卿	一味風流一味香	詠人	||——||—。|——||——。|——||——。—||——||,|——||——。|——||——。	陽陽陽江江	2.
趙長卿	惻惻笙竽萬籟風	離別	||——||—。——|||——。——|||——。|||——||,|——||——。———||——。	東東東鍾東	1.
趙長卿	畫角聲沈捲暮霞	閨怨	||——||—。——|||——。——|||——。—||——||,|——||——。|——||——。	麻麻麻麻麻	10.
趙長卿	閒理絲簧聽好音	離別	—|——||—。——|||——。|—|||——。||———||,|——||——。|——||——。	侵侵侵侵侵	13.
趙長卿	金獸噴香瑞靄氛	情愛	—|——||—。|——||——。|——||——。||———||,|—|||——。——|||——。	文文諄文真	6.
趙長卿	坐看銷金暖帳中	歡樂	||——||—。——|||——。|——||——。||———||,|——||——。|——||——。	鍾東東鍾東	1.
趙長卿	堆枕冠兒翡翠釵	詠人	—|——||—。——|||——。——|||——。—||——||,|——||——。———||——。	佳佳皆咍咍	5.
林　淳	却憶西湖爛漫遊	遊歷	||——||—。|——||——。——|||——。||———||,———||——。——|||——。	尤尤侯尤尤	12.
林　淳	冒雪休尋訪戴船	歡樂	||——||—。——|||——。|——||——。|||——||,———||——。——|||——。	仙仙仙先仙	7.
楊冠卿	洞口春深長薜蘿	愁思	||———|—。——|||——。|——||——。—||——||,|——||——。——|||——。	歌戈戈歌歌	9.
楊冠卿	銀葉香銷暑簟清	閨怨	—|——||—。|—|||——。|——||——。—|———||,|——||——。———||——。	清庚庚清清	11.

辛棄疾	儂是嶔崎可笑人	詠人	─│──││─。│──││──。│─│││──。─│───││，│─│││──。───││──。	真真諄真真	6.
辛棄疾	梅子熟時到幾回	閒適	─│──││─。───││──。───││──。││───││，│──││──。│─│││──。	灰咍灰皆咍	3. 5.
辛棄疾	百世孤芳肯自媒	詠物	││──││─。│──││──。│─│││──。││───││，│──││──。│──││──。	灰皆咍灰咍	3. 5.
辛棄疾	未到山前騎馬回	傷懷	││───│─。──│││──。│──││──。│││──││，│─│││──。│──││──。	灰灰灰皆咍	3. 5.
辛棄疾	寸步人間百尺樓	寫景	││──││─。───││──。───││──。│││──││，──│││──。───││──。	侯侯尤尤侯	12.
辛棄疾	細聽春山杜宇啼	離別	││──││─。│──││──。──│││──。│││──││，│──││──。───││──。	齊之微支支	3.
辛棄疾	草木於人也作疏	其他	││──││─。──│││──。──│││──。─│───││，│─│││──。│──││──。	魚模魚虞虞	4.
辛棄疾	新葺茅簷次第成	隱逸	─│──││─。──│││──。│──││──。││───││，│──││──。│──││──。	清庚清青清	11.
辛棄疾	花向今朝粉面勻	閒適	─│──││─。│──││──。───││──。│││──││，│──││──。───││──。	諄真真真真	6.
辛棄疾	臺倚崩崖玉滅瘢	寫景	─│──││─。──│││──。│──││──。││───││，│──││──。│──││──。	桓真魂元元	6. 7.
辛棄疾	北隴田高踏水頻	閒適	││──││─。───││──。│──││──。││───││，│──││──。│──││──。	真真真文魂	6.
辛棄疾	壽酒同斟喜有餘	壽詞	││──││─。──│││──。│─│││──。─││──││，───││──。───││──。	魚虞魚魚模	4.
辛棄疾	歌串如珠箇箇勻	歡樂	─│──││─。│──││──。│──││──。││───││，───││──。│──││──。	諄真真真真	6.
辛棄疾	父老爭言雨水勻	閒適	││──││─。──│││──。──│││──。─││──││，│──││──。──│││──。	諄真真真真	6.
辛棄疾	這裡裁詩話別離	離別	││──││─。│──││──。───││──。││───││，──│││──。│─│││──。	支支脂微脂	3.

辛棄疾	妙手都無斧鑿瘢	歌頌	｜｜——｜｜—。｜——｜｜——。｜——｜｜——。｜｜———｜｜，｜——｜｜——。｜—｜｜｜——。	桓真魂元元	7.
程　垓	天女殷勤著意多	詠物	—｜——｜｜—。｜——｜｜——。｜—｜｜｜——。—｜｜——｜｜，｜——｜｜——。｜——｜｜——。	歌歌歌戈戈	9.
程　垓	遙想當年出鳳雛	傷懷	—｜——｜｜—。—□—｜｜——。｜——｜｜——。—｜———｜｜，｜——｜｜——。｜——｜｜——。	虞魚虞魚魚	4.
程　垓	翠葆扶疏傍藥闌	傷懷	｜｜——｜｜—。｜——｜｜——。———｜｜——。｜｜｜——｜｜，———｜｜——。——｜｜｜——。	寒寒寒寒寒	7.
程　垓	薄日移影午暑空	閨怨	｜｜——｜｜—。｜——｜｜——。｜——｜｜——。｜｜———｜｜，｜——｜｜——。｜——｜｜——。	東東鍾鍾東	1.
程　垓	閒倚前榮小扇車	閨怨	—｜——｜｜—。｜——｜｜——。———｜｜——。｜｜———｜｜，｜——｜｜——。——｜｜｜——。	麻麻麻麻麻	9.
黃人傑	的皪江梅共臘梅	詠物	｜｜——｜｜—。｜——｜｜——。———｜｜——。｜｜———｜｜，｜——｜｜——。｜——｜｜——。	灰咍咍灰灰	3. 5.
陳三聘	酒力先從臉暈生	詠物	｜｜——｜｜—。｜——｜｜——。｜——｜｜——。｜｜｜——｜｜，｜——｜｜——。｜——｜｜——。	庚庚清庚清	11.
陳三聘	翠幕遮籠錦一叢	詠物	｜｜——｜｜—。———｜｜——。｜——｜｜——。｜｜｜——｜｜，———｜｜——。｜——｜｜——。	東東鍾鍾東	1.
陳三聘	不怕春寒更出遊	離別	｜｜——｜｜—。———｜｜——。———｜｜——。—｜｜——｜｜，———｜｜——。———｜｜——。	尤侯尤尤尤	12.
陳三聘	越浦潮來信息通	離別	｜｜——｜｜—。——｜｜｜——。———｜｜——。—｜｜——｜｜，｜——｜｜——。｜——｜｜——。	東鍾東鍾鍾	1.
陳三聘	點檢尊前花柳叢	詠人	｜｜———｜—。———｜｜——。｜——｜｜——。｜｜｜——｜｜，———｜｜——。｜——｜｜——。	東東鍾東東	1.
陳三聘	不躍銀鞍與繡韉	隱逸	｜｜——｜｜—。｜——｜｜——。———｜｜——。｜｜———｜｜，———｜｜——。｜——｜｜——。	先先仙先仙	7.
陳三聘	簾押低垂月影疏	閨怨	—｜———｜—。———｜｜——。———｜｜——。｜｜｜——｜｜，———｜｜——。———｜｜——。	魚魚虞魚魚	4.
石孝友	宿醉離愁慢髻鬟	閨怨	｜｜——｜｜—。｜——｜｜——。｜——｜｜——。—｜———｜｜，｜——｜｜——。｜——｜｜——。	刪桓寒寒寒	7.

石孝友	柳岸梅溪春又生	離別	||———|—。———||——。———||——。—||——||，|——||——。|——||——。	庚庚清清清	11.
石孝友	迎客西來送客行	離別	—|——||—。——|||——。|——||——。—||——||，———||——。———||——。	庚青青青	11.
石孝友	幾曲屏山數幅波	羈旅	||——||—。|——||——。|——||——。|||——||，———||——。|——||——。	戈戈歌戈	9.
趙師俠	日麗風和春晝長	寫景	||———|—。|——||——。——|||——。||———||，|——||——。|——||——。	陽陽陽陽	2.
趙師俠	落日沈沈墮翠微	詠人	||——||—。|——||——。———||——。||———||，|——||——。———||——。	微微微齊支	3.
趙師俠	松雪紛紛落凍泥	寫景	—|——||—。———||——。———||——。—|———||，——|||——。|——||——。	齊齊支齊脂	3.
趙師俠	不比陽關去路賒	離別	||——||—。|——||——。———||——。|||——||，——|||——。——|||——。	麻麻麻麻麻	10.
趙師俠	雪絮飄池點綠漪	閒適	||——||—。|——||——。———||——。|||——||，|——||——。——|||——。	支微脂支微	3.
趙師俠	本是孤根傲雪霜	詠物	||——||—。——|||——。|——||——。||———||，|——||——。——|||——。	陽唐陽江陽	2.
陳亮	小雨翻花落畫簷	歡樂	||——||—。———||——。———||——。||———||，——|||——。|——||——。	鹽沾鹽鹽鹽	14.
陳亮	爽氣朝來卒未闌	閒適	||——||—。|—|||——。|—|||——。|||——||，——|||——。|——||——。	寒刪山山桓	7.
楊炎正	楊柳籠煙裊嫩黃	傷懷	—|——||—。——|||——。|——||——。||———||，|——||——。——|||——。	唐陽陽唐	2.
楊炎正	三逕閒情傲落霞	隱逸	—|——||—。|——||——。|—|||——。—|———||，|—|||——。|——||——。	麻麻麻佳麻	10.
張鎡	無計長留月裏花	傷懷	—|——||—。——|||——。|——||——。|||——||，|——||——。|——||——。	麻麻麻佳	10.
劉過	黃鶴樓前識楚卿	詠人	—|——||—。|——||——。|——||——。—||——||，———||——。|——||——。	庚青庚清耕	11.

劉過	牆外濛濛雨溼煙	相思	—｜——｜｜—。——｜｜｜——。——｜｜｜——。｜｜———｜｜，——｜｜｜——。——｜｜｜——。	先仙先先先	7.
劉過	著意尋芳已自遲	離別	｜｜——｜｜—。｜——｜｜——。｜——｜｜——。—｜｜——｜｜，———｜｜——。——｜｜｜——。	脂微微微之	3.
劉過	誰把幽香透骨薰	詠物	—｜——｜｜—。｜——｜｜——。｜—｜｜｜——。｜｜｜——｜｜，｜——｜｜——。｜——｜｜——。	文真真真諄	6.
劉過	霧鬢雲鬟已懶梳	閨怨	｜｜——｜｜—。———｜｜——。｜—｜｜｜——。｜｜———｜｜，｜—｜｜｜——。———｜｜——。	魚魚魚魚虞	4.
盧炳	水閣無塵午晝長	閒適	｜｜——｜｜—。——｜｜｜——。｜——｜｜——。—｜———｜｜，｜——｜｜——。——｜｜｜——。	陽陽陽陽唐	2.
盧炳	常記京華昔浪遊	傷懷	—｜——｜｜—。——｜｜｜——。｜——｜｜——。｜｜———｜｜，｜——｜｜——。——｜｜｜——。	尤尤尤尤尤	12.
姜夔	著酒行行滿袂風	傷懷	｜｜——｜｜—。｜——｜｜——。———｜｜——。｜｜｜——｜｜，｜——｜｜——。———｜｜——。	東東鍾東東	1.
姜夔	春點疏梅雨後枝	遊歷	—｜——｜｜—。｜——｜｜——。｜——｜｜——。｜｜———｜｜，｜——｜｜——。——｜｜｜——。	支支脂之微	3.
姜夔	釵燕籠雲晚不忺	離別	—｜——｜｜—。｜——｜｜——。｜——｜｜——。—｜｜——｜｜，———｜｜——。———｜｜——。	鹽仙先先先	7. 14.
姜夔	雁怯重雲不肯啼	羈旅	｜｜——｜｜—。｜——｜｜——。｜——｜｜——。—｜｜——｜｜，｜——｜｜——。———｜｜——。	齊齊脂支微	3.
姜夔	花裏春風未覺時	詠物	—｜——｜｜—。｜——｜｜——。｜——｜｜——。—｜｜——｜｜，｜——｜｜——。｜——｜｜——。	支支支支之	3.
姜夔	翦翦寒花小更垂	詠物	｜｜——｜｜—。｜——｜｜——。———｜｜——。｜｜｜——｜｜，｜——｜｜——。｜——｜｜——。	支脂微齊支	3.
汪莘	一曲清溪繞舍流	隱逸	｜｜——｜｜—。｜——｜｜——。——｜｜｜——。—｜｜——｜｜，｜——｜｜——。———｜｜——。	尤尤侯侯侯	12.
汪莘	青女催人兩鬢霜	閒適	—｜——｜｜—。｜—｜｜｜——。——｜｜｜——。—｜｜——｜｜，｜——｜｜——。｜—｜｜｜——。	陽陽陽陽唐	2.
汪莘	白日青天蘸水開	詠物	｜｜——｜｜—。｜——｜｜——。———｜｜——。｜｜｜——｜｜，｜——｜｜——。———｜｜——。	咍灰咍灰灰	3. 5.

韓彥古	一縷金香永夜清	其他	｜｜——｜｜—。——｜｜｜——。｜——｜｜——。｜｜———｜｜，——｜｜｜——。｜——｜｜——。	清庚庚[清]清	11.
郭應祥	仙子淩波襪有塵	詠物	—｜——｜｜—。｜——｜｜——。——｜｜｜——。｜｜———｜｜，｜——｜｜——。｜——｜｜——。	真真諄真魂	6.
郭應祥	屈指中秋一日期	傷懷	｜｜——｜｜—。｜——｜｜——。——｜｜｜——。｜｜———｜｜，｜——｜｜——。——｜｜｜——。	支脂支齊齊	3.
郭應祥	樹底全無一點紅	傷懷	｜｜——｜｜—。——｜｜｜——。｜——｜｜——。｜｜———｜｜，｜——｜｜——。｜——｜｜——。	東東東冬鍾	1.
郭應祥	尊俎之間著二陳	詠人	—｜——｜｜—。——｜｜｜——。——｜｜｜——。｜｜———｜｜，｜——｜｜——。——｜｜｜——。	真諄諄真真	6.
李　壁	祇記梅花破臘前	愁思	｜｜——｜｜—。｜——｜｜——。——｜｜｜——。｜｜———｜｜，——｜｜｜——。——｜｜｜——。	先仙仙仙先	7.
韓　淲	一曲青山映小池	歡樂	｜｜——｜｜—。——｜｜｜——。——｜｜｜——。｜｜———｜｜，——｜｜｜——。——｜｜｜——。	支支支脂微	3.
韓　淲	寶鴨香消酒未醒	詠人	｜｜——｜｜—。｜——｜｜——。｜——｜｜——。｜｜———｜｜，｜——｜｜——。｜——｜｜——。	青庚庚登庚	11.
韓　淲	小雨收晴作社寒	歡樂	｜｜——｜｜—。｜——｜｜——。——｜｜｜——。｜｜———｜｜，｜——｜｜——。——｜｜｜——。	寒寒刪寒山	7.
韓　淲	湖海相逢更日邊	壽詞	—｜——｜｜—。——｜｜｜——。｜——｜｜——。｜｜———｜｜，｜——｜｜——。——｜｜｜——。	先先先仙仙	7.
韓　淲	一曲霓裳舞未終	其他	｜｜——｜｜—。｜——｜｜——。｜——｜｜——。｜｜———｜｜，｜——｜｜——。——｜｜｜——。	東冬東東鍾	1.
韓　淲	芍藥酴醾滿院春	寫景	—｜——｜｜—。——｜｜｜——。——｜｜｜——。｜｜———｜｜，｜——｜｜——。——｜｜｜——。	諄文侵魂侵	6. 13.
韓　淲	只恐山靈俗駕回	寫景	｜｜——｜｜—。｜——｜｜——。——｜｜｜——。｜｜———｜｜，｜——｜｜——。——｜｜｜——。	灰咍灰皆咍	3. 5.
韓　淲	一曲西風醉木犀	詠物	｜｜——｜｜—。——｜｜｜——。——｜｜｜——。｜｜———｜｜，｜——｜｜——。｜——｜｜——。	齊支支脂脂	3.
韓　淲	山氣吹雲寶月涼	傷懷	—｜——｜｜—。——｜｜｜——。——｜｜｜——。｜｜———｜｜，——｜｜｜——。｜——｜｜——。	陽唐陽陽陽	2.

韓淲	莫問星星鬢染霜	歡樂	｜｜——｜｜—。｜——｜｜——。｜——｜｜——。｜｜｜——｜｜，———｜｜——。———｜｜——。	陽唐唐陽唐	2.
韓淲	霜後黃花尙自開	傷懷	—｜——｜｜—。｜——｜｜——。———｜｜——。—｜｜——｜｜，———｜｜——。——｜｜｜——。	咍咍咍佳灰	3. 5.
韓淲	月角珠庭映伏犀	傷懷	｜｜——｜｜—。——｜｜｜——。｜——｜｜——。｜｜———｜｜，———｜｜——。———｜｜——。	齊支支脂脂	3.
韓淲	屋上青山列晚雲	歡樂	｜｜——｜｜—。｜——｜｜——。｜——｜｜——。｜｜———｜｜，———｜｜——。———｜｜——。	文文文文文	6.
韓淲	作意如何和好歌	歡樂	｜｜——｜｜—。｜——｜｜——。｜——｜｜——。｜｜———｜｜，｜——｜｜——。｜——｜｜——。	歌歌歌歌歌	9.
韓淲	鴉鷸荒寒燕復低	傷懷	｜｜——｜｜—。——｜｜｜——。———｜｜——。—｜｜——｜｜，｜——｜｜——。———｜｜——。	齊齊齊灰齊	3.
韓淲	風軟湖光遠蕩磨	傷懷	—｜——｜｜—。———｜｜——。｜——｜｜——。｜｜｜——｜｜，｜——｜｜——。——｜｜｜——。	戈歌歌歌歌	9.
韓淲	梅葉陰陰占晚春	傷懷	—｜——｜｜—。｜——｜｜——。——｜｜｜——。—｜———｜｜，｜—｜｜｜——。｜——｜｜——。	諄諄諄真真	6.
韓淲	買得船兒去下湖	閒適	｜｜——｜｜—。｜——｜｜——。———｜｜——。｜｜｜——｜｜，———｜｜——。｜——｜｜——。	模虞魚魚魚	4.
韓淲	江上新涼入酒杯	壽詞	—｜——｜｜—。｜——｜｜——。｜—｜｜｜——。—｜———｜｜，｜——｜｜——。｜——｜｜——。	灰咍灰咍灰	3. 5.
韓淲	留得菖蒲酒一杯	壽詞	—｜——｜｜—。｜——｜｜——。———｜｜——。—｜———｜｜，———｜｜——。｜——｜｜——。	灰咍咍咍咍	3. 5.
韓淲	錦瑟瑤琴續斷絃	情愛	｜｜——｜｜—。｜——｜｜——。｜——｜｜——。｜｜———｜｜，———｜｜——。｜——｜｜——。	先先鹽先先	7. 14.
韓淲	繫得船兒柳岸頭	愁思	｜｜——｜｜—。｜——｜｜——。———｜｜——。｜｜｜——｜｜，｜——｜｜——。｜——｜｜——。	侯尤幽尤尤	12.
韓淲	愛日回春一線長	歡樂	｜｜——｜｜—。———｜｜——。——｜｜｜——。—｜———｜｜，——｜｜｜——。｜□—｜｜——。	陽陽江唐陽	2.
韓淲	春入疏絃調外聲	寫景	—｜——｜｜—。｜——｜｜——。———｜｜——。—｜———｜｜，｜——｜｜——。｜——｜｜——。	清清侵青蒸	11. 13.

韓淲	閒裏相看兩鬢秋	傷懷	─｜──｜｜─。｜──｜｜──。──｜｜｜──。｜｜｜──｜｜，──｜｜｜──。──｜｜｜──。	尤幽尤尤尤	12.
韓淲	分付心情作上元	歡樂	─｜──｜｜─。｜──｜｜──。──｜｜｜──。｜｜｜──｜｜，──｜｜｜──。｜──｜｜──。	元仙仙先仙	7.
韓淲	老覺空生易得年	壽詞	｜｜──｜｜─。──｜｜｜──。｜──｜｜──。─｜───｜｜，｜──｜｜──。──｜｜｜──。	先仙仙仙仙	7.
韓淲	荊楚誰言鏡聽詞	寫景	─｜──｜｜─。｜─｜｜｜──。──｜｜｜──。｜｜｜──｜｜，──｜｜｜──。｜──｜｜──。	脂齊支之齊	3.
韓淲	百花叢裏試新妝	寫景	｜⊟─⊞｜⊟─。｜⊞─⊟｜⊞─。｜──｜｜──。─｜───｜｜，｜──｜｜──。｜──｜｜──。	陽陽陽陽陽	2.
韓淲	宋玉悲秋合反騷	閒適	｜｜──｜｜─。──｜｜｜──。──｜｜｜──。｜｜｜──｜｜，──｜｜｜──。──｜｜｜──。	豪豪蕭蕭宵	8.
韓淲	一抹青山拍岸溪	閒適	｜｜──｜｜─。｜──｜｜──。｜──｜｜──。｜｜｜──｜｜，｜──｜｜──。｜──｜｜──。	齊齊齊齊之	3.
韓淲	水繞孤村客路賒	閒適	｜｜──｜｜─。｜──｜｜──。｜──｜｜──。｜｜｜──｜｜，｜─｜｜｜──。──｜｜｜──。	麻麻麻麻麻	10.
韓淲	憶把蘭橈繫柳隄	寫景	｜｜──｜｜─。──｜｜｜──。｜──｜｜──。｜｜｜──｜｜，──｜｜｜──。｜──□｜──。	齊微微支之	3.
韓淲	彩筆新題字字香	相思	｜｜──｜｜─。｜──｜｜──。──｜｜｜──。─｜───｜｜，｜──｜｜──。｜──｜｜──。	陽陽唐陽陽	2.
韓淲	滴滴瓊英發翠綃	詠物	｜｜──｜｜─。──｜｜｜──。｜──｜｜──。｜｜｜──｜｜，｜──｜｜──。｜──｜｜──。	宵蕭宵宵宵	8.
韓淲	雨閣雲流小院秋	歡樂	｜｜──｜｜─。｜──｜｜──。｜──｜｜──。｜｜｜──｜｜，｜──｜｜──。｜──｜｜──。	尤尤尤尤幽	12.
鍾將之	鬟鞸雲梳月帶痕	詠人	｜｜──｜｜─。｜──｜｜──。──｜｜｜──。─｜｜──｜｜，｜─｜｜｜──。｜──｜｜──。	痕清文真魂	6. 11.
鍾將之	蘋老秋深水落痕	歡樂	─｜──｜｜─。｜──｜｜──。──｜｜｜──。｜｜｜──｜｜，｜──｜｜──。──｜｜｜──。	痕清文真魂	6. 11.
吳禮之	南國風流是故鄉	詠物	─｜──｜｜─。──｜｜｜──。──｜｜｜──。｜｜｜──｜｜，｜─｜｜｜──。｜──｜｜──。	陽陽唐陽陽	2.

鄭　域	酒薄愁濃醉不成	離別	｜｜——｜｜—。｜——｜｜——。｜——｜｜——。｜｜——｜｜｜，｜——｜｜——。｜——｜｜——。	清庚登庚清	11.
戴復古	病起無聊倚繡牀	閨怨	｜｜——｜｜—。｜——｜｜——。｜——｜｜——。｜｜｜——｜｜，——｜｜｜——。｜——｜｜——。	陽陽陽陽陽	2.
趙　擴	花似醺容上玉肌	詠物	—｜——｜｜—。———｜｜——。———｜｜——。—｜｜——｜｜，———｜｜——。———｜｜——。	支微脂微支	3.
李　劉	濯錦江邊玉樹明	歌頌	｜｜——｜｜—。｜——｜｜——。——｜｜｜——。｜｜———｜｜，——｜｜｜——。———｜｜——。	庚庚庚諄清	6. 11.
史達祖	不見東山月露香	寫景	｜｜——｜｜—。——｜｜｜——。｜——｜｜——。—｜｜——｜｜，｜—｜｜｜——。｜——｜｜——。	陽陽陽唐陽	2.
高觀國	遮坐銀屏度水沈	寫景	—｜——｜｜—。｜——｜｜——。｜——｜｜——。—｜｜——｜｜，｜——｜｜——。｜——｜｜——。	侵侵侵侵侵	13.
高觀國	魂是湘雲骨是蘭	詠人	—｜——｜｜—。———｜｜——。———｜｜——。｜｜———｜｜，｜——｜｜——。｜——｜｜——。	寒刪刪寒寒	7.
高觀國	偷得韓香惜未燒	情愛	—｜——｜｜—。———｜｜——。｜——｜｜——。—｜｜——｜｜，｜——｜｜——。｜——｜｜——。	宵宵宵蕭宵	8.
高觀國	雲外峯巒翠欲埋	愁思	—｜——｜｜—。｜——｜｜——。｜——｜｜——。—｜———｜｜，——｜｜｜——。——｜｜｜——。	皆佳咍佳皆	5.
高觀國	一色煙雲澹不消	寫景	｜｜——｜｜—。｜——｜｜——。———｜｜——。｜｜｜——｜｜，｜—｜｜｜——。｜—｜｜｜——。	蕭蕭宵蕭蕭	8.
魏了翁	曉鏡搖空髻聳丫	詠物	｜｜——｜｜—。｜——｜｜——。｜—｜｜｜——。｜｜———｜｜，———｜｜——。———｜｜——。	麻麻麻麻麻	10.
魏了翁	一日嘉名萬口傳	歌頌	｜｜——｜｜—。———｜｜——。———｜｜——。｜｜｜——｜｜，｜——｜｜——。———｜｜——。	仙仙先先仙	7.
魏了翁	密葉留香護境天	歌頌	｜｜——｜｜—。｜——｜｜——。———｜｜——。｜｜———｜｜，———｜｜——。——｜｜｜——。	先仙先先仙	7.
魏了翁	試問伊誰若是班	其他	｜｜——｜｜—。｜——｜｜——。———｜｜——。—｜｜——｜｜，｜—｜｜｜——。———｜｜——。	刪刪刪山刪	7.
魏了翁	雲外群鴻逐稻粱	壽詞	—｜——｜｜—。｜—｜｜｜——。｜—｜｜｜——。｜｜———｜｜，｜—｜｜｜——。｜——｜｜——。	陽陽唐陽陽	2.

<table>
<tr><td>盧祖皋</td><td>午睡醒來策瘦筇</td><td>閒適</td><td>||——||—。|——||——。|——□|——。||———||，———||——。|——||——。</td><td>鍾鍾東鍾東</td><td>1.</td></tr>
<tr><td>劉學箕</td><td>天上仙人萼綠華</td><td>詠物</td><td>—|——||—。——|||——。|——||——。|||——||，———||——。|——||——。</td><td>麻麻麻麻麻</td><td>10.</td></tr>
<tr><td>劉學箕</td><td>來日江頭柳帶香</td><td>離別</td><td>—|——||—。|——||——。———||——。||———||，|—|||——。|——||——。</td><td>陽唐陽唐陽</td><td>2.</td></tr>
<tr><td>洪咨夔</td><td>蒼鶴飛來水竹幽</td><td>壽詞</td><td>—|——||—。——|||——。|——||——。|||——||，——|||——。——|||——。</td><td>幽尤尤侯侯</td><td>12.</td></tr>
<tr><td>洪咨夔</td><td>細雨斜風寂寞秋</td><td>愁思</td><td>||——||—。——|||——。———||——。||———||，|——||——。|——||——。</td><td>尤尤侯侯尤</td><td>12.</td></tr>
<tr><td>洪咨夔</td><td>小雨輕霜作嫩寒</td><td>壽詞</td><td>||——||—。|——||——。———||——。—||——||，——|||——。——|||——。</td><td>寒寒寒寒寒</td><td>7.</td></tr>
<tr><td>洪咨夔</td><td>六曲屏山似去年</td><td>傷懷</td><td>||——||—。|——||——。|——||——。||———||，|——||——。|——||——。</td><td>先先先仙先</td><td>7.</td></tr>
<tr><td>劉鎭</td><td>簾幕收燈斷續紅</td><td>離別</td><td>—|——||—。———||——。|——||——。|||——||，——|||——。———||——。</td><td>東東鍾東東</td><td>1.</td></tr>
<tr><td>曾揆</td><td>啼鴂聲中春去忙</td><td>歡樂</td><td>—|———|—。———||——。——|||——。—|———||，——|||——。|—|||——。</td><td>唐陽陽陽唐</td><td>2.</td></tr>
<tr><td>曾揆</td><td>西帝何時下玉京</td><td>詠物</td><td>—|——||—。|——||——。|——||——。||———||，———||——。——|||——。</td><td>庚庚文真魂</td><td>6. 11.</td></tr>
<tr><td>曾揆</td><td>衫子新裁淺褐羅</td><td>詠人</td><td>—|——||—。——|||——。———||——。|||——||，——|||——。|——||——。</td><td>歌歌歌戈歌</td><td>9.</td></tr>
<tr><td>曾揆</td><td>紅藕花香蛛網窠</td><td>傷懷</td><td>—|———|—。|——||——。———||——。—|———||，———|□——。|—|||——。</td><td>戈歌戈歌歌</td><td>9.</td></tr>
<tr><td>曾揆</td><td>挑盡燈花懶上床</td><td>相思</td><td>—|——||—。|——||——。———||——。|||——||，|——||——。|——||——。</td><td>陽江陽陽陽</td><td>2.</td></tr>
<tr><td>曾揆</td><td>節物催人有底忙</td><td>傷懷</td><td>||——||—。——|||——。——|||——。||———||，——|||——。|——||——。</td><td>唐陽陽陽陽</td><td>2.</td></tr>
<tr><td>曾揆</td><td>一覺巫山夢又休</td><td>傷懷</td><td>||——||—。|——||——。———||——。—|———||，|—|||——。|——||——。</td><td>尤侯尤尤尤</td><td>12.</td></tr>
</table>

曾揆	一帽西風秋晚時	相思	｜｜———｜—。——｜｜｜——。———｜｜——。—｜｜——｜｜，｜——｜｜——。｜——｜｜——。	支微支微之	3.
曾揆	繡幙層層護碧紗	情愛	｜｜——｜｜—。｜—｜｜｜——。｜——｜｜——。—｜｜｜—｜｜，——｜｜｜——。｜——｜｜——。	麻麻麻麻麻	10.
曾揆	菊有黃花秋未霜	歡樂	｜｜———｜—。———｜｜——。———｜｜——。｜｜——｜｜｜，｜——｜｜——。——｜｜｜——。	陽江陽陽唐	2.
方千里	楊柳依依窣地垂	離別	—｜——｜｜—。｜——｜｜——。——｜｜｜——。—｜｜——｜｜，｜——｜｜——。———｜｜——。	支支支脂微	3.
方千里	無數流鶯遠近飛	相思	—｜——｜｜—。——｜｜｜——。｜——｜｜——。｜｜———｜｜，｜——｜｜——。｜——｜｜——。	微微微微支	3.
方千里	清淚斑斑著意垂	相思	—｜——｜｜—。———｜｜——。——｜｜｜——。—｜———｜｜，｜——｜｜——。———｜｜——。	支支齊齊齊	3.
方千里	菱藕花開來路香	遊歷	—｜———｜—。｜——｜｜——。——｜｜｜——。｜｜———｜｜，———｜｜——。———｜｜——。	陽陽唐唐陽	2.
方千里	密約深期卒未成	閨怨	｜｜——｜｜—。———｜｜——。｜——｜｜——。—｜———｜｜，———｜｜——。｜—｜｜｜——。	清清青庚清	11.
方千里	面面虛堂水照空	詠人	｜｜——｜｜—。——｜｜｜——。——｜｜｜——。｜｜———｜｜，｜——｜｜——。｜——｜｜——。	東鍾董鍾東	1.
方千里	刻樣衣裳巧刻繪	詠人	｜｜——｜｜—。｜——｜｜——。———｜｜——。｜｜———｜｜，———｜｜——。———｜｜——。	蒸登蒸清蒸	11.
黃機	綠鎖窗前雙鳳奩	閨怨	｜｜———｜—。———｜｜——。———｜｜——。｜｜———｜｜，———｜｜——。｜——｜｜——。	鹽鹽寒刪鹽	7. 14.
黃機	日轉雕欄午漏分	閨怨	｜｜——｜｜—。｜—｜｜｜——。｜——｜｜——。—｜———｜｜，｜——｜｜——。———｜｜——。	文庚侵侵侵	6. 11. 13.
黃機	墨綠衫兒窄窄裁	詠人	｜｜——｜｜—。｜——｜｜——。｜——｜｜——。—｜———｜｜，｜——｜｜——。｜——｜｜——。	咍灰咍灰灰	3. 5.
黃機	著破春衫走路塵	歡樂	｜｜——｜｜—。｜——｜｜——。——｜｜｜——。｜｜｜——｜｜，｜——｜｜——。———｜｜——。	真文真侵真	6. 13.
張輯	夏果初收喚綠華	壽詞	｜｜——｜｜—。——｜｜｜——。———｜｜——。—｜— ｜，———｜｜——。———｜｜——。	麻麻麻麻麻	10.

李好古	爲怯頳雲挾暑飛	傷懷	||——||—。——|||——。——|||——。||———||，——|||——。——|||——。	微微齊微微	3.
吳潛	慶賞元宵只願晴	歡樂	||——||—。——|||——。——|||——。||———||，——|||——。——|||——。	淸庚淸淸淸	11.
吳潛	春岸春風荻已芽	傷懷	||——||—。——|||——。——|||——。||———||，——|||——。——|||——。	麻麻麻皆麻	5. 10.
吳潛	海棠已綻牡丹芽	寫景	—□□□。□□□——。——|||——。||———||，——|||——。——|||——。	麻麻麻皆麻	5. 10.
吳潛	正好江鄉筍蕨芽	傷懷	||——||—。——|||——。——|||——。||———||，——|||——。——|||——。	麻麻麻皆麻	5. 10.
吳潛	雨過池塘水長芽	寫景	||——||—。——|||——。——|||——。||———||，——|||——。——|||——。	麻麻麻皆麻	5. 10.
吳潛	最好荼蘼白間黃	歡樂	||——||—。——|||——。——|||——。||———||，——|||——。——|||——。	唐唐陽陽陽	2.
吳潛	宮額新塗一半黃	詠物	||——||—。——|||——。——|||——。||———||，——|||——。——|||——。	唐唐陽陽陽	2.
吳潛	半餉西風暖換涼	歡樂	||——||—。——|||——。——|||——。||———||，——|||——。——|||——。	陽陽陽陽陽	2.
周密	樸樸精神的的香	歡樂	||——||—。——|||——。——|||——。||———||，——|||——。——|||——。	陽陽陽陽陽	2.
黃時龍	雨歇花梢月正明	閨怨	||——||—。——|||——。——|||——。||———||，——|||——。——|||——。	庚魂侵侵侵	6. 11. 13.
方岳	半殼含潮帶醫香	歡樂	||——||—。——|||——。——|||——。||———||，——|||——。——|||——。	陽唐陽陽陽	2.
方岳	夜醉淵明把菊圖	壽詞	||——||—。——|||——。——|||——。||———||，——|||——。——|||——。	模模虞虞魚	4.
許棐	欲把香繒暖繡裁	閨怨	||——||—。——|||——。——|||——。||———||，——|||——。——|||——。	咍咍咍咍咍	5.
方岳	太乙東皇欲轉鈞	歡樂	||——||—。——|||——。——|||——。||———||，——|||——。——|||——。	眞眞眞眞諄	6.

方　岳	看見嬌黃拂柳芽	寫景	｜｜——｜｜—。———｜｜——。｜——｜｜——。｜｜———｜｜，｜——｜｜——。——｜｜｜——。	麻麻佳麻麻	10.
方　岳	暖入屏爐一笑融	歡樂	｜｜——｜｜—。｜——｜｜——。——｜｜｜——。｜｜———｜｜，——｜｜｜——。｜——｜｜——。	東鍾東東鍾	1.
方　岳	曉色纔分笑語喧	歡樂	｜｜——｜｜—。｜——｜｜——。｜——｜｜——。—｜｜——｜｜，｜——｜｜——。｜——｜｜——。	元先仙仙先	7.
李昂英	筍玉纖纖拍扇紈	詠人	｜｜——｜｜—。｜——｜｜——。｜——｜｜——。｜｜———｜｜，———｜｜——。｜—｜｜｜——。	桓元桓先元	7.
吳文英	新夢遊仙駕紫鴻	寫景	—｜——｜｜—。｜——｜｜——。———｜｜——。｜｜———｜｜，｜——｜｜——。｜——｜｜——。	東東鍾鍾東	1.
吳文英	冰骨清寒瘦一枝	詠物	—｜——｜｜—。｜——｜｜——。｜——｜｜——。｜｜———｜｜，｜——｜｜——。｜—｜｜｜——。	支支脂支支	3.
吳文英	千蓋籠花鬬勝春	寫景	—｜——｜｜—。———｜｜——。｜——｜｜——。—｜｜——｜｜，———｜｜——。｜——｜｜——。	諄真文真魂	6.
吳文英	蝶粉蜂黃大小喬	詠物	｜｜——｜｜—。———｜｜——。｜——｜｜——。—｜｜——｜｜，———｜｜——。｜——｜｜——。	宵宵蕭簫蕭	8.
吳文英	門隔花深夢舊遊	閨怨	—｜——｜｜—。｜——｜｜——。｜——｜｜——。｜｜———｜｜，——｜｜｜——。———｜｜——。	尤尤侯尤尤	12.
吳文英	波面銅花冷不收	離別	—｜——｜｜—。｜——｜｜——。｜—｜｜｜——。—｜｜——｜｜，｜——｜｜——。———｜｜——。	尤侯尤尤尤	12.
吳文英	門巷深深小畫樓	閨怨	—｜——｜｜—。———｜｜——。———｜｜——。—｜｜——｜｜，———｜｜——。｜—｜｜｜——。	侯尤尤尤尤	12.
吳文英	曲角深簾隱洞房	詠物	｜｜——｜｜—。｜—｜｜｜——。｜—｜｜｜——。｜｜———｜｜，｜——｜｜——。｜——｜｜——。	陽唐陽江陽	2.
吳文英	秦黛橫愁送暮雲	詠人	—｜——｜｜—。｜——｜｜——。———｜｜——。｜｜｜——｜｜，———｜｜——。———｜｜——。	文魂文魂真	6.
吳文英	一曲鸞簫別彩雲	離別	｜｜——｜｜—。｜——｜｜——。｜—｜｜｜——。—｜｜——｜｜，———｜｜——。———｜｜——。	文魂文魂真	6.
李彭老	玉雪庭心夜色空	寫景	｜｜——｜｜—。——｜｜｜——。——｜｜｜——。｜｜｜——｜｜，｜——｜｜——。——｜｜｜——。	東東鍾鍾東	1.

黃昇	鍾磬泠泠夜未央	其他	一｜一一｜｜一。一一｜｜｜一一。｜一一｜｜一一。｜｜｜一一｜｜，一一｜｜｜一一。｜一一｜｜一一。	陽陽陽唐陽	2.
楊澤民	芳蕊髯鬆夾道垂	詠物	一｜一一｜｜一。一一｜｜｜一一。｜一一｜｜一一。一｜｜一一｜｜，一一｜｜｜一一。｜一一｜｜一一。	支支支脂微	3.
楊澤民	原上芳華已亂飛	詠物	一｜一一｜｜一。一一｜｜｜一一。｜一一｜｜一一。一｜｜一一｜｜，一一一｜｜一一。一一｜｜｜一一。	微微微微文	3.
楊澤民	金粟蒙茸翠葉垂	詠物	一｜一一｜｜一。｜一一｜｜一一。｜一一｜｜一一。｜｜｜一一｜｜，一一｜｜｜一一。｜一一｜｜一一。	支支齊齊齊	3.
楊澤民	南國幽花比並香	詠物	｜｜一一｜｜一。｜一一｜｜一一。｜一一｜｜一一。一□｜一一｜｜，一一｜｜｜一一。｜一一｜｜一一。	陽陽唐唐陽	2.
楊澤民	一徑栽培九畹成	詠物	｜｜一一｜｜一。一一｜｜｜一一。｜一一｜｜一一。｜｜｜一一｜｜，一一｜｜｜一一。｜一一｜｜一一。	清清青庚清	11.
楊澤民	仙子何年下太空	詠物	一｜一一｜｜一。一一｜｜｜一一。｜一一｜｜一一。一｜｜一一｜｜，一一一｜｜一一。｜一｜｜｜一一。	東鍾鍾鍾東	1.
楊澤民	風遞餘花點素繒	詠物	一｜一一｜｜一。｜一一｜｜一一。｜一一｜｜一一。｜｜｜一一｜｜，｜一一｜｜一一。一一一｜｜一一。	蒸登蒸清蒸	11.
昭順老人	的皪堪爲席上珍	詠物	｜｜一一｜｜一。一一｜｜｜一一。｜一一｜｜一一。｜｜｜一一｜｜，｜一一｜｜一一。一一｜｜｜一一。	真文真真真	6.
張桂	雨壓楊花路半乾	閨怨	｜｜一一｜｜一。一一一｜｜一一。｜一一｜｜一一。｜｜｜一一｜｜，｜一一｜｜一一。一一｜｜｜一一。	寒寒寒桓刪	7.
毛珝	綠玉枝頭一粟黃	詠物	｜｜一一｜｜一。｜一｜｜｜一一。｜一一｜｜一一。一｜｜一一｜｜，｜一｜｜｜一一。｜一一｜｜一一。	唐陽陽唐陽	2.
陳允平	楊柳煙深五鳳樓	閨怨	一｜一一｜｜一。｜一一｜｜一一。｜一一｜｜一一。一｜｜一一｜｜，｜一一｜｜一一。｜一一｜｜一一。	侯尤侯尤尤	12.
陳允平	自別蕭郎錦帳寒	閨怨	｜｜一一｜｜一。｜一｜｜｜一一。｜一一｜｜一一。一｜｜一一｜｜，｜一一｜｜一一。｜一一｜｜一一。	寒寒寒桓寒	7.
陳允平	一枕華胥夢不成	閨怨	｜｜一一｜｜一。｜一一｜｜一一。｜一一｜｜一一。｜｜｜一一｜｜，｜一一｜｜一一。｜一一｜｜一一。	清清青庚清	11.
陳允平	約臂金圓隱絳繒	閨怨	｜｜一一｜｜一。｜一一｜｜一一。｜一一｜｜一一。｜｜｜一一｜｜，｜一一｜｜一一。｜一一｜｜一一。	蒸登蒸清蒸	11.

陳允平	寶鏡奩開素月空	閨怨	||——||—。|——||——。|——||——。||———||，|——||——。|——||——。	東鍾董鍾東	1.
陳允平	雙倚妝樓寶髻垂	詠人	—|——||—。|——||——。|——||——。||———||，|——||——。|——||——。	支支支脂微	3.
陳允平	鬬鴨闌干燕子飛	詠人	||——||—。|——||——。|——||——。||———||，|——||——。|——||——。	微微微微支	3.
陳允平	六幅蒲帆曉渡平	羈旅	||——||—。|——||——。|——||——。||———||，|——||——。|——||——。	庚清清清清	11.
陳允平	柳底征鞍花底車	閨怨	||——||—。|——||——。|——||——。||———||，|——||——。|——||——。	魚魚魚魚魚	4.
陳允平	十二珠簾繡帶垂	閨怨	||——||—。|——||——。|——||——。||———||，|——||——。|——||——。	支支齊齊齊	3.
陳允平	睡起朦朧小篆香	閨怨	||——||—。|——||——。|——||——。||———||，|——||——。|——||——。	陽陽唐唐陽	2.
薛夢桂	柳映疏簾花映林	愁思	||——||—。|——||——。|——||——。||———||，|——||——。|——||——。	侵魂魂文魂	6. 13.
何夢桂	細柳連營綠蔭重	歌頌	||——||—。|——||——。|——||——。||———||，|——||——。|——||——。	鍾鍾鍾東鍾	1.
何夢桂	金紫山前山萬重	寫景	—|——||—。|——||——。|——||——。||———||，|——||——。|——||——。	鍾鍾鍾東鍾	1.
趙汝茪	笑摘青梅傍綺疏	其他	||——||—。|——||——。|——||——。||———||，|——||——。|——||——。	魚魚魚魚魚	4.
譚宣子	欲展吳牋咏杜娘	相思	||——||—。|——||——。|——||——。||———||，|——||——。|——||——。	陽唐陽陽陽	2.
曾 棟	落日蒸紅山欲燒	寫景	||——||—。|——||——。|——||——。||———||，|——||——。|——||——。	宵蕭宵爻宵	8.
江 開	手撚花枝憶小蘋	相思	||——||—。|——||——。|——||——。||———||，|——||——。|——||——。	真諄真清文	6.
王大簡	拂面凉生酒半醒	傷懷	||——||—。|——||——。|——||——。||———||，|——||——。|——||——。	青清清侵青	11. 13.

劉辰翁	高臥何須說打乖	歡樂	一｜一一｜｜一。｜一一｜｜一一。一一｜｜｜一一。一｜一一｜｜，一一｜｜一一。一一｜｜｜一一。	皆佳佳皆皆	5.
劉辰翁	身是去年人尚健	歡樂	一｜一一｜□。一一｜｜一一。｜一一｜｜一一。一一｜｜一一｜，一一｜｜一一。一一｜｜一一。	×陽陽陽陽	2.
劉辰翁	春日春風掠鬢鬚	閒適	一｜一一｜｜一。｜一一｜｜一一。｜一一｜｜一一。一一｜｜，｜一一｜｜一一。一一｜｜一一。	虞模虞模模	4.
劉辰翁	身是高人欲寢冰	壽詞	一｜一一｜｜一。｜一一｜｜一一。｜一一｜｜一一。一一｜｜，一一｜｜一一。一一｜｜一一。	蒸青清青庚	11.
劉辰翁	十日千機可復諧	壽詞	｜｜一一｜｜一。一一｜｜一一。｜一一｜｜一一。一一｜｜，｜一一｜｜一一。｜一一｜｜一一。	皆咍灰灰咍	3. 5.
劉辰翁	暮暮相望夕甫諧	其他	｜｜一一｜｜一。一一｜｜一一。｜一一｜｜一一。一一｜｜，一一｜｜一一。一一｜｜一一。	皆咍灰灰咍	3. 5.
劉辰翁	遠遠遊蜂不記家	寫景	｜｜一一｜｜一。｜一一｜｜一一。一一｜｜一一。一一｜｜，｜一一｜｜一一。｜一一｜｜一一。	麻麻佳麻麻	10.
劉辰翁	點點疏林欲雪天	離別	｜｜一一｜｜一。｜一一｜｜一一。｜一一｜｜一一。一一｜｜，｜一一｜｜一一。一一｜｜一一。	先先先先元	7.
顏奎	夢泊遊絲畫影移	愁思	｜｜一一｜｜一。｜一一｜｜一一。｜一一｜｜一一。一一｜｜，｜一一｜｜一一。一一｜｜一一。	支微齊齊齊	3.
張磐	習習輕風破海棠	寫景	｜｜一一｜｜一。｜一一｜｜一一。｜一一｜｜一一。一一｜｜，一一｜｜一一。一一｜｜一一。	唐唐唐陽陽	2.
周密	幾點紅香入玉壺	寫景	｜｜一一｜｜一。｜一一｜｜一一。一一｜｜一一。一一｜｜，｜一一｜｜一一。一一｜｜一一。	模虞模虞虞	4.
周密	波影搖花碎錦鋪	詠物	一｜一一｜｜一。｜一一｜｜一一。｜一一｜｜一一。一一｜｜，｜一一｜｜一一。｜一一｜｜一一。	虞魚虞魚魚	4.
周密	淺色初裁試暖衣	閨怨	｜｜一一｜｜一。一一｜｜一一。｜一一｜｜一一。一一｜｜，｜一一｜｜一一。｜一一｜｜一一。	微微脂微支	3.
周密	不下珠簾怕燕瞋	遊歷	｜｜一一｜｜一。｜一一｜｜一一。一一｜｜一一。一一｜｜，一一｜｜一一。｜一一｜｜一一。	真耕文庚侵	6. 11. 13.
周密	絲雨籠煙織晚晴	閨怨	一｜一一｜｜一。｜一一｜｜一一。｜一一｜｜一一。一一｜｜，｜一一｜｜一一。｜一一｜｜一一。	清青痕耕諄	6. 11.

周密	竹色苔香小院深	修行	｜｜——｜｜—。———｜｜——。———｜｜——。｜｜———｜｜，——｜｜｜——。｜——｜｜——。	侵青真清文	6. 11. 13.
周密	蠶已三眠柳二眠	閨怨	—｜——｜｜—。———｜｜——。———｜｜——。—｜｜——｜｜，———｜｜——。｜——｜｜——。	先先先先仙	7.
劉壎	已斷因緣莫更尋	修行	｜｜——｜｜—。———｜｜——。———｜｜——。—｜｜——｜｜，｜——｜｜——。｜——｜｜——。	侵侵侵侵侵	13.
詹玉	淡淡青山兩點春	寫景	｜｜——｜｜—。——｜｜｜——。｜——｜｜——。｜｜——□｜｜，｜——｜｜——。｜——｜｜——。	諄耕文文魂	6. 11.
黎廷瑞	一曲離愁淺黛顰	離別	｜｜——｜｜—。——｜｜｜——。——｜｜｜——。｜｜———｜｜，——｜｜｜——。｜——｜｜——。	真真真諄真	6.
仇遠	鴉墨鴛茸暗小窗	寫景	｜｜——｜｜—。———｜｜——。———｜｜——。｜｜———｜｜，———｜｜——。———｜｜——。	江陽陽唐唐	2.
仇遠	薄薄梳妝細掃眉	閨怨	｜｜——｜｜—。———｜｜——。———｜｜——。—｜｜——｜｜，｜——｜｜——。｜——｜｜——。	脂齊支齊之	3.
仇遠	紅紫妝林綠滿池	閨怨	—｜——｜｜—。———｜｜——。｜——｜｜——。｜｜｜——｜｜，｜—｜｜｜——。｜——｜｜——。	支微支脂微	3.
仇遠	荳蔻枝頭冷蝶飛	傷懷	｜｜——｜｜—。———｜｜——。｜——｜｜——。｜｜｜——｜｜，——｜｜｜——。———｜｜——。	微齊微微支	3.
張淑芳	散步山前春草香	相思	｜｜———｜—。——｜｜｜——。———｜｜——。｜｜｜——｜｜，——｜｜｜——。｜——｜｜——。	陽唐陽唐江	2.
楊舜舉	殘照西風一片愁	愁思	—｜——｜｜—。——｜｜｜——。——｜｜｜——。｜｜———｜｜，——｜｜｜——。——｜｜｜——。	尤尤侯尤尤	12.
陳德武	庭院深沈絕俗埃	相思	—｜——｜｜—。———｜｜——。｜——｜｜——。｜｜｜——｜｜，——｜｜｜——。｜——｜｜——。	皆皆咍咍咍	5.
陳德武	月落桐梢杜宇啼	相思	｜｜——｜｜—。———｜｜——。｜——｜｜——。—｜———｜｜，｜——｜｜——。——｜｜｜——。	齊微之支脂	3.
張炎	犀押重簾水院深	傷懷	—｜——｜｜—。｜——｜｜——。｜——｜｜——。｜｜｜——｜｜，——｜｜｜——。｜——｜｜——。	侵侵侵侵青	11. 13.
張炎	空色莊嚴玉版師	詠物	—｜——｜｜—。｜——｜｜——。｜——｜｜——。｜｜｜——｜｜，｜—｜｜｜——。———｜｜——。	脂支支齊齊	3.

張　炎	昨夜藍田采玉游	詠物	—｜——｜｜—。｜——｜｜——。———｜｜——。—｜———｜｜，｜——｜｜——。｜——｜｜——。	尤尤尤侯尤	12.
張　炎	半面妝凝鏡裏春	詠人	｜｜——｜｜—。——｜｜｜——。——｜｜｜——。｜｜｜——｜｜，———｜｜——。———｜｜——。	諄真真真真	6.
張　炎	艾蒳香消火未殘	閨怨	｜｜——｜｜—。｜——｜｜——。｜——｜｜——。｜｜———｜｜，——｜｜｜——。｜——｜｜——。	寒寒山刪寒	7.
王從叔	水月精神玉雪胎	詠物	｜｜——｜｜—。———｜｜——。｜——｜｜——。｜｜｜——｜｜，——｜｜｜——。｜——｜｜——。	咍咍灰咍咍	3. 5.
游稺仙	晬日先聯瑞日紅	壽詞	｜｜——｜｜—。｜——｜｜——。｜—｜｜｜——。—｜｜——｜｜，｜—｜｜｜——。——｜｜｜——。	東鍾鍾鍾鍾	1.
無名氏	倦客東歸得自由	羈旅	｜｜——｜｜—。———｜｜——。｜——｜｜——。｜｜｜——｜｜，｜——｜｜——。｜——｜｜——。	尤尤尤侯尤	12.
無名氏	北固江頭浪拍空	羈旅	｜｜——｜｜—。——｜｜｜——。｜——｜｜——。｜｜———｜｜，｜——｜｜——。｜——｜｜——。	東東東東鍾	1.
無名氏	水淨煙閒不染塵	閨怨	｜｜——｜｜—。｜——｜｜——。｜——｜｜——。｜｜———｜｜，｜——｜｜——。｜——｜｜——。	真諄文真真	6.
無名氏	萋萋飛雲橫畫闌	詠人	｜｜———｜—。———｜｜——。｜——｜｜——。—｜———｜｜，｜——｜｜——。｜——｜｜——。	寒寒寒寒寒	7.
無名氏	十月開花是子真	詠物	｜｜——｜｜—。｜——｜｜——。｜——｜｜——。｜｜｜——｜｜，｜——｜｜——。｜——｜｜——。	真真真諄清	6. 11.
無名氏	梅粉初嬌擬嫩腮	詠物	—｜——｜｜—。｜——｜｜——。｜——｜｜——。—｜｜——｜｜，｜——｜｜——。——｜｜｜——。	咍咍咍咍皆	5.
無名氏	翦碎紅孃舞舊衣	詠物	｜｜——｜｜—。｜——｜｜——。———｜｜——。—｜｜——｜｜，———｜｜——。｜——｜｜——。	微支之支微	3.
無名氏	梅與爲名蠟與容	詠物	—｜——｜｜—。———｜｜——。｜—｜｜｜——。—｜———｜｜，｜——｜｜——。｜——｜｜——。	鍾鍾鍾鍾東	1.
無名氏	梅與稱名蠟與黃	詠物	—｜——｜｜—。——｜｜｜——。｜——｜｜——。｜｜｜——｜｜，———｜｜——。——｜｜｜——。	唐唐陽陽陽	2.
無名氏	夢入瑤臺千步芳	詠物	｜｜———｜—。｜——｜｜——。———｜｜——。—｜｜——｜｜，｜——｜｜——。｜——｜｜——。	陽陽陽陽陽	2.

無名氏	白玉樓中白雪歌	愁思	||——||—。|—|||——。|——||——。—|———||，——|||——。——|||——。	歌歌戈歌歌	9.
無名氏	春院無人花自香	閨怨	—|———|—。———||——。|——||——。|||——||，|——||——。———|□□—。	陽陽陽陽陽	2.
無名氏	碎剪香羅浥淚痕	離別	||——||—。|——||——。|——||——。||———||，——|||——。|——||——。	痕文魂魂	6.
無名氏	雲鎖柴門半掩關	隱逸	—|——||—。———||——。|——||——。|||——||，———||——。———||——。	刪刪刪山山	7.
無名氏	一副綸竿一隻船	隱逸	||——||—。——|||——。|——||——。—||——||，|——||——。———||——。	仙先先先	7.
無名氏	釣罷高歌酒一杯	隱逸	||——||—。|——||——。|——||——。—||——||，———||——。———||——。	灰咍灰咍灰	3. 5.
無名氏	雨氣兼香泛芰荷	隱逸	||——||—。——|||——。|——||——。||———||，——|||——。———||——。	歌戈戈歌歌	9.
無名氏	酒拍胭脂顆顆新	詠人	||——||—。———||——。|——||——。—||——||，|——||——。|——||——。	真真諄諄諄	6.
無名氏	遍地輕陰綠滿枝	相思	||——||—。|——||——。——|||——。—|———||，|——||——。|——||——。	支微支支之	3.
無名氏	水漲魚天拍柳橋	寫景	||——||—。——|||——。|——||——。—||——||，|—|||——。|—|||——。	宵豪爻爻爻	8.
無名氏	誰識飛竿巧藝全	歌頌	—|——||—。———||——。|—|||——。|||——||，|——||——。|——||——。	仙先仙先仙	7.
李　氏	無力薔薇帶雨低	閨怨	—|——||—。———||——。—◫—⊟|◫—。—|———||，———||——。|——||——。	齊微齊之微	3.
珍　娘	溪霧溪煙溪景新	寫景	—|———|—。———||——。|——||——。—|———||，——|||——。——|||——。	真文真諄諄	6.
趙　旭	秋氣天寒萬葉飄	寫景	—|——||—。——|||——。|——||——。||———||，———||——。|——||——。	宵蕭宵蕭宵	8.
朱端朝	梅正開時雪正狂	詠物	—|——||—。|◫—||——。|——||——。—||——||，|——||——。———||——。	陽陽陽陽陽	2.

存疑	日轉花陰午篆殘	相思	｜｜——｜｜—。——｜｜｜——。｜——｜｜——。—｜｜——｜｜，｜—｜｜｜——。｜——｜｜——。	寒山先寒先	7.
存疑	寶鞚催呼欲近前	離別	｜｜——｜｜—。｜——｜｜——。——｜｜｜——。｜｜———｜｜，——｜｜｜——。｜—｜｜｜——。	先先仙寒寒	7.
蔡松年	天上仙人亦讀書	壽詞	—｜——｜｜—。｜——｜｜——。｜——｜｜——。—｜｜——｜｜，｜——｜｜——。——｜｜｜——。	魚虞魚魚魚	4.
蔡松年	壽骨雲門白玉山	壽詞	｜｜——｜｜—。——｜｜｜——。——｜｜｜——。—｜｜——｜｜，｜—｜｜｜——。——｜｜｜——。	山桓桓山寒	7.
蔡松年	月下仙衣立玉山	其他	｜｜——｜｜—。｜——｜｜——。｜——｜｜——。—｜———｜｜，｜—｜｜｜——。｜——｜｜——。	山咍寒刪寒	5. 7.
蔡松年	溪雨空濛灑面涼	愁思	—｜——｜｜—。｜——｜｜——。｜——｜｜——。｜｜｜——｜｜，——｜｜｜——。｜——｜｜——。	陽唐唐陽陽	2.
趙可	擡轉鑪熏自換香	相思	—｜——｜｜—。｜——｜｜——。｜——｜｜——。｜｜———｜｜，——｜｜｜——。｜—｜｜｜——。	陽唐陽陽陽	2.
趙可	火冷熏鑪香漸消	相思	｜｜———｜—。——｜｜｜——。——｜｜｜——。｜｜———｜｜，｜——｜｜——。｜——｜｜——。	蕭宵蕭宵蕭	8.
劉仲尹	貼體宮羅試袂衣	詠人	｜｜——｜｜—。———｜｜——。——｜｜｜——。｜｜｜——｜｜，｜——｜｜——。｜——｜｜——。	微支支支脂	3.
劉仲尹	萬疊春山一寸心	離別	｜｜——｜｜—。———｜｜——。——｜｜｜——。｜｜———｜｜，｜——｜｜——。——｜｜｜——。	侵侵侵侵侵	13.
劉仲尹	繡館人人倦踏青	情愛	｜｜——｜｜—。｜——｜｜——。｜——｜｜——。—｜———｜｜，———｜｜——。｜——｜｜——。	青清清耕清	11.
劉仲尹	摩腹椎腰春事非	相思	｜｜———｜—。｜——｜｜——。｜——｜｜——。｜｜｜——｜｜，——｜｜｜——。｜——｜｜——。	微微脂齊微	3.
王磵	林樾人家急暮砧	羈旅	—｜——｜｜—。｜——｜｜——。｜——｜｜——。｜｜｜——｜｜，——｜｜｜——。｜——｜｜——。	侵侵侵侵侵	13.
李獻能	垂柳陰陰水拍堤	黍離	—｜——｜｜—。｜—｜｜｜——。——｜｜｜——。｜｜———｜｜，｜——｜｜——。｜——｜｜——。	齊齊齊微之	3.
元好問	百折清泉繞舍鳴	閒適	｜｜——｜｜—。｜——｜｜——。｜——｜｜——。—｜｜——｜｜，｜——｜｜——。｜——｜｜——。	庚清清清庚	11.

元好問	一夜春寒滿下廳	傷懷	｜｜——｜｜—。｜——｜｜——。———｜｜——。｜｜———｜｜，｜——｜｜——。｜——｜｜——。	青青青青青	11.
元好問	牆外桑麻雨露深	寫景	—｜——｜｜—。———｜｜——。———｜｜——。—｜｜——｜｜，｜——｜｜——。｜——｜｜——。	侵侵侵侵侵	13.
元好問	萬頃風煙入酒壺	隱逸	｜｜——｜｜—。———｜｜——。——｜｜｜——。—｜｜——｜｜，——｜｜｜——。｜——｜｜——。	模虞魚虞模	4.
元好問	芍藥初開百步香	歡樂	｜｜——｜｜—。｜——｜｜——。｜——｜｜——。｜｜———｜｜，｜——｜｜——。———｜｜——。	陽唐唐陽陽	2.
元好問	日射雲開五色芝	黍離	｜｜——｜｜—。———｜｜——。———｜｜——。—｜｜——｜｜，———｜｜——。———｜｜——。	之支之支之	3.
元好問	湖上春風散客愁	寫景	—｜——｜｜—。———｜｜——。———｜｜——。—｜———｜｜，———｜｜——。———｜｜——。	尤尤侯尤尤	12.
元好問	錦帶吳鉤萬里行	離別	｜｜——｜｜—。———｜｜——。｜——｜｜——。｜｜———｜｜，———｜｜——。———｜｜——。	庚清庚清青	11.
元好問	芳草垂楊長樂坡	愁思	—｜———｜—。｜——｜｜——。———｜｜——。｜｜｜——｜｜，———｜｜——。———｜｜——。	戈歌歌戈歌	9.
元好問	夢繞桃源寂寞回	愁思	｜｜——｜｜—。———｜｜——。———｜｜——。｜｜｜——｜｜，｜——｜｜——。｜——｜｜——。	灰皆灰咍灰	3. 5.
元好問	綠綺塵埃試拂絃	相思	｜｜——｜｜—。———｜｜——。———｜｜——。—｜｜——｜｜，｜——｜｜——。｜——｜｜——。	先先仙仙先	7.
元好問	欹枕寒鴉處處聽	相思	—｜——｜｜—。——｜｜｜——。｜——｜｜——。｜｜———｜｜，｜—｜｜｜——。｜——｜｜——。	青清清清清	11.
元好問	畫出清明二月天	愁思	｜｜——｜｜—。———｜｜——。——｜｜｜——。—｜｜——｜｜，———｜｜——。———｜｜——。	先仙先先先	7.
元好問	秋氣尖寒酒易消	愁思	—｜——｜｜—。———｜｜——。｜——｜｜——。｜｜｜——｜｜，｜——｜｜——。｜——｜｜——。	蕭蕭宵蕭宵	8.
元好問	一片青天舉櫂過	閒適	｜｜——｜｜—。｜——｜｜——。———｜｜——。—｜———｜｜，———｜｜——。｜——｜｜——。	戈戈歌歌歌	9.
元好問	夢裏還驚歲月遒	傷懷	｜｜——｜｜—。｜——｜｜——。———｜｜——。｜｜｜——｜｜，———｜｜——。——｜｜｜——。	尤尤尤尤尤	12.

元好問	一片煙簑一葉舟	傷懷	｜｜——｜｜—。｜——｜｜——。｜——｜｜——。—｜———｜｜，——｜｜｜——。———｜｜——。	尤尤尤尤尤	12.
元好問	爲愛劉郎駐玉華	傷懷	｜｜——｜｜—。｜——｜｜——。｜——｜｜——。｜｜｜——｜｜，———｜｜——。———｜｜——。	麻麻佳麻麻	10.
元好問	修竹移陰未出牆	閒適	—｜——｜｜—。｜——｜｜——。——｜｜｜——。｜｜———｜□，｜——｜｜——。———｜｜——。	陽陽陽陽陽	2.
元好問	借守陪京尺五天	歡樂	｜｜——｜｜—。｜——｜｜——。｜——｜｜——。—｜□—□□｜，——｜｜｜——。——｜｜｜——。	先仙桓寒寒	7.
元好問	瓊壓爲漿玉作巵	歌頌	—｜——｜｜—。｜——｜｜——。｜——｜｜——。｜｜—□—｜｜，——｜｜｜——。｜—□□｜——。	之脂支之支	3.
段克己	莫說長安行路難	壽詞	｜｜——｜｜—。——｜｜｜——。｜—｜｜｜——。—｜｜——｜｜，｜—｜｜｜——。———｜｜——。	寒先先仙先	7.
段克己	馬上風吹醉帽偏	其他	｜｜——｜｜—。｜——｜｜——。｜——｜｜——。—｜｜——｜｜，——｜｜｜——。———｜｜——。	先仙山仙仙	7.
段克己	白髮相看老弟兄	壽詞	｜｜——｜｜—。——｜｜｜——。——｜｜｜——。｜｜｜——｜｜，｜—｜｜｜——。———｜｜——。	庚庚耕清庚	11.
王　喆	空裏追聲枉了賢	傷懷	—｜——｜｜—。｜—｜｜｜——。——｜｜｜——。｜｜｜——｜｜，——｜｜｜——。｜—｜｜｜——。	先仙仙仙先	7.
王　喆	耕熟晶陽一段田	修行	—｜——｜｜—。｜——｜｜——。——｜｜｜——。｜｜｜——｜｜，——｜｜｜——。———｜｜——。	先仙仙仙先	7.
王　喆	浮世都憐假合身	修行	—｜——｜｜—。｜—｜｜｜——。｜—｜｜｜——。｜｜｜——｜｜，——｜｜｜——。｜—｜｜｜——。	真真真真真	6.
王　喆	大道無名似有名	得道	｜｜——｜｜—。——｜｜｜——。｜—｜｜｜——。｜｜｜——｜｜，｜—｜｜｜——。｜—｜｜｜——。	清清清庚清	11.
王　喆	會看虛空七寶園	修行	｜｜——｜｜—。——｜｜｜——。——｜｜｜——。｜｜｜——｜｜，——｜｜｜——。｜—｜｜｜——。	元元寒元仙	7.
王　喆	綠水傍邊上雪山	修行	｜｜⊟—｜｜—。｜—｜｜｜——。———｜｜——。｜｜｜——｜｜，｜—｜｜｜——。｜—｜｜｜——。	山删删删山	7.
王　喆	金虎咆哮金馬傳	修行	—｜——｜｜—。——｜｜｜——。——｜｜｜——。—｜｜——｜｜，——｜｜｜——。——｜｜｜——。	仙仙先先仙	7.

王喆	一箇詞兒十二金	修行	｜｜——｜｜—。——｜｜｜——。———｜｜——。｜｜｜——｜｜，｜——｜｜——。｜—｜｜｜——。	侵侵侵侵侵	13.
王喆	毛穎從來意最深	詠物	—｜——｜｜—。——｜｜｜——。———｜｜——。｜｜———｜｜，——｜｜｜——。｜——｜｜——。	侵侵侵侵侵	13.
馬鈺	一片無爲霜雪心	修行	｜｜———｜—。—｜—｜｜——。———｜｜——。｜｜———｜｜，｜—｜｜｜——。———｜｜——。	侵侵侵侵侵	13.
馬鈺	物外修持物外園	修行	｜｜——｜｜—。———｜｜——。———｜｜——。—｜———｜｜，———｜｜——。——｜｜｜——。	元元元元仙	7.
馬鈺	若非雲遊到渼陂	修行	｜———｜｜—。——｜｜｜——。———｜｜——。｜｜———｜｜，——｜｜｜——。——｜｜｜——。	支支齊微之	3.
馬鈺	萬種全般教得人	修行	｜｜———｜—。｜——｜｜——。｜——｜｜——。｜｜｜——｜｜，｜—｜｜｜——。———｜｜——。	真真真諄真	6.
馬鈺	自愧無緣去大梁	修行	｜｜——｜｜—。｜——｜｜——。——｜｜｜——。—｜———｜｜，———｜｜——。——｜｜｜——。	陽陽陽陽陽	2.
馬鈺	霞友中條胡子金	修行	—｜———｜—。——｜｜｜——。———｜｜——。—｜———｜｜，｜—｜｜｜——。———｜｜——。	侵侵侵蒸侵	11. 13.
馬鈺	一志投玄絕利名	修行	｜｜——｜｜—。｜——｜｜——。——｜｜｜——。｜｜———｜｜，———｜｜——。｜——｜｜——。	清清青青庚	11.
馬鈺	好箇中條胡講師	修行	｜｜———｜—。———｜｜——。｜—｜｜｜——。｜｜———｜｜，｜——｜｜——。—｜｜｜｜——。	脂微齊支之	3.
馬鈺	七十光陰似箭忙	修行	—｜——｜｜—。｜——｜｜——。｜—｜｜｜——。｜｜———｜｜，——｜｜｜——。｜——｜｜——。	唐陽陽陽陽	2.
馬鈺	奉勸須看清靜經	修行	｜｜———｜—。———｜｜——。｜——｜｜——。—｜———｜｜，｜——｜｜——。｜——｜｜——。	青侵侵侵侵	11. 13.
馬鈺	無作無爲道庶幾	修行	—｜——｜｜—。——｜｜｜——。———｜｜——。｜｜——｜｜｜，——｜｜｜——。｜——｜｜——。	微微之微微	3.
馬鈺	鍊到無心正用功	修行	｜｜——｜｜—。｜——｜｜——。｜——｜｜——。｜｜———｜｜，｜——｜｜——。｜—｜｜｜——。	東東東鍾鍾	1.
馬鈺	昔日施爲狡猾心	修行	｜｜——｜｜—。——｜｜｜——。｜——｜｜——。｜｜——□｜｜，｜—｜｜｜——。——｜｜｜——。	侵侵侵侵侵	13.

馬鈺	今日常行側隱心	修行	—｜——｜｜—。———｜｜——。———｜｜——。｜｜——□｜｜，｜——｜｜——。———｜｜——。	侵侵侵侵侵	13.
馬鈺	澹泊修行不肯行	修行	｜———｜｜—。——｜｜｜——。｜—｜｜｜——。｜｜———｜｜，———｜｜——。———｜｜——。	庚登庚庚清	11.
馬鈺	決裂修持是郝仙	修行	｜｜——｜｜—。——｜｜｜——。｜——｜｜——。｜｜｜——｜｜，——｜｜｜——。———｜｜——。	仙仙山先先	7.
馬鈺	休羨羅幃與絳綃	修行	—｜——｜｜—。——｜｜｜——。———｜｜——。—｜———｜｜，｜—｜｜｜——。｜—｜｜｜——。	宵宵蕭宵宵	8.
馬鈺	玉女瑤仙佩玉瓢	修行	｜｜——｜｜—。｜——｜｜——。——｜｜｜——。｜｜———｜｜，——｜｜｜——。——｜｜｜——。	宵宵宵宵宵	8.
馬鈺	玄上玄玄且莫尋	修行	—｜——｜｜—。｜——｜｜——。———｜｜——。｜｜———｜｜，｜—｜｜｜——。｜——｜｜——。	侵侵侵侵侵	13.
馬鈺	三髻山侗化臥單	修行	—｜——｜｜—。———｜｜——。———｜｜——。｜｜｜——｜｜，——｜｜｜——。｜——｜｜——。	寒寒桓寒寒	7.
馬鈺	瓦甌先生俗姓于	修行	—｜——｜｜—。——｜｜｜——。——｜｜｜——。—｜｜——｜｜，｜—｜｜｜——。——｜｜｜——。	虞魚模虞模	4.
馬鈺	淨淨清清淨淨清	修行	｜｜——｜｜—。——｜｜｜——。——｜｜｜——。｜｜———｜｜，——｜｜｜——。——｜｜｜——。	清庚青庚青	11.
馬鈺	樸住虛無撮住空	修行	—｜——｜｜—。｜——｜｜——。——｜｜｜——。｜｜｜——｜｜，｜——｜｜——。｜——｜｜——。	東東東東鍾	1.
馬鈺	馬鈺常憑佛作爲	修行	｜｜——｜｜—。———｜｜——。——｜｜｜——。｜｜｜——｜｜，｜——｜｜——。——｜｜｜——。	支脂脂支齊	3.
馬鈺	立箇上天真法梯	修行	｜｜｜——｜—。———｜｜——。｜—｜｜｜——。｜｜———｜｜，———｜｜——。｜——｜｜——。	齊之支脂微	3.
馬鈺	性燭光輝見玉壺	修行	｜｜——｜｜—。——｜｜｜——。——｜｜｜——。—｜———｜｜，｜—｜｜｜——。｜——｜｜——。	模模魚魚虞	4.
馬鈺	大悟浮生不戀家	修行	｜｜——｜｜—。｜—｜｜｜——。｜——｜｜——。｜｜｜——｜｜，｜——｜｜——。｜——｜｜——。	麻麻麻佳麻	10.
馬鈺	閑是閑非不可聽	修行	—｜——｜｜—。｜—｜｜｜——。｜——｜｜——。—｜｜——｜｜，——｜｜｜——。｜—｜｜｜——。	青魂文魂魂	6. 11.

馬鈺	破戒山侗說一場	修行	｜｜——｜｜—。——｜｜｜——。｜—｜｜｜——。—｜———｜｜，———｜｜——。——｜｜｜——。	陽唐陽陽陽	2.
馬鈺	外樂何曾內動心	修行	｜｜——｜｜—。｜——｜｜——。——｜｜｜——。｜—｜——｜｜，——｜｜｜——。｜——｜｜——。	侵侵侵侵侵	13.
馬鈺	清淨無爲鎖密機	修行	—｜——｜｜—。——｜｜｜——。——｜｜｜——。｜｜｜——｜｜，———｜｜——。——｜｜｜——。	微齊微齊齊	3.
馬鈺	一飽馨香野菜羹	修行	｜｜——｜｜—。——｜｜｜——。｜——｜｜——。—｜｜——｜｜，｜—｜｜｜——。———｜｜——。	庚庚庚庚耕	11.
馬鈺	水狗噴煙罩玉軒	修行	｜｜——｜｜—。｜—｜｜｜——。｜——｜｜——。｜｜———｜｜，——｜｜｜——。———｜｜——。	元先先先仙	7.
馬鈺	捨了家緣更捨身	修行	｜｜——｜｜—。｜—｜｜｜——。——｜｜｜——。—｜———｜｜，——｜｜｜——。———｜｜——。	真蒸青清庚	6. 11.
馬鈺	十二吾儕一箇來	修行	｜｜——｜｜—。｜——｜｜——。｜—｜｜｜——。｜｜———｜｜，——｜｜｜——。———｜｜——。	咍灰灰咍咍	3. 5.
馬鈺	決烈修持大丈夫	修行	｜｜——｜｜—。——｜｜｜——。——｜｜｜——。—｜———｜｜，——｜｜｜——。——｜｜｜——。	虞模虞魚魚	4.
馬鈺	莫把修行作等閑	修行	｜｜——｜｜—。——｜｜｜——。｜—｜｜｜——。｜｜｜——｜｜，——｜｜｜——。｜——｜｜——。	山山山寒寒	7.
馬鈺	養就三丹未得閑	修行	｜｜——｜｜—。｜—｜｜｜——。———｜｜——。｜｜———｜｜，———｜｜——。——｜｜｜——。	山山山寒寒	7.
馬鈺	意惡心頑煙火生	修行	｜｜——｜｜—。｜——｜｜——。——｜｜｜——。｜｜｜——｜｜，｜—｜｜｜——。——｜｜｜——。	庚庚庚庚庚	11.
馬鈺	捨了榮華物外居	修行	｜｜——｜｜—。｜—｜｜｜——。｜——｜｜——。｜｜｜——｜｜，———｜｜——。｜—｜｜｜——。	魚虞魚虞模	4.
丘處機	雲水飄飄物外吟	修行	—｜——｜｜—。——｜｜｜——。｜—｜｜｜——。｜｜｜——｜｜，———｜｜——。｜——｜｜——。	侵侵侵侵侵	13.
丘處機	仙院深沉古柏青	遊歷	—｜——｜｜—。——｜｜｜——。———｜｜——。｜｜｜——｜｜，——｜｜｜——。———｜｜——。	青清清清蒸	11.
丘處機	劍樹刀山雪刃橫	修行	—｜——｜｜—。———｜｜——。———｜｜——。｜｜｜——｜｜，———｜｜——。｜——｜□——。	庚庚登冬庚	1. 11.

譚處端	雲水飄飄物外遊	修行	｜｜——｜｜—。——｜｜｜——。———｜｜——。｜｜｜——｜｜，——□｜｜——。———｜｜——。	尤尤侯尤尤	12.
王丹貴	仲夏蓂開四葉初	壽詞	｜｜——｜｜—。———｜｜——。——｜｜｜——。｜｜———｜｜，——｜｜｜——。｜——｜｜——。	魚魚魚虞模	4.
王吉昌	離坎昇沉氣不迷	修行	—｜——｜｜—。——｜｜｜——。｜——｜｜——。—｜｜——｜｜，｜—｜｜｜——。———｜｜——。	齊齊齊齊齊	3.
王吉昌	勤飲刀圭鍊極陽	修行	—｜——｜｜—。——｜｜｜——。｜——｜｜——。｜｜———｜｜，———｜｜——。———｜｜——。	陽陽陽唐陽	2.
王吉昌	三八爲刀息緩留	修行	—｜——｜｜—。——｜｜｜——。——｜｜｜——。｜｜｜——｜｜，——｜｜｜——。｜——｜｜——。	尤尤尤尤尤	12.
王吉昌	飲息時時藥味加	修行	｜｜——｜｜—。｜—｜｜｜——。———｜｜——。｜｜｜——｜｜，——｜｜｜——。——｜｜｜——。	麻麻麻麻麻	10.
劉秉忠	桃李無言一徑深	歡樂	—｜——｜｜—。｜——｜｜——。——｜｜｜——。｜｜｜——｜｜，——｜｜｜——。｜——｜｜——。	侵侵侵侵侵	13.
姜彧	方丈堆空瞰窨潭	寫景	—｜——｜｜—。———｜｜——。———｜｜——。—｜———｜｜，｜——｜｜——。｜——｜｜——。	覃覃覃覃談	14.
姜彧	山滴嵐光水拍堤	寫景	—｜——｜｜—。｜——｜｜——。｜—｜｜｜——。｜｜———｜｜，｜——｜｜——。｜——｜｜——。	齊齊齊支支	3.
白樸	世事方艱便猛回	歡樂	｜｜——｜｜—。———｜｜——。——｜｜｜——。—｜｜——｜｜，———｜｜——。———｜｜——。	灰灰灰灰灰	3.
王惲	瞿鑠當年漢伏波	壽詞	｜｜——｜｜—。｜——｜｜——。｜——｜｜——。—｜｜——｜｜，———｜｜——。———｜｜——。	戈戈歌歌歌	9.
王惲	風柳婆娑半畝陰	羈旅	—｜——｜｜—。｜—｜｜｜——。｜——｜｜——。｜｜———｜｜，——｜｜｜——。｜——｜｜——。	侵真侵侵侵	6. 13.
王惲	薊北分攜已六年	離別	｜｜——｜｜—。———｜｜——。｜——｜｜——。｜｜｜——｜｜，———｜｜——。｜——｜｜——。	先仙仙先仙	7.
王惲	翠竹連村映白沙	寫景	｜｜——｜｜—。｜——｜｜——。｜——｜｜——。—｜｜——｜｜，———｜｜——。｜——｜｜——。	麻麻麻麻佳	10.
王惲	老雨長河壯怒濤	寫景	｜｜——｜｜—。｜—｜｜｜——。——｜｜｜——。—｜｜——｜｜，———｜｜——。———｜｜——。	豪豪豪豪豪	8.

王惲	十載相期紫禁游	壽詞	｜｜——｜｜—。｜——｜｜——。———｜｜——。｜｜｜——｜｜，｜—｜｜｜——。｜——｜｜——。	尤尤侯尤侯	12.
王惲	綠樹連村際碧山	閒適	｜｜——｜｜—。———｜｜——。———｜｜——。—｜———｜｜，———｜｜——。｜——｜｜——。	山刪山山刪	7.
王惲	雨勢蒼山共一雲	寫景	｜｜——｜｜—。｜—｜｜｜——。———｜｜——。—｜———｜｜，——｜｜｜——。｜——｜｜——。	文文文欣文	6.
王惲	梅點冰梢蠟蒂凝	壽詞	—｜——｜｜—。———｜｜——。———｜｜——。｜｜｜——｜｜，｜——｜｜——。｜——｜｜——。	蒸庚清青清	11.
王惲	十載煙花紫紫游	壽詞	｜｜——｜｜—。———｜｜——。———｜｜——。｜｜———｜｜，｜——｜｜——。｜——｜｜——。	尤尤尤尤侯	12.
王惲	六合澄清到一家	壽詞	｜｜——｜｜—。———｜｜——。｜——｜｜——。—｜｜——｜｜，———｜｜——。｜——｜｜——。	麻麻麻麻麻	10.
王惲	珍品無多百和濃	詠物	—｜——｜｜—。｜——｜｜——。｜——｜｜——。—｜｜——｜｜，——｜｜｜——。｜——｜｜——。	鍾東東鍾東	1.
王惲	露楊風簾燭影搖	其他	｜｜——｜｜—。｜——｜｜——。———｜｜——。—｜｜——｜｜，｜——｜｜——。｜——｜｜——。	蕭蕭宵蕭宵	8.
王惲	青島西傳燕爾期	其他	—｜——｜｜—。——｜｜｜——。———｜｜——。｜｜———｜｜，｜——｜｜——。——｜｜｜——。	支脂支齊之	3.
王惲	明盃華簪醉未沾	詠物	—｜——｜｜—。｜——｜｜——。｜——｜｜——。｜｜｜——｜｜，——｜｜｜——。｜——｜｜——。	沾鹽沾沾鹽	14.
王惲	紅翠叢中樣度新	寫景	—｜——｜｜—。——｜｜｜——。———｜｜——。｜｜｜——｜｜，｜——｜｜——。｜—｜｜｜——。	真文真真諄	6.
王惲	雨點鳴鐃裂竹聲	傷懷	｜｜——｜｜—。｜——｜｜——。———｜｜——。｜｜———｜｜，———｜｜——。———｜｜——。	清青清青庚	11.
王惲	隋末唐初與漢亡	其他	—｜——｜｜—。——｜｜｜——。｜——｜｜——。—｜｜——｜｜，———｜｜——。———｜｜——。	陽陽陽唐陽	2.
王惲	旅館燈育夜色曛	其他	｜｜——｜｜—。｜——｜｜——。———｜｜——。—｜｜——｜｜，———｜｜——。———｜｜——。	文魂痕文文	6.
王惲	月色都輸此夜看	傷懷	｜｜——｜｜—。———｜｜——。｜——｜｜——。｜｜———｜｜，｜——｜｜——。｜——｜[—]——。	寒山先仙寒	7.

王惲	滿意茗華照樂棚	離別	｜｜——｜｜—。｜——｜｜——。｜—｜｜｜——。—｜———｜｜，———｜｜——。———｜｜——。	登庚清清清	11.
王惲	補袞功深浴鳳池	壽詞	｜｜——｜｜—。｜——｜｜——。｜——｜｜——。—｜｜——｜｜，｜——｜｜——。———｜｜——。	支微支微之	3.
王惲	紙帳梅花夜色清	歡樂	｜｜——｜｜—。———｜｜——。｜——｜｜——。｜｜———｜｜，———｜｜——。———｜｜——。	清青清清青	11.
魏初	前輩風流有幾人	壽詞	—｜——｜｜—。｜——｜｜——。｜——｜｜——。｜｜———｜｜，——｜｜｜——。——｜｜｜——。	真真諄魂真	6.
魏初	心地寬平見壽徵	壽詞	—｜——｜｜—。｜——｜｜——。——｜｜｜——。—｜｜——｜｜，———｜｜——。｜——｜｜——。	蒸青青庚青	11.
魏初	燈火看兒夜煮茶	壽詞	—｜——｜｜—。———｜｜——。———｜｜——。｜｜｜——｜｜，｜——｜｜——。｜——｜｜——。	麻佳麻麻麻	10.
劉雲震	粉署含香舊有名	其他	｜｜——｜｜—。——｜｜｜——。———｜｜——。｜｜｜——｜｜，———｜｜——。｜——｜｜——。	清庚青清清	11.
張弘範	山掩人家水遶坡	傷懷	—｜——｜｜—。｜——｜｜——。——｜｜｜——。｜｜———｜｜，｜——｜｜——。｜——｜｜——。	戈歌歌歌歌	9.
張弘範	一片西風畫不成	傷懷	｜｜——｜｜—。———｜｜——。｜——｜｜——。—｜｜——｜｜，——｜｜｜——。———｜｜——。	清青庚青庚	11.
張弘範	新卜西山崦下莊	傷懷	—｜——｜｜—。———｜｜——。———｜｜——。｜｜———｜｜，｜——｜｜——。——｜｜｜——。	陽唐陽陽唐	2.
姚燧	白髮年來自笑余	歡樂	—｜——｜｜—。｜——｜｜——。———｜｜——。｜｜———｜｜，———｜｜——。———｜｜——。	魚魚魚魚虞	4.
蕭𣂏	紅藥香中敞壽筵	壽詞	—｜——｜｜—。｜——｜｜——。——｜｜｜——。｜｜｜——｜｜，｜—｜｜｜——。———｜｜——。	仙先先仙仙	7.
劉敏中	拂旦恩麻下玉墀	歌頌	｜｜——｜｜—。｜——｜｜——。——｜｜｜——。—｜｜——｜｜，——｜｜｜——。｜——｜｜——。	脂之微支支	3.
劉敏中	瀰瀰清流淺見沙	歡樂	｜｜——｜｜—。——｜｜｜——。｜——｜｜——。｜｜｜——｜｜，｜——｜｜——。｜——｜｜——。	麻麻麻麻麻	10.
劉敏中	世事恒河水內沙	閒適	｜｜——｜｜—。———｜｜——。——｜｜｜——。｜｜———｜｜，｜—｜｜｜——。｜——｜｜——。	麻麻麻麻麻	10.

劉敏中	共說蓮花似六郎	其他	｜｜——｜｜—。——｜｜｜——。——｜｜｜——。｜｜———｜｜，｜—｜｜｜——。｜—｜｜｜——。	唐陽陽唐陽	2.
程文海	風雪交加凍不醒	寫景	—｜——｜｜—。｜——｜｜——。｜——｜｜——。—｜｜——｜｜，｜——｜｜——。｜——｜｜——。	青青青庚庚	11.
陳　櫟	盤隱誰云必太行	壽詞	—｜——｜｜—。——｜｜｜——。———｜｜——。｜｜———｜｜，｜——｜｜——。———｜｜——。	唐陽唐陽唐	2.
趙孟頫	滿捧金卮低唱詞	歡樂	｜｜———｜—。——｜｜｜——。｜——｜｜——。—｜｜——｜｜，｜——｜｜——。——｜｜｜——。	脂之之支支	3.
曹伯啓	世態紛紛幾變更	羈旅	｜｜——｜｜—。——｜｜｜——。｜——｜｜——。｜｜｜——｜｜，｜——｜｜——。———｜｜——。	庚清庚清清	11.
曹伯啓	解纜西南杳靄閒	羈旅	｜｜——｜｜—。｜——｜｜——。｜——｜｜——。｜｜———｜｜，——｜｜｜——。———｜｜——。	山山刪刪山	7.
陸文圭	翠玉峰窩鷺點明	寫景	｜｜——｜｜—。———｜｜——。———｜｜——。｜｜｜——｜｜，——｜｜｜——。｜——｜｜——。	庚庚清青清	11.
吳　存	花滿離筵酒滿瓶	離別	—｜——｜｜—。——｜｜｜——。———｜｜——。—｜———｜｜，——｜｜｜——。｜——｜｜——。	青青青青	11.
袁　易	一月寒陰不放春	傷懷	｜｜——｜｜—。｜——｜｜——。｜—｜｜｜——。｜｜｜——｜｜，——｜｜｜——。｜——｜｜——。	諄真真真	6.
袁　易	江上芹芽短試春	傷懷	—｜——｜｜—。｜—｜｜｜——。｜——｜｜——。｜｜｜——｜｜，｜——｜｜——。———｜｜——。	諄真真真	6.
袁　易	釵燕唧將縹緲春	閨怨	—｜——｜｜—。｜——｜｜——。｜——｜｜——。—｜｜——｜｜，｜——｜｜——。｜——｜｜——。	諄真真真	6.
袁　易	鞭寵泥牛無好春	歡樂	—｜———｜—。｜——｜｜——。——｜｜｜——。｜｜｜——｜｜，———｜｜——。｜——｜｜——。	諄真真真	6.
朱晞顏	湘管娟娟弱鳳翎	詠物	—｜——｜｜—。——｜｜｜——。｜——｜｜——。｜｜｜——｜｜，———｜｜——。｜——｜｜——。	青庚清庚青	11.
虞　集	天闊秋高初夜長	寫景	—｜———｜—。———｜｜——。———｜｜——。—｜｜——｜｜，｜——｜｜——。｜——｜｜——。	陽唐陽陽	2.
虞　集	風力清嚴掃暮煙	寫景	—｜——｜｜—。——｜｜｜——。｜—｜｜｜——。｜｜———｜｜，｜——｜｜——。｜—｜｜｜——。	仙仙先仙仙	7.

虞 集	江上秋風日夜生	傷懷	—｜——｜｜—。——｜｜｜——。——｜｜｜——。｜｜｜——｜｜，｜——｜｜——。｜——｜｜——。	庚清清清庚	11.
張玉孃	玉影無塵雁影來	離別	｜｜——｜｜—。｜——｜｜——。———｜｜——。｜｜———｜｜，———｜｜——。｜[｜]—[—]｜[｜]—。	咍咍灰咍咍	3. 5.
張可久	翠袖清風品玉笙	傷懷	｜｜——｜｜—。———｜｜——。｜—｜｜｜——。｜｜｜——｜｜，｜——｜｜——。｜——｜｜——	庚耕清庚清	11.
洪希文	獨坐書齋日正中	其他	｜｜——｜｜—。———｜｜——。｜—｜｜｜——。｜｜｜——｜｜，｜——｜｜——。｜—｜｜｜——。	鍾東東東鍾	1.
洪希文	入室天然惱病禪	傷懷	｜｜——｜｜—。｜——｜｜——。——｜｜｜——。—｜｜——｜｜，｜——｜｜——。｜——｜｜——。	仙仙先仙先	7.
謝醉庵	沈屑微熏睡鴨金	歡樂	—｜——｜｜—。———｜｜——。———｜｜——。—｜———｜｜，——｜｜｜——。｜——｜｜——。	侵侵侵侵侵	13.
許有壬	修黛橫愁苦愛顰	相思	—｜——｜｜—。——｜｜｜——。｜——｜｜——。｜｜———｜｜，｜——｜｜——。——｜｜｜——。	真真諄真真	6.
許有壬	花露濃沾桂棹香	閒適	—｜——｜｜—。｜——｜｜——。｜——｜｜——。—｜———｜｜，———｜｜——。———｜｜——。	陽陽陽陽唐	2.
許有壬	崖上留題破紫煙	隱逸	—｜——｜｜—。——｜｜｜——。｜——｜｜——。—｜｜——｜｜，———｜｜——。———｜｜——。	先仙仙先仙	7.
許有壬	老境閒門晝不開	閒適	｜｜——｜｜—。———｜｜——。｜——｜｜——。｜｜｜——｜｜，｜——｜｜——。———｜｜——。	咍咍灰皆咍	3. 5.
張 翥	偶約尊前已目成	離別	｜｜——｜｜—。———｜｜——。———｜｜——。—｜｜——｜｜，——｜｜｜——。｜—｜｜｜——。	清庚清庚清	11.
張 翥	珍重千金一諾同	離別	—｜——｜｜—。｜——｜｜——。——｜｜｜——。—｜｜——｜｜，——｜｜｜——。｜——｜｜——。	東鍾脂東東	1.
張 翥	數載相看欲話難	離別	｜｜——｜｜—。｜——｜｜——。——｜｜｜——。—｜｜——｜｜，———｜｜——。———｜｜——。	寒桓桓寒寒	7.
張 翥	昨夜花前送玉鍾	離別	｜｜——｜｜—。｜——｜｜——。｜——｜｜——。｜｜———｜｜，｜——｜｜——。｜——｜｜——。	鍾東鍾鍾鍾	1.
張 翥	一點芳心兩翠蛾	離別	｜｜——｜｜—。｜——｜｜——。——｜｜｜——。—｜———｜｜，｜——｜｜——。｜——｜｜——。	歌歌歌歌戈	9.

李齊賢	旅枕生寒夜慘悽	羈旅	｜｜——｜｜—。｜——｜｜——。——｜｜｜——。—｜｜——｜｜，｜——｜｜——。｜——｜｜——。	齊齊齊齊	3.
李齊賢	見說軒皇此鍊丹	其他	｜｜——｜｜—。——｜｜｜——。｜——｜｜——。—｜———｜｜，｜——｜｜——。｜——｜｜——。	寒刪山刪	7.
趙　雍	楊柳樓臺鎖翠煙	羈旅	—｜——｜｜—。——｜｜｜——。———｜｜——。—｜｜——｜｜，｜——｜｜——。｜——｜｜——。	先仙山寒寒	7.
趙　雍	落盡楊花滿地春	相思	｜｜——｜｜—。｜——｜｜——。｜——｜｜——。—｜———｜｜，｜——｜｜——。——｜｜｜——。	諄真魂諄真	6.
趙　雍	翠鎖蛾眉別恨濃	離別	｜｜——｜｜—。———｜｜——。——｜｜｜——。—｜｜——｜｜，———｜｜——。｜——｜｜——。	鍾東東鍾	1.
沈　禧	三月韶華景最幽	傷懷	—｜——｜｜—。｜——｜｜——。｜—｜｜｜——。—｜｜——｜｜，——｜｜｜——。｜——｜｜——。	幽尤尤尤	12.
沈　禧	罷釣收綸日向西	歡樂	｜｜——｜｜—。｜——｜｜——。———｜｜——。—｜｜——｜｜，———｜｜——。———｜｜——。	齊齊齊之	3.
沈　禧	刷調枝頭翠色新	詠物	—｜——｜｜—。———｜｜——。｜——｜｜——。—｜———｜｜，｜——｜｜——。———｜｜——。	真真真真	6.
沈　禧	著罷南華一卷書	傷懷	｜｜——｜｜—。｜—□｜｜——。｜——｜｜——。—｜｜——｜｜，———｜｜——。｜—｜｜｜——。	魚魚魚魚	4.
宋　褧	落日吳江駐畫橈	寫景	｜｜——｜｜—。———｜｜——。｜——｜｜——。｜｜———｜｜，｜——｜｜——。｜——｜｜——、	宵宵宵蕭蕭	8.
宋　褧	生長昇平鶴髮翁	壽詞	—｜——｜｜—。———｜｜——。———｜｜——。｜｜｜——｜｜，———｜｜——。｜——｜｜——。	鍾東鍾東東	1.
宋　褧	萬瓦輕霜愛日明	寫景	｜｜——｜｜—。———｜｜——。——｜｜｜——。—｜｜——｜｜，｜——｜｜——。———｜｜——。	庚清清真庚	11.
梁　寅	錦樹分明上苑花	寫景	｜｜——｜｜—。———｜｜——。｜——｜｜——。｜｜｜——｜｜，｜——｜｜——。｜——｜｜——。	麻麻麻麻	10.
邵亨貞	殘雪樓臺試晚晴	寫景	—｜——｜｜—。———｜｜——。｜——｜｜——。｜｜———｜｜，———｜｜——。｜——｜｜——。	清清庚宵清	11.
邵亨貞	金碧圍屏小博山	寫物	—｜——｜｜—。｜——｜｜——。———｜｜——。｜｜｜——｜｜，———｜｜——。———｜｜——。	山寒寒刪刪	7.

邵亨貞	竹檻雲牕古畫圖	閒適	—｜——｜｜—。———｜｜——。｜——｜｜——。—｜｜——｜｜，｜——｜｜——。｜——｜｜——。	模模模模魚	4.
邵亨貞	雨過池塘綠水生	愁思	｜｜——｜｜—。｜——｜｜——。——｜｜｜——。｜｜｜——｜｜，———｜｜——。———｜｜——。	庚庚庚清清	11.
邵亨貞	西子湖頭三月天	愁思	—｜———｜—。｜——｜｜——。——｜｜｜——。｜｜｜——｜｜，｜——｜｜——。———｜｜——。	先先仙仙先	7.
邵亨貞	亂後無詩做好春	黍離	｜｜——｜｜—。——｜｜｜——。——｜｜｜——。—｜——｜｜｜，｜——｜｜——。———｜｜——。	諄真真真真	6.
邵亨貞	折得幽花見似人	詠物	｜｜——｜｜—。———｜｜——。｜—｜｜｜——。—｜｜——｜｜，｜—｜｜｜——。｜——｜｜——。	真諄真真真	6.
洪瑹	鸞股先尋鬬草釵	詠人	—｜——｜｜—。｜——｜｜——。———｜｜——。—｜｜——｜｜，———｜｜——。｜——｜｜——。	佳佳咍佳咍	5.
洪瑹	軟翠冠兒簇海棠	詠人	｜｜——｜｜—。｜——｜｜——。———｜｜——。｜｜｜——｜｜，｜——｜｜——。｜——｜｜——。	唐陽陽陽唐	2.
善住	草滿天涯春已歸	寫景	｜｜———｜—。｜——｜｜——。｜——｜｜——。｜｜｜——｜｜，———｜｜——。｜——｜｜——。	微微微微微	3.
善住	簾卷薰風夏日長	寫景	—｜——｜｜—。——｜｜｜——。——｜｜｜——。｜｜｜——｜｜，——｜｜｜——。｜——｜｜——。	陽陽陽陽陽	2.
和凝	鶯綿蟬縠馥麝臍	詠人	—｜——｜｜—。———｜｜——。—｜｜——｜｜，｜——。 —｜｜——｜｜。｜——⊟｜——。—｜｜——｜｜，｜——。	齊齊齊齊齊	3.
和凝	銀字笙寒調正長	詠人	—｜——｜｜—。｜—｜｜｜——。｜｜—□—｜｜，｜——。 ｜｜｜——｜｜。｜——｜｜——。—｜———｜｜，｜——。	陽陽陽唐唐	2.
毛文錫	春水輕波浸綠苔	遊歷	—｜——｜｜—。———｜｜——。—｜———｜｜，｜——。 —｜———｜｜。｜——｜｜——。—｜———｜｜，｜——。	咍咍灰灰咍	3. 5.

孫光憲	風撼芳菲滿院香	閨怨	—|——||—。|——||——。|⊟—||——。 —||——||。———||——。||—,—||,|——。	陽陽唐唐	2.
李　璟	手捲真珠上玉鉤	閨怨	||——||—。———||——。—|—⊞—||,|——。 —||——||。———||——。—||——||,|——。	侯侯尤尤尤	12.
李　璟	菡萏香銷翠葉殘	閨怨	||——||—。———||——。—|——|—|,|——。 |||——||,|——||——。—||——||,|——。	寒刪寒寒寒	7.
李　煜	紅日已高三丈透	歡樂	—||——||。——||——|。—||——||。 ——||——|。||———||。||———||。	候宥宥 宥候候	12去
雲謠集	孋景紅顏越眾希	詠人	—|——||—。|——||——。||———||,|——。 □□□□□□□,□□□□□□。—||——||,□|——。	微齊微□之	3.
雲謠集	髻綰湘雲淡淡粧	詠人	||——||—。|——||——。|||——||,|——。 —||——||。|——||——。|||——||,|——。	陽陽陽陽陽	2.
曲子詞	五兩竿頭風欲平	寫景	||——⊟|—。——|||——。—||——||,|——。 |||——||。|—|||——。|||——||,|——。	庚庚庚庚庚	11.
曲子詞	八十頽年志不迷	隱逸	||——||—。||—||——。|□□□□□□,□——。 |||——||。|——||——。||□□□□□,□□□。	齊齊支齊□	3.
曲子詞	浪打輕舡雨打篷	隱逸	||——||—。———||——。—||——||,|——。 ||———||。|——||——。—||——||,||——。	東鍾東東鍾	1.
曲子詞	倦却詩書上釣舡	隱逸	||——||—。———||——。|||——||,||——。 ||———||。|——||——。||———||,|——。	先寒寒先先	7.

曲子詞	一隊風去吹黑雲	羈旅	[illegible]	文真真文真	6.
曲子詞	去年春日長相對	閨怨	[illegible]	隊泰泰 隊隊隊	3. 去
曲子詞	喜睹華筵戲大賢	壽詞	[illegible]	先先先先元	7.
曲子詞	好是身霑聖主恩	歌頌	[illegible]	痕魂文魂文	6.
曲子詞	却掛綠襴用筆章	其他	[illegible]	陽陽陽唐陽	2.
曲子詞	結草城樓不忘恩	黍離	[illegible]	痕真魂諄真	6.
曲子詞	一隊風來一隊塵	羈旅	[illegible]	真真庚元真	11. 13.
曲子	一隻黃鷹薄天飛	閨怨	[illegible]	微先元先先	3. 7.
曲子詞	玉露初垂草木彫	羈旅	[illegible]	蕭爻豪篠宵	8.
曲子詞	雲掩茅庭書滿床	隱逸	[illegible]	陽陽陽陽陽	2.

曲子詞	山後開園種藥葵	隱逸	—|——||—。|——||——。|||——||，|——。 |[—]———||。—||||——。—||——||，|——。	脂支微之微	3.
曲子詞	海鷰喧呼別淥波	黍離	||—|||—。———||——。—||——||，|——。 |||—[|]||。|—|||——。|—|——||，|——。	戈歌戈戈歌	9.
曲子詞	忽見山頭水道煙	邊塞	—|—|||—。——|||——。||——|||，|——。 |||——||。——|||——。||—|——，—|||——。	先寒寒桓先	7.
曲子詞	萬里迢停不見家	羈旅	||——||—。|——||——。—||——||，|——。 ||———|□。|——||——。—|——|||，||—||——。	麻麻麻歌麻	9. 10.
晁端禮	一見郎來雙眼明	情愛	||——[—]|—。——|||——。—||——||，|——。 —|——|||。|——||——。||——|||，|——。	庚庚清清庚	11.
賀鑄	節物侵尋迫暮遲	傷懷	||——||—。|——||——。—|——|||，|——。 —|[|]——||。|—|||——。||———||，|——。	脂脂支支脂	3.
賀鑄	雙鶴橫橋阿那邊	歡樂	—|——||—。|——||——。—||——||，|——。 ||———|□。———||——。||———||，|——。	先仙仙仙仙	7.
賀鑄	曲磴斜闌出翠微	羈旅	||——||—。———||——。—||——||，|——。 |||——||。——|||——。—||——||，|——。	微微微微微	3.
賀鑄	湖上秋深藕葉黃	愁思	—|——||—。———||——。—||——||，|——。 —|——|||。——|||——。—||——||，|——。	唐陽陽陽陽	2.
賀鑄	雙鳳簫聲隔彩霞	歡樂	—|——||—。———||——。—||——||，|——。 —||——||。———||——。||———||，|——。	麻麻麻麻麻	10.

賀鑄	錦韉朱絃瑟瑟徽	詠人	｜——｜—。｜——｜——。｜——｜，｜——。 —｜——｜。——｜——。｜——｜，｜——。	微微微微微微	3.
毛滂	日照門前千萬峯	歌頌	｜——[—]｜—。———｜——。—｜——｜，｜——。 ｜———｜。｜——｜——。—｜——｜，｜——。	鍾東鍾鍾東	1.
毛滂	日轉堂陰一線添	詠物	｜——｜—。｜——｜——。｜——｜，｜——。 —｜——｜。——｜——。｜———｜，｜——。	沾先先仙先	7. 14.
毛滂	雨色流香繞坐中	樂飲	｜——｜—。｜——｜——。｜——｜，｜——。 ｜——｜。———｜——。｜——｜，｜——。	鍾東東鍾東	1.
李新	幾度珠簾卷上鉤	傷懷	｜——｜—。｜—｜——。｜——｜，｜——。 —｜———｜。｜——｜——。｜———｜，｜——。	侯尤侯尤尤	12.
陳克	鬆慢梳頭淺畫眉	閒適	—｜——｜—。｜——｜——。｜——｜，｜——。 —｜——｜。———｜——。｜——｜，｜——。	脂支支支之	3.
周紫芝	蒼璧新敲小鳳團	歡樂	—｜——｜—。｜——｜——。｜———｜，｜——。 ｜——｜。———｜——。｜———｜，｜——。	桓仙刪刪仙	7.
周紫芝	門外青驄月下嘶	歡樂	—｜——｜—。｜——｜——。｜———｜，｜——。 ｜——｜。｜——｜——。｜——｜，｜——。	齊支支脂齊	3.
李清照	揉破黃金萬點輕	相思	—｜——｜—。｜—｜——。—｜———｜，｜——。 —｜———｜。———｜——。—｜———｜，｜——。	清登庚庚清	11.
李清照	病起蕭蕭兩鬢華	閨怨	｜——｜—。｜——｜——。｜———｜，｜——。 ｜———｜。———｜——。—｜——｜，｜——。	麻麻麻佳麻	10.

趙鼎	惜別懷歸老不禁	離別	丨丨——丨丨—。丨——丨丨——。丨丨———丨丨，丨——。 丨丨———丨丨。———丨丨——。丨丨———丨丨，丨——。	侵侵侵侵侵	13.
袁去華	霧閣雲窗別有天	詠人	丨丨——丨丨—。——丨丨丨——。丨丨———丨丨，丨——。 —丨———丨丨。丨—丨丨丨——。—丨———丨丨，丨——。	先仙先刪刪	7.
沈瀛	雨點真珠水上鳴	詠物	丨丨——丨丨—。丨——丨丨——。丨丨———丨丨，丨——。 丨丨———丨丨。丨——丨丨——。—丨———丨丨，丨——。	庚清青文文	6. 11.
樓鍔	夏半陽烏景最長	歡樂	丨丨——丨丨—。丨—丨丨丨——。丨丨———丨丨，丨——。 丨丨———丨丨。———丨丨——。—丨———丨丨，丨——。	陽陽陽陽陽	2.
辛棄疾	豔杏夭桃兩行排	詠物	丨丨——丨丨—。丨——丨丨——。丨丨———丨丨，丨——。 —丨———丨丨。———丨丨——。丨丨———丨丨，丨——。	皆灰咍咍咍	3. 5.
辛棄疾	酒面低迷翠被重	詠物	丨丨——丨丨—。——丨丨丨——。丨丨———丨丨，丨——。 丨丨———丨丨。丨——丨丨——。丨丨丨——丨丨，丨——。	鍾東鍾東東	1.
辛棄疾	彊欲加餐竟未佳	寫景	—丨——丨丨—。丨——丨丨——。—丨———丨丨，丨——。 —丨———丨丨。——丨丨丨——。丨丨———丨丨，丨——。	佳皆灰灰咍	3. 5.
辛棄疾	總把平生入醉鄉	歡樂	丨丨——丨丨—。丨——丨丨——。—丨———丨丨，丨——。 —丨———丨丨。丨——丨丨——。—丨———丨丨，丨——。	陽陽陽陽唐	2.
辛棄疾	句裡明珠字字排	歡樂	丨丨——丨丨—。——丨丨丨——。丨丨———丨丨，丨——。 丨丨丨——丨丨。——丨丨丨——。丨丨丨——丨丨，丨——。	皆灰咍咍咍	3. 5.
辛棄疾	記得瓢泉快活時	歸隱	丨丨——丨丨—。———丨丨——。丨丨丨——丨丨，丨——。 丨丨———丨丨。——丨丨丨——。丨丨丨——丨丨，丨——。	支之支齊微	3.

辛棄疾	日日閒看燕子飛	寫景	｜——｜—。｜——｜——。｜———｜，｜——。 —｜———｜。｜—｜——。｜——｜，｜——。		微齊齊齊齊	3.
辛棄疾	楊柳溫柔是故鄉	樂飲	—｜——｜—。———｜——。｜——｜，｜——。 ｜———｜。——｜——。｜——｜，｜——。		陽陽陽陽唐	2.
石孝友	落日秋風嶺上村	愁思	｜——｜—。——｜——。｜———｜，｜——。 ｜——｜。———｜——。｜——｜，｜——。		魂真魂文魂	6.
韓淲	生與真妃姓氏同	詠物	—｜——｜—。———｜——。—｜——｜，｜——。 ｜———｜。———｜——。｜——｜，｜——。		東東東鍾東	1.
高觀國	嫋嫋天風響佩環	傷懷	｜——｜—。｜—｜——。｜——｜，｜——。 —｜———｜。——｜——。—｜———｜，｜——。		刪寒刪山寒	7.
黃機	綠綺空彈恨未平	離別	｜——｜—。｜—｜——。｜———｜，｜——。 ｜——｜。———｜——。｜———｜，｜——。		庚真侵文侵	6. 11. 13.
黃機	流轉春光又一年	閨怨	—｜——｜—。——｜——。｜———｜，｜——。 ｜———｜。｜——｜——。—｜——｜，｜——。		先鹽先山先	7.、14.
許棐	挼柳揉花旋染衣	詠人	—｜——｜—。———｜——。—｜———｜，｜——。 —｜——｜。｜——｜——。｜——｜，｜——。		微微支支之	3.
韓準	瀟灑梧桐幾度秋	愁思	—｜——｜—。｜——｜——。—｜——｜，｜——。 —｜——｜。｜——｜——。｜——｜—｜，｜——。		尤幽尤尤尤	12.
劉辰翁	醉裏微寒著面醒	遊歷	｜——｜—。——｜——。—｜———｜，｜——。 ｜——｜。———｜——。｜——｜，｜——。		青清庚蒸庚	11.

劉辰翁	滄滄臙脂淺著梅	詠人	｜——｜—。——｜——。｜——｜，｜——。 ｜——｜。｜——｜——。—｜——｜，｜——。	灰咍咍咍咍	3. 5.
劉辰翁	東風解手即天涯	傷懷	—[｜]｜[—]—。———[—][｜]—。—｜———｜，｜——。 —｜———｜。———｜——。｜———｜，｜——。	佳麻麻麻麻	10.
劉辰翁	此處情懷欲問天	離別	｜——｜—。———｜——。—｜———｜，｜——。 ｜——｜。——｜——。｜———｜，｜——。	先先仙先先	7.
趙必瑑	只爲相思怕上樓	閨怨	｜——｜—。——｜——。｜——｜，｜——。 ｜——｜。——｜——。｜———｜，｜——。	侯尤尤尤尤	12.
無名氏	雪態冰姿好似伊	詠物	｜——｜—。｜——｜——。｜———｜，｜——。 ｜———｜。——｜——。｜———｜，｜——。	脂脂支支支	3.
無名氏	誰染深紅酥綴來	詠物	—｜——[—]｜—。｜——｜——。｜——｜，｜——。 ｜———｜。——｜——。｜——｜，｜——。	咍咍咍咍佳	3.
無名氏	取次勻妝粉有痕	詠人	｜——｜—。——｜——。—｜———｜，｜——。 ｜———｜。——｜——。—｜——｜，｜——。	痕真庚清庚	6. 11.
無名氏	蜜室蜂房別有香	詠人	｜——｜—。｜——｜——。—｜———｜，｜——。 ｜———｜。——｜——。｜——｜，｜——。	陽唐唐陽陽	2.
無名氏	相恨相思一個人	閨怨	—｜——｜—。｜——｜——。｜——｜，｜——。 ｜———｜。｜——｜——。｜——｜，——｜——。	真諄魂文魂	6.
無名氏	羅幃半垂門半開	離別	—[｜]—[—]｜—。———｜——。｜——｜，｜——。 —｜——｜。｜——｜——。—｜——｜，｜——。	咍咍灰灰灰	3. 5.

劉金壇	標致清高不染塵	詠人	—｜——｜｜—。———｜｜——。—｜———｜｜，｜——。 —｜———｜｜。｜——｜｜——。｜｜｜——｜｜，｜——。	真文侵魂魂	6. 13.
陳妙常	寂寂雲堂斗帳閒	情愛	｜｜——｜｜—。———｜｜——。—｜｜——｜｜，｜——。 —[—]｜[｜]—[—]｜。｜[｜]—[—]｜[｜]—。｜｜｜——｜｜，｜——。	山先寒寒凡	7. 14.
元好問	錦瑟華年燕子樓	歡樂	｜｜——｜｜—。｜——｜｜——。—｜———｜｜，｜——。 ｜｜｜——｜｜。———｜｜——。｜｜｜——｜｜，｜——。	侯尤尤尤尤	12.
趙雍	春草萋萋綠漸濃	相思	—｜——｜｜—。——｜｜｜——。—｜———｜｜，｜——。 —｜｜——｜｜。｜——｜｜——。｜｜｜——｜｜，｜——。	鍾東東東鍾	1.

附録二 歷代選集中之浣溪沙統計表

作者	秦觀	晏殊	李璟	李璟	周邦彥	歐陽修	蘇軾	張泌	張泌	歐陽修	蘇軾
首句	漠漠輕寒上小樓	一曲新詞酒一盃	手捲真珠上玉鉤	菡萏香銷翠葉殘	樓上晴天碧四垂	堤上遊人逐畫船	風壓輕雲貼水飛	馬上凝情憶舊遊	枕障燻鑪隔繡幃	湖上朱橋響畫輪	山下蘭芽短浸溪
雅詞					○	○				○	
花庵			○	○	○	○			○	○	
陽春											
絕妙											
草堂		○	○	○		○	○			○	
詞林											
粹編	○	○			○	○	○	○	○	○	
詞綜	○				○	○		○	○		○
詞選	○	○	○	○			○				
蓼園		○	○	○	○	○	○			○	
四家	○										
詞則	○	○	○	○	○	○	○	○	○		○
御選	○	○	○	○	○	○	○	○	○		
歷朝	○	○								○	
梁選	○		○	○		○	○		○		○
朱選	○	○									
俞選	○	○	○	○	○	○	○	○	○	○	
龍選	○	○			○			○	○	○	
伯選	○	○			○			○			○
胡選		○									○
唐選	○	○	○	○	○	○	○				○
鄭選	○	○	○	○	○						○
盧選	○	○	○	○				○			
院選	○	○	○	○	○			○			○
總計	17.	16.	13.	13.	13.	12.	10.	9.	9.	9.	9.

		1	2	3	4	5	6	7	8	9	10	11	12	13	14	15	16	17	18	19	20	21	22	23	24	
賀鑄	樓角初銷一縷霞	○	○			○		○			○			○			○		○			○				9.
韋莊	夜夜相思更漏殘							○					○	○	○			○	○	○		○				8.
賀鑄	閒把琵琶舊譜尋	○	○					○					○	○					○	○		○				8.
李清照	小院閒窗春色深	○				○		○					○	○	○					○			○			8.
薛昭蘊	粉上依稀有淚痕								○				○	○		○		○		○						7.
薛昭蘊	握手河橋柳似金		○					○					○	○		○		○								7.
張先	樓倚春江百尺高	○	○			○		○					○	○								○				7.
晏殊	一向年光有限身							○									○	○	○			○	○	○		7.
秦觀	錦帳重重捲暮霞					○		○		○			○	○				○				○				7.
賀鑄	秋水斜陽演漾金	○						○					○	○						○		○	○			7.
賀鑄	煙柳春梢蘸暈黃	○						○					○	○					○			○	○			7.
周邦彥	雨過殘紅溼未飛	○				○		○			○			○				○	○							7.
楊澤民	原上芳華已亂飛																○	○	○	○		○	○	○		7.
顧敻	紅藕香寒翠渚平							○					○	○				○	○				○			6.
孫光憲	蓼岸風多橘柚香								○				○	○				○		○			○			6.

蘇 軾	簌簌衣巾落棗花		○											○						○	○	○			○	6.
賀 鑄	鸚鵡無言理翠襟	○	○	○				○					○									○				6.
周邦彥	日射敧紅蠟蒂香	○				○		○						○				○				○				6.
毛 滂	煙柳風蒲冉冉斜								○			○		○		○						○				6.
李清照	病起蕭蕭兩鬢華													○					○	○		○		○	○	6.
無名氏	水漲魚天拍柳橋					○		○			○		○	○	○											6.
閻 選	寂寞流蘇冷繡茵		○					○	○				○	○												5.
馮延巳	轉燭飄蓬一夢歸							○						○				○	○				○			5.
蘇 軾	細雨斜風作曉寒													○					○		○	○		○		5.
黃庭堅	新婦灘頭眉黛愁					○					○			○	○							○				5.
趙令時	風急花飛晝掩門	○	○					○						○								○				5.
趙令時	水滿池塘花滿枝	○				○		○						○				○								5.
賀 鑄	鼓動城頭啼暮鴉	○						○						○					○			○				5.
周邦彥	翠葆參差竹徑成	○				○		○						○				○								5.
陳 克	淺畫香膏拂紫綿	○	○										○	○	○											5.

		1	2	3	4	5	6	7	8	9	10	11	12	13	14	15	16	17	18	19	20	21	22	23	24	
李清照	淡蕩春光寒食天	○		○				○					○	○												5.
張孝祥	北苑春風小鳳團																		○		○	○	○	○		5.
辛棄疾	總把平生入醉鄉													○				○	○		○	○				5.
劉仲尹	繡館人人倦踏青							○	○				○	○	○											5.
歐陽炯	相見休言有淚珠							○							○				○					○		4.
薛昭蘊	紅蓼渡頭秋正雨													○	○				○	○						4.
薛昭蘊	江館清秋攬客舡												○	○				○					○			4.
薛昭蘊	頃國傾城恨有餘		○					○											○				○			4.
張 泌	鈿轂香車過柳堤								○					○		○										4.
李 珣	晚出閑庭看海棠		○										○	○	○											4.
孫光憲	蘭沐初休曲檻前							○					○	○	○											4.
孫光憲	輕打銀箏墜燕泥		○					○						○				○								4.
李 煜	紅日已高三丈透							○						○				○				○				4.
歐陽修	雲曳香綿彩柱高	○												○	○							○				4.
歐陽修	葉底青青杏子垂	○	○					○														○				4.

		1	2	3	4	5	6	7	8	9	10	11	12	13	14	15	16	17	18	19	20	21	22	23	24	
歐陽修	青杏園林煮酒香	○	○			○																○				4.
王安石	百畝中庭半是苔	○	○					○														○				4.
晏幾道	家近旗亭酒易酤													○	○			○				○				4.
晏幾道	午醉西橋夕未醒							○						○				○				○				4.
蘇軾	菊暗荷枯一夜霜							○						○				○				○				4.
蘇軾	旋抹紅妝看使君													○						○	○	○				4.
蘇軾	麻葉層層檾葉光																			○	○	○			○	4.
蘇軾	花滿銀塘水漫流						○	○						○								○				4.
秦觀	香靨凝羞一笑開							○					○	○	○											4.
賀鑄	夢想西池輦路邊	○											○						○			○				4.
周邦彥	寶扇輕圓淺畫繒	○						○										○				○				4.
毛滂	銀字笙簫小小童	○						○	○					○												4.
趙子發	疏蔭搖搖趁岸移	○		○				○						○												4.
葉夢得	小雨初回昨夜涼	○	○					○						○												4.
李清照	髻子傷春慵更梳							○	○				○	○												4.

趙令時	舒亶	蘇軾	蘇軾	歐陽修	晏殊	晏殊	孫光憲	李珣	李珣	顧敻	韓偓	韋莊	宋褧	石孝友
穩小弓鞋三寸羅	金縷歌殘紅燭稀	軟草平莎過雨新	覆塊青青麥未蘇	紅粉佳人白玉杯	玉椀冰寒滴露華	青杏園林煮酒香	烏帽斜欹倒佩魚	紅藕花香到檻頻	訪舊傷離欲斷魂	春色迷人恨正賒	攏鬢新收玉步搖	惆悵夢餘山月斜	落日吳江駐畫橈	宿醉離愁慢髻鬟
○	○			○										
										○	○			○
									○					
○	○				○	○		○	○		○			○
				○									○	
					◎									
							○				○		○	○
○	○		○	○			○	○				○	○	○
						○	○						○	
								○	○	○				
			○									○		
		○										○		
		○												
		○	○		○	○								
										○				
3.	3.	3.	3.	3.	3.	3.	3.	3.	3.	3.	3.	3.	4.	4.

		1	2	3	4	5	6	7	8	9	10	11	12	13	14	15	16	17	18	19	20	21	22	23	24	
趙令時	槐柳春餘綠漲天	○						○						○												3.
趙令時	少日懷山老住山	○						○						○												3.
賀 鑄	蓮燭啼痕怨漏長	○						○														○				3.
賀 鑄	宮錦袍熏水麝香	○						○						○												3.
賀 鑄	雲母窗前歇繡針	○						○														○				3.
晁補之	帳飲都門春浪驚	○											○	○												3.
蘇 庠	水榭風微玉枕涼	○						○						○												3.
徐 俯	西塞山前白鷺飛	○						○														○				3.
曹 組	柳絮池臺淡淡風	○						○						○												3.
陳 克	短燭熒熒照碧窗	○	○					○																		3.
陳 克	羿慢梳頭淺畫眉	○	○											○												3.
朱敦儒	雨溼清明香火殘							○						○											○	3.
慕容妻	滿目江山憶舊遊							○	○					○												3.
李清照	揉破黃金萬點輕																			○		○	○			3.
呂本中	暖日溫風破淺寒	○						○					○													3.

趙 鼎	豔豔春嬌入眼波		○					○						○											3.
向子諲	璧月光中玉漏清	○						○						○											3.
吳 儆	畫楯朱欄繞碧山							○	○					○											3.
陸 游	懶向沙頭醉玉瓶							○						○				○							3.
鄭 域	酒薄愁濃醉不成		○					○						○											3.
劉 鎮	簾幕收燈斷續紅		○						○					○											3.
楊澤民	金粟蒙茸翠葉垂																○		○			○			3.
江 開	手撚花枝憶小蘋				○				○					○											3.
詹 玉	淡淡青山兩點春													○		○									3.
無名氏	倦客東歸得自由							○	○					○											3.
無名氏	碎剪香羅浥淚痕							○	○					○											3.
趙孟頫	滿捧金淄低唱詞								○				○	○											3.

附錄三「全唐宋金元詞文庫及賞析系統」、「唐宋文史數據庫—唐宋詞檢索系統」勘誤

現今詞學網站較全者，有南京師範大學「全唐宋金元詞文庫及賞析系統」（http://metc.njnu.edu.cn/Ci_ku/Ci_wk_fm.htm）、元智大學「唐宋文史資料庫—唐宋詞檢索系統」（http://cls.almin.yzu.edu.tw/content.htm）兩種。前者收錄了唐圭璋《全宋詞》、《全金元詞》，及曾昭岷等《全唐五代詞》三書所載詞作三萬一仟二佰五十闋。後者則以唐圭璋《全宋詞》爲主，旁及唐五代詞。

此二網站的架設，對詞學研究而言，貢獻良多。唯以系統建立，工程浩大，故小疵之處在所難免。茲將實際比對《全宋詞》、《全金元詞》及《全唐五代詞》時，發現與二系統有出入，或值得商榷處，分條縷述如下：

一・全唐宋金元詞文庫及賞析系統

一、趙旭「秋氣天寒萬葉飄」失收

二、朱端朝「梅正開時雪正狂」失收

三、劉金壇「標致清高不染塵」失收

四、陳妙常「寂寂雲堂門帳閑」失收

五、周紫芝「門外青驄月下嘶」誤植爲〈減字木蘭花〉

六、梁寅「錦樹分明上苑花」誤植爲〈浪濤沙〉

七、誤以魏了翁〈阮郎歸·驪駒未撤客乘鞍〉爲〈浣溪沙〉

二·唐宋文史資料庫—唐宋詞檢索系統

一、李洪「碧澗蒼崖玉四圍」失收

二、李洪「掃地燒香絕點塵」失收

三、李新「雨霽籠山碧破賒」失收

四、張元幹〈浣溪沙〉誤入〈柳梢青〉兩闋

五、歐陽脩「天碧羅衣拂地垂」一詞，誤作歐陽炯詞

六、李元膺「飲散蘭堂月未中」一詞，誤以詞序「詠掠髮」爲詞調

國家圖書館出版品預行編目資料

宋人擇調之翹楚：浣溪沙詞調研究／ 林鍾勇著. --
初版. --臺北市：萬卷樓, 民 91
面； 公分
參考書目：面
ISBN 957－739－411－6 (平裝)

1.詞-評論 2.詞-詞韻

820.93 91016940

宋人擇調之翹楚 浣溪沙詞調研究

著 者：林鍾勇
發 行 人：楊愛民
出 版 者：萬卷樓圖書股份有限公司
臺北市羅斯福路二段 41 號 6 樓之 3
電話(02)23216565．23952992
傳真(02)23944113
劃撥帳號 15624015
出版登記證：新聞局局版臺業字第 5655 號
網 址：http://www.wanjuan.com.tw
E-mail：wanjuan@tpts5.seed.net.tw
經銷代理：紅螞蟻圖書有限公司
臺北市內湖區舊宗路二段 121 巷 28 號 4F
電話(02)27953656(代表號)
傳真(02)27954100
E-mail：red0511@ms51.hinet.net
承印廠商：晟齊實業有限公司
定 價：420 元
出版日期：民國 91 年 9 月初版

ISBN 957－739－411－6